JN126865

# 二度と行けないあの店で

都築響一 編

Neverland Diner

BENELUX BOOKS

# Neverland *Diner*

料理小説というジャンルがあるならば、料理店小説というジャンルがあっていい気もする。

子どものころ、最初に好きになった宮沢賢治は『注文の多い料理店』だったし、谷崎潤一郎でいちばん好きなのはいまも『美食倶楽部』で、つまり食べられない料理、行くことのできない料理店ほど食欲をそそるものはないということだ。

おいしいもので満腹になったとき以上のしあわせってなかなかないけれど、物欲や性欲や、人間のいろんな欲の中で食欲というのはどうも文学性に欠けがちと思われてきたふしもある。でも、これからお連れするおよそ100軒の店はネットのグルメサイトとはぜんぜん別次元の、たったひとりの星５つに輝く場所だ。

僕らにその輝きが届くころにはもう燃え尽きてなくなっているかもしれない夜空の星々のように、この本に出てくる店はどんなに行きたくても行くことができない。どうしても行けない国、フィルムが消失してしまった映画、録音が残されていない伝説のライブ、いちども一緒に寝れなかったまま遠くへ行ってしまった恋人のように。

いつだって、いちばんおいしいのは記憶なのだ。

週刊メールマガジン「ROADSIDERS' weekly」の巻頭連載として、2017年から2020年まで、２年半かけて100人／組の方々が、もう行けない店の思い出を寄せてくれた。ひとりひとりの記憶がすべて異なるように、100回の文体も、段落の区切り方、漢字や数字の使いかたも、すべてばらばらだったが、それを統一することはやりたくなかった。なんだか、記憶の彩度やトゲをぼかしたり丸めてしまう気がして。世にまったく同じメニューの店が一軒もないように、100人がそれぞれのスタイルで語ってくれる物語に耳を傾ける気持ちで、お付き合いいただけたらうれしい。

目次

# 001 大島の漁師屋台

都築響一（編集者）

「ぼくは20歳だった。それがひとの一生でいちばん美しい年齢だなどとだれにも言わせまい」と書いたのはポール・ニザンだったが、僕の20歳は美しくも惨めでもなく、ドラマもクライマックスもなく、ひたすら惰性のように日々が流れていった。

都心に住んでいたからクルマは必要ないし、だいいち家にクルマはなかったのに、なぜ運転免許を取りに行こうと思ったのかわからない。ヒマだけはたっぷりあったので、夏休みを利用して大学の同級生ふたりと伊豆大島の合宿免許コースを申し込んだ。

島外から合宿に参加する人間は、いくつかの民宿にわかれて泊まり、昼間は教習所に歩いて通っていた。最初の1週間は授業があるので朝から夕方まで忙しかったが、実技だけになる後半は毎日2時間の実技のほかは、海辺で遊んだり民宿で昼寝するくらいしかやることがなかった。実技と言っても島には高速道路も電車も（つまり踏切も）ないし、対向車が馬車だったり、信号も数えるほど。しかも当時の教習所は教師の態度が悪いのが普通だったのに、大島では島出身の先生ばかりで、実技も「きょうは波浮の港」「きょうは三原山へ」と観光を兼ねたコースだったり、道すがら助手席で民謡を歌ってくれたり、いたってのんきな毎日だった。

いまはどうなっているのかわからないけれど、当時大島の教習所は半分が伊豆七島の島民（教習所は大島にしかなかったから）、もう半分は僕らのような暇人か、地元の教習所に通う根気がなかったり、違反を重ねて免許が取り上げられ、いそいで取り直さなくてはならなかったり、ようするにワケありのオトナたちで占められていた。

そういうワケありたちが民宿に雑魚寝するので、いろんなことが起こる。特に蒸し暑く寝苦しい真夏の夜には。

ある晩、ようやくウトウトしかけたころ、「オウ」というような怒声とバタバタ襖が倒れる音が聞こえて飛び起きた。隣の部屋で寝ていた板前くずれと土方のオヤジが喧嘩になって、どっちかがどっちかを包丁で刺したのだった。島に一台しかないパトカーがやってきて、ふたりを連れて行ったので、死にはしなかったのだろう。でも僕らは寝るどころじゃなくなった。

同じ民宿に、福生のディスコのママだというおばさんが泊まっていた。パトカーが去っても興奮している僕らを見て、あんたら飲みに行こうと誘ってくれた。

そのころ大島は夜になると道ばたに屋台が出ていた。地元の漁師が、その日に獲れた魚を刺身や焼きものにして出す、素朴な料理と酒の屋台だった。酒の頼み方もロクに知らないガキに、まあ飲みなと日本酒を注いでくれたのは、ママだったか屋台のオヤジだったか。

イワシか小アジか忘れてしまったけれど、オヤジは「こういう魚は包丁を使っちゃいけないんだよ」と言いながら、大きな手で魚を摑むと、いとも簡単に指を入れて骨を外し、皮をさっと剥いで出してくれた。生死に関わるような喧嘩を見るのも、屋台で酒を飲むのも、指で魚をおろすのも、そしてオトナの女と飲むのも、なにもかも初めてだった僕に、獲れたての魚の味なんてわかるはずもなかったが、「刺身ってこんなにつるっと入るんだ」という喉ごしの感覚と、それを洗う冷やの日本酒の沁み具合だけは、いまもおぼろげに、からだのどこかに残っている。

ディスコ・ママはそのあと、まだ開いていたスナックに僕らを連れていって、ジュークボックスでアース・ウィンド&ファイアーとかマーヴィン・ゲイとか、ソウル・ミュージックばかりを選んでかけながら（彼女の店は米兵がメインだったらしい）、腰はこんなふうに振るのよ、なんて無駄な知識を実技指導してくれて、そのうち僕らは酔っ払ってワケがわからなくなった。

あれから40年のあいだに伊豆大島には何度も行って、免許を取れたおかげでレンタカーで島を何周も走り回ったが、オヤジがイワシを手でさばいて出してくれる屋台どころか、夜の屋台自体がもう見つからなかった。ついでに言えば、ソウル・ミュージックが充実していたジュークボックスのあるスナックも。

あのとき酒とグルーヴを教えてくれたディスコ・ママはどうしているだろう。屋台のオヤジは、民宿で刺された板前か土方は、どこかでまだ生きてるだろうか。遠い昔に見た映画のようにぼやけた光景に真夏の陽光と夜の海の匂いがからみつく、あの20歳の夏は、僕にとってどんな年齢だったのだろうか。

002

# 羽田の運河に浮かぶ船上タイ料理屋

矢野優
（編集者）

そのタイ料理屋は、羽田空港に近い運河に停泊した大きな船の中にあった。船まるごとがレストランだった。辺りは薄暗く人通りがなく、船内に吊られた裸電球の黄ばんだ光で運河に浮かび上がる船は、まるで映画のセットのように忽然と姿を現した。何十席もあったのに、客は僕と友人の2人しかいないようだった。たしか1990年代中程のことだった。

その船上タイ料理屋に連れていってくれたのはA君という友人だ。

彼と出会ったのは、僕が上京して出版社に入ってカルチャー月刊誌の編集部に配属されてまもない頃だった。フリー編集者のHさんが「すごい天才ライターがいるので、彼と組んで仕事をしよう」と編集部に連れてきたのだ。

僕よりすこし歳下のA君は既にメジャーな雑誌でライターの仕事をしていた。ある雑誌の大型海外特集で長期間の現地取材をして、潤沢な取材費を使いまくって、特集のほぼまるごとをひとりで書いて、１００万円だか２００万円だかの原稿料を稼いだ。でも重要なのは原稿料の話じゃない。彼の原稿が素晴らしかったのだ。なんといえばいいんだろう、ブルース・チャトウィンと吉田健一をミックスして、世紀末の退廃的な悪い粉をまぶしたような文章だった。

A君と初めて会った日、鮮烈な色合いのヴィンテージのスポーツカーに乗って、彼は神楽坂の編集部にやってきた。10代の頃、家にテレックスを敷設し、アメリカのヴィンテージカーを個人輸入販売していたらしい。編集部の先輩と2人で「面接」したが、そこで話した内容は覚えていない。だが、A君が帰った後、先輩が「オレ、ああいうヤツは苦手」と言ったのは記憶している。結果として、僕が彼の担当になった。

以来、フリー編集者のHさんをリーダーに、文章担当のA君と私のチームで奇妙な仕事をした。

福生のアメリカ軍人がたむろするバーを借り切って、一晩で内装を全部替えて、黒人っぽいグラマラスな日本人女性をモデルに撮影した。ビョークのジャケットデザインをしていた英国人アートディレクターを連れて、なぜか八丈島に行って、南国温泉ホテル（後に廃業）の温泉につかる以外のことは何もしないで帰ってきた。

気がつくと、週に2、3日は彼と会うようになっていた。

彼は南アジアで幼少期を過ごし、大学はヨーロッパだったらしい。吉田健一が時代を間違えて生まれてきて、バブル時代の余韻を濃厚に残した東京で高等遊民をしている、そんな感じの男だった。

彼は、東京でもっともステータスの高い高級マンションに親と暮らしていた。普段の彼の移動手段は父親の所有する高級外国車だった。なら彼もリッチだったかというと、そうではなくて、「高速道路の代金が払えない」とこぼしていた。

彼は幾つかの雑誌で原稿を書き、とっぱらいで原稿料を得ていたが、やがて書かなくなった。彼はとにかく暇のようだった。会社に電話をかけてきて、「たぶん午前2

時頃には仕事が終わる」と答えると、黒い外国車でやってきて、会社の前で待っているのだ。

僕の仕事が終わると、彼の車に乗って、アンダーグラウンドなクラブにいったり、意味もなく東京を走り回ったりして、車中でとにかくいろいろ話し合った。

そんな彼が「面白い店があるんだ」と、手のひらに秘密を隠して愉快で仕方ない子供のようにして連れていってくれたのが、羽田の船上タイ料理屋だ。名前も住所もまったく記憶していない。ただ、羽田に向かう殺風景な湾岸道路のナトリウム灯の黄色さと、船内に吊られた裸電球の薄暗い灯りと、生臭い海の香りだけを覚えている。

A君はやっかいな男だった。自分が関心を持った人物には友好的だが、そうでなかったら（ほとんどの場合はそうだ）露骨に見下す。そんな彼の態度に人が気分を害する場面を幾度も見てきた。時に私も彼の機嫌を損ねた。彼の（つまり親の）山奥の別荘に遊びに行ったら、到着から数時間で追い返された。それでも彼との付き合いをやめなかったのは、彼には書き手として稀有な才能があるという確信があったからだ。どれだけ喧嘩をしても、彼との関係を手放さなかった。

だが、ある時、あることをきっかけに、彼と僕は絶交した。いや、僕が彼から逃げ出したのだ。以来20年、一度も彼と会っていない。いま彼が何をしているのかも知らない。ときどき、自分は羽田の運河に幻のように浮かぶ海上のタイ料理屋に、ほんとうに行ったのだろうかと思う。

003

# 甘くて甘くて、怖い雲

平松洋子
（エッセイスト）

「おみせやさんごっこ」は少女の遊びで、男の子はいやいや引きずりこまれるものだった。姉が弟にエプロンをさせ、魚屋さんの役どころをあてがう（昭和三十年代は童謡「かわいい魚屋さん」がずいぶん愛されていた）。最初は強引なコスプレを恥ずかしがっていた弟も、すっかりその気になっている姉に煽られ、だんだん調子がでてくるという筋書き。

「へい、らっしゃい！」

弟が利いた風な口をきくと姉は悦に入って、おもちゃのまな板の前に正座してプラスティックのタイとかブリをぎこぎーこ、包丁で切ったつもり、売ったつもり。受け取ったつもりの魚を、弟は新聞紙で包んだつもり。

「オマケしときます、ごじゅうえんでいかがですか」

愛嬌たっぷりに場を盛り上げるのである。

八百屋さんごっこ、パン屋さんごっこ、駄菓子屋ごっこ、お風呂やさんごっこ、いろんなバリエーションがあるから「おみせやさんごっこ」は飽きなかった。おなじきょうだいでも、兄ならフンと鼻で笑って相手にしてくれないが、弟や妹ならどんな役を振ってもついてくる。私には妹がいたけれど、弟がいる子をひそかにうらやんでいた。後年、エロの匂いがふんぷんと漂う谷崎潤一郎の初期短編『少年』を読んだとき、あっ「おみせやさんごっこ」が属していたのはこの世界だったと思い当たってぞくぞくしたのだが、ないものねだりもまたエロの匂いを増幅させるのである。

初めて店に出入りしたのはどこだったろうと考えていたら、「おみせやさんごっこ」で遊んだ畳の上だと思い至った。ヴァーチャルな経験であっても、あの遊びが少女にもたらした緊張感と晴れがましさはぶっちぎりだった。わけもわからず、しかし、社会のすきまに自分を押し込めて一丁前を演じるおしゃまな昂奮と刺激。背伸びをさせて未知の世界へ誘いこむ場所が「店」だということを、少女たちは知っていた。

二カ月ほど前の夕暮れ、住んでいる地元の、とある八幡宮で秋季例大祭が執り行われていると聞いて、友人たちと連れだって参道をそぞろ歩いた。

由緒のある八幡宮で、そびえ立つりっぱな鳥居をくぐると、鬱蒼とした杜を右と左に拓くようにして長い参道が続いている。なんでも例年、この参道で古式ゆかしい流鏑馬が行われるらしい。鎧兜で身を固め、武士に扮して弓矢を構えた男たちが馬にまたがって走り抜ける伝統行事を見るのははじめてだったから、がぜん沸きたった。

ところが、そこへ待ったをかけたものがある。

夕焼け空の下を流れるソース焼きそばの匂い。

参道の両脇にずらり、雑多な出店が現れた。たこ焼き。お好み焼き。焼きそば。手羽先餃子。鮎の塩焼き。おでん。ドネルケバブ。チヂミ。あべかわ餅。チョコバナナ。クレープ……都心から離れた場所柄だからなのか、なんとなく気配が柔らかい。新宿の花園神社あたりなら「おらおら買うていかんかい」と目ヂカラの強いテキヤの兄さんも、ここではのんびりとした営業姿勢に見受けられた。これも流鏑馬の霊験かしらと思いながら参道の白っぽい土を踏み進んでいると、小学校の制服姿の少年が三人、先を争いながら一軒の出店めがけて駆けていった。半ズボンの太ももがぴちぴちしている。

少年たちが突入したのは射的屋だった。狙い定めた景品をおもちゃの鉄砲でパーンと打ち落として手に入れる古くさい遊びが生き長らえていることに驚いたが、最近リバイバルしたのかもしれない。少女がごっこ遊びにうつつを抜かしていたあの頃、少年が目の色を変えた遊びのひとつが鉄砲ごっこや射的だった。射的屋という「店」は、いくら望んで狙い定めても、手に入らないものが並んでいる場所、こころならず地団駄踏む場所。力のおよばぬ悔しさに、少年たちは唇を噛んだのである。

半ズボンの三人がいっせいに財布を開いているのが見えた。ポケットに手を突っ込んで小銭をごそごそ探りだすのではなく、今日びは行儀よく財布を開くんだなと苦笑いしながらすこし眺め、そのまま射的屋の前を通り過ぎた。

じかに見なくても、ありありと目に浮かぶ。

小銭と引き換えに鉄砲を受け取った少年の目の輝き。おずおずとした腕の構え。さんざん迷いながら棚に並ぶ景品を品定めする横顔。いよいよ背筋を伸ばして息を詰め、引き金に指を掛ける。

一発の乾いた音。

パーン!

はじめて私が身銭を切って店に入ったのは、喫茶店だった。高校一年のとき、おっかなびっくりひとりで入った喫茶店で注文したレモンスカッシュには、赤いサクランボが一個浮いていた。べつに気取ってみたかったわけではない。十六歳は、コーヒーを頼むには幼すぎ、荒井由実「海を見ていた午後」を聴いてソーダ水の泡に思い入れるまでには、あと数年待たなければならなかった。身銭とはいっても、親からせしめた小遣いにすぎず、そのぶん宙ぶらりんの自分に苛立っていた。

与えられた手銭で生まれてはじめて店に入ったのは、お祭りの綿あめの屋台である。たぶん三歳だった。年に二度のお祭りの日、私は綿あめが食べたかった。いや、買ってみたかった。父か母（どちらだったか思い出せない）が握らせてくれた小銭を受け取り、わざわざ自分の手で渡す行為のうれしさ、照れくささはいまでも私の手のなかにある。

綿あめ屋のおじさんが、おもむろに割り箸を取り出す。割らないままの一膳の割り箸。太い側を持ったおじさんが円形のキカイのなかに差し入れると、みるみる白く細い糸が割り箸にからみつき、ふわふわの雲となって繭のようにふくらんでゆく。ハイ、と渡された割り箸を持つと、もふもふの大きな白い雲が光を反射させ、まぶしくて目が眩む。これに口をつけていいのか、眺めていればいいのか、割り箸を握ったままどうしていいかわからず、突っ立ったまま雲のかたまりのなかに吸い込まれてゆく。親にうながされておずおずと端のほうを舐めると、シャリシャリにからみあう無数の細い糸のスキマ、宙に透けた空白の部分まで甘いのだった。

ずぶずぶと音が鳴る底なしの雲の甘さは、しかし、いまにも歯が溶けてしまいそうな恐怖を連れてきた。三歳児にとっても、甘さと恐怖は紙一重だったのである。

004

# もう二度と味わえない、思い出の「1セット」

パリッコ
（ライター）

「酒場ライター」なんて肩書きで、お酒や酒場についての原稿を書いて生活させてもらえるようになった現在の状況、そうなるまで、目指したことも、考えたことも、一度もありませんでした。全てはなりゆき。が、酒を飲むことが人一倍好きだという自負は、酒の味と楽しさを覚えて以来全く変わりません。

一風変わった音楽を作ったり、漫画を描いたりといった活動をもう20年近くも続けているので、そういう分野から知ってくれた人は当然、僕のことをいわゆる「サブカル」に属する人間だと判断するでしょうが、自分には何かのジャンルに対する深い造詣もなければ、リスナーや読者としての人並み以上の情熱があるわけでもない。しかし、こと「飲酒」に関してだけは、心の底から好きだと断言できる。未知の酒場に入る前の無上のワクワク感。新しい飲みかたを思いついたときの異常な興奮。まさに、人生を捧げて惜しくないと思える唯一のジャンルが、自分にとっての酒なのです。

もちろん初めは、飲めればそれでじゅうぶんでした。気の合う友達と、飲み放題のチェーン店で、毎度たわいのない話でワイワイ騒ぐ、酔えればいいという酒。それが、いつの間にか「酒場自体の味わい」に惹かれ、「全ての酒場」を愛しく思い、ひいては「酒とは？」という、到底ひとりの人間が答えを出せるものではない命題に思いを巡らせている。そういう自分が形成された経緯には、人生の中の3つの期間が大きく影響しているように思います。ひとつは20代前半、たまり場化していた友人宅を拠点に、高円寺という街に入り浸った、途切れることのない泥酔の日々。もうひとつは30代前半、当時の恋人、現在の妻が、ありがたくも喜んで付きあってくれた、週末ごとの酒場巡りの日々。そして最後が、高円寺の時期とも一部かぶるのですが、大学を卒業してすぐに3年ほど勤めた会社の同僚たちとの、仕事の愚痴をつまみに飲む、不毛な屋台酒の日々です。

学生時代、今と変わらずぼーっとしていた僕は、なぜか就職活動というものを全くしておらず、卒業間近に慌てて面接を受けた会社にそのまま勤めることになりました。

風俗雑誌を主に扱う広告代理店で、面接へ行くといきなり社長が自分を含む学生数名と対面し、「じゃあ全員、月曜からうち来れば?」っていう、超おおざっぱな会社。ホワイト企業であるはずもなく、出社は12時、定時が20時。が、毎日2〜3時間の残業は当たり前。

僕のいた制作部のメンバー、自分以外の3人は女性だったんですが、全員筋金入りの酒好き。22時を過ぎる頃になると、もう頭も回らなくなってきて、誰からともなく「そろそろ行く?」というムードが漂いはじめます。おなじみの経理のK君にも声をかけ、行くのはもちろん酒場。それも約3年間、ほぼ毎日同じ店。今考えるとどうかしてるんですが、当時の自分たちは何の疑いもなく、あるひとつの店に通い続けていたんですよね。

その店というのが、今はもうなくなってしまったんですが、大久保の職安通りにある「ドン・キホーテ」の入り口横で営業していた、屋台風の中華屋。僕らはただ「屋台」って呼んでたんですが、確か店名を「ワンズキッチン」といったと思います。2階は普通の店舗になっていて、階段を降りた1階部分に簡易的な飲みスペースがあり、持ち帰りやちょい飲みに対応している。何しろ気軽なので、店舗の方にはほとんど行かず、もっぱらこの屋台でばかり飲んでいました。

当時「マグナムドライ」っていう発泡酒があって、そこでは150円という破格で出していたので、飲むのは決まってこれ。帰る頃には空き缶でタワーができているのが定番。つまみは、「小籠包」とか「焼きまんじゅう」とか、点心系がメインで、なかでも我々から絶大な支持を得ていたのが「海老の長春巻」。春巻の皮で小エビたっぷりの餡をくるんで揚げた、直径2・5㎝、長さ20㎝ほどの、円柱状の物体。あっつあっつの湯気に包まれ、カリッと噛み締めると、プリプリのエビの旨味と食感が口いっぱいに広がる幸せの味。メンバーそれぞれ、醤油、ラー油、黒酢の割合にこだわりがあり、僕は3：3：4だったと記憶しているんですが、これをちょんちょんと付けてはひとかじりし、ゴクゴクとマグナムドライで喉を洗う。あぁ、思い出すだけで悶絶してしまう、そしてもう味わえないことに絶望を感じる、「あの頃そのもの」の味……。

この長春巻は200円で、マグナムドライ2缶と合わせてちょうど500円。僕らはこれを「1セット」と呼んで「今日は2セットめいっちゃう?」なんて言いながら、今思えば全く無意味な「会社や上司がいかにわかっていないか」といった愚痴をつまみに、飽きることなく酔っぱらっていました。

人生をかけてなるべくいろんな酒場の空気感に触れてみたい、もはや「酒の変態」とでもいうようなものになってしまった現在の僕から当時の自分にアドバイスがあるとすれば「他の店も行けよ！」に尽きるんですが、あの時期、あのメンバー、あの場所だからこそ育まれたものって、絶対にあるんですよね。店員さんとすっかり顔なじみになって、夏は会社に届いたスイカを持ってってあげたり、冬場に鍋を頼んで、お願いして向かいのコンビニで買ってきたうどんで締めさせてもらったり、それまで飲んでいたチェーン店では絶対に味わえない「個人店の良さ」を教えてもらったのもあの店。今でも近くを通るたび、人生のなかでもやたらと濃密だった3年間の空気が、ふわっと戻ってくるような感覚を覚えます。

それにしても、あぁ、今は全てなくなってしまった、「屋台」、「マグナムドライ」、「海老の長春巻」のセット。もう一度だけでいいから味わいたいなぁ……。

005

# まちがいなく生きものがいた

いしいしんじ（小説家）

二十代から三十代にかけて、浅草から、隅田川にかかる赤い橋をわたった東側の、本所吾妻橋に住んでいた。年号は平成に変わっていたが、いまだ昭和、東京の匂いが、色濃く残っているように思った。

当時まだ珍しかった、高層公団マンションの十七階。日が暮れて帰り着くと、ドアの前にホームレスのおっさんが座って待っていたり、あるいは、勝手に部屋にはいりこんだイラン人四人が、ペルシア語のビデオを見たりしていた。鍵をかけると絶対外でなくすのでかけたことがなかったのだ。

食事はほぼ百パーセント外食だった。武闘派のオヤジがやっている鰻屋、夏は冷やし中華しか出さない中華屋、鉄板で唾を焼きつつ喋りまくる店主のもんじゃ屋。吾妻橋界隈はいろんな意味で濃厚な料理屋が多かった。

いちばん印象に残っている外食は、といえば、隅田公園の炊き出しだ。真夜中過ぎまでホームレスのおっさんとベンチで飲んでいた僕はそのまま寝てしまった。陽ざしを感じて目をあけると、まわりのみんな、ブルーシートの小屋からぞろぞろ這いだし、桜橋方面をめざして歩いていく。流れに押されるように自然に足がそっちへ向いた。

橋の向こうの広場にワンボックスカーが二台とまり、それを取り巻くように、五十人ほどのホームレスが公園じゅうから集まっていた。ワンボックスカーのひとびとは長テーブルを四脚ひろげ、マイクとスピーカーをセッティングし、クルマのなかから巨大な寸胴鍋を四つ運びだすと、赤いシンボルマークの描かれた旗をテーブルの横に立てた。統一教会の炊き出しだった。

用意がととのうと、白いだんだらな服を着た中年男がマイクを握り、聖書をひらいて話しだした。ホームレスたちは適当な列をなしつぎつぎと地べたに座りこむ。僕も列の後方で膝をかかえ座る。「神はみなさんとともにいます」と、男は語りかける。「ともに祈りましょう」なるほど、説教をきいてからでないとメシにありつけないのだな。ホームレスたちは上半身を揺らしながらきいている。ため息、舌打ち、咳払い。いくら話が長かろうが、メシのことを考えれば、説教師をヤジるわけにはいかない。が、我慢が限界に達したとき、ホームレスたちはつぎつぎ、創意工夫をこらしたヤジを飛ばしはじめた。「ハレルヤッ!」「ハレルヤだよっ!」「アーメン!」「アーーーメンっ、てば！」

説教がおわり、さいごにみんなで立ち上がり歌をうたう。カセットデッキのボタンが押しこまれる。みな歌詞を暗記しているようだった。歌は二番まであった。僕は頭がくらくらした。

（一番）
神様ゆるして　神様ゆるして
神様ゆるして　神様ゆるして
神様ゆるして　神様ゆるして

（二番）
神様ありがとう　神様ありがとう
神様ありがとう　神様ありがとう
神様ありがとう　神様ありがとう

プラ皿の白米に寸胴鍋の味噌汁をぶっかけ、その上にハムの切れ端とキムチをのせる。配膳係は僕をちらと見やったがなにもいわず皿を手渡してくれた。ベンチがあるのに座って食べるものは誰もいなかった。みんながみんな、立ったまま中身を一気にかっこむと、プラ皿をゴミ袋に投げ入れ、もうなにも見たくない、といった勢いで背を向け、早歩きでつぎつぎに広場を立ち去っていった。

住宅街のなかに、格子戸の前に水をまき、丹精に鉢植えをならべた定食屋があった。いつ前を通りかかってもさがっている「営業中」の札、のれんの位置、すべてがきっちり、几帳面に整えられている。

ある日、中途半端な時間に腹がへり、初めてこの店にはいってみることにした。戸は、からから、と乾いた音をたてた。へんな時間のせいだろう、客は誰もいない。店の奥から、低い男性の声で「えい、いらっしゃい」と声がかかる。白いクロスのかかったテーブルが六脚。天井近くのテレビでは、酒好きで有名な色黒の司会者がなにかまくしたてている。青白い陶器のリス、磨き上げられた木のだるま。水はセルフサービス。店の奥側にひらいた木枠の配膳窓のむこうで、白衣がさっとひらめき、さっきと同じ声が「お客さん、なんにしやしょう」といった。

壁に二十ほどかかった木札のメニューを眺め、僕は「カキフライ定食、おねがいします」といった。配膳窓のむこうで声が「へい、カキフライ定食。お待ちください」といい、店の奥にむかって「おーい、カキフライ定食、いっちょう」といった。すると、店の奥まったところで、同じ声が「えーい、カキフライ定、いっちょおう」とくりかえすのがきこえた。ひとりで複数の役をこなす、一種のプレイなのかもしれない。

テレビでは司会者が喋りつづけている。窓際に置かれた水槽の底から、コポコポ、と気泡があがっていく。光の加減のせいか、水中にはなんの魚もいないようにみえる。立ち上がり、配膳窓の下のティッシュペーパーを取ろうとすると、箱が台の上にテープでのり付けされている。ちょうどそのとき、店の奥から「えい、カキフライあがったよう」「わかりましたあ」とまた、同じ声のやりとりがきこえ、しばらくして配膳台のむこうからカキフライ定食をのせたお盆が差しだされた。

「えい、お待たせしましたあ」

僕は盆を受けとり、自分で、クロスのかかったテーブルまで運んだ。割り箸をとり、さて、と見まわす。カキフライと千切りキャベツ、茄子とねぎの味噌汁、ほうれんそうと厚揚げの煮物小鉢。やはり、几帳面すぎるくらい几帳面にならんでいる。

小鉢を手に取る。よくみると、厚揚げの断面の下半分が、緑色に染まっている。そういう会席料理、ではないな、と箸でつまみあげてあらためた。一日やふつか、ほったらかしにしておいても、なかなかこの色までは染まらない。なにか間違いがあったのかもしれない。

ふう、と息をついてテレビをみあげる。置かれた向きが、微妙に曲がっているのに気づく。

やっぱりカキフライから、と、ひとかじりするや、からだが裏っ返しに裏返った。磯のうろで腐りはてた未知の死骸を口中に押しこまれた感触。強烈な臭気。僕はさっき取ったティッシュのなかに、激烈にまずいそのぐじゃぐじゃを吐いた。何重に包もうが臭気は消えない。この、カキフライに似たなにかを、もう視野にいれたくない。僕は逃避先をもとめ、味噌汁の椀を手にとった。

ぷくぷく泡がたっている。窓際に置かれた水槽の水底のように。しかしこちらには、まちがいなく生きものがいた。茶色い味噌汁の水面で、六本足の茶色い虫が、ばたばたとしぶきをあげてクロールしていた。

僕はゆっくりと立った。急に、だったかもしれない。よく覚えていない。そのとき、テレビの向きだけでなく、クロスのかけかた、陶器のリスの位置、店内のすべてが、一見几帳面にみえ、ぜんぶ微妙に、ぐにゃっとずれているのを理解した。

盆をもって配膳台に運び、「おじさん、おじさあん」と声をかけた。「えい、なんだあい」と奥から声がした。「おじさん、味噌汁に、むしはいってる」と僕がいうと、足音がぱたぱた近づいてき、そうして配膳台の横のドアが開いた。ごま塩頭の老人が飛びだしてきて「むしい？　そんなもん、はいっていやがったかい」といった。老人の顔面は半分脱脂綿で覆われていた。「ごめんよお、ごめんよお、おじさん、目がみえないんだよ」

006

# あってなくなる

**俵万智**
（歌人）

歌集『サラダ記念日』の見本が出来た日、編集者が食事の後に連れて行ってくれた。新宿の厚生年金会館の裏側にある小ぢんまりしたバー。「英（ひで）」を一人で切り盛りしているのは、ママの英子さんだ。カウンターから見える位置に神棚のようなものがあって、そこに本を飾ってもらうと売れるという言い伝えがある。出来たてほやほやの一冊を、置いてもらった。

「さあ、これで大丈夫！　ベストセラーになるわよお」と豪快に笑う英さん。その時は知らなかったが、「英」は有名な文壇バーで、かつては檀一雄、その頃は中上健次といった作家（一度遭遇して、本にサインしてもらいました）が通い、文学賞の二次会で貸切られるような店だった。

大学を卒業して、そのまま神奈川県の高校教師になって二年そこそこ。社会人としてもひよっこ、まして出版業界のことなど何も知らない自分だった。ただ、きっぷのいい英さんのたたずまいに魅了され、その日以来、都内で仕事や食事をした後は、必ず立ち寄るようになった。

「書けない時は、書かなきゃいいのよ！」（純文学の作家が、実入りのいい仕事に日和っていると、お怒りの英さん）「同じ屋根の下に、物書きは二人いらん！」（隣席のライターさんに口説かれそうになった私を、助ける英さん）「昔から、営業がよくやることなのよ。そんな古い手じゃなく、言葉をつかいなさい！」（気まずくなった場の雰囲気を変えようと、水を華々しくこぼしたオジサンを叱る英さん）。

考えてみれば、相手はみな客なのだが、歯に衣着せぬ物言いは痛快で、誰も頭が上がらない。もちろん、いつも怒っているわけではなく、包みこむような笑顔に励まされている人もたくさんいた。英さんの叱咤激励の魅力は、その人柄だけではない。大変な読書量に裏打ちされているのだということも、通っているうちにわかってきた。古今東西の名作、直近の話題作だけでなく、単行本になる前の文芸誌や新聞小説にまで目を通しているのだ。作家の信頼が厚いのも、頷ける。

「英」の神棚に置かれた歌集は、本当にベストセラーになり、その後私は、たぶん人生で一番忙しい時期を過ごした。その時も「英」には足を運んだ。そんな時だからこそ、行きたいとも思った。英さんの顔を見ると、なんというか平常心が保たれるのだ。

「本当は、あんた（みたいな小娘）が行けるような店じゃない」と、ある出版社の人から面と向かって言われたこともある。ぽっと出て、ぱっと売れたからといって、勘違いするなよということだろう。まことに、もっともな意見だ。そういう目で見ている人もいるということを教わって、謙虚になった。が、やっぱり「英」通いはやめられない。はいはい、私は世間知らずの小娘なもんで！というスタンスで通すことにした。

実際、私の世間知らずぶりは、英さんからも心配され、何度か親身なアドバイスをいただいたことがある。直接電話をもらったり、休日プールに誘ってもらったりして、世の中や文壇のことを教えてもらった。

親のせいにするわけではないが、うちの両親は、気づかいを目に見える形ですることを一切しない。たとえば、父は大企業のサラリーマンだったが、一度たりともお中元やお歳暮を上司に贈ったことがない。部下からは、めっちゃ贈られてくるというのに。感謝は心と言葉ですればいいという信念を、清々しいまでに貫いていた。モノを貰ったかどうかで態度が変わるなどというのは、人としていかがなものか、という考え方である。

そんな両親を見て育ったので（結局、親のせいにしているが）私は、感謝の気持ちを形にするのが苦手で、後ろめたささえ感じてしまうタチだった。モノでお礼とか、失礼なんじゃないかと。でも、やっぱり、いい大人は、形にするべき時は形にするべきなのだ。今の自分が、社会人としてそこそこ感じよく振舞えているとしたら、まったくもって英さんのおかげである。

詳しくは書けないが、恋愛がらみで文壇の地雷を踏みそうになっていた時も、英さんがブレーキをかけてくれた。若干の心残りはあるが、引き返してよかったのだと、今では思う。

当時は、まだバブルがはじけておらず、地上げが盛んだった。厚生年金会館の裏という好立地だった「英」も、その影響を受けることになり、「次の場所が見つかるかどうか……」と英さんは顔を曇らせていた。見つからなければ、移転ではなく閉店ということになる。

いくつかのやさしい記憶　新宿に「英」という店あってなくなる

しばらくして、朗報が届いた。四谷三丁目で、再オープンするとのこと。短歌では「なくなる」と言いきってしまったが、なくならなくて、本当によかった。

この一首を含む連作が雑誌『文藝』に掲載されたので、一冊献上しようと、「英」を訪れた時のこと。カウンター席で、評論家の川村二郎先生が、一人で飲んでおられる。「せっかくだから読んでいただいたら?」という大胆な英さんの勧めもあって、おずおずとお目にかけた。

十首以上ある短歌のなかで、先生は「英」の歌をあげて「これ、いいですね。あってなくなる……この「あって」が、とてもいい」と気さくに応じてくださったのだった。

散文なら「新宿の英という店がなくなった。」でいい。なぜなら、あったからこそなくなることができるので、わざわざ「あって」というのは蛇足になる。けれど、短歌の場合は、五七五七七のリズムにのる中で、この「あって」にグッと力が入る感じになり、あった時の大切な思い出や、確かに確かにあったんだという思い入れのようなものが伝わる仕組みになっている。また、物言いとしては若干稚拙な感じになり、駄々をこねているようなニュアンス（あったのに！なんでなくなるの！）が出るメリットもある。作者として一番工夫したところを、ピンポイントで褒めていただき、我が意を得たり。「さすが先生、わかっていらっしゃる」と（これはもちろん心の中の声）生意気にも喜んだ。

英さんを囲むバス旅行というのが、しばしば行われていて、一度だけだが私も参加したことがある。柳美里さんと一緒に、温泉に入ったっけ。「二度と行けないあの店で」第二回の執筆者、矢野優さんも、確かお見えだった。

時は流れ、英さんもお年ということで、十二年ほど前に「英」は本当に閉店した。四谷三丁目の交差点に立つと、今でもふっと、目が店を探してしまう。

007

# 北京に捨ててきた金正日

向井康介
（脚本家）

北京で初めて北朝鮮料理を食べた。日記を辿ると2016年7月1日となっている。誘ってくれたのは、語学学校で知り合った、Nさんという夫がトヨタだかスバルだかに勤める駐在員の奥さん。まもなく帰国することが決まっていて、帰る前にどうしても行っておきたかったのだという。北京に来る前はインドに駐在していたこともある人で、なかなかに好奇心が強い人だった。

レストランがどこにあったのか、正確な場所は思い出せないが、たしか北京の中心からやや北東、空港の近くにある街、望京（ワンジン）辺りだったと思う。

望京は北京市最大のコリアンタウンとして有名で、韓国系のスーパーや料理屋が数多く点在している。たまに韓国の友人に会ったり、参鶏湯なんかを食べに来たりすることもあるが、普段はほとんど足を運ばない方角だ。大陸だけあって北京は何でもいちいち大きい。空は快晴でも、だだっ広い道路や、どこを向いても同じ形をしたビルが建ち並んでいるのを見ると、いつも口がぽっかり開いてしまう。

件の北朝鮮レストランは、幹線道路沿いのそれほど背の高くないビルの1階に入っていた。桃色の壁に、湖畔沿いに佇む宮殿の絵が大きく掛かっている。太陽のせいか乾燥のせいか、看板はかなり色あせているが、かろうじて「玉流館」という文字が読めた。

時代劇の屋敷風に作られた門が入り口で、中を覗くと、だだっ広い店内にいくつも円卓が並んでいる。右端に低い段差のステージがあって、その袂のテーブルにNさんが座っていた。料理もさることながら、この店の売りは踊り子たちの歌謡ショーで、Nさんもそれが目当てらしく舞台に近い席を取ったのだそうだ。

店に入ったのは夕方6時。北京の夏は日が長く、まだ昼間のような光線が窓から差し込む中、客は僕らの他に2、3組だけでどうも寂しい。まもなく青いチョゴリを身にまとった若い女の子がやってきた。この店では1つのテーブルに1人の給仕がつくようで、彼女はいわば僕ら専属のコンパニオンといったところか。切れ長の瞳をした美しい女の子で、濃い目の化粧の似合っていないところが却って幼さを引き立てている。鼻根が少し不自然に盛り上がっているので、もしかしたら整形しているのかもしれない。彼女の名前はすでに忘れた。

北朝鮮料理とはいうが、元は一つだった朝鮮半島が南北に分断されただけで、要は韓国料理となんら変わりはない。僕らはキムチなどの前菜と豚の焼肉、形だけは上品なチヂミ、そして、せっかくあるのだし、ここでしか食べられないものだからと、犬のチゲを頼んだ。

給仕の女の子が運んできてくれた北朝鮮のビールで乾杯。豚の焼肉をつまんで一杯やっていると、肉を焼いてくれていた女の子が「ちょっと失礼します」と言って店の奥に引っ込んでいった。まもなく、舞台がぱっと明るくなり、中古のスピーカーから古い歌謡曲が割れた音で鳴り始める。何事かと見ていると、舞台袖から3人の女が飛び出してきた。中の1人は僕らの給仕で、バービー人形が着ていそうな裾の盛り上がったドレスに着替えている。3人は伴奏に合わせて踊り、僕らの知らない韓国の歌を歌いはじめた。

その踊りというのが、なんというか懐かしさと新しさの間というか、例えるのが難しい。キレのあるキャンディーズ。過去にタイムスリップしたパフューム。どれも近いようでしっくりこない。ただ、その控えめなコケティッシュさがなんだか恥ずかしいけれど心地よくて、きっと僕の頬は緩んでいた。

15分ほどでステージが終わると、またチョゴリに着替えた僕らの給仕が息を弾ませて戻ってきた。韓国にも駐在したことがあるNさんが久しぶりに使う韓国語で歌と踊りを褒める。微笑みながら謙遜する彼女に、「喜び組」という言葉を思いだす。

犬のチゲは臭いがきつく、僕にとっては美味しいものではなかった。犬肉を食べるのはこれが2回目だったが（一度目はこれも北京の中華料理屋）、やっぱり好きになれない。辛さも相まって胃袋がずんと重くなって、ビールから先が飲めなくなった。給仕の女の子はとにかくなんでもいいからお金を使わせようといろいろと品物を勧めてくる。少しでも多く外貨を獲得するために、そうするように言われているのだろう。中国語も堪能で歌も踊りも上手い。北朝鮮ではエリートの部類に入るに違いない。「こういった北朝鮮レストランから脱北する人が多いそうですよ」とNさんが教えてくれた。たしかに海外だと逃げやすいのかもしれない。「その分監視も厳しいらしいですけどね」彼女もいつかは結婚して子供を持ったりするんだろうか。

30分後、またフロアが暗くなり次のステージが始まった。今度は中年のおばさんが中国語でテレサ・テンの「時の流れに身をまかせ」を歌う。街にも出してもらえず、軟禁生活同然で働かされる彼女たち。歌を聴いていると余計に胃袋が重くなる。

僕は給仕の女の子の押しの強さに負けて、帰りに焼酎と金正日のバッジを買った。

けれど、翌日よく見てみたら新品のはずの焼酎の蓋が半分開いていて、そんなもの飲む気にもなれない。金正日のバッジも、ネタだと思っても到底つける勇気はなく、結局どちらも北京の道端に捨ててきてしまった。

008

# 煙が目にしみる

玉袋筋太郎
（芸人）

「ほ〜ら、エサの時間だよ〜ぴぃ〜ぴぃ〜ぴぃ〜って小鳥みたいに泣きな〜」、5歳の息子は無邪気に小鳥の雛の真似をして「ぴぃ〜ぴぃ〜」とさえずり、口を鳥の嘴のように尖らかせ、手を羽のように羽ばたかせ、オレの箸から与えられるユッケをついばむ。

「よ〜し、よ〜し、可愛い小鳥だなぁ……、美味しいか？」

「おいしい、ぴぃ〜ぴぃ〜」

「そうか、ならほら、またあげよう」

「ぴぃ〜ぴぃ〜」

前に一緒に見た動物番組の鷹が雛に、捕らえたエサの動物の肉やら内臓を嘴でちぎって雛にエサを与える映像を、ユッケに見立てて真似るバカな親子の遊びを妻は「馬鹿な事やってんじゃないよ」と呆れていた。

はじめてここ東高円寺の焼肉屋の「寿楽」に訪れたのは息子が3歳の頃だ。この時期のオレは仕事が右肩上がりに入るようになり、給料が上がれば生活レベルも上げていこうと躍起で、妻と息子の3人で3階建ての一軒家で暮らすようになっていた。そして近所の焼肉屋さんを探している時に、駅前の雑居ビルの2階にあったこの店に惹かれた。

ショーケースには、ありがちな色が変わってしまっている肉のディスプレイ。銀色の楕円の皿に載っけられたカルビ、ロースの変色ぶりをみて、「この店は信用できる！」と入ってみた。どうも好きになれない無煙ロースターから始まる一連のバブリーで小洒落た焼肉屋さんでなく、コンロで焼く家族3人で経営している焼肉屋の様なスタイルのお店を好むオレにはピッタリの店だった。

焼肉屋のオーダーの序盤、我が家の定番は「ビール〜キムチ〜ナムル〜ユッケ〜タン塩ね〜」で始まる。街の柔道場の畳よりも年季が入った畳の座敷に座ってビール、キムチ、ユッケで息子と遊んで待つと、タン塩が出てきた。

分厚い！タン塩である、棒状の冷凍のタンをスライスした上に塩コショウをふりかけてあるようなタン塩が苦手なオレは、ここで出てきたタン塩に一発でやられた。分厚いタンが、葱やらニンニクやらで作られた、この店特性の塩ダレにしっかり揉まれて出てきたのだ。

つい癖で「レモン頂戴！」と、小豆色のとっくりセーターを着て、楕円のフレームのメガネを掛けた女将さんに伝えると「？」という顔をして、「レモンはあるにはあるけど、うちのタン塩はこのまま焼いて食べて」と、この店にやってくる初めての客がやらかすであろうレモン発注をいなしてきた。

実際に焼いて食べてみる。これが美味いのなんの！　今まで結構有名な焼肉屋さんを攻めていたが、これほどのタン塩と巡り会えたことはなかった。この瞬間を境にオレはタン塩をレモンで食べることをやめたほどである。絶妙な塩ダレに漬けられたタン塩に家族は大満足。服に煙の匂いがついても、家からも近所だし、まっすぐ帰って風呂入ったらいいんだから、ここに通おう！と決めた。

しばらくして、芸人の仕事でしくじってしまい、謹慎処分を受け、仕事と収入を無くし、3階建ての家で暮らすことができなくなって実家である西新宿のボロマンションに引っ越す羽目になった。贅沢な一軒家からの引っ越しも残念だったが、「もうこれで寿楽もしばらく行けないなぁ……」の落胆のほうが家族に重くのしかかった。

それでもどうにか焼肉代を捻出して新宿から東高円寺の寿楽まで基本、月1回のペースで通うようにした。それから、何かの節目の夜は「寿楽行こう！」と言うのが家族の合言葉になった。

息子の進学祝い、息子の学期末、息子の運動会の夜、息子の空手の試合の後、卒業式の夜、入学式の夜、家族の誕生日、オレが東京マラソンに出場した夜、そしてクリスマスと「今日は寿楽行こうぜ！」を実行してきたのである。

寿楽に通う年月を重ねれば、息子も成長するのは当然で、息子が小学校高学年ぐらいになると照れだすようになり、小声の「ぴぃ〜ぴぃ〜」となり、高校生になると「オレの分のユッケ一皿ちょうだいよ」となり、オレが大好きだった恒例の「ぴぃ〜ぴぃ〜」遊びが出来なくなってきた。そんな一抹の寂しさを感じつつも、「まだ一緒に行ってくれるだけいいか」という思いで寿楽へ家族で通い続けた。


ある日、お店に大きな模造紙に手書きで「この地で長年経営してきました当店ですが、駅前の開発に伴い、来月の31日をもって閉店させていただきます。店主」という張り紙。

家族での外食の回数も少なくなってきていたが、寿楽があるからそれを継続できたのに、肝心要のそのお店が閉まってしまう。その頃は仕事も順調に回復して、新宿の実家からまた東高円寺がある杉並区に引っ越していた。仕事が順調ということは、プライベートな家族の予定は、仕事のスケジュールがある限り、仕事が優先になる。最後の日の31日には行けないが、前日の30日が空いていたので、家族3人最後の寿楽に行くことにした。

女将さんは「赤江さん、今までありがとうね」と家族3人に声をかけてくれて、いつもの赤江家の寿楽が始まった。ビール、キムチ、ナムル、ユッケ、タン塩、ユッケは2人前だ。

「おい、寿楽最後なんだから、覚えてるだろ？　ぴぃ〜ぴぃ〜」

「うん……？　ぴぃ〜ぴぃ〜？　……ああ、覚えてるよ」

息子は怪訝な顔をしている。

「最後なんだから、ぴぃ〜ぴぃ〜」

箸でユッケを摘んで髭もうっすら生えてきた息子の口に持っていく。めんどくさそうな仕草で息子は周りをキョロっとしてから、本当に小さい声で「ぴぃ〜」と言ってユッケを喰ってくれた。

そこからロース、ミノ、ハツ、ホルモン、どれもこれも最高に美味しい。酒もすっかり回り、最後の締めのテグタンクッパを啜っていたら、なんだかこれまでの寿楽での家族の風景が猛烈に脳裏に蘇り、もう、家族でこの煙にまかれた幸せな空間がなくなってしまうと思い、感極まってしまいクッパを啜るどころか涙を流し嗚咽して鼻を啜っている自分が居た。そんなオレを息子はクールに黙って見ていた。オレの寿楽が終わった瞬間だった。

次の日の31日はオレは仕事で地方に飛んだ。2泊3日の仕事を終え、自宅に帰ってくると、大きなビニールの包みが置いてあった。なんだ?これ?と袋を開けてみると、寿楽のコンロだった。妻に「どうしたんだよ?これ?」と問うと、オレが地方に行った31日、妻と息子は2人で寿楽最後の日に行ったというのだ。女将さんが「もうこの店を閉めたら使うこと無いから、邪魔じゃなければ赤江さん、これ持って帰って」と言って譲ってくれたというのだ。その時の住まいは、オール電化になってしまっていたので、寿楽のガスコンロの使いみちはないのだが、妻はせっかくの思い出だからと頂いたという。


「パパ、ちょっと驚いたんだよね」

「どうした?」

「晃宏(息子)のことなんだけど」

「なんだよ?　あいつ、よく2日も行ってくれたなぁ~それが驚きか?」

「うん、それも驚いたんだけど、あの子、最近すっかりクールになってるじゃん」

「そうだなぁ~あの野郎はオレが苦手なビジュアル系好きだしよぅ、カッコつけ過ぎだよなぁ~」

「そんなあの子も、やっぱり、寿楽には思いがあったみたいでさぁ〜、それまではいつもどおりだったんだけど、最後クッパ食べてる時、ポロポロ涙流しながら食べてんの、パパみたいにオイオイ泣いてるわけじゃないんだけど、なにも言わずクッパをポロポロ涙流して食べてたんだよ、私、驚いちゃった」

「そっかぁ……あいつ、あの野郎、オレが思わず泣いちまった時はよぅ、しれ〜っとして見てただけなのになぁ〜」

「ねぇ〜」

こうしてあの寿楽は「二度と行けないあのお店」となった。

が、同時にあの頃「ぴぃ〜ぴぃ〜」と無邪気に鳴き真似をしながらユッケをついばんでいた、あの雛の巣立ちの時となったのだ。

009

# ホープ

## 水道橋博士

（芸人）

「ホープ」という店名の洋食店だった──。

10代の終わり、明治大学に進学することを口実に地元・倉敷から上京した。

しかし、心に秘めた野望はビートたけしの下へ行くことだった。

テレビのタケちゃんマンは思春期のボクのスーパーヒーローだった。そして、ラジオのビートたけしはボクの救世主に違いないと思った。

あの日の深夜放送は、ボクの耳元で「あんちゃんはさー、オイラのところへ来いよ！」と言っているように聞こえた。

最初に住んだのは、世田谷区千歳台5丁目の賃貸アパートだった。

大家が1階に住む築30年以上の日本家屋の2階。

「中山荘」と書かれた表札のある外付けの階段を上りきった左端の201号室に下宿した。

京王線の千歳烏山駅と小田急線の祖師ヶ谷大蔵駅の中間地点にあったため駅からの便は悪かったが、生活の大半はスクーター移動だった。

周囲は、そこが世田谷とは思えないほど長閑で、昔ながらの宅地と木造アパートと耕作が中途半端に放り出された畑だらけだった。

下宿の隣には稲荷神社があり、木々に囲まれ鬱蒼としていた。

よく2階のサッシの窓から息抜きに境内を眺めたが、ボク自身が鬱屈していた。

通りを一本隔てて青山学院大学の世田谷キャンパスの学舎が大きくそびえ、周囲を見下ろしていた。

その威容に「人間至る処青山あり」という漢詩を想起した。

そう言えば、ある日、ボクの下宿の隣室に青学の学生が入った。

モルタルの薄い壁越しの会話は筒抜けだった。

やがて彼は初めてできた彼女と同棲を始め、初心な甘い会話を繰り広げ、そして夜な夜な若く青い嬌声が聞こえてくるようになった。

そんな夜、自分が童貞であることの敗北感を噛み締めながら、壁に耳を当てて自らを慰めた。

ボクは結局、大学は4日しか行かなかった。取得単位はゼロ。

本当の望みであった、ビートたけしへの弟子志願も、多摩川河川敷の早朝草野球の様子を遠目に眺めただけで、怖気づき、一度きりで諦めていた。

1986年のある日、小さなSONYのブラウン管テレビに、かつて一世を風靡した喜劇人・東京ぼん太の訃報が流れた。

唐草模様の風呂敷を持ち、栃木弁で「夢もチボーもないね！」と語る往年のヒットギャクが紹介された。享年47。

24歳になったボクは、もう人生の半分が過ぎてしまっている。

暗闇の躊躇と足踏みが続くなか、時間は容赦なく進み、全てはもう取り返しがつかないように思えた。

生活は荒んでいった。

朝は開店前から千歳烏山の駅前のパチンコ屋に並んだ。そして、夜は岡山時代から顔見知りだった仲間やバイト先のオーダーワイシャツ屋で知り合った同世代の大学生と自室で徹夜麻雀に明け暮れた。

自分は社会不適合者で、「人間のカス」として澱み、漂うだけで、一生浮かび上がることはないと思い込んでいた。

荒涼たる自意識、漠たる不安は果てしなく何処までも広がっていた。

朝、目を覚ましても、何もやることがなかった。

生きていても死んでいると思った。

生来、臆病で内気なうえ、若者らしい覇気もなかった。

社会を妬み、嫉み、人生が長すぎることを悔やんだ。

金もない、彼女もいない、生きがいもない、そんな下賤のドブ板生活が4年間も続いた。


類は友を呼ぶ。

「ホープ」は、そんな自堕落な学生生活を送る麻雀仲間が夜に集う店だった。

環八を横断し、千歳船橋へ抜ける道沿いに、その店はあった。

砂利だらけの簡易駐車場、居抜きで改装したらしい店構え、染み込んだニオイと油まみれの壁、洋風でありながら薄暗く廃れた気配。

マスターがひとりで切り盛りするからだろう、メニューは全て1000円以下の良心的な値段だった。

そこには、環八沿いの数あるファミリーレストランに馴染めない人間たちが集っていた。夕方4時に店を開け、深夜遅くまで営業していたが、デートらしきカップルは皆無だった。

それがボクにはむしろ居心地良く、いつしか常連になった。

いや、毎日そこに居た。

日々、何もやることがない仲間と一緒に。

シミだらけの白衣に身を包んだ、でっぷりとした風体のマスターは無口で淡々と料理を作り、若者の繰り言を静かに聞き流した。

熱々で肉厚の牛肉を煮込んだ黒いデミグラスソースのシチューを頼み、必ずライスを2人前たいらげた。

ライスのおかわりは、若者へ向けたマスターのサービスだった。

満腹になると、帰り道、同じ通りにあった、できたばかりのレンタルビデオ屋で宇宙企画のAVを借りた。

1日の終わりに食欲と肉欲を満たすことは、暗いトンネルからの脱出口、控えめに言っても青春という言葉とは裏腹の暗渠のなかに灯る仄かな光だった。

4年間、毎日そのルーティンを繰り返した。

ある日、就職を決め、倉敷へ帰ることが決まった仲間のOが言った。

「俺たち、毎日ホープに来て、ビーフシチューを食べ続けたけど、結局、俺たちには夢もホープもなかったなぁ……」

その場にいた「人間のカス」たちに突き刺さる共感で、皆が笑った。

1986年の夏、大学生活という4年に及ぶモラトリアムの時期を経て、将来の身の振り方が決まっていなかったのはボクだけだった。


その翌日の、8月29日。

深夜1時にひとりきりでニッポン放送へ向けて、スクーターのイグニッションキーを廻した。

ビートたけしの下へ行く。

もうボクは二度と引き返せないのだ——。


Oは田舎で働き、ボクが売れていない頃には時々、電話をよこした。

しかし、若くして病気をこじらせて、40代で死んだことを風の便りに聞いた。

あの日から三十有余年の月日が流れたある日、世田谷のTMCで番組収録があった後、かつて暮らしたアパートの周辺をひとりで歩いた。

都市開発で区画整理され、記憶した道筋を正確に辿ることはできなかった。

青学の世田谷キャンパスは取り壊され、マンションに変わっていた。

中山荘も建て替えられていたが、2階の部屋割りはそのままだった。いまだに学生を受け入れているのだろう。

ホープは――?

あの日の記憶の片隅に残る残像を探り、歩き廻った。

そこは、跡形もない更地だった。

ボクは夢を叶えたが、そこにはもう、ホープはなかった。

010

# 渋谷駅、スクランブル交差点周辺の数百軒

江森丈晃
（グラフィック・デザイナー／カメラマン）

行けない店。

ざっと思い出すだけで20軒は浮かぶ。

最新の記憶は世田谷区の某中華。ここは身も心も痛かった。いつもは〝紹興酒を飲みながら静かに本を読んでいるお兄さん〟として通(とお)っていたはずの自分なのに、その日は中国人店主が操る開閉式カウンターの金具に指を挟まれ大出血。真っ赤に染まるおしぼりを見やった店主は自分を厨房に呼び入れ、その場の常連客全員の視線を集めるように「イタイノガマンシテネー！　ニンゲンモシメサバ(しめ鯖)モオンナジョー！」とパフォーマンス。バックリと開いた傷口に塩と酢をぶっかけられ、同じ席へと戻された

のだ。

もうあのときの客には会いたくないし、「アナタデサンニンメヨー！」と笑った店主には、深刻な怒りもあったりする。

その店は和風の外観からは想像のつかない100パーセント現地味の家庭料理を出す店だったので、あの事故は残念でならない。もはや次の店へのアテンドのスキルが〝雰囲気がよく居心地のいい店〟などではなく、〝堂々とレバ刺しを出す店〟に変わったと思える現在であれば尚更である。


痛みを伴う中華といえばもう1軒。これは10年ほど前、某グルメサイト勤務の友人が入手した日本未入荷のプレミアム・テキーラを朝から1本飲み切ってしまい、そのまま夜の部へと突入。このご時世、夜道に巨大なドブが口を開けているなどとはつゆほども思わず、右足首を複雑骨折。すぐにリハビリを含めの長期入院となり、坊主も食わない病院食に耐え切れなくなった脱走者の自分が松葉杖で飛び込んだその店のランチは、まさかの〝中華バイキング〟であった。

お盆と松葉杖の相性はすこぶる悪い。「ごはん足りてるか？」「デザートも食べなさいよ」と先客たちに助けられなんとか食欲は満たされたが、あれも相当に恥ずかしい体験だった。思い出すだけで耳は赤くなり、足首は痛くなる。

またこれも10年ほど前の話になるが、ブ厚い遮光性のカーテンにより昼の10時にもその魔窟っぷりを維持していた中野区のBARでのこと。夜明けを挟み5軒ほどをハシゴし、自分以上に泥酔していた友人Aがフロアに倒れ込む際、あろうことかそのカーテンを摑んでしまった。パラララララッ！と連続する軽い金属音とともに、スローモーションで舞い落ちる防御壁。店内には真夏の太陽光が一気に充満し、テーブルを占拠していた常連客たちは目をヤられ、ヴァンパイアのように燃え上がった（ように見えた）。

そこまでならただのうっかりだが、それぞれの暗がりを頼りにそれぞれの厭世を溜め込んでいた先客たちの怨嗟は根深い。すぐに彼らとAは「あらぁ！このガキがぁ！」「わざとじゃねぇでゅろう！」という、聞き取り困難の舌戦に突入。怒りとアルコールに燃えたAは、腹いせに2枚目のカーテン外しを故意に行い、当然僕らは出禁となった。

六本木のある店では、飲み慣れないヴィンテージ・ラムの猛攻に、買ったばかりの携帯を忘れ、翌日に取りに戻った際、今度は眼鏡を忘れて帰ってきたこともある。そもそも忘れ物や失くし物というのは酒がうまく生活に馴染んでいないことの発露であるから、これも相当に恥ずかしい話なのだが、しかしこのぐらいでは〝行けない店〟にはならない。

20年来の友人であり、酒さえ飲まなければ某レコード会社の敏腕ディレクターとして暗躍するBくんは、道玄坂マークシティの裏手に位置する某24時間営業モツ焼き屋の畳席で全裸となり、隣あわせた不良外国人と激しく飲み交わすうち、座布団に突っ伏し石化。目が覚めたときには財布やカバンはおろか、服や靴までごっそり盗まれていたそうで、店員さんに土色のジャージと千円札を借り、タクシー乗り場まで裸足で歩いたそうだ。こうなると、もはや遺失物界のオーソリティである。彼曰く、過去には某野外フェスへの往路に使ったレンタカーまで失くしたことがあるとのこと。

Bに比べれば自分など赤子同然だ。そもそも中華料理店での緊急オペにしても、中野区でのヴァンパイア退治にしても、自分の酒癖や素行の悪さから引き起こされた罰ではないし、〝行けない〟ではないように思う。

ここには挙げない〝行けない〟にしても似たようなものであり、人には迷惑をかけていないが、運悪くなにかしらの騒動に巻き込まれることで、勝手にそのリストが伸びていっただけなのだ。

しかし残りの10軒あまりは、もしかしたら自分のせいかもしれない。歳を重ねるごとに、その想いは強くなる。

僕の〝行けない〟の筆頭は、渋谷駅のスクランブル交差点を抜けすぐの場所にある、赤色のチェーン居酒屋だ。

2000年の正月休み、親友が死んでしまった。第一報は彼の奥さんからの電話だった。

「あのね、Gくんがね、ベランダから飛び降りちゃったの」

Gとはそこから遡ること10年ほど前、職場の同僚として出逢った。5つほど歳上の先輩なのにとても気さくな彼の性格と、なにも知らない自分の甘えがうまく噛み合ったのか、僕らはすぐに打ち解け、ほぼ毎晩のように酒を飲むようになった。ふたりとも中古レコードが大好きで、そのためいつもお金がなかったから、商業ビルの4階に入っていた先述の赤色チェーン店が音楽談義のための定宿となったのだ。

その店は毎週月曜日に限り、今でいうところの〝メガジョッキ〟の生を1杯190円で出していた。まだ発泡酒という言葉は定着していなかったように思う。それを乾いたお通しと最小限のアテで10杯以上も飲まれた呆れ顔の店長は、いつしか僕らを〝マンデーカスタマー〟と呼ぶようになった。

そこまで呑んだとしても、僕らの無駄話は終わらない。大抵は互いの部屋へと場所を移し、朝まで業務用のワインをガブ呑みしていた。翌日の職場には「ふたりいっしょに休むのは不自然だから」となんとか顔を出し、重い身体を引きずり仕事を終えればまたビール。またワイン。そんなことが楽しくて嬉しくて、酒やツマミの味なんて、気にもしなかった。

数年後、Gは流通業界の大手へ、自分は編集やデザインのほうへ進んだのだけど、僕はGと朝までレコードを聴きながら過ごした日々からうまく卒業することができず、転勤族の彼が引越しをするたびに、なにかしらの理由をつけては遊びにいき、また彼も、東京出張の際には僕の部屋に泊まっていた。

ヒースロー空港で現地集合してのパブ巡りや、某花火大会のスタッフ席に忍び込んでの乾杯は、間違いなくこれまでの宴の最高傑作だ。

そんなふうに、僕らは仲がよすぎるほどによかったから、あまり大勢で遊ぶということをしなかった。〝よきライバル関係〟に第三者を入れたくなかったというのもあるかもしれないし、お互いに結婚を済ませたあとは、無駄な連絡をしないことこそが安泰の知らせであり、いつまでも子どものままではないことの証明のように感じていたのだと思う。そうして僕らは毎年いっしょに過ごしていた正月休みを、互いのために遠慮するようになっていった。

Gが死んだその年の正月も、「ところでこの休みはどうしてんの?」のひと言が照れ臭く、僕は電話をかけようかどうしようかと迷いに迷ったのち、いつでも会える友人たちと、惰性の酒を飲んでいた。頭のどこかで「足りない」と思いながら。

Gがあまりの激務にストレスを溜め込み、毎晩の酒量はいよいよウイスキーを◯本という単位となり、その夜、溜まりに溜まった空きボトルを不燃ゴミに出すように、ついに命まで捨ててしまったというのは、僕がなんとか人に伝わる滑舌をキープしながら弔辞を読んだ後に知らされたことだった。

Gの実家は東北の温泉街にあった。葬儀の後に立ち寄った小さなおでんの屋台では、隣に座ってきた初老の男性客に、いきなり「俺もそうなんだよ」と話しかけられた。お互いに親友を亡くしたこと、そしてその死因がほぼいっしょであったことに、見えざる大きな存在を感じたりもした。

Gが亡くなってからというもの、彼と聴いたレコードは、すべてダンボールに詰められ眠ることになった。そしてまた、Gといっしょに巡った名店や迷店も、〝行けない店〟となってしまった。

Gが亡くなって早20年、今も自分の中で育ち続けるものがある。それはGが自分に植えつけた、ある種の諦観にも似た価値観だ。

その価値観とは、どんなにいい音楽であれ、居酒屋であれ、人の喜びの中心にはなり得ないということ。僕らが軸足を置くべきは、優れた演奏や美味それ自体の優劣ではなく、それらにサポートされることで営まれる、体験の密度であるということ。

自分とは何もかもが違う他人が綴ったカスタマーレビューや星の数になど、大した意味はないのだ。なぜなら、世間的には駄作とされているレコードも、どんなに評価の低い居酒屋も、その夜にフィットしてさえいれば……、そして願わくば、それをいっしょに笑い飛ばしてくれる友人が隣にいてくれさえすれば、それはふたりにとってのマスターピースやパライソになるのだから。

行けない店。

ざっと思い出すだけで20軒は浮かぶ。

僕は渋谷駅を出て、スクランブル交差点を渡り、頭上に光る赤い看板が見えなくなるまでは、今でもよそを向いて歩いているから、本稿のタイトルは〝数百軒〟とした。

*011*

# 真夏の夜の夢

土岐麻子（歌手）

その店は、世田谷区某駅から歩いて15分ほどのはずれにあった。にぎわう商店街を過ぎて、ひっそりとした住宅地を進む。かつてはおそらく細い川だったんじゃないかというような、緩くくねったカーブの坂をのぼり、お地蔵さんのいる祠を2つ越してやっと辿り着く。

昔からあるごく小さな喫茶店で、夜はスナックとしても利用できる。ハマる人はとても深くハマり、通い詰めるような魅力があるらしい。私の身近な音楽関係の知り合いにもファンは多い。

その日はお気に入りの居酒屋で飲んだあと、口の中をコーヒーでまとめたくなったので、すぐ隣にあったその店に初めて入ってみた。

蔦のからまる古城のように、長い年月のなかで自然とそうなったと思われる、ポスターや張り紙でびっしりの外観。とてもいちげんには入り難かったが、こちらは8人という大所帯だったので、勇気を分け合って扉を押した。

カウンター席の横にソファー席。

8人ちょうどぴったり、ソファーにおさまった。

カウンターの中には店主と思われる高齢の女性がひとり。いろいろな物で雑然としているフロアには、ボーイと思われる男性がのんびりとテレビを観上げている。

この男性、60歳くらいだと思うのだが、タックパンツをサスペンダーで持ち上げ、両手を前に組み、時折店主におっとりと受け答えるそのようすが、なぜか25歳くらいの青年を思わせた。

店主の女性とはひとまわり以上離れているように見えるが、親子という感じでもない。夫婦の会話にも聞こえない。恋人というのが一番しっくりくる。

なんというか、店という閉鎖された空間に何十年もいるうちに、歳をとることを忘れたふたりなのかもしれない、と感じた。

私たちは8人全員ブラックコーヒーを頼んだ。

そのときテレビで流れていたスクールウォーズについて、なつかしいとかあの役は誰だったとか、ひとしきり話した。

気づけば20分経っていた。

8人分のコーヒーなので、時間がかかることもあろうと想定はしていたが、なんとなく不安になった。それは、カウンターの向こうの店主のアクションが、コーヒーを淹れているそれとはかけ離れているように見えたから。

ひとことで言うと奮闘していた。ときおり小麦粉のような白い粉が舞う。うどんをうっているのか、パンをこねているのか。

おそるおそるボーイに注文が通っているかどうかたずねると、「時間がかかるからもう少し待って」と意外にピシャリと言われた。

先客のオーダーで混み合っているのだろうか。私たち以外はカウンターにひとり、サンドレスを着た長い茶髪の女の子が足を組み肘をつき、ラーメンをすすっている。ときどきボーイと談笑しているので、常連なのだろう。


そこからさらに20分。オーダーから40分経っている。

相変わらず小麦粉と闘っている店主。どしん！　どしん！

さきほどよりも白熱している。

とても集中しているようすで、ほとんど顔を上げない。

私はいよいよ心からコーヒーを欲しながらも、頭のなかで、思いつく限りの小麦粉料理を浮かべた。この状況を肯定しようとしていた。風変わりだが長い歴史を感じるこの店を、私も好きになりたい。

ボーイは相変わらずテレビに食い入っている。ハイライトだろうか、山下真司が泣いている。

こちらも少し泣きたくなった。

なぜか、永遠に終わらない閉塞感のようなものを感じた。

「歳を取らずに今がずっと続けばいいのに〜」などと思ったことはそれまで何度かあるが、この時、一杯のコーヒーにありつけない不思議さで、時間が流れていかないということは恐怖なのだと悟った。

と、突然、私の横を小さな黒い影がかすめ、目の前に座っていた先輩の脇腹に、ボスンとぶつかった。

（ゴキブリだ！！！！）

言葉にするのはどうにか遠慮できたが、私たち8人は声を殺してパニックになり、無言でパタパタと立ったり座ったりもんどりうった。

そして、行方を見失った……と思ったそのとき、カウンターのラーメン女子の、サンドレスの背中にひっついているのを確認した。カブトムシほどありそうな、それはそれはとても立派な大きさだった。

どうしよう……、教えるべきか知らぬが仏か……とハフハラと目配せをしていると、ボーイがあっさりと教えてしまった。

「あら、〇〇ちゃん、背中にゴキブリついてる（笑）」

「えええええ?!!!」

当然〇〇ちゃんは悲鳴をあげ、弾かれたように飛び上がった。こちらを振り向いた彼女はなんと、老婆だった。


ゴキブリの行方やカウンターの向こうの小麦粉のこと、この店の時の流れの不思議さ、いろいろなことが一気に恐怖となって同時に爆発した私たちは、示し合わせたわけでもないのにそのまま荷物をまとめ「ごめんなさいまた来ますうううう!」と言って我先に外に出た。

「はい〜。ははは」

背後からボーイの笑う声が聞こえた。

店を出て振り向くと、遠くに、看板の明かりの前に立つボーイとサンドレスの女性客の影絵が見えた。ボーイが背中についたゴキブリをピョンとはたいてあげると、

「きゃっ」

と短い悲鳴をあげ、ミニからのぞく細い脚を片方ピンとあげる彼女。

25歳と19歳にしか見えなかった。

心臓はまだバクバクしていた。


私たちはお地蔵さんの祠を2つ越して坂をくだり、中心街に辿り着いた。

そこで飲んだコーヒーは、時空のねじれから無事帰還したあとの一杯のような、ほんのり涙が出るような美味しさだった。


あの日はたまたまタイミングが悪かったのだろう。ひどい店という感想に着地するには謎がたくさんあって、人から「あそこどんな店?」と聞かれてもうまく答えられない。

ただなんとなく、命からがら、という言葉があてはまり、あのときからあの辺一帯には近づいていない。

# 012 ホワイトハウス

安田謙一
（ロック漫筆家）

1980年代の、ちょうど10年間を京都で過ごした。

以前、こんな文句ではじまる文章を書いたことがある。雑誌のカフェ特集の中のエッセイで、京都時代に出会った、今は無くなってしまったいくつかの喫茶店について書いた。

「二度と行けないあのお店」というお題をいただいて、いくつかの食堂を思い出そうとすると、やっぱり80年代に京都で出会った店のことばかりが出てくる。

たとえば、河原町通りから蛸薬師を西に数十メートル入ったところにあった「大文字」という蕎麦屋。売りである茶そばの味もさることながら、アールデコを取り込んだ内装が素晴らしかった。壁にある東郷青児の画を褒めると、店主は恥ずかし気に、複製ですと答えていた。レジで代金を支払うと釣りといっしょに駄菓子のようなガムを手渡してくれた。

店名は忘れたが、四条通りからライブハウス磔磔に向かう途中に入ったとんかつ屋。「世界のとんかつ」をコンセプトに、壁一面にメニューが貼られていた。ふたりで行って、せっかくなのでと、(正確には忘れているので、適当に)「アルゼンチン風とんかつ」「ハワイ風とんかつ」と別々にオーダー。2種類のとんかつを運んできた女給は困った顔をして「たぶん、こっちがアルゼンチンで…」。

名著『京都の中華』に出てくる北区の鳳舞のことを知ったのは京都を離れて、神戸に戻ってから。もっと早くから知っていれば、飽きるほど通って、くわいの入った焼売でビールを呑んだのに、と後悔ばかり。内装といくつかのメニューを記録してくれた、くるり「三日月」のPVに感謝したい。

そして、ホワイトハウス。左京区の北白川付近は、住んでいる部屋と別に家賃1万のアパートを借りていたので、自転車や歩いてうろうろと時間を過ごした。

疏水の近くの住宅街にその店はあった。大統領はいないけど、白を基調とした看板に偽りなしの店構えだった。「喫茶・洋食」と書かれた電柱のような看板からグッとくる。間口は狭く奥行きがある、という京都ならではの敷地に建つ、2階建ての洋館。デコ調のランプシェード、曲線を描くカウンター、床を埋め尽くすタイルなど、いちいち痺れるような意匠で埋め尽くされていた。この店を老夫婦がふたりで切り盛りしていた。

あいまいな記憶を補填すべく、インターネットで「左京区　洋食　ホワイトハウス」と検索してみると、そのうちのひとつにたくさんの写真がアップされていた。おかげで先に書いたランプシェードやタイルのことを堂々と書くことが出来る。ブログを書かれているのは、今は新宿5丁目でバーを経営されている方で、ホワイトハウスの店主夫妻とも交流があったそう。読むうちに、ああ、こういう文章が必要とされているんだろうな、と少し恥ずかしい気持ちになってきた。

その文章にあるように、客はいつも少なく、店はいつも薄暗く、とても居心地がよかった。夏の中庭から入り込む涼しい風について書かれているところで、自分の記憶にくっきりと色がついた。

500円ほどの定食をよく注文した。メニューに番号が振られているのは、京都の学生相手の食堂によくあるシステム。ほとんど味を憶えていない中で、クリームシチューは記憶に残っている。

老夫婦には障害のある娘さんがいて、その娘さんが読まれていたと思しき古い雑誌が店に置かれていたのが忘れられない。すでに時間は止まっていた。

# 013
# 酔うと現れる店

林雄司
（デイリーポータルZ編集長）

銀座に酔ったときにだけたどり着ける焼鳥屋がある。

たいてい2軒ぐらいはしごして、午前2時すぎに次の店を探していると現れるのだ。

いちど昼に酔ってない状態で探してみたが見つけられなかった。

だけど、酔っているときは暗い路地に輝くその店が簡単に見つかる。

晴海通りよりも西、中央通りよりも北のブロックのどこかだと思っているのだけど、確かではない。

店の入口は1階にある。狭くて奥に長い店で、入ると左側に通路、右側にテーブルが通路沿いに2つか3つ並んでいる。奥には厨房とレジがある。

その店の名物はフォアグラ。焼鳥のように串にささっている。こってりした味とふわふわの食感。1本でじゅうぶんな濃厚さである。ほかの焼鳥も特に変わったところはないのだが、オーソドックスにきちんと美味しかった。塩でお召し上がりくださいとか、バジルが上にのっかったりはしてない。ぷりぷりと弾力があって、鶏肉の味がする。

焼鳥屋にしては明るくて清潔な店内で、店員さんも料亭のような割烹着を着ている。光に満ちたその焼鳥屋で怖い人に睨まれたことを覚えている。実際に睨まれたのではなく、後から言われたのだ。

僕が酔ってはしゃいでいたら奥にコワモテの人がいて僕のことをずっと睨んでいたらしい。奥のテーブルの人、林さんのこと怖い顔して見てましたよ、と後から言われて震え上がった。そういうことは先に言ってほしい。

確かそのとき、僕は誰かが僕に気があるみたいなことを言われて浮かれてはしゃいでいたのだ。それで怖い人に睨まれながら（気づかずに）フォアグラを食べた。明るい店で。

高揚感と恐怖。彩度が高い記憶である。

子どものころの一日のようだ。学校ではしゃいで、先生に本気で怯え、家に帰ってテレビにハラハラする。

しかしそんな店が本当にあったのだろうか。だんだん自信がなくなってきた。

もしかしたら昼だと見落としてしまうような平凡な店かもしれない。酔っていたから輝いて見えた可能性もある。

食べていたのもフォアグラではなくてレバーかもしれない。そもそもそんな店は存在してなくて、僕は3次会に行かずに帰ったのかもしれない。帰りのタクシーの中で見た夢なのか。フォアグラじゃなくて馬糞だったらどうしよう。誰かが僕に気があるなんて話をするだろうか？　大人なのに。

疑問符はいくらでも出てくる。

でも、やっぱり酔ったときにだけ行くことができる輝く焼鳥屋が存在すると考えたほうが、楽しい。

いちどネットで検索して出てこなかったときにがっかりしたけど、少し安心したのはそのせいかもしれない。この原稿を書くにあたっても検索はしていない。

お酒を飲むという行為には少なからずそういう期待をしているのではないだろうか。昼は見ることができない楽しい景色を見たい。子どものころのような濃厚な体験がしたいという期待だ。

トーストは古くなったパンを焼きたての状態に近づけるための方法だったという。お酒を飲むのはトーストのようだと思う。古くなった我々が子どもに近づけるのだ。だって子どもって普段から叫んだり走ったりして酔っぱらいみたいじゃないですか。

あの焼鳥屋が僕が作った妄想だったとしたら、今度は下北沢あたりに現れて欲しい。帰りが便利なので。

014

# エスカルゴと味噌ラーメン

古澤健
（映画監督）

僕の父親はミュージシャンだった。80年代にはレコード会社と契約して、自分のリーダーバンドのアルバムを何枚か出していた。ライブがあるときには子供が起きている時間には見かけなかった。何日も家をあけるときがあったが、それは少し前に「旅だから」という言葉で予告されていた。ライブツアーのことをうちの両親は「旅」と言っていたが、それが一般的な用語なのかはわからない。父のアルバムのひとつには、ツアーでまわった距離をそのままタイトルにした二枚組のライブ盤があり、それくらい「旅」は（その頃の古澤家には）日常だった。父が売れるようになると家にいる時間は減り、だから一番下の妹は父と一緒に過ごした記憶があまりない。

母の実家で、曽祖母が亡くなったり祖母がクモ膜下出血で倒れたり曽祖父が亡くなったり、と色々慌ただしい時期があった。母は郡山の実家にしばらく帰ることになった。小学生の僕は父とふたりで生活をすることになった。2歳下の弟はその頃、伊豆の療養所に預けられていた（確か喘息の治療のためだったと記憶している）。

父には何人か弟子というか付き人がいた。「ボウヤ」と呼ばれていたが、どうして大人なのにボウヤなのだろうという疑問は特にわかなかった。母がいなくても、父がライブで家をあけても、うちにはボウヤが出入りしていて、あるいは彼らの実家に連れていかれたりして、僕は普段通りの生活を送ることができた。というか、振り返ると汗顔の至りなのだが、僕は漫画に出てくるようなわかりやすい「お坊っちゃん」だった。ボウヤの大人たちが、僕のことを「古澤さんの長男」としてチヤホヤしてくれることに胡座（あぐら）をかいて、彼らが作ってくれる食事に文句をつけたりしていた。僕が釣りをしたいと言えば、父はボウヤに命じて車を出させたりもしていた。後年、彼らのうちの何人かと再会したときには、真っ先に当時のことを謝った。

しかしたまにはボウヤの手配がつかないこともあった。そんなときには楽器車（ハイエース）の隙間に乗せられて、ライブハウスやジャズフェスティバルの会場へ連れていかれたりした。僕はあちこちで見知らぬ大人たちにチヤホヤされるのが嫌いではなかった。もともと子供に甘い父がコーラや漫画（母に禁止されていた）を買ってくれるのも嬉しかった。それに、子供心に「こういう生活は特別なことで、クラスのみんなは経験できないことなんだ」という特権意識もあった。父の仕事に付き添って学校を休むときなど尚更だった。

今となってはそれがどこなのかはわからないのだが、富士山が見える海沿いの道を走っていたから静岡のどこかだと思う。営業前のレストランに入った。どうやらそこのオーナーが父の仕事の関係者なのかファンなのか、とにかくなんらかのコネでそこで食事をすることになった。そのときに「こんなの食べたことないだろう？」と出されたのがエスカルゴだった。子供っぽい自尊心が強く満たされるのを感じた。弟も妹もそこにはいず、僕の頭の中にいる「普通の小学生」はエスカルゴなんて食べないし、しかもそれを出してくれるのは父の特別な友人であり、僕はその父の長男なのだ、と。それが僕にとって父との関係を象徴する記憶になっているのは当然だろう。

さて一方、その出来事があってから10年くらいたったとある日のこと。

僕は母と妹と祖母と一緒に、郡山のラーメン屋にいた。母が父と離婚して、郡山に戻っていた頃だ。妹は中学生になったばかり、思春期真っ只中だった。妹に言わせると、「お兄ちゃんはズルい」。それはその通りだと思う。妹が物心ついた頃には父はあまり家に帰って来ず、母が郡山に帰るのは僕の大学卒業を待ってからのことだった。

「お兄ちゃんだけがいいとこ取りをしている」という妹の認識は正しかったと思う。まあそれだけがきっかけではないだろうが、妹はわかりやすくグレていた。

一方母は母で祖母との関係に悩んでいた。祖母は19歳で母を妊娠したのだが（だから僕が生まれたときには45歳になる直前だった）、後妻で入った家とうまくいかずに臨月を前にして実家に戻りそのまま離婚してしまう。その後は父親（僕にとっての曽祖父）の経営する呉服・洋装品店を切り盛りしていた。母はその店を手伝うつもりで郡山に戻ったが、ワンマン経営の祖母のプライドと正面からぶつかってしまい、店では口もきかないような状況だった。

20代フリーターの僕が行ったところで状況が改善するわけでもないが、それでもときおり呼ばれて行くことがあった。妹はブラコン気味だったし、祖母は初孫である僕の顔を見ると機嫌がよくなった。仲介役として最適だったわけだ。

そんなこんなで、みんなで国道沿いのラーメン屋に入った。地方によくある、ファミリー向けのこれといった特徴のないラーメン屋だ。

自分がなにを注文したのかは記憶にない。おぼえているのは、母が頼んだ味噌ラーメンがテーブルに来たときに、祖母が怪訝な顔で「それ、なに?」と尋ねたことだ。祖母はラーメンには醤油味しかないと、どうやら本気で思っていたらしい。祖母は店の仕入れのために月一で東京に来るような生活を何十年も繰り返している。店自体も郡山駅近くの目抜き通りにある。消費文化とかけ離れた生活をしていたわけではない。

というか商人としてそういう世界と親しく接していたはずだ。それでも、自分が消費者として楽しむことには関心のない人であるらしい。

母が「味見してみる?」と訊くと、祖母は「いい」と即座に断った。それが別に母との不仲ゆえの拒絶ではなかったことが、僕には印象に残ったのだった。食わず嫌いと言ってしまえばそれまでだが、祖母の口調になんだか祖母の本質を見てしまった気がしたのだ。この人は好奇心を満足させたいという欲望を持っていないんだ、と(加えて自分の価値観と相容れないことに対する強い拒絶の姿勢。母とうまくいくはずがない)。

新奇なものに触れることこそ人生の豊かさである、という僕の価値観こそが実は偏っているのかもしれないと突きつけられたような気がして、僕はなんだか恥じ入ってしまったのだった。僕が大学を卒業したものの何者でもない、ということも影響したのかもしれないが、自分の生き方を貫いている(という意味では僕の父とも似ている)祖母にとって味覚の多様さなど取るに足りない瑣末なことでしかなく、そういう祖母の堂々たる偏屈さを前に、僕は意気消沈してしまったのだった。

エスカルゴと味噌ラーメンのことを思い出すたびに、僕は自分の軽佻浮薄さに自己嫌悪してしまうが、どちらも店の詳細はまったく思い出せない。どんだけ自分好きなんだ。

015

# 祖父の行きつけのクラブ

**滝口悠生**
（小説家）

八丈島は伊豆七島の最南端にあって、東京から行くと羽田から飛行機で四十分ほど、船だと竹芝港から毎日定期便があるが、黒潮を越える関係で高速船の運航ができず、こちらは十時間もかかる。「東京から行くと」と書いたけれど、八丈島も東京都なので、島の人の言い方を借りれば、「内地から行くと」となる。距離にして内地から約三五〇km。勘違いする人が結構いるので念のため付記しておくと、小笠原諸島ではない。小笠原は本州から一五〇〇kmくらいで、もっとずっと遠い。

母親の実家が八丈島にあり、教員だった父親が島に赴任した先で母親と一緒になって、私も生まれたのは八丈島の病院だが、生後半年ほどで父親が転勤になって埼玉に越してきた。なので私は島で生活した記憶はないが、子どもの頃から毎年夏休みにはいとこたちと島の祖父の家に遊びに行って、海で泳いだり、畑をしていた祖父の仕事を手伝って西瓜を食べたりして過ごした。

祖母は私が一歳の時になくなったのだが、祖父は八十過ぎまで生きた。七人の子をもうけ、孫も多いので、祖父を起点としても家系図は結構な広がりをなすが、その祖父の兄弟が異母兄弟、異父兄弟を含めると二十人近くおり、そもそもその全容を把握している人間がほとんどおらず、子や孫まで入れるともう正確に図化することも不可能だし、どこで何をしているかよくわからない人もいる。法事や当の祖父の葬式などで、親戚が集まって誰かに挨拶されても、その人と自分との関係性がわからない。話をするうちにどこの誰の親だとかおばさんだとかわかっても、そんな人が何人もいてはさっぱり覚えられず、聞いた端からわからなくなっていく。ましてみなどこか似た顔つきをしているのだからなおさらである。

祖父は、若い頃は内地で牛を飼ったり、島に戻って漁師をしたり、農業をしたり、様々な仕事をしたせいで、七人いる子どもたちの面倒はあまりみなかったようだ。そのため子どもたち、つまり私の母親のきょうだいと祖父との関係には幾分複雑そうなところもある。ただこのへんの事情はいろんな時にいろんな人から私が聞き知った断片の総合に過ぎず、こうして文章にしてみると、祖父の来歴や親戚たちのなかで彼がどう思われていたのか、正確なところは曖昧なままで案外とわからない。人間誰でもそんなものかもしれないが、どこかで恨まれもすれば、別の方からは慕われもして、よく言う人もいれば悪く言う人もいる。ともあれ少なくとも、十人あまりいる彼の孫たちのなかでは下の方の世代に入る私の記憶では、つまりもうずいぶん年老いてからの祖父は、頑固でわがままだけど孫には甘くて優しいおじいさんだった。

離れて暮らしていた私が祖父と過ごした時間は決して多くないが、いくつか忘れがたい時間もあって、そのひとつが十九か二十歳かそのくらいの頃島に行った時、ふたりで祖父行きつけのクラブに行った時のことである。

祖母と、若くしてなくなった叔母の法事がちょうど重なった年だったと思うが、やはり夏に島に親戚が集まった。そこに当時高校を出てぶらぶらアルバイトをしていた私もいた。その頃の祖父は昔から持病のあった心臓と肺が弱りはじめていて、車輪のついた酸素ボンベと吸入器を常に携行し、鼻にチューブを入れて生活していた。動作は遅いがそのボンベで酸素さえ補えば日常生活にはまだ大きな支障はなく、親戚大勢が久々に集まって島では上等の部類に入る料理屋で食事をしたその日も、祖父は酸素を携え同席した。

食事を終えて、一同車に分乗して家に戻ろうとしたのだが、祖父は、料理屋からほど近いクラブに少し寄っていくからあとで迎えに来い、と言うのだった。日によって体調の差もあったが、この日は自分でそんなことを言い出すぐらいだから比較的調子がよく、言い出すと聞かないたちでもある。といって酸素吸入器を転がした祖父をひとりで酒場に置いてくるわけにもいかず、孫の私がその店に一緒についていくことになった。

歩いてすぐの店まで、酸素吸入器を転がす祖父の後ろについてゆっくり歩いた。夜七時かそこらだったろうか、時間が浅いせいもあるだろうが、そのクラブには客がひとりもいなかった。島はすでにずいぶん前から観光客の減少に歯止めがかからず、人口も減り続けている。店に客がおらずともそう驚くことではない。赤紫色の壁は、三面にぐるりと鏡が張られていて、がらんとした店内がいっそう広々と見えた。カウンターの中と外にふたりいた女性のうち、中にいた年上に見える方の人が、祖父を見て、あらパパ、久しぶり、と言った。歓迎を示すでもなければ、別に嫌悪を示すわけでもない、ただ若干迷惑そうな雰囲気を隠しきれていない気もする一本調子なその言葉は韓国訛りで、この頃島の酒場で働く女性はその多くが韓国の人だった。

祖父は女性に、ママ、と返した。ママア、と締まりなく語尾がのび、それに何か継ぐでもなく、返事のような、無駄な呼びかけのようなその声は、それだけ聞けば店の女性に媚びるように聞こえたかもしれない。けれどもそのだらしなさは単に体力的な余裕のなさによるもので、その頃祖父はもう昔のように大声で叩きつけるような発声をできなくなっていたのだ。

パパ、今日は若い人と一緒じゃない、とママが言い、聞こえないのか応える余裕がないのか祖父が何も言わないので、私は、自分はこの人の孫であると自己紹介をした。

あらあ、と先ほどよりはいくらか感情のこもった語調の反応があった。

入り口横のボックス席で、私と祖父は壁を背にして座った。カウンターのスツールに座っていたもうひとり、何色だったかもう忘れたが身幅のタイトな短い丈のスーツを着た若い方の女性が鷹揚な感じでこちらに歩いてきて、いらっしゃいませ、とやはり韓国訛りの挨拶をしながら私におしぼりをくれた。女性は祖父には、久しぶりです、と声をかけた。ソファは緑色のベルベットのような布地で、間近に見れば、ソファも壁紙も、そこそこくたびれているのがわかった。

祖父はコーラを頼んだ。祖父はもともと酒を飲まなかった。昔はいくらか飲んだらしいが、付き合い程度であまり好きではなかったらしく、家では三ツ矢サイダーばかりを好んで飲んでいた。

私が焼酎を飲むと言うと、カウンターにいたママが、さっきまで料理屋で一緒だった叔父の名前を口にして、叔父が入れたボトルがあるからそれを飲んだらいいと言った。島では、こういう店で親子が鉢合わせることもそう珍しくはない。そもそも店の数が限られているのだから当然で、この店には祖父も来れば叔父も来る。漁師も来れば役場の人間も来る。そしてみな、この店だけを贔屓にするのではなく、その日その日で適当にいろんな店にも行く。島ではそうやって経済がまわっているのだ。店の方でも、客たちの縁類や人間関係がいやでも了解されてくる。別に酒場に限らず、あらゆる場所や関係で同じことは起こるわけで、そんな島の暮らしは便利で気安いとも言えるし、鬱陶しいとも言える。と、わかったふうに分析してみる私は島で暮らしたことがないのだから、その実際のところの苦労も、おもしろみも、想像が及ばないのだけれど、そのぐずぐずをいやだとは思えないのは、やはり実際のところを知らない甘さなのか、ここで生まれたからなのか、それともそんなこととは関係ない私の性分なのか。運ばれてきた叔父のボトルで、女性が私に水割りをつくってくれた。

かくして、祖父と私にホステスがひとり、という状況になった。客は私たちだけ。正面奥に見通せるカウンターではママが怠そうに携帯電話の画面を見ている。祖父はホステスと話すわけでもなく、私と話すわけでもない。黙って、ボンベに助けられながら呼吸をしていた。ふだんこんな店に来ることのない私は、つくってもらった焼酎をどんどん飲むだけで、ただただ静かな時間が過ぎた。見たところ、若いホステスもまだこの仕事にあまり慣れていない様子で、どこに住んでいるのか、とか、何の仕事をしているのか、とかつまらない質問を時々私に投げかけてくる以外は、やたらこまめにグラスの水滴をおしぼりで拭いて、黙っていたたまれなさそうにしている。私が彼女の質問に、埼玉の実家です、とか、アルバイトです、とか応えるとそれきり話は途切れてしまう。そこに、ピッピ、ピッピ、と音が鳴り出すのだが、それは祖父の酸素吸入器の警報で、酸素の吸入がうまくされていないと、機械がそのような警告音を発する。家にいてもしばしばこの音が鳴ることがあるのだが、耳が遠くなっている祖父は、その音をよく聞きとれず、そのままにしておくと音が鳴り続けるし、当然酸素もうまく吸われていないということなので、じいちゃん酸素酸素、と私が言うと、祖父はチューブのあてがわれた鼻からすうっと息を吸う。そうすると音は止まって、耐えきれなくなったホステスが何か言うか、あるいはグラスの水滴が拭かれるか、祖父の酸素吸入器がまた警報を発するまで、無言の時間が続くのだった。

依然として他に客はひとりも来ない。祖父は、思い出したようにママにカフオケを要望した。まずママに歌うよう求めると、ママはそれに応えて一曲歌い、次に祖父がマイクを握った。祖父が頼んでママに入力してもらったのは「十九の春」だった。私は、ちょうどその頃に深夜の衛星放送で観た『ナビィの恋』という映画でその曲を知り、いい曲だなと思っていた。それを思いもよらぬ場所で、祖父の歌声で聴くことになったのだったが、鼻から酸素を吸入している祖父の歌は、まともに聴けるものではなかった。歌い出しから歌は豪快にずれ、そのまま伴奏と合うことはなく、画面の歌詞はどんどん進み、祖父の歌は置き去られていった。画面には（間奏）と出ているのだが歌の方は途切れずに続く。合わない伴奏に引っ張られるせいか、あるいはもともと下手なのか、音程も終始不安定だった。ホステスは私のグラスを拭き拭き、合わせようのない祖父の歌に音のしない手拍子を入れた。カウンターのママは煙草をくわえて誰かに電話をかけている。客が少ないと、ああしてメールや電話で客を呼び出すのだ。

祖父は続いて「島育ち」という曲を選び、同じような調子でともかく歌いきった。

どちらも田端義夫が歌った、奄美大島にルーツを持つ曲である。祖父と奄美大島のかかわりはないと思うが、島が違えど祖父も「島育ち」には違いない。彼の人生にそれらの歌のようなロマンスがあったかどうかはともかく、自身の生まれ育った境遇や島で過ごした若い頃のことを、ほぼ同世代だったバタヤンの歌声に重ねて聴いてきたのだろうか。

祖父が八丈島に来たのは戦後のことである。祖父が生まれ育ったのは、最初に少し触れた小笠原諸島にある硫黄島という島だった。

映画などでも取り上げられることの多いこの島は、太平洋戦争の末期、日本にとっては本土防衛のため、アメリカにとっては本土攻略のための重要地となり、激しい戦闘の地となった。元は無人島だったこの島には、明治期の日本政府による小笠原開拓を機に内地や八丈島から開拓民として小笠原諸島に移り住んだ者らが暮らすようになった。祖父はおそらく開拓民の二世にあたる。

終戦の前年、いよいよ戦局が悪化し、島の住民たちは内地への強制疎開を命じられたが、祖父はその少し前に徴兵されて島を離れていた。全島避難ではあったが、住民のなかには軍属として島に残ることになった者もいて、軍属にとられたほとんどは各家を代表する若い男性だった。兵隊にとられるのがもう少し遅ければ、長男だった祖父が島に残った可能性は高い。軍属で島に残って生き延びたのはほんの数名で、ほとんどの人は島で戦死した。祖父の家からは、祖父のすぐ下の弟が島に残った。軍の炊事場で働いていたそうだが、やはり島でなくなっている。硫黄島には、現在は在勤の自衛隊員がいるだけで住民の帰還は行われていないので、祖父もまた、十代の頃に兵隊に出たきり、生まれ育った島から離れたままということになる。

八丈島には今も親戚がいるが、昔のように毎年島に行くことはなくなった。結婚してからは、妻を一度連れていきたいと思いつつ、お互い仕事があると天候次第で帰れなくなる離島への旅行はなかなかハードルが高いのである。

ところへ、昨年が祖父の十三回忌で、そこに祖母と叔母の回忌も重なり、親戚を集めて法事らしいことをするというので、どうにか予定を調整し久しぶりに島を訪ねた。見てまわるような場所はたいしてないのだが、一緒に行った妻を連れて島のあちこちを案内すると、私にとっても懐かしい場所があちこちにあった。そのうちのひとつが祖父と行ったあのクラブで、今はもう看板は下げられ、別の店になったのか、空きテナントになったのか、昼に通りかかっただけではよくわからなかった。かつてよりさびれたようにも見えるし、前からそんなものだったような気もする。少なくとも、当時のママとホステスが今もいるとは考えにくい。他の島でもそうなのかわからないが、少なくともこの島の水商売には結構はっきりとした傾向の変遷があって、祖父が生きていた頃は、どの店にも韓国の女性ばかりがいて、その後次第に韓国の人はいなくなり、フィリピンの女性たちへと移り変わっていった。出稼ぎの女性たちのコミュニティみたいなものがあって、連れ立ってやって来ては、やがて連れ立っていなくなる。なかには島の男と一緒になったりして残る人もいるが、ほとんどの人はやがていなくなる。近頃ではフィリピンの人も少なくなり、それまではなかった若者向けのキャバクラが何軒かできて、そういう店では島外から来た日本人の若い女性が働いていて、やはりしばらく働くと島を離れていくのだそうだ。

016

# YOSHIWARA

遠山リツコ
（建築設計事務所ケイ・アソシエイツ会長）

90年代初頭、芝浦にあったクラブ〝GOLD〟の事を語るとき、その隆盛を知る人であれば誰しも「伝説のクラブだった」と言うだろう。「それまでディスコしかなかった日本に初めて登場した伝説のクラブ」と。では〝YOSHIWARA〟のことは皆覚えてくれているだろうか。その〝GOLD〟の中に奥深く潜む隠れ家があったことを。

芝浦の閑散とした倉庫街に突然現れた巨大なハコ〝GOLD〟。その店名やコンセプトはすべて既に名物編集者だった都築響一氏によって考えられ、その突拍子もないプランの数々を実現させたのは当時エラ・インターナショナルを率いて都心に斬新な飲食店を次々とプロデュースしていた佐藤俊博氏だった。

看板もなく、駅からも遠く、店の外ではイケメン（当時そんな言葉はないが）のお兄さんたちが黒服ではなくadidasのロングボアコートを着て来客を誘導していた。階ごとにすべて店が異なっていて、音が良いと評判だったダンスフロアを中心にLove&Sexなんていうラブホみたいなタイトルのフロアもあったり、イベント・スペースではタイから来たキックボクサーたちが試合をしていたり。それはまるで各階ごとに禁断のテーマパークがあるかのようだった。もちろん子供はいない（精神的にも年齢的にも）。とにかくかっこいいことは何でもありだ。


でも私にとっての〝GOLD〟はそういった伝説のクラブではない。毎週京都から通ってはいたが、そこで飲んだり食べたり踊ったりしたことはほとんどない。私を含めて全員が死に物狂いで遊んでいた時代だったけど、〝GOLD〟では遊ぶ余裕など全くなかった。私は都築氏に頼まれて、お仕事として最上階にあった会員制の和風スペース〝YOSHIWARA〟で使われている備品のすべてを、京都から毎週せっせと運んでいたのだ。そう、食器や調度品、座布団から屏風に至るまで。

ゴージャスな遊びのテーマパークの集合体だった〝GOLD〟の中で〝YOSHIWARA〟は唯一の和風スペースであり、江戸の遊郭の名称を持つのに内装はなぜか金沢の兼六園を模していた。まあテーマパークだからそれでよいのだが、部屋ごとの備品は屏風・お香から箸置きに至るまですべて京都で揃えるという凝りようだった。本物の舞妓ちゃんもわんさか来ていて、あそこで生まれて初めてリアル舞妓を見た人もいる。芝浦の倉庫街にありながら祇園のお茶屋のように遊べる場所……冗談に聞こえるだろうか？　でも本当にそうだった。

〝YOSHIWARA〟の常連さんは下のフロアでは踊らずに、そこだけに来ていた人も多かったように思う。会員制と謳っていたから誰でも入れたわけではないし、料理もお酒もそこそこ高かった。だからVIPと呼ばれる人たち（「セレブ」という言葉はまだ使われていない）だけがよく出入りしていた。芸能人、政治家の息子、高名な財界マダムやドナルド・トランプ氏まで。

何事も経験と気軽に引き受けて実際に楽しい仕事ではあったが、本当に大変だった。当時はAmazonも楽天もない。老舗のオンライン通販なんてまったくない。京都から何かを調達をしようと思ったら、自分でお店に行って購入し、郵便か宅急便で送るか新幹線に乗って運ぶしかなかった。都築氏のリクエストはシンプルで、店内の備品をオール京都で揃えてほしい。和風とはいえクラブの中で遊ぶ場所だから上品すぎてもいけない。民芸ぽくてもアウト。とにかく面白いものを探して。以上。

ビルの上階にあった〝YOSHIWARA〟では、エレベーターを降りるとまず下足番が出迎えていた。靴を脱いで入店すると、バーカウンターを含めていくつかの個室もすべて和風のお座敷だ。奥へ進むと夜景が見渡せる大きな浴室があり、まずお風呂に入って備え付けの浴衣に着替えてゆっくりお酒を飲む、といった遊び方も可能だった。そのための浴衣や脱衣籠、風呂桶などもすべて京都で専門店に特注して作らせた。トイレの草履も特注。照明は極力抑えられていたので、京都に工房を持つアーティストたちに燭台や照明器具をオーダーし、高価な和蝋燭だけを灯してもらった。

当時の京都でもそこまでやるのは、俵屋や柊家といった高級旅館だけであったと思う。「星のや」なんてまだ1軒もできていないのだ。京都中の骨董品屋を1軒ずつまわって掛け軸やお膳を探し、美山の山奥まで陶芸家を訪ねてワインクーラーをオーダーし、どうしても見つけられないものはあったが最後まで妥協はしなかった。

頑張っただけあって全体として〝YOSHIWARA〟は十分にかっこよく、六本木「わかば」プロデュースの食事もきちんと作られていたし、評価はとても高かった。選び抜いたお香やコースターのひとつひとつまで当時の東京では手に入らないものばかりだった(だから新幹線で通う羽目になったのだけど)。

それなのに自分の中では、ずっとインテリア・デザインや設計の仕事に関わってきたというのに、無意識にこの仕事の記憶は封印していた。今でも〝YOSHIWARA〟の事を思い出すときは後悔で胸がヒリヒリする。頑張ったけれど、京都中を駆けずりまわったけれど、私の自分に対する点数は低かった。あの時もっと自分に知識があったなら、センスが良ければ、アイデアがあれば、もっとかっこよくて面白くなったのに。そう思っていた。それに今やどんな場所にいても京都の工芸品をオーダーすることなんて簡単だし、素人でもオークションで骨董品を買い付けることもできる。京都の老舗も随分東京に進出した。誰にでもできるようになったあの仕事を自慢したってはじまらない。

それでも〝YOSHIWARA〟の記憶を呼び起こして再評価してみようかと思ったのは、禅僧のすまいについて知る機会を得たからだ。京都で設計を仕事にしていれば、〝ZEN STYLE＝ゼン・スタイル〟というリクエストがたまに来る。それでちゃんと調べると、驚くべきことがわかった。私たちが禅寺の文化に対していだくイメージは、枯淡・わび・さびというようなものだろう。だけど京都の有名寺院を詳しく調べれば、禅院というのは実際にはそんなものではなく、生活空間はゴージャスなよそおいであり、多数の新奇な唐絵・唐物（要するにド派手な輸入品だ）を所有し、それらで身の回りや部屋を飾り立てていたということがわかる。それって〝YOSHIWARA〟ではないか。もちろん禅僧と〝YOSHIWARA〟で遊んでいた私たちとでは日々の営みは全く違うのだが、それを単に「スタイル」として見るならば、〝YOSHIWARA〟はまさしくゼン・スタイルを忠実に再現していたのではないかと思うのだ。

あの時集めた派手な食器のサンプルがいくつかまだ私の手元にある。そのひとつ、実際に店で使われることがなかった真っ赤な陶器のタンブラーに冷たいビールを注いで、遠い日の芝浦に存在したゼン・スタイルに乾杯。

017

# 珈琲家族を忘れない

髙城晶平
（音楽家）

この15年ほどで、僕の地元である吉祥寺の街はだいぶ様変わりした。バウスシアターがなくなってラウンドワンやドン・キホーテが建った吉祥寺なんて、かつての自分には想像もできなかっただろう。居酒屋やバーにおける変遷も特筆すべきことだろうけど、普段あまり酒を飲まない僕にとっては、とりわけ古い喫茶店の減少のほうを強く実感している。老舗だった「ボア」や「エコー」「ドナテロ」はなくなり、父が学生時代にアルバイトしていた「ボガ」はイタリアンバルになってしまった。最近では、あの素晴らしいパスタとコーヒーを出していた「ダルジャン」の閉店も記憶に新しい。東京のどの街でもそうだろうけど、吉祥寺もまた御多分に洩れず〝二度と行けない店〟の話題には事欠かない。

閉店した店の中で最も僕が訪れていたのが「珈琲家族」という店だった。個人経営店ではなく、新宿に本店を持っていたチェーン店で、今も桜台に1店残っているらしいので、知ってる方も多いかもしれない。

その店はダイヤ街レンガ館モールの3階にあった。大きく外に張り出した出窓からは商店街が一望でき、人間観察にはうってつけの場所だ。窓から商店街を見下ろしていると、知り合いが通りかかったりするのをよく見かけたものだ。コーヒーはたしか一杯380円ほど。ホットケーキやチョコレートパフェが名物で、これが僕の父母の好物でもあった。僕は主にバンドメンバーとこの店に立ち寄ることが多かったが（ceroの荒内くんが高校時代に組んでいたバンドは、その名も〝珈琲家族〟）、たまたま別で訪れていた父母とバッタリ会うなんてことも珍しくなかった。他にも、漫画家の江口寿史さんやタレントのつまみ枝豆さんなんかを時々見かけたことを憶えている。

店主は横山ノックとウォーレン・オーツを混ぜたような男性で、他に店主と同年齢くらいの女性と、若い男女が働いていた。ちょうど年格好が家族のような構成の従業員たちだったので、それぞれお父さん、お母さん、姉、弟と影で呼んでいた（もしかしたら本当に家族だったのかもしれない）。

一番この店に通っていたのが20歳から22歳くらいまでの頃で、たぶん週に3回くらいは行っていたと思う。1人で行くことも多かったけど、バンドメンバーと一緒のときは必ずと言っていいほどお互いが持ち寄ったCDをウォークマンで聴かせあった。自分の曲のデモを聴かせている間なんかは、なんとも所在がなく、しきりに煙草を吸って窓の外を眺めるのが常だった。

珈琲家族が閉店するという噂がまわってきたのは、店がなくなる2カ月ほど前のことだったと思う。どうしてこんな噂が流れてきたのかは忘れてしまったけど、もしかしたら〝お父さん〟が常連客と話していた会話を誰かが聞いたのかもしれない。何にせよ、噂は店内に貼られた「閉店のお知らせ」によって現実のものとなってしまう。それから店は最後にもう一度ホットケーキやチョコレートパフェを食べようという客で日に日に賑やかになっていき、それが却って来たるべき日を際立たせていくことになった。

営業最終日に僕たちはたしかバンド練習をしていたのだと思う。スタジオを出た時にはもう閉店時間間近だったが、ひょっとしたらまだ間に合うのではないかと期待してレンガ館モールへと向かった。古いエスカレーターを昇り、珈琲家族の入り口を目指す。ところが、僕たちが到着したのはちょうど〝お父さん〟と〝お母さん〟が店から出てくるタイミングだった。〝お父さん〟が古いレジスターを1台乗せた台車を押し、それに続いて〝お母さん〟が出てくる。僕にはそれがなんとも言えない不思議な光景に見えて、彼らを前にただただ立ちつくしていた。〝お父さん〟は僕たちを見ると、簡潔にこう言った。

「もうおしまいだよ」

「店が、」というより「人生が、」という前置きがつきそうなニュアンスの口ぶりだった。よく理解できないまま黙っていると、〝お父さん〟は自嘲的な笑みを浮かべて僕たちの前を過ぎていった。それもまたウォーレン・オーツっぽかった。

それから何年かして、たまたま新宿にあった珈琲家族の本店（これも現在では閉店してしまっている）を通りがかったので、ふと入ってみたことがあった。もちろん店員は別人だし、窓の外の風景も吉祥寺とは違っている。ただメニューの内容と、使われているテーブルは同じもののようだった。ヘブライ文字のような模様の入った銅板がはめ込まれたテーブル。その上でアイスコーヒーのグラスが汗をかいている。僕はなんとなく吉祥寺の珈琲家族にいるような気分になりたくて、細目でそのテーブルとアイスコーヒーだけを眺めた。いつのまにか大学を卒業し、就職することもなく音楽を続けていた。気楽さと焦燥が同居する奇妙な人生の期間に突入したところだ。でもその瞬間において、僕はそういった岐路や選択から解き放たれていた。他の一切の情報を遮断して、テーブルとアイスコーヒーと自分だけの世界を作り、僕はいつまでもいつまでも二度と行けない店のことを考え続けていた。

018

# 春の頃、私的最果ての店

内田真美
（料理研究家）

随分と前に、ポルトガルに旅をした。東京の写真展にてポルトガルに暮らす方に出会い、そのAさんを訪ね、リスボン滞在後に、ポルトガル最南端のファロの近くにあるオリョンという街に向かった。本来なら、電車で移動するはずが、東京で調べた電車はなくなっていて、どのようにしたらいいか駅であぐね、Aさんに聞いていた電話番号に電話しても通じず、結局はバスでの移動となった。

ポルトガルの田舎道は春というのもあって、草花が茂り、オレンジやレモンと思われる木々には実がたわわになっている風景が続く。そのたわわな果実を誰も採るという感じもなく、ポルトガルらしい呑気で穏やかな車窓を眺めつつバスに数時間揺られた。何度か寄った休憩所では、つとめて郷土菓子達を選び、覚えたての「ガラオン・

ポルファボーレ」と言うと、大きなガラスに入ったミルクコーヒーが出てくる。ミルクコーヒーを啜りお菓子をつまみ、本当にちゃんと着くのだろうかと不安に思いつつ、疲れた身体に英気を養う。

ようやっと到着したファロ。待ち合わせ時間には遅れたが、Aさんは待っていてくれた。無事に会えて、Aさんの家のあるオリョンへと移動する。ホテルらしいホテルがないという事で、丁度留守にするというAさんの友人宅をお借りする手筈になっていた。

家を案内してもらい荷物を置き、すぐに小さい港町を散策した。白いタイルの街並み、小さい街ながらカフェやお菓子屋、市場があり、週末には朝市が立つ。朝市では、紫色の美しい花木ジャカランダの蜂蜜を買ったり、ポルトガル特有の黄色のバリエーションで同じような味のするお菓子を食べたり、食材を買って部屋で作って食べたりした。

Aさんは作家であるが、パートナーのBさんのお仕事の関係で、世界中の海の近くで点々と暮らしていらっしゃる。

訪問したAさん宅は、店の横にある白い扉を開くとマホガニーの階段があり、そこを上ると二階が住居で、部屋と同じくらい広いバルコニーがあった。そこには、東屋の下に設えたテーブル、Aさんが育てているそこかしこに咲き乱れる花々、塀向こうには白い建物が並び、キッチンから見える風景は空想する異国の美しさで溢れていた。

夜には、Bさんが海の仕事をしている関係で、一般客は入れないという漁師さん達が集まる食堂に特別に連れていってもらった。その日のお薦めが黙っていても出てくるという方式らしく、お酒を選び、事前に卓上にのっている前菜を軽くつまみながら待った。ポルトガル特有のカタプラーナで煮込んだ魚介がやってきた。塩分は強めだが、実離れのよい新鮮な魚がオリーブオイルと塩とトマトで調味されたものは、単純な美味しさに満ちている。魚介を残さず食べた後、塩分の少ないパンですくえるだけソースを拭って夢中で食べた。店内は賑やかだけれど、派手さはなく、必要なものだけしかないといった食堂に満足し、上機嫌で外国特有の黄色の灯りの中そぞろ歩いて帰った。

この小さな田舎町の滞在は、白昼夢かキツネやタヌキにつままれたのか？というような食事が連日続いた。食後に、軽くもう一軒となり、ちょっと距離があるからと車に乗ったら、一時間以上も暗い山道を走り、やっとたどり着いた山の中にポツンとあるレストランには、ヨーロッパ各地から流れ着いた老君のセニョールにセニョーラ達がたんまりといらっしゃった。いったいどこからこんなに？と思うのも束の間、ドレスアップしたセニョーラに、私達もあれよあれよという間にダンスの簡単なレクチャーを受ける。そうこうするうちにいきなりダンスの宴がはじまった。友人が白髪のセニョールにダンスを申し込まれて踊っている様を未だに忘れられない。あの山の中のダンスパーティは一体何だったのであろうと、つままれたようで、今でもその場にいた友人達と話す。

その中でも、ひときわ忘れられないのが、海辺のレストランでの昼ごはんだ。人気のあるレストランで、予約が出来ないから早めに行こうと言われ、朝から繰り出した。オリョンから一時間ほど車に乗ったあたりで朝市が立っていたので、市をひと回りし、近くのカフェで朝ごはんを食べゆったりと過ごした。そこからまた何もない海側の道を四十分ほど走る。

遠浅の海岸の海向こうは、もうアフリカ大陸という場所で、こんなところに本当に人気のレストランがあるのだろうか?と思うような風景が車窓に続いた。もうそろそろという頃、「あそこだよ」という場所には、白い壁に青い屋根の平屋の建物が見え、その周りに車が何台も止まっていて、人気のほどがうかがえる。

早めに着いたのが功を奏して、運良く私達はすぐに席に着くことが出来た。

建物前方がテラスのようになっていて、入ってすぐ左には炭火焼きの焼き台があり、その日の魚介を、煙を盛大に上げながら次々と焼いている。右側には、大きな葡萄の木だと思うが、葡萄棚のように枝がひろく伸びた木々の下に席が並べられていて、室内とテラスどちらかの席が選べた。春の頃、南方のオリョンの昼間はブラウス一枚でもいいくらいの気候だったので、迷いなく庭の席を選ぶ。

ポルトガルの気軽なレストランによく見かけるランチョンマットのような青字の入った紙が各々敷かれ、皿が逆さになってセッティングされている。前菜は既に卓上にあり、食べれば料金が取られ、食べなければ下げてもらう。大体あっさりとした羊のチーズがあり、それとオリーブを食べながらメニュウの説明をしてもらった。

Bさんが、運がよければあるよと言っていた「コンキリージャ」があった。桜貝のように美しい色をした二枚貝は、短い時季しか採れないらしく漁獲量も少ないから、どこかで食べられればいいけれどと、聞いていた貝だ。スープ皿のような深い皿に、あさりを細長くしたような内側が桜色した美しい貝が山ほど盛られて出てきた。横にレモンがそえられていて、レモンをギュッと搾って食す。大きくはなく、実も白みがかった部分が多いように感じる。火の入れ方も絶妙でふわっと仕上がっていた。あさりのような旨味というより蛤に近く、あっさりとしつつも品のよい美味しさで、無言で食べ続ける。スープ皿に残る貝から出た汁を、美味しさが去るのを惜しむように、スプーンで各々すくって口に入れた。

春の陽はさんさんと注ぎ、左を向けば石蓴(あおさ)が深緑のように広がる遠浅の海しか目に入らず、魚介を焼く香ばしい煙の香りが漂い、ヴィーニョヴェルデの泡と冷たさが喉に心地よい。まさしく春の日を満喫していた。

メインは、Bさんお薦めのうなぎの煮込みだった。私は普段うなぎを食べない。しかし、お薦めということで、皆で大きいサイズのものを注文した。コンキリージャの他にも、前菜をゆったりと楽しんだ後にやってきたのは、大きな茶色の土鍋のようなものだった。卓上の真ん中に置かれた鍋の蓋上には、オリーブオイルで揚げられた大きなパン片が人数分。まずは、その揚げパンを各々の皿に取る。鍋の蓋を取ると、そこには、火から下ろされたばかりであろうグツグツと煮立ったうなぎのトマト煮が現れた。

うなぎのぶつ切りを、トマト、にんにく、たまねぎ、オリーブなどと一緒に煮込んであるものに、たっぷりのコリアンダーがのっている。ヨーロッパで唯一コリアンダーを常食するのがポルトガルなのだが、このコリアンダーが、特にこの煮込みにはぴったりと合っていた。こっくりとやわらかく煮込まれたうなぎを、揚げパンの上にたっぷりと汁ごと注ぐようによそう。揚げパンは汁をたっぷりと含んでふやけていき、その揚げパンを崩すようにしながら、うなぎの身と一緒に口へと運んだ。うなぎ自体の脂がトマトとオリーブオイルで包まれ一体となり、そこにコリアンダーの香りがポイントとして香る。揚げパンは、十分に汁を吸いふやけており、うなぎのやわらかさを邪魔せず美味しい汁をその身で留めてくれるので、うなぎと一緒の速度で口からなくなる。うなぎのにおいも脂も好きではなかったのだが、このトマト煮はその気になる部分が美味しさへと変わっていて、揚げパンの香ばしさやコリアンダーの青い香りも加わり、はじめて美味しいと感じるうなぎ料理になっていた。

食後に、卵黄が多く入った甘く濃厚なポルトガルのプリンを皆でつつき、コーヒーやら食後酒で過ごしていると、葡萄棚の上を猫が器用に渡っていく。白昼夢かと疑うような風景が午後中続き、また海沿いの何もない道をひたすら帰った。

あの店は今もあるのだろうか？　食事の情景はありありと思いだせるのに、正確な場所はもちろん、近くの街の名前すら知らないし、あのレストランの名前さえも憶えていない。

**登場人物**

●イーピャオ● 1989年東京都出身。
『とんかつDJアゲ太郎』原案担当。ライター。

●小山ゆうじろう● 1990年東京都出身。
『とんかつDJアゲ太郎』漫画担当。

# 口蓋にダイレクトに迫る硬く香ばしい衣は今でもオレたちの心の中に――

MAHARAJA

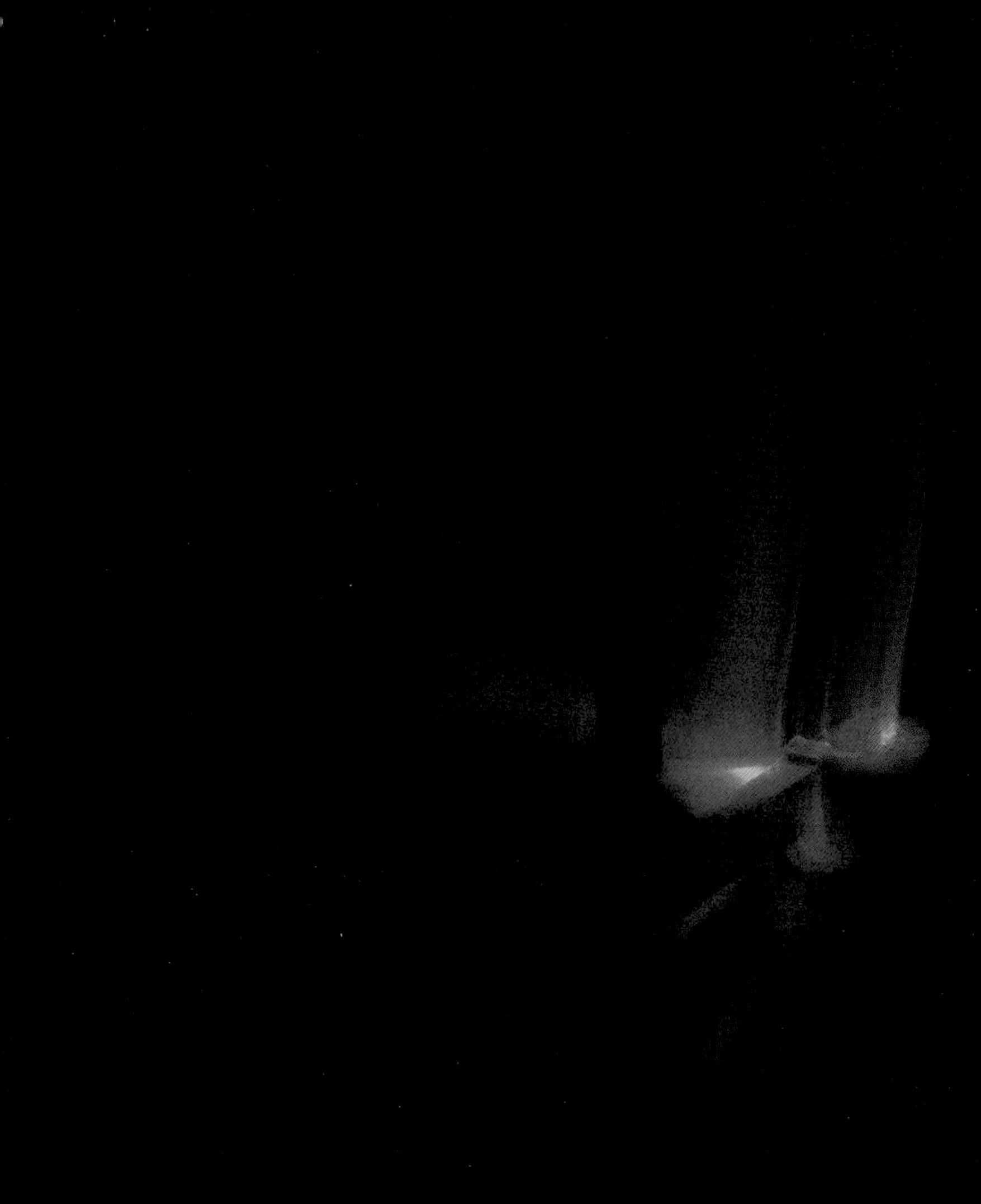

# *020*
# 失恋レストラン

**吉井忍**
（フリーライター）

中国人と結婚し、日中間を行き来する生活を続けていた。数年前の冬、東京から北京に戻ると、夫の様子がおかしい。トイレが長い、目を見て話さない、年末に予約していた熱海旅行をキャンセルしたいと言い出す。日本文化センターの図書館から日本語の雑誌をわざわざ借りてきて、テーブルの上に目立つように置いている。その特集記事が「離婚」。「なんで？」と聞くと、「君、興味あるかと思って」。いや、ないです。

1週間ほどしたある日曜日、夜9時ごろ。大気汚染物質PM2・5の濃度が高く、こういう日は早めに寝るに限るので、私はベッドに寝転がりながらノートパソコンで天気予報を見ていた。明日月曜日の予報は「強風」。夫は当時、勤め先（アップル）までエクササイズを兼ねて自転車通勤をしていた。

北京で言う「強風」は、かなり強い。市内のPM2・5が残らず吹き飛ばされ、数時間後には日本の田舎よりも青い空が広がるくらいだ。そんな日のチャリ通勤は危ないと思い、私は隣の部屋にいる夫に声をかけた。「明日は風が強いってよ。バスにした方がいいんじゃない?」

返事はない。さらに2回ほど声をかけたが全く反応がないので、私はベッドから起き上がり、隣の部屋に向かった。夫は椅子に座り、MacBookを前にヘッドフォンをかけ、一心不乱に会社支給のアイフォンを覗き込んでいる。微信(中国版LINE、ウィーチャット)をしているようだ。

その姿を見て、悟った。女かあ。

「明日は風が強いってさ!」すぐ後ろから声をかけると、夫はアイフォンを膝の方に隠しながら振り返った。分かりやすい。すぐさま、修羅場が始まった。「ちょっと、そのスマホ見せなさいよ」「いや、これは個人のプライバシー……」という一連のやりとりの後、「スマホを見て、本当に女がいることを確認したら、私、離婚の話し合いに応じます」と一筆書くなら見せる、と言われた。机の上にあったチラシの裏に、マジックでその旨を書き、サインした。不覚にも、手が震えて、半泣きだった。

夫はしぶしぶアイフォンにパスワードを入れ、今しがたのチャット部分を開き、私に渡した。その瞬間、彼は後悔したのだろう、「いや、やっぱり……」と言いながら私からアイフォンを取り上げようとした。とっさに逃げる私。この時頭に浮かんだのは、「画面に触ってないと、ロックがかかっちゃう！」ということだけ。片手で夫のスマホを握り、もう片方の手の指でその画面を触りながら、気づくと玄関を飛び出し階段を6階分駆け下りていた。北京では冬になるとセントラルヒーティングが始まり、部屋全体が一斉に暖められる。24時間、約4か月もの間、室温は20度ほどに保たれるので快適きわまりない。というわけで、そこから転げるように出てきた私は、愛用のもこもこ靴下もとっくに脱げ、コットン素材のパジャマに素足というありさまだった。外はものすごく寒いので、私は走りながら（同時に携帯の画面を約5秒ごとに触りつつ）、どこか駆け込める場所はないか探していた。財布と自分の携帯は、もちろん持っていなかった。

走って5分ほどすると、足を怪我しそうになったので、とりあえず道端の台湾料理レストランに駆け込んだ。レストランと言っても、食材を売る店内にイートインのコーナーを設けただけなのだが、麺もご飯ものもわりとおいしかったので何回か利用したことがある。私の様子と顔色を見て何かを悟ったのか、女性店員の一人が私に声をかけてきた。「どうしたの？」ぽっちゃり色白の可愛い女の子だ。私の半分くらいの年齢だろう。化粧が濃い。ファンビンビン（範氷氷：中国の超有名女優。山東省青島市出身、1981年生まれ。）似なので、仮にファンさんと呼ばせてもらう。

私は、自己紹介を兼ねた現状説明を、アイフォンの画面をしつこく触り続けながら手短に済ませた。ファンさんはものすごいアイメイクの目をまん丸にして「そうなの……」と言葉すくな。私は彼女がすすめてくれた椅子に座り、微信のチャット部分をスクロールしてようやく読み終えた。ずっとガラケーを愛用し、スマホはろくに触ったことがなかったため、画面のスクリーンショット作成→保存→転送という操作が全くできなかったのが痛恨の極みだが、事の顚末と、夫の不倫相手が私の仕事関係の知り合い（中国人）であることはとにかく確認した。つい最近までメールでやりとりしていた方で、私より14歳年下、石原さとみ似。出張で北京に来ることも多く、夫とホテルで待ち合わせて仲良くしてくださっていた模様。ボイスメッセージもあったので聞いてしまった。このあたりでバカバカしくなり、画面を触るのをやめた。すぐにロックがかかった。

ファンさんは他の店員たちと店じまいをしていた。ファンさん、やたら私のほうをチラチラ見る。やっぱり変だよね。迷惑かけてごめんなさい。いたたまれない気持ちでいると、彼女がふと外に出て、しばらくして息を切らしながら戻ってきた。「これ、履いて」真新しい、ピンクの冬用スリッパで、履くと大きさもぴったり。買いに行く前に、私の足のサイズを目で測ってくれていたのだと気づいた。

店の片付けが終わり、やがて他の店員たちは、私のほうを見ないようにして、帰って行った。ファンさんだけが残り、カウンターに座って私に話しかけてきた。「今日、帰れないよね」「うん」「よかったら……うち来る？」

いちおう遠慮はしたが、この申し出はありがたかった。家に帰る気分ではなかったし、向こうだって大事なアイフォン取られて怒ってるだろうし。ファンさんは同棲中の彼氏に微信で相談、了解を得てくれた。普段はバス通勤だそうだが、パジャマにスリッパという私の格好を考えて、今晩はタクシーを呼んでくれるという。もう本当にごめんなさい！と恐縮する私に、彼女は言った。

「いいよ。こういう時、女は女の味方をしなきゃ。私もね、今の彼氏がけっこう浮気性で、もうほんとにいろいろあって。私、風呂場で自殺未遂したこともあるんだよ（ほら、と腕をまくって傷跡を見せる)。今は大丈夫。もうすぐ結婚するんだ。でもあなたの気持ちはすごくわかる」

さっきまでのんびりベッドに横になっていた自分が、ひどく遠いものに思えた。日常のもろさが身にしみた。なんで、もっと、大切にできなかったんだろう。

タクシーに乗って5分ほどで到着したのは、コンクリートとレンガでできた平屋が集まる、今すぐにも取り壊しが始まりそうな一角。暗闇のどこかで犬が吠える。すでに明かりを消した低い家々が軒を並べる狭い路地を、体を斜めにしながら歩いた先に、ファンさんたちが住む、同じような平屋があった。すでに帰宅していた彼氏にファンさんが何か言い、彼氏が外に出て行く。方言からして、二人とも(中国の)東北地方出身のようだった。ファンさんが注いでくれたお湯を飲みながら、ここには最近越してきたこと、二人ともなんとか仕事が見つかってほっとしていることなどを聞く。やがてファンさんの彼氏が大きな包みを抱えて戻ってくる。取っ手が付いたビニール製の大袋に入った、真新しい掛け布団。こんな時間に、一体どこから持ってきてくれたんだろう。恐縮を通り越して、もう流れに乗ろうという諦念しか残っていない。お礼を言って、ソファに横になり、真新しい掛け布団をかける。二人も間もなく、そばにあるベッドに入って、就寝。

結局、私はショックで一睡もできなかったが、その夜自分を包んでいた真新しい掛け布団のふわふわの感触はよく覚えている。翌朝、かなり早い時間に彼氏が出勤。1時間ほどしてファンさんが起きてきた。彼女は私に上着を貸し、再びアプリでタクシーを呼び、支払いも済ませてくれた。天気予報は大当たり、ものすごく風が強い朝だった。空も青く澄みきっていて、きれいだった。

夫のアイフォンは、家に帰るまでに通りかかったドブに捨てた。帰宅してから、返すよう何度も迫られたが、「落としました」で強行突破。その後彼は「iPhoneを探す」機能を使って、だいたいの位置までは突き止めたらしいが、結局見つからなかった。会社支給のものだったため、上司に失くしたことを報告するなど、かなり面倒だったらしい。それにしても凍てつくドブの底から電波を発していたアイフォン……案外、水に強いのかもしれない。

その後しばらく、私は日本の「いのちの電話」に何十回も国際電話をかけるほど落ち込んだが（一回もつながらなかった！）、北京在住のロシア人が「引っ越しておいで」と声をかけてくれたのをきっかけに元気を取り戻し、身辺整理を進め、日本に戻ってきた。この友人宅での半年間、ずっとファンさんがくれたスリッパを使っていた。季節が変わり、もうこれでは暑苦しい、という時期になっても、やっぱり履いていた。いよいよ北京を離れる時、大切に包んでスーツケースに入れた。

ファンさんには後日、借りた上着などを持ってお店にお礼に伺った。目力が強い彼女に「負けちゃダメよ!」と言われると、本当に頑張らなくては、という気になったものだ。その後ファンさんと彼氏は無事にゴールイン。彼女なら、大丈夫だろう。

慣れないスマホの画面を必死に触りながら、極寒の北京を裸足で駆け抜けた夜。この話をすると「人生、一寸先は闇だねえ」と言う人もいる。でも私はこのスリッパを見るたびに、あの夜、あの店で出会えたファンさん、柔らかい掛け布団、それに続く意外に楽しかった半年間を思い出す。人生はミラクルだ。あの時の自分のような女性をもし見かけたら、ファンさんのように手を差し伸べられる、しっかりした女になりたいと思う。

今年の3月、北京で取材をしたついでにあの店に行ってみた。ファンさんには会えなかった。店の外観は当時のままだが、店内に一歩入ると、内装も働いている人も全く違っていて、ごく普通のレストランになっていた。いろいろ思い出しそうになったので、きびすを返して帰った。

*021*

# どん感がすごい

コナリミサト
（マンガ家）

「Neverland Diner　二度と行けないあの店で」

というこちらのコラムのタイトルを聞いたときぽんと思いついたお店がある。

実家から車をぴゅんと走らせたところにある「ステーキのどん」だ。

「ステーキのどん」は関東を中心に幅をきかせているステーキチェーン店で、看板の「どん」の表記のとこがほんとに勇ましく「どん」としているので看板をみるたび「どん感がすごい」と感服していた。

小学校の頃の家族4人揃っての外食はもっぱらここの店で、父が仕事を納めたのであろう日は小祝いを兼ねてなのかぴゅんとこの店に行くといった流れだった。

そんな日は学校から帰ると母が一目瞭然でそわついているので外食するのがバレバレなのだが、「ねえ、今日、どんよ!! みーやん（家族間の私のあだ名である）！ どん、なんだからね!!」と8歳下のモチみたいな弟を抱き上げながら告げられるたびに「わぁい！ どん、だぁ！ どん、だぁ！」とはしゃいで見せてた私マジ娘の鑑なので5億円が欲しい。

私が「どん」で頼むのはチーズハンバーグ一辺倒だった。

ナイフを突き刺すとトロリと出てくる伸びの良いチーズとやわらかハンバーグにたっぷりかかったデミグラスソース。せかいいちうまい。と思っていた。

今思い出してもうまいが過ぎる。ありがとう、ありがとう、とろけるチーズを受胎してくれてありがとうなハンバーグ。

でも強いて言うなら難点がひとつ。このチーズハンバーグのプレートには無駄にミックスベジタブルと甘く煮たニンジンが添えてあるのだ。

ミックスベジタブルはまあ大目に見てやる。ポップ要員だろう。茶色だけじゃこころもとないだろう。わかる。

しかしニンジンはくたくたに茶色いし。

なぜ、なぜ甘く煮るのだ。

いみがわからない。

当時小学生の私はこいつさえいなければすぐさまチーズハンバーグにたどり着けるのに、とベリーキュートなはらわたを煮えくり返していた。

にっくき甘いニンジンをできるだけ細かく切り刻みプレートに付属している熱い鉄板のとこでジューと焼いて奴の概念を消失させた状態で息を止めながら喉に押しこんで。

邪魔者を消していざ‼とチーズハンバーグに手をかけようとするそのタイミングで8歳下の幼い弟がやたらモイスチャーな上目遣いで私を見てチーズハンバーグを無言でねだったりするイベントも毎回勃発した。

この頃の弟はふくふくとした柔らかいほっぺたと甘海老のような黒目がちの瞳を所持しておりまあまあキュートだったので親指の爪くらいの欠片を分けてあげたりもしていた私マジ姉の鑑なので5億円が欲しい。

母は大根おろしののったさっぱりしたハンバーグを食べていることが多くサラダなんかも積極的に食べていた。

思い出すとグレイトガーリーなマザーだ。

父は決まってサーロインステーキの血がしたたるレア焼きのやつを口いっぱい頰張っていたのでやたら雄々しいなと思っていた。

仕事であまり家にはいない父も参加しての「どん」での食事会は貴重な家族団らんのひとときでもあった。

どちらかというと無骨だった父はぶっきらぼうに私の学校生活のことなんかを聞き出そうとしていた気がする。

親にまで人見知りを発動する娘だった私との会話のキャッチボールはうまくいくはずもなくテンパった父は娘が父親に話したくない話題のかなり上位に上がるであろう現在の体重や所在なさげに膨らんできたバストのサイズ、さらにクラスに好きな男子はいるのか的な話方面にボールをなぞに転がし私を不機嫌にさせた。

グレイトガーリーな母はなんとかその場を和ませようと乗用車の芳香剤のリンゴの香りがキツ過ぎてサービスエリアでこっそりゲボを吐いた話や「ハーイあっこです」というアニメのあっこがいかに素晴らしいかの話をしてよくわからないことになっていたし、もういいやと会話を放り出した父は大好きな矢沢永吉の話を一人でしだしていた。

父はラジカセにこっそり矢沢永吉の「アリよさらば」を歌い上げたものを録音していたタイプの永ちゃんファンだった。でもあのタオルは持ってなかった。

さすがにこのままじゃいけない何か話さなきゃと思った私は職員室に行くときに通

る廊下にあるモナリザの絵の前では息を止めないと何やらどこかに連れて行かれておそろしいことになるらしいという話をしたりした。どこかとはどこか、連れて行くのはモナリザなのか、とか聞かれても知らない。と憮然と答えた。オチはない。

弟は始終クレヨンしんちゃんの似てないモノマネをしていた。

なんかいつもめちゃくちゃだった。

あっ、弟が何を食べていたかは忘れたので今度聞いてみようと思う。

家族おのおのの会話のボールはとっちらかり大して盛り上がらないが「どん」の後にはお楽しみが待っていた。

帰りは最寄りの大型書店に寄るのがお決まりだったのである。

これは大フィーバーイベントだった。

欲しいマンガが！

毎回1冊！

買ってもらえるのである！

マンガ好きの両親は私がマンガを買うと喜ぶのでこの件だけはおねだりし放題だったのである!!

らんま1／2、コータローまかり通る、ときめきトゥナイト、姫ちゃんのリボン、うしおととら、帯をギュッとね……。

チーズハンバーグでお腹は満たされてるし大好きなマンガの新刊まで!! あれはしあわせだったなぁ。


そんなあの「どん」は今もまだ営業中との話を弟から聞いたのは数年前。

へぇーと思ったのだが行ってはいない。

父も母も次々と現世からログアウトしてしまい（端的に言って死んでしまった）、もう家族4人揃ってあの店で食事はできない。

今はもうふくふくのほっぺではない弟と2人でしんみりしてしまう予感がするからだ。


それより何よりせかいいちうまいと思っていたあのチーズハンバーグがせかいいちうまいわけではなかったら悲しい。

せかいいちうまいままにしておきたい。


そんなわけであの店には二度と行けない。

022

# 土曜夜 新宿 コマ劇近くで

永島農
（HIBANA店主）

その時は都心の高級老舗イタリア料理店で下働きをしていた。

上司や先輩にタメロで喋る一番年上の「M」さんと、僕も顔が濃いのだが、さらに顔が濃すぎて日本人に見えない「S」さんの下で働いていた。

その日は土曜日で営業はあまり忙しくなく、Mさんが焼肉に行こうと言い出した。

僕は都下の実家にいた為に先輩の誘いがあると必然的に始発まで時間を過ごさねばならない。

レストランの営業後なので飲み始めは24時頃になるから。

翌日の定休日の日曜は地元の先輩の結婚パーティーが六本木で昼頃からあるので断りたかったが、昔は先輩の誘いはそういうわけにもいかなかった。

ま、多分奢ってもらえるし頑張って起きればよいかと思い3人で焼肉に出かけた。

Mさんは仕事が出来るくせにふざけた感じの人で遅刻魔。やたら口が達者。でも自分の事は可愛がってくれたし嫌いな人ではなかった。その日は割り勘だったけど。

Sさんはマイペースな人で、僕より3つも年上なのに焼肉屋で最初にライスを頼んで肉をのっけて食べる変な人だった。

飲みの後のカラオケでも先輩の飲み物を注文するのは後輩の務めだが、ホットコーヒーを頼んだりするし。

いつも注文の時は恥ずかしかった。

3人で行った焼肉屋さんは今もある四谷三丁目の老舗で、仕事のアレやコレを話して割り勘で残額4000円になった財布で新宿に移動した。

その後はチェーンの居酒屋に行った。

お金が無いので流石にMさんが奢ってくれた。

時間は早朝4時過ぎになり、そろそろ始発が走り出すので帰ることをMさんに伝えようかと思って歩いていたらMさんが客引きの若い男に声をかけられて、一緒に駅とは逆の方向に歩いていた。

「可愛い女の子がついて飲み放題で3000円ポッキリだってよ」

Mさんが僕に言った。Sさんは無言でついて行く。

そんなうまい話がある訳ないだろ、と僕は思いながら財布には4000円残っている。

客引きの男は今はなきコマ劇場の近くの雑居ビルで足を止めた。

「こんなに可愛い娘いるんですよ」

ビルの入り口に身体にフィットしたスカイブルーのワンピースを着た女の子がいた。歳は僕と同じくらいだろう。

その子はギャルっぽいけど可愛くて正直僕のタイプの女の子だった。

Mさんは行く気まんまんで、迷っていたらSさんが僕に「お前帰るのかよ。俺は行くぜ」

スカイブルーは先に1人でエレベーターに乗り、客引きは「皆さん、どうします？」と。


僕は結局先輩2人と3人でエレベーターに乗っていた。

何階かも覚えていないけど、6階だか7階だった気がする。

エレベーターの扉が開くと4人ぐらいのギャルな女の子が、黄色い声で「いらっしゃいませー！」と元気な声で僕らに言った。

先輩2人の鼻の下が伸びていた。

スカイブルーもいたから自分もきっとそうだけど。

その店はすごく暗くてボロい店だった。

スナックの様なボックス席に茶色いベルベット生地のソファとスツールがあった。入り口の元気な空気と裏腹に、店の空気はどんよりしている。壁も汚いし。

全く聞いていなかったけど、怖い顔の店の男からドリンクの説明みたいな話があり飲み物が届いて、女の子が各人に1人ついた。スカイブルーは僕らのボックスにはいなかった。

店の奥に小窓があって目しか見えないけど多分人相の悪い男が目を光らせていた。大きな瓶の中に煤けた帆船が入った模型が僕の右上に飾ってある。帆船の帆は茶色に変わっていた。左上には友人の家の玄関にあったような鮭をくわえた木彫りの熊が置いてあった。

店の様子が思っていたのと違うし、何か空気が変だと思って先輩に「自分帰ります」、そう伝えた。

先輩2人はマイペースに飲んでいて「帰るの?」と聞かれたが、それぞれ何か感じていたようで会計する事になった。飲んだのはたった1杯のウーロンハイだったけど。

会計額は「250000円」だった。

身の毛がよだつって初めて感じたと思う。

気がつけばボックス席に女の子はいなくなっていて、僕らと人相の悪い男の4人になった。

パーテションで挟んだ隣のボックスでは父親位の歳の男性が別のパンチパーマの男に「こんだけ可愛い女の子と飲んで高いじゃねーんだよ！　この金額で当たり前だろ！」と怒号を浴びせられていて、ちょっと遠くのボックスではダッフルコートを着た少年誌を右手に持った浪人生みたいな男が走って逃げようとして捕まって、店の奥に男2人に羽交い締めされて連れて行かれていた。

手から汗が吹き出た。

Mさんが「3000円ポッキリって聞いたから来たんですけど」。僕らのボックスに来たチンピラみたいな男に言ったのだが、男は「は？　何言ってんだ。さっさと払えよ」。

絶望しか感じなかった。

先輩の財布の中には自分とさほど変わらない金額しか入っておらず、どうしようと思っていたらスカイブルーが僕の隣に座って、「あんた財布出しなよ」そう言った。僕は言われたままに財布を出すと、スカイブルーは僕の財布を勝手に開いて「これしか金無いの？　しんじらんない！　だっさーい！」そう言って見下した目で僕を見て蔑んだ。

一瞬でもスカイブルーがタイプだと思ったこと、ノコノコついて行った自分に嫌悪した。

金が無い、払えの攻防戦がしばらく続き①マグロ漁船に乗る②内臓を売らなければいけない③半殺しにされて帰るか、その3択かと僕は勝手に思っていた。時間かかるのやだから半殺しだけで済めば御の字か。

Sさんはマイペースに煙草を吸っていた。

随分長い時間軟禁されて時計を見たら朝になっていた。

結婚パーティーどころではない。

ボックスは僕たち3人になり、Mさんが「Sとお前は沖縄の田舎から出てきたばかりの設定にして勘弁してもらおうと思う」。

なんだ、それ。

沖縄の設定とか意味が分からなかったけど僕も薄給で身なりも良くなかったし、Sさんは僕より顔が濃い。

もうどうでもいい。勝手にしてくれ。


9時になればATMが動くので年長者のMさんが金を下ろしに行かされた。

若い男が1人同行し、Sさんとボックスに2人になった。

「Sさん、お金あるんすか？　自分は給料手取りが10万円位なので金無いんですよ」

「あるわけないだろ。あっても俺は悪くないから一銭も払わない」

カラオケでコーヒーを頼む男はやっぱりマイペースに煙草を吸い、僕を助けてはくれなそうだった。


しばらくしてMさんが男と帰ってきた。

男が小窓の中の別の男と何か話していた。

「Mさん、払ったんすか？」、僕は聞いたが「ちょっと黙ってろ」と制された。

しばらくしたら小窓のボスみたいなチンピラが出てきて今回は勘弁してくれると言った。

意味が分からなかったのだが、どうやら僕の4000円と先輩の財布の全額で済むみたいだ。

ボスは「東京は怖い所だから、用心しろよ。慣れたらまた遊びに来い」、そう僕らに言った。

誰が来るか、バカ。

そう思ってヨロヨロと店を出た。MさんもSさんも疲れていて新宿駅前のベンチに3人で座って、大きな溜息をついた。眠いし朝日が眩しかったが五体満足で無事に生きている喜びを感じた。


「Mさん、ATM行ってどうしたんすか?」

「クレジットカードでキャッシングしろって言われたから暗証番号わざと間違えた」

「銀行口座の残高見られなかったんすか?」

「残額0のカード口座の残額見せた」

しょうもないお調子者のMさんだが上手く立ち回ってくれたようだ。

行きと帰りの道すがら一緒に行った男に沖縄出身設定の僕とSさんの話をして同情を買うことに成功したらしい。僕とSさんは東京出身だけど。

一緒に行った男だけではなく、お店の男はほとんどが沖縄出身の男だったらしい。

「あー助かった」Mさんは言った。Sさんはいつの間にか買っていた缶コーヒーを飲んでまた煙草を吸っていた。

とにかく新宿から出たくて逃げるように家に帰り仮眠を取ったら、地元の先輩の結婚パーティーに遅刻をした。

023

# 呪いの失恋牛すじカレー

谷口菜津子
（イラストレーター／漫画家）

店に行けないのならば作ればいい！

長年、あの味を思い出しながら牛すじカレー作りに挑戦し続けていた。

牛すじを何度か湯こぼしし、柔らかになるまで3、4時間煮込む。

店の棚に並ぶ食材の景色、味の印象の記憶を頼りにスパイスを選ぶ。

バターで玉ねぎを飴色に炒め、トマトも煮詰まるまでよく炒め、牛スジを加えとろとろになるまで煮込む。

完成したカレーは手間暇かけただけあってとっても美味しい。でも、あの味ではない……。

あの牛スジがとろっとろで濃厚で、一皿食べただけで「今日の食事はもういい！

余韻を忘れたくない！」と思わせるようなあの牛スジカレー。

末広町にあるカレー屋「ブラウニー」。

まだ存在するので、ただ足を運べばいいだけなわけだが、どうしても食べに行けない自分が過去にいた。

ブラウニーの味を求め、牛スジカレーを作り始めた頃の私は吹っ切れたつもりだった。

しかし、「別れてよかった！」などと触れ回ってる間はまだまだ失恋中だ。

本当に吹っ切れるということは、1日の中に1秒たりともその相手を思い出すこともなく、彼の住んでいた最寄り駅を通り過ぎる瞬間ほんの少しでも胸を痛めることもなく、たとえ思い出の品が出てきたところで容赦なく捨てるか、使えそうなら使う、そのくらい無感情な状態になった時である。

ふられて1年、ブラウニーで牛スジカレーを食べられない私はかわいそうにまだまだ失恋中だったのだ。

数年経ち、シュミレーションをしてみる。

駅から道を歩き、お店に入る。

ここまでは大丈夫。

でもあのカウンターに着き、ぶっきらぼうだが実は優しいマスターに注文をする。

待望の牛すじカレーを一口食べよう…だめだ…やっぱ帰ります…。

仲の良かった頃、たくさん通って、牛スジカレーにチーズをかけたり、オムレツをのせてもらったり、そんな幸せな時間を共有していた相手に拒絶された事実、それを突きつけられるのが怖かった。

失恋をすると「相手に自分を否定された！」と思い込んでしまう節がある。

牛スジカレー作りは数年が経ち、失恋を引きずる気持ちから、否定された自分を認めるための作業に変化していった。

ブラウニーのカレーを作れるようになった時、私はこの失恋を乗り越え、自分を心から愛せるようになるんじゃないか。

そう心のどこかで信じながら、牛すじを何時間も煮込み続けていた。

ふられてから6年、呪いの失恋牛スジカレーはどうなったかというと。

ベースの作り方は変わらない。

けれど鶏ガラで出汁をとるようになり、昆布出汁も加え、できるだけ砂糖や塩でなく素材から旨味を出そうとしている。

牛スジの煮汁を少し加えても風味が複雑になって美味しい。

唐辛子もバンバン入れ、途中で麻婆豆腐でおなじみの花椒（ホワジャオ）をホールで加え煮込む。

煮込み終わった後、更に花椒、黒胡椒、山椒、コリアンダーシードをゴリゴリとすりこぎで擦る。

それらスパイスをフライパンで炒って香りを出し、カレーに加える。

付け合わせの白菜の漬物とパクチーを添える。

油を極力使わないので、重たくないのにガツンとスパイスの味と出汁と素材の旨味が濃厚な牛スジカレーの完成である。

ブラウニーの面影なし。

私の牛すじカレーは現在、私史上最高に私の舌に抜群に合い、美味しいカレーとなっている。

これ以上に美味いカレーはこの世に（あくまで私好みという意味で）ない！

これはつまり、失恋の呪縛から解き放たれたということなのだろうか？

生きていると、いろんな記憶が合わさって、薄まって、複雑になっていく。

あの失恋の記憶は無くなったわけではないけど、薄ーく薄ーくなって私の一部になっている。

024

# 本当の洋菓子の話をしよう

石井僚一
（歌人）

自分の話から始めると、ちょうど1年くらい前（2017年）に就職の関係で関東に越してきたのだけれども、それまではずっと北海道の実家にいた。バイトに精を出すタイプの学生ではなく、大学卒業後就職が決まらなかった時にはほとんど家に引きこもっていたから、実家暮らしと言えどもお金はそんなになくて、あったとしてもCDや本に費やすのが常だった。そもそも食べることにそんなに興味がないタイプの人間でついでに言うと僕が住んでいたのは北海道の江別というところ（いわゆる札幌市のベッドタウン）の住宅街で、関東みたいに昔からありそうなちょっと怪しげな個人経営の店のようなものはあまりなかった。周囲にあるのは飲食店というと基本的にはチェーン店だ。なんというか僕が直感的に思う「二度と行けないあの店」みたいな店は周囲にはなかった、ような気がする。し、好んでそういう店に行くタイプでもなかった。外で食べる必要があれば積極的にチェーン店を選ぶタイプだった。そうか、思い出の飲食店かー、と思いを巡らせたところで、あー、と思い出したのはあるケーキ屋さんだ（江別ではなくて札幌のケーキ屋さんだけれども）。

ここでまた自分の話をするけれども、一時期ケーキ屋さん巡りを趣味としているときがあって、そもそも甘いものが好きかと言われると微妙なところではあったのだけれども、「女の子とケーキを食べに行く」というシチュエーションに非常に憧れがあって、憧れはあったはいいけれども相手がいなかったので、結局一人でケーキを食べ歩く男になった。というお話がある（結果、大学時代の途中からと卒業して暇になった期間、計3、4年くらいの間に、たぶん100件近くは食べ歩いた、と思う）。

ここからは一旦ケーキの話をするけれども「ケーキ屋さんのケーキは高い」とケーキを食べ始めた頃は思っていた。あの1個の甘い塊が平気で500円もする（文庫本が1冊買える）。3個買ったら1500円だ（インディーズのミニアルバムが1枚買える）。というような思想だったので、食べ始めた当初は結構背伸びをしてケーキを買い背伸びをしてケーキを食べていた。ケーキ屋さんのお客さんを見ながら「みんな貴族だな～」と思いながらケーキを食べていた。しばらくはその価値がよくわからないままで食べていた。まぁ、テナント料が上乗せされているんだろうなー、と思っていた。

あるとき急に自分でも「ケーキを作ってみよう」と思い至った。母親がわりとお菓子作りが好きだったこともあって、ある程度の道具はそろっていた（ちゃんとしたオーブンレンジがあったのが大きい）。作ってみるとわかるのだけれど、これがめちゃくちゃ難しい。最初はたぶんガトーショコラを作った。これは割とかたちになった。その次に何度かスポンジを焼いた。ショートケーキの土台のあれだ。あれが、難しい。レシピの通りに作っているつもりなのに、いざ焼いてみると全然上手に膨らまない。スポンジが湿っぽくて生っぽかったり、あるいはちょっと周りが焼けすぎたり、とにかく難しい。何回か作ったけれど1回もうまくいった記憶がない。あるときは固まらなくてとろとろになったり、あるときは固まりすぎてムースではなくてチョコレートそのものみたいになってしまったこともあった。更にはマカロン。お菓子を作るときには卵黄だけをつかって卵白があまることがある。この卵白のほうだけをつかうお菓子の一つがマカロンで、マカロンもよく作ったのだけれど、ちゃんと膨らんだのは1回だけで、あとはスポンジと同様、ふにゃっとしすぎたり、逆にバリっとしちゃったり……。

!!!というところでひとつ気づくのは「ケーキは触感が大事」ということだ！基本的におんなじ材料で作れば大体の味はおんなじになるところ、その絶妙な触感を出すのにめちゃくちゃな技術がいる！ということにここで気づく。

その他、モンブランも作ったことがあるのだけれど、マロンクリームを作るときの配分をなんか間違っちゃって、クリームが固くて全然絞れなかったりもして、見た目

がぐちゃぐちゃ山になった。あとチョコレートを作ろうともしたのだけれど（店で買うと1粒200円とか平気でするアレだ）、温度管理をしながらチョコレートをいじる時、そのチョコレートの扱いが難しすぎて、どれだけがんばっても、完成したチョコレートの表面が全然きれいにならないのだ。つやつやではなく、凸凹&ぐにゃぐにゃになってしまう……。

！！！！というところでまた気づくのは「ケーキは見た目も大事」ということだ！あれはハンドメイドで複製される芸術作品なのだ！傷ひとつないショーケースに傷ひとつないケーキが並んでいる！それは美術館なのだ！多くのケーキ屋さん（というか「パティスリー」）のケーキ（これも「パティスリー」と呼ぶ）がフランスに由来するのもうなずける！！！（洋菓子の用語はだいたいフランス語だ）！！！

というところで、僕が札幌でいちばん好きだったケーキは「E piu dolce」（エ・ピュ・ドルチェ）という店の「キャラメル・サ・レ」という名のケーキで、このお店は札幌駅から少し歩いて北海道大学の植物園の一角を越えたところの、「ミニ大通り」と称される小さな路の、良さげな（家賃が高そうな）マンションが並ぶその路、その途中にあった（冒頭でお話しした「あのケーキ屋さん」がやっとここで登場する）。好きだった、と言っても、そんなにしょっちゅうケーキを食べるわけにもいかないから、結局は2、3回くらいしか行っていないけれども、なんとなくよく印象に残っている。

よく印象に残っているのは、その閉店を知るきっかけが、食べログにユーザーが投稿した画像だったからで、それはその店先に貼られた1枚の紙の画像なのだけれど、「告示書」と初めに書かれたその紙には「破産者　株式会社エ・ピュ・ドルチェ」とはっきりある。「上記の者に対し、(中略)札幌地方裁判所において破産手続開始決定され、当職が破産管財人に選任されました」と。なのでむやみに立ち入らないでください、という内容が続く(正確に引用できるのは今でも検索すればそのレビューが、その画像が出てくるからである)。「破産」という言葉のそのリアルな残酷さとともに、あれほど素晴らしいケーキをつくっていた人が最終的に「破産」という手続きを取らなくてはいけなかった、ということに大きな悲しみ、というか虚しさを感じざるを得ない。自分の店を持つ、というのがケーキを作るひとのひとつの夢であるとして、その経営が立ち行かなくなって終わってしまったあとに、その人は何をしているんだろう。と思ったところで、ちょっと調べてみたら

---

315：無銘菓さん：2015／05／30(土)22：25：40・89 ID：???
エピュドルチェの店主だった方、いまどこの店にいるのだろう

316：無銘菓さん：2015／05／31(日)23：21：23・45 ID：???
>>315
以前書きかけたけど、名前出すなというレスがついたもので…

自家用車のない自分にはなかなか行きづらい、割と郊外寄りです
と掲示板にあって、まぁ、少し前の情報ではあるけれども、この感じだと、今もき
っとどこかで洋菓子を作り続けているんだろう。良かった。

＊＊＊

本当の洋菓子の話をしよう

石井僚一

「パティスリー・オレトオマエ」という店をおれとおまえで開いて閉じる
生きていてよかった　生きていてよかった　本当の洋菓子の話をしよう
ショートケーキのショートは思考回路はショート寸前のショートだよ　好き
口うつしで食べさせあえばチョコレートの向こうの舌がざらざらでした

シュークリームのシューがふくらむ　かなしみのかなもふくらむ　かなしいのかな？

心のなかのデパ地下にある甘いものみんなデパ地上に溢れてしまえよ

「　　　　　　　　　　　　　　　　　」

あまいものたべると浮かんでくる声のもうおんなじようにはひびかない

生きていてよかった　生きていてよかった　嘘でも洋菓子の話をする

# 025 北極の雪原で味わった「食」の極限

佐藤健寿
（フォトグラファー）

人よりも多く旅をしているせいで「危険な経験はないんですか」と、よく聞かれる。この旅人ＦＡＱみたいな質問に、僕はいつも、これといった答えがなくて困っている（いっそプロフィールに「危険な経験特になし」と書きたいくらい）。アフリカの呪術師に呪われそうになって逃げたとか、タヒチの廃墟で野犬の群れに追いかけられたとか、イランの国境で立ち小便をして警察に捕まったとか、いくらか奇妙な経験はある。しかし例えばブラジルで拳銃強盗に襲われるとか、中東で兵士に拘束されるといった、分かりやすい危険な経験は特にない。だからこういうことを続けられている。とも自分では思うのだが、聞き手はもっと危険をかいくぐってきた、みたいな話を聞きたいのだと思う。すると不発に終わった質問の次に、だいたいこう問うのだ。「じゃあ、一番美味しかったものは?」

ところがこれも、答えに困るのである。わりと秘境に行っているというイメージがあるのか、猿の脳みそだとか、トカゲの丸焼きだとか、そんな悪食もものともしないと、思われているのかもしれない。しかし目を輝かす聞き手の期待を申し訳なくも裏切って、僕は再び答える。「実はよほど日程に余裕がないと、あんまりその国特有のものってわざわざ食べないんですよね……」するとだいたいは、恐ろしくつまらない人間を目にしたような、いたたまれない空気になる。

もしも自分の旅が、日々の仕事を忘れる年一のバカンスならば、Tripadviserでもロンプラでも開いて、全力で毎晩美味しいものを探して、珍しいものや美味しいものを食べようとするだろう。しかし自分の場合、旅行は手段であって、目的ではない。それは別にポリシーとかではなく、単純に毎度毎度、「この旅を全力で楽しもう」なんてやってたら身が持たないわけである。現地に行って撮影することが目的だから、その邪魔になるようなことはなるべく避けたい。だから僕は海外でも日本食屋があれば、体調維持のために初日から積極的に行ってしまう(むしろ今では辺境和食ミシュランを書きたいくらいに)。撮影だけでも割と冒険気味なのに、食で冒険してお腹を壊したら、それだけで日程が数日飛ぶ。だから、僕は海外での食に関しては普通の観光客に比べても、むしろ保守的な方なんじゃないかとさえ思う。

とはいえ、場所によっては不可避的に、現地のものを食べることもある。昨年の冬、ロシアの北部、北緯70度近辺の北極圏に暮らすネネッという民族の居住地を訪ねた時もそうだった。ネネッ族は言ってみれば北極の遊牧民族で、果てのない白い雪原に2000頭ほどのトナカイを放牧し、チュムというテント住居で移動しながら暮らしている。モスクワの北東、シベリアの西に暮らしているが、顔はほとんどモンゴロイド。いわゆる金髪碧眼のロシア人のイメージとはかけ離れて、むしろ日本人にもよく似ている。そんな彼らの間では、週に一度、放牧しているトナカイのうち1匹を殺して、生のまま肉を食らうというプリミティブな食習慣がある。僕は彼らの居住地を訪れて、その一部始終を見せてもらった。

「食事の日」になると、ネネッの男はトナカイの集団をテントの周りに集めて、犬に追いかけさせる。2000頭近いトナカイが雪原をぐるぐると走る姿はそれだけでも壮観だが、そこでトナカイの群めがけて幾度もロープを投げて、一番のろまなトナカイを捕まえる。彼らはもちろん猟銃を持っているが、銃で簡単に仕留めずに古来のロープ狩猟でトナカイを捕まえるのには、2つの理由がある。ひとつはロープを使うことで一番のろまなトナカイを選別し、つまり人為的に「自然淘汰」を行うこと（足の速い、体の強いトナカイは生き残る）。そしてもうひとつは彼らにとって一番の栄養であるトナカイの「血」を一滴も無駄にしないためである。そうしてのろまなトナカイを捕まえると、ネネッの男たちは首に縄をかけ、大人数人で綱引きのように引っ張って、窒息死させる。やがてトナカイが絶命すると、ほとんど神業のような手さばきで全身の皮を剥ぎ取り、臓器を取り出し、トナカイを鮮やかに解体していく。その間、時間にして約10分。道具はボロボロのナイフのみだが、血は一滴も地面に落ちることはない。野菜もほとんど採れず、栄養源に乏しい彼の地では、トナカイの生肉と生き血が高いビタミンを持っていることを彼らは知っている。だからトナカイの肉と血を一切調理せずに、殺したまま最も栄養価が高い状態で食らうことで、足りない栄養素を補っているのだ。いざ解体が終わると、家族総出でバラバラになったトナカイの周りに集まる。横になって解体されたトナカイの一方の肋骨を外し、下半分の底側をちょうど鍋のようにして、みんなでつつき始める。トナカイの腹から掬(すく)った血をコップで飲み、肉をちぎって、生のままむしゃむしゃと食べていく。大人も子供も、それこそ幼児さえもが、みんな口を血で真っ赤にしながら。

僕が興奮しながらその様子を撮影していると、家族の長に「お前も飲め」と、コップ1杯ほどのトナカイの血を勧められた。それは場所が違えばグロテスクにも見えるはずだが、不思議とグロテスクなものには見えなかったのは、そうであるべき必然性があったからだと思う。コップ1杯の血を飲み干してみた。生暖かいトマトジュースのように、塩っぽくて、ドロリとしていて、生命そのものを飲んでいるような不思議な感触がした。食べた物があなたそのものである、とはよく言われることだが、トナカイが自分の体の一部となったことを、比喩ではなく、実感として理解した。この光景は多分原始の時代からヒトが行ってきた「食」の究極の姿だとも思う。北緯72度、果てなく続く白い雪原の上で、僕はトナカイの真っ赤な命を、まさに「頂いた」のだった。

*026*

# 六本木シュルレアリスム前夜

**和知徹**
（料理人）

東京のレストランで働くことが決まり、フランス研修から帰国してすぐ、白金にあった店の寮に入った。六畳一間の部屋に2人。寝るだけに帰るからと最初は気にしなかったが、相方はサービスマンで帰って来るのが自分より遅く、眠りについたところでレッド・ホット・チリ・ペッパーズをガンガン流されて、よく寝不足になっていた。給料は手取りで8万ちょい。それでも遊びたい盛りだったたし、六本木から歩いて帰れるからと、朝まで遊んでそのまま出勤なんてこともざらだった。

その時よく通っていたのが、六本木J TRIP BAR、通称六J。当時流行っていた、ピチカート・ファイヴの「東京は夜の七時」と日比野克彦さんの六Jのアートディレクションが、田舎から出てきた僕にとって、キラキラした東京の夜の象徴だった。マハラジャでは踊り足りないけれど、ゴールドやイエローは気後れする感じだった、っていうところが初々しい。もちろん、まだ飯倉CHIANTIのことなど知る由もない。

毎年右肩上がりで急成長して、会社はどんどん大きくなった。社員旅行も海外に行くのが恒例で、夏は真っ黒に日焼けしていた。真っ赤だったほっぺたも都会の色に染まり、オープンカーを乗り回したりして、自分で言うのも何だが、すっかり垢抜けた。週末になると、冬でも真っ黒なTシャツ1枚の上にハードなデザイナーズブランドのブルゾンをはおり、夜の街に繰り出していた。

ある年末の忘年会。西麻布の游玄亭でたらふく焼肉を食べていると、シェフであり、社長でもある師匠から、突如、驚きの命令が下る。パリの星付きレストランで仕上げの研修をして、ひいては六本木にある店のシェフを任せると。テンションは上がりまくり、二つ返事だったのだが……。

仕上げというよりは、パリに住みフランスを満喫することばかり考えていた僕は、休みの日の予定を立て、浮き足立っていた。中でもクライマックスは、当時まだ1軒しかなかった、モナコのアラン・デュカスのレストランで食事をすることだった。色鮮やかな野菜とハーブ、のびのび育った仔牛や仔羊を、新鮮なオリーブオイルでシンプルに仕上げる料理は、旨くて洒落ていた。

素晴らしい食材に出会えたら、いたずらに形を変えるのではなく、それを活かすことが料理人に求められる。豊かさを高級食材の羅列で表現するのはナンセンス。その時の感動は、今でも続いていると思う。だから、帰ったら六本木の店は地中海式の料理で決めてやるつもりだった。


たった3カ月のパリ暮らしだったが、3度目のフランスで今まで以上に得るものは大きかったと思う。意気揚々と帰国したものの、しかし、待っていたのは、やってもやっても結果の出せない店の運営だった。

社長は、フランスによくあるカフェ、ブラッスリーのスタイルで、タルタルステーキとかオニオングラタンスープを深夜まで食べられるレストランにしてほしかったと、こぼしていたらしい。だが、南仏プロヴァンスの熱にうかされていた僕は、とにかく健康的でカッコつけた料理を出す。レストランの30席のスペースは、昼も夜もお客様は1組とか2組で、開店休業中の情けない状況だった。併設されているカフェは100席あり、そちらは引っ切りなしに人が出入りしている。パスタランチは1000円で、毎日満席。同じ店なのに、パスタは受け入れられて、フランス料理は拒絶されることに憤りを覚えた。

意を決して、コーヒー付きで１０００円の日替わりワンプレートランチを出すことに決めた。今までに覚えた料理を全力で出し切るつもりで、メニューの内容を考える。お客様の声に耳を傾け、リピーターになってほしい一心で、土下座せんばかりに挨拶もした。今にして思えば、それまでマスターベーション的な料理ばかり作っていたんだなと分かるが、そもそもに六本木の、それも麻布に近い飯倉片町で、28歳の僕は、遊び慣れ、舌の肥えた大人を喜ばせるだけの力を持っていなかったのだ。

３カ月ほど経ち、昼は通って下さるお客様が少しずつ増えてきた。だが、ディナーは相変わらずパラパラとしか来てもらえず、どうにも客足が伸びない。店名の「アポリネール」を気取り、詩人になったつもりでメニューにポエティックな日本語訳をつけた。シュルレアリズムの提唱者の元に集まるサロンを夢見たが、ＣＨＩＡＮＴＩの様なカリスマ性があるわけもなく、如何せん無理があったと反省する。それでも、極端に気に入ってくれた方がヘビーローテーションで来店し、バレエ団のプリマドンナやＦ１チームの社長、美人女優に茶道家……、当時は珍しかったＩＴ社長などが顧客になっていく。

しかし、１年が過ぎようとしていたその時、「アポリネール」は閉店をして、ＮＹの有名シェフの店と業務提携し、リニューアルすると通告があった。途中、厨房スタッフの1人がバイクで事故って亡くなるという、大きな悲しみもあったのだけれど、後悔したくないから全力を出し切ったし、1ミリも悔いは残らなかった。

料理を始めて10年が過ぎていた。引き止められたが辞める決意は固く、アポリネールの時間をそっと仕舞い込んだ。

時期を並行して、同じ六本木龍土町の祥瑞(しょんずい)というワインバーに入り浸っていた。オーナーは音楽を愛し、ブルーズやロックをガンガンかけながらワインをサーブするファンキーな親父。一方、真面目だけれど融通の利かない自分。六本木で受け入れてもらえるのは、こんな人なんだなと強く感じた。そしてある晩、銀座で新しい店を開く計画を聞かされる。渡りに船とはまさにこのことだった。

真っ赤なボロボロのVOLVOのワゴン車。食べるのも、作るのも好きな親父の車のトランクの中は、ちょっと生臭くて、一緒に銀座の物件を見にいこうと助手席のドアを開けたら、そこにも荷物がてんこ盛り。でも、その人間臭さが凄く好き。物件はまだ盛業している焼き鳥屋なんだとか、銀座に風穴を開けたいと、車中で熱く語られた。

めでたく契約も成立。しかし……金がない。だから、スタッフ全員で工務店の手伝いをして、生コン練ったり、柱のささくれをやすりがけしたりして、銀座のど真ん中、三原小路になんとか「グレープガンボ」をオープンさせる。2000年を目前にして、時代のことなど気にしない、男臭い店になった。

前から僕の料理を食べてくれていたので、親父からは細かいことは一切言われず、任せてもらえた。仕事終わりに飲みながら雑談するうちに、新しい料理が生まれるなんてこともしょっちゅう。「アポリネール」では確立できなかった、自分のオリジナルのスタイルをコツコツと築いていった。

連日満員、使ってみたい食材があればすぐに取り寄せて、早速食べてもらう。理想的な流れが気持ちよく、料理するのが楽しくて仕方がなかった。流行り始めていたスペインの風を取り込んだり、音楽のライブをしたり、ポップアップでイベントしたりと、かつて果たせなかったサロン的な空気も作れたことは、後に大きな自信に繋がった。賄いで唐揚げ10kgとか素麺10kg食べたり、サンプルのワインを飲み過ぎてヘロヘロになったりと全力だった。

オープンから15年後。たくさんの男達にとって青春だった「グレープガンボ」は、惜しまれつつ幕を閉じた。同じ銀座で、気づけば自分の店も17年目になる。

風の噂では、歴代のシェフを集結してワンナイトライブをしたいと親父が言ってるとか……。

027

# 佐野さん、あのレストランの名前教えてよ。

九龍ジョー
（ライター／編集者）

食のことなんてなおざりだった20代前半、1年間だけ築地市場で働いていたことがある。

きっかけは……なんだったっけ。4年付き合った彼女にフラれたから、新卒で入った映像制作会社をやめたかったから、いずれにせよたいした話じゃなかった。立川流の落語家になりたくて、当時の前座は河岸（かし）修行すると聞いたから、なんてヨタをたまに人に話したことがあるけど、たぶんあとからデッチ上げた理由だ。許してほしい。

魚のことなんて何も知らなかった。それでもどうにかなった。

朝4時に場内に着くと、まずダンベに入った魚の名前と目方をメモする。これなんだろ？　あ、ホウボウ。マルにョ？　養殖か。だいたいカンでこなしてたらよく間違えて、そのたびに年下のヤンキーに頭をはたかれた。そのライオン丸みたいな髪型をしたヤンキーが上司だった。

配達はもっとヤバかった。免許こそ持っていたが、マニュアル車、それも2トントラックなんて運転したことがない。危なっかしくてしょうがなかった。助手席で懲りずに何度も怒鳴ってくれたライオン丸は、案外やさしい男だったのかもしれない。


2カ月ぐらいして仕事も慣れてきた頃、後輩ができた。

佐野さんという男の人で、年は40ぐらいだっただろうか。町山智浩似のメガネ顔、いつも紫色のTシャツを着て、首に白いタオルを巻いていた。しゃべるとシーシー音がするのは前歯が欠けているからだ。

佐野さんが入ってきた日はあいにく入国管理局の査察日だった。

なぜか築地の中国人たちは毎回事前に情報をキャッチしていて、この日もいっせいに休みをとった。なので、普段なら彼らの仕事であるはずの小車での場内配達を、ぼくらがやらねばならなかった。

「普段はこんなに忙しくないんですよ」、すぐやめてほしくないのでそう説明するぼくよりもテキパキと佐野さんは発砲スチロールを小車に積み、混雑する場内市場をすいすい引いていく。佐野さんはぼくなんかよりも遥かにキャリアのある、築地のジプシー労働者だった。

おかげでライオン丸とのマンツーマンも解消され、佐野さんとの愉快な日々が始まった。

配達トラックでビバリー昼ズを一緒に聴きながらよく笑った。中央通りから晴海通りへの画期的なショートカット。佐野さんはたくさんの抜け道も教えてくれた。

ある日、両国駅前で佐野さんが突然トラックを停めた。

「ウメちゃん（佐野さんはぼくをそう呼んでいた）、ちょっと待ってて」

佐野さんは露天の野菜売りのおばあちゃんからトマトを買うと、ぼくに1つくれた。

「ヘタの周りが少し切れてるやつが美味いんだよ」

たしかに美味かった。濃厚だった。

そういえば佐野さんはどこに住んでたのだろう。

仕事が上がると13時。ちょうどランチタイムだ。佐野さんはいろいろなお店に連れて行ってくれた。新大橋通りを原付で並走したり、銀座をゴム長靴で歩いたりするのが少し誇らしかった。

新橋の洋食屋、東銀座のうなぎ、中央通りのハモ——。

夏の料理が多いのには、理由がある。佐野さんが店にいたのが夏の間だけだったからだ。

そう、佐野さんは2カ月間ほどで店をやめてしまった。

築地ではよくあることだ。

そして、やはりよくあることで、佐野さんは場内の別の店に移籍していた。やっちゃ場（青果市場）の店だ。

やっちゃ場はいつも冷房が効いてて、なによりいい匂いが漂っている。僕はよく場内で無駄に迂回してはやっちゃ場で涼んでいたので、すぐに佐野さんを見つけてしまった。

佐野さんはやっぱり紫のTシャツで首に白いタオルを巻いていた。

「ウメちゃん、またご飯を食べにいこうよ」

バツが悪そうにするでもなく佐野さんはそう言ってくれた。だけど、以前のように気軽に顔を合わせることもなく、自然とそんな機会は減った。

ただ、佐野さんからたまに頼まれごとをするようになった。

河岸でマグロを買ってほしい、という。

ゴム前掛けに長靴、つまり河岸（鮮魚市場）の人間であるぼくは、場内のマグロ専門店にいけば現金でマグロを購入することができるのだ。佐野さんはぼくに毎回、キロ数を告げ、ぼくは馴染みのマグロ屋で冷凍マグロを小口で買った。

その代わりというわけではないが、佐野さんはぼくのためにやっちゃ場で高級果物を安く買ってくれた。

Ｌサイズなのに激甘のミカン。

「普通のスーパーや果物屋では買えないやつだよ」と佐野さんは言っていた。

あんな美味しいミカン、その後も食べたことがない。段ボールで買って、実家の両親にも送ってあげた。

冬のある朝、配達トラックの停めてある茶屋のそばで、佐野さんが待っていた。

「オレ、築地やめるからさ。ウメちゃん、最後にご飯いこうよ」

約束は夜で、ちゃんとした服を着てこいと言われた。

時間になって、なぜか佐野さんは彼女を連れてきた。奥さんだったのかもしれない。若くてきれいな人だった。

「マグロ、美味しかったです」

彼女に言われてはじめて、これはお礼の会なのだと理解した。

銀座か新橋、ビルの何階かにそのレストランはあった。

テーブルとテーブルの間が離れたゆったりとした空間。白いテーブルクロスの上に置かれた真っ白な大きな皿に、厚みのある肉がちょこんと乗っていた。

佐野さんは、実はアカデミシャンなのだと言った。イギリスに留学していたこともあるという。彼女は図書館で働いているらしい。

なんでそんなことをぼくに言うのだろう。

「で、ウメちゃんはこの先、なにするの？」

とくにするべきことはなにもなかった。

毎日、築地で選りすぐりの食材に囲まれながら、時間も選択肢もありあまっているように見えた。その贅沢さに気づいてなかった。佐野さんに教えてもらったこともちゃんとメモしておけばよかった。

せめてあのレストランの名前ぐらいは。

佐野さんはいまなにをしているんだろう。

たまにめぼしい大学のホームページを見て、佐野っていう名字の前歯が欠けた研究者を探すのだけど、見つかったためしがない。

028

# 東京ヒルトンホテル オリガミ

篠崎真紀
（イラストレーター）

父親の仕事の関係で、子供のころはよく赤坂の東京ヒルトンホテルに行っていた。家族4人で年末から新年にかけ宿泊して、隣の日枝神社に初詣にいくことも多かった。ヒルトンホテルは1963年、日本初の外資系ホテルとして開業。障子や蒔絵をつかったシックな和洋折衷は、子供心にも「これが素敵な大人の世界なんだ」と強く影響を与えた。今でもこの世界が一番好きだ。

私と弟が子供だったので、よく行ったレストランは「コーヒーハウス オリガミ」。いわゆるホテル内のファミリーレストランで、広々としたダイナーは赤いビニール張りの椅子でちっとも気取ったところがなく、春なら紙のランチョンマットに苺の絵が描かれていたり、秋には天井から栗のモチーフがぶらさがっていたり、子供ながらに楽しく居心地がよかった記憶がある。

有名人もたくさん見かけた。ジャイアント馬場、小澤征爾、阿久悠、オリコン社長の小池聰行など。笹沢左保のネクタイは、黒地に赤いバラの模様だった。

思春期になると家族4人で食事をすることも少なくなり、20代はファミリーレストランは一番選ばない時期だったのでオリガミからも遠ざかっていたし、1984年に「キャピトル東急ホテル」と改称された場所自体にもほとんど行かなくなっていた。80年代には他に行くところがたくさんあった。

オリガミ熱が再燃するのは30代に入った1993年ごろ。

結婚して実家を出たと同時に仕事が忙しくなり、毎晩のように一人で外食する生活になって、たまたま久々に寄ったオリガミの居心地のよさにすっかり魅せられてしまった。

子供のころと同じ、紙のランチョンマットにはイースターのウサギの絵が描かれ、天井からはウサギの人形がぶらさがっていた。その気取らなさと食事のおいしさ、ホテルマンのすばらしい接客（親切だけどほっといてくれる）……行かない理由がない。多いときは週3〜4回ぐらい通っていた。私はかなり飲んで食べるのでファミレスといえどもけっして安くはない。あのころは羽振りがよかったんだな。

私が教えてあげて、夫も通うようになった。フリーの夫も仕事終わりに一人で寄るようになったので、ときどきオリガミでバッタリ会うこともあった。夫はいつも生ビールにステーキを食べていた。夫も羽振りがよかったんだな。

オリガミの大きな窓と中庭の間には渡り廊下があった。その廊下は奥の日本料理店「源氏」に続いていて、往来する客がガラス越しに見える。その中にはオリコンの小池聰行も相変わらずいて、子供時代にワープした。

この渡り廊下について2000年ごろ、ある雑誌のコラムに「お忍びで日本に来たジェームズ・ボンドがヘタな日本語で商談しながら歩いてきそうな」と書いたら、クレイジーケンバンドの横山剣さんがとても褒めてくれた。私も「こういう感覚」を共有できるのは剣さんぐらいだと思っていたから。

このころよく見た有名人は加藤茶、舘ひろしなど。

そんな生活の一部だったオリガミ時代が終わる。

老朽化と再開発のため、2006年11月にキャピトル東急ホテルは取り壊されることになった。その年の4月から6月にかけてオリガミは「復刻メニュー」と称して今までの人気メニューを週替わりで供してくれた。「ストラマーマックス（特製ハムと目玉焼きのオープンサンド）」「ランバージャック（ハムとソーセージをフランスパンで挟みました）」など、独特な料理名もオリガミの特徴。閉店まで、惜しむように通った。「源氏」でもらったミニサイズのメニューは剣さんにさしあげた。

ホテル建て替えの間、オリガミは赤坂東急プラザの地下1階の仮店舗で営業していた。旧キャピトルの空気込みで愛していた私にとってはまったくの別物だったけど、インテリアなどを涙ぐましく再現していたし、すでにスタッフの人たちとも懇意だったので、ここにも通った。

オリガミ仮店舗の奥には、日本料理店「源氏」の鉄板焼コーナーだけが出張営業していた。TEPPANYAKI……これも子供時代を甘く思い出す魅惑のフレーズだ（子供のころはロッキー青木の「紅花」にもよく行った）。暗く狭い店内はむしろ旧キャピトル時代よりも隠れ家感と海外感（外国の日本料理店感）があって、ここにもたまに寄ることになった。

そんな東急プラザの仮店舗にもすっかり慣れて気に入っていたころ、それもなくなってしまう。

2010年、建て替えが終わり、ザ・キャピトルホテル東急が燦然と開業、オリガミは「オールデイダイニング ORIGAMI」という名前で復活した。開店してしばらくして行ってみると、隈研吾設計のお洒落な空間に目がくらんだ。ウサギの人形もぶらさがっていない。店名ロゴはそのままだったけど、私にとってはあまりにも「ちゃんとしたレストラン」だった。久々に舘ひろしも見た。「舘ひろしにとってはリニューアルなんて関係ないんだろうな。むしろ今のカッコいい雰囲気のほうが好きだったりして」などと勝手に思いながら（違ったら申し訳ない）。値段が昔より高くなっていたのもあって、復活後はその一度きりしか行っていない。

私はけっして懐古趣味ではないけど（ここまで原稿に「昭和」「レトロ」「懐かしい」を使わないよ

うにがんばった）、オリガミの変貌には確かにショックを受けた。でも実は、そんなに残念ではない。なぜなら今は私がすっかり不景気で、とてもじゃないが週何回もあの価格帯の店に通えないからだ。もしオリガミがまったく昔のままの姿で復活していたとしたら、以前のように通いたくても通えない気持ちに苦しんだだろう。「オリガミ大好きだったけど全然変わっちゃったからなあ」というのを自分への言い訳にして、二度と「行けない」店じゃなく、二度と「行かない」店にしているのかもしれない。

ちなみに不景気は夫も同じなのだが、旧キャピトル時代から通っていた村儀理容室だけには、移転後もずっと通ってピカピカのオールバックにしている。そのことはちょっと嬉しい。

029

# 営業許可のない大久保ロシア食堂の夜

ツレヅレハナコ（編集者）

ロシアには、あまり良い思い出がない。

初めて現地に行ったのは小学生で、まだソビエト連邦時代だった。当時、私と兄は剣道を習っており、「短期交換留学」なる制度で1か月ほどホームステイをしたのだ。今も当時も私の興味は食べ物にしかなく、行く前から「世界の食べもの／ロシア編」という『週刊朝日百科』のムックを読みあさっていた。ビーツなる赤いカブのような野菜と肉を煮込んだスープ「ボルシチ」、ひき肉をスパイスとともに炒めてパン生地に詰めた揚げパン「ピロシキ」、そばの実をオーブンで煮込んで作る粥「カーシャ」、ふわふわのパンケーキにサワークリームとイクラ（!）を山盛りにのせて食べる「ブリヌイ」……。ロシア料理など見たことも聞いたこともない時代。一人妄想をふくらませ、剣道の練習の数倍は熱心に「ロシアで食べたいものリスト」をノートにみっしりと書き連ねた。

そして、いよいよホームステイ。滞在先は4人家族が住む一般的なアパートメントで、私と兄は子供たちと同室にマットレスを敷いて寝起きすることとなった。初日の夜から張り切って食卓に着き、記念すべき第1食目！　憧れ続けたとおり、ボルシチが登場したときの感動は忘れられない。鮮やかなピンク色のスープに浮かぶ真っ白なサワークリーム……。一口食べれば、野菜の甘みがギュッと詰まった初めての味わいに声が出た。

現地でおいしいものを食べたら言おうと覚えてきたロシア語で、何度も興奮気味に「ハラショー！（＝すばらしい！）」と叫ぶ日本人小学生。今、思えば若干どうかしているが、ホストファミリーも満足顔。「ハナコ、剣道の試合もがんばってね」と（たぶん）言われながら、ボルシチをおかわりしてその夜は眠りについた。

翌日の朝食は黒パンとクリームチーズとハム。これまた初めて食べる軽くトーストした薄切りの黒パンは、噛むほどに香ばしく濃厚な小麦の味が舌に広がっていく。毎日、家で食べていたヤマザキ「ダブルソフト」とは真逆の味に、兄妹で「ハラショー！」と朝からテンションは激上がりだった。

……そう。ここまでは、まさに理想どおり。問題はこの先の食生活だ。結論から言えば、滞在した約1か月の間、この家で食べたのはボルシチ、黒パン、クリームチーズ、ハム。この4種のみ。
ホストファーザーが超偏食だったらしく、彼が食べられるものがこれだけ。家族も慣れたもので、「ほかのロシア料理は、たいしておいしくない」と笑う。いやいやいや、私がどれだけロシア料理を楽しみにしてきたことか！　情熱の直筆「食べたいロシア料理ノート」を見せつつジェスチャーで説明しても、「ママのボルシチはロシア一だよ。最高だろ?」的な答えで全くらちがあかない。

これはまずい。このままでは、ロシアまで来たのにピロシキさえ食べずに帰ることになってしまう……。追い込まれた私がとった行動は、唯一ホストファミリーの目が届かない剣道の練習中に買い食いをすることだった。

練習の3回に1回は「おなかが（頭が）（足が）痛いから帰りたい」と言って抜け出し、町へ繰り出す日々。ほぼ言葉もわからないのに、おいしそうなものを見つければ片っ端から買い食いをした。ああ、スタンドで売られていた揚げたてサクサクのピロシキのおいしかったこと！　最終的にはレストランにまで入り込み、憧れのイクラてんこ盛りブリヌイにも無事たどりついた。

でもそんなもの長く続くわけもなく、あっという間に嘘はバレる。剣道の先生からは追加の猛自主練習と試合不出場を命じられ、ホストファミリーからは「なんて意地汚い子！」的な罵倒のお言葉をいただいた。日本の両親からはあきれ返った声の国際電話がかかり（最終的には「お前らしい」と笑っていたけれども）、ひとことで言えば、いろんな意味で何しに行ったんだろ……。

それから時は経ち、20代の頃にはロシア・シェレメティボ空港のトランジットホテルで軟禁されて半ベソをかいたりしつつも（長くなるので話はまた！）、大人になればロシア料理も自由に食べられるようになる。いくつかの店で食べ歩き、あのノートに書いた憧れの料理も食べきった頃、その店に出会った。

年の瀬の新大久保。ひとり韓国料理店でチャミスルとマッコリをしこたま飲んでいたら、店員の韓国人の若者となぜか大久保の立ちんぼの話になった。10年以上も前のこと。まだまだ各国から来た姐さん方も多く、裏道を歩けばそれらしき姿を見かける。「けっこうキレイな人も多いよね～」などと話していたら、彼はロシア人をよく買うと小声で言った。

そこで私が「ロシアと言えば……」と子どもの頃の話をすると、少し黙ったあとに突然こう誘われた。「いつも会っているロシア人を呼ぶから、これから3人で食事に行こう」。

ここは深夜の新大久保。いくらなんでも危ないような気はする。普段なら断るところだが、その日はなかなかの酔っぱらいぶりだったうえ、「これは行った方がいい」と私の中の食いしん坊センサーがゴーを出す。話はまとまり、すぐにロシア人がやってきて、３人でその店に向かった。

寒さに凍えながらたどり着いたのは、路地裏にある普通のマンション。エレベーターに乗るというので一瞬身構えたけれども、フロアに降りた瞬間「来てよかった」と心の中でガッツポーズをした。なぜならフロアの通路中に、とてつもなく良い食べものの香りがしたのだ。

パンなどの小麦が焼けているような、肉と野菜がコトコトと煮こまれているような……さっきまで韓国料理を食べていたのに、いきなりおなかがすいてくる。看板のない店に入ると、ガランとした室内に椅子とテーブルが置かれ、何人かの白人女性が食事をしていた。

連れのロシア人女性が慣れた様子でオーダーをし、運ばれてきたのはボルシチと黒パン。冷えた体を温めるかのようにホカホカと湯気を出し、しかも具はすべて同じ大きさのさいの目に切り揃えられている。これ、ホストファミリー宅で食べたものに、かなり見た目が近いな。

食べてみれば、またしても声が出そうになった。ああ、ハラショー！　……まさにあの家で食べた味だ！　日本のロシアレストランでは食べられなかった懐かしい家庭の味。なんなの、この店⁉

聞くと、このあたりで立ちんぼをするロシア人関係者向けに作られた営業許可のない食堂なのだそう。「商売から足を洗った中年ロシア人女性とその夫が料理を作っている」そうで、営業期間も超限定。まさに、この数か月だけ開いている治外法権店らしい。

食べているほかの女性客を見ると、皆ひとりで面白くもなさそうにボルシチをすすっている。どこかで見た情景だなと思ったら、まるでホッパーが描くニューヨークの深夜ダイナーの絵のようなのだった。ああ、こんなにボルシチはおいしいのにな。みんな仕事に、日々に、この国にいることに疲れきっているのかな。

とてもおいしいと同席の女性に告げると、「私の実家のボルシチにもよく似ている。こんなに細かくきれいに具材を切るお母さんは、とてもいいお母さん」というようなことを言って笑った。あのホストファミリーの息子が言っていたように、「ママのボルシチはロシア一」だったのかもしれない。

もう一度食べてみたかったけれど、そのマンションの場所はわからないし、きっとあの後すぐに閉めてしまったことだろう。いつかまたロシアに行くことがあれば、さいの目のボルシチを探してみようかな。そう秘かに思っている。

NO STEP

030

# 欲望の洞窟

## Mistress Whip and Cane

（女王様）

10年以上前、よく新宿で飲んでいた。

いつも数名で集まって飲んでいたが、その中のひとりに、何をやりたいのか分からないというようなことを話していた時だったと思う。

突然、「女王様やればいいじゃん」と言われた。

当時私は何をやっても長続きせず、大概無職で、どこに属しても居心地の悪さを感じていた。

ああ、そういうことか。

その一言で、それまでの靄が一気に晴れた。

そいつとSMについて話したことは一度もなかったし、Sだと言われたこともなかった。

そう見られていると考えることもなかった。

ただ今から思えば、やつはMだった。

内面のどこかにフェミニンな部分を持つこいつが、飲み仲間の中で一番話しやすかったのは、Mだったからだ。

SはMを感じるし、MはSを感じる。

SとかMっていうのは先天的なものなのか後天的なものなのか、よく談義されることだけど、私は先天的なものだと思っている。

その人が持って生まれた生涯離れることのできないもの。

隠そうと思って隠せるものじゃないし、変えようと思って変えられるものでもない。


答えが分かった後の行動は早かった。

自宅にあった今はなきSMスナイパーのページをめくり、所属するSMクラブを探した。

数あるSMクラブの中から選んだのは、中野にあるクラブだった。

どの店も在籍する女王様やM女さんの写真を掲載しているのに、その店だけは紙面一杯に商売っ気ゼロのマニアックなイラスト。

印象に残った。

そして店名と一緒に並んだ〝QUEEN OF QUEENS〟という文字、容姿端麗な方という簡潔な募集要項、女王様専科の店ということが気に入り、面接希望の電話を入れた。

面接は、そのクラブをプロデュースする有名女王様と行われた。

その時何を聞かれたか、今はもう忘れてしまったけれど、最後に「あなたにとってSMとは？」と聞かれ、「愛です」と答えたのを覚えている。

入店はその場で決まり、その日のうちにプレイ見学までした。

見られたがりの女装子ちゃんとのプレイがこの後あるから、よかったら一緒に来ないかと言われたのだった。

初めてのプレイ見学、入室すると皺だらけの顔に化粧を施し、女性物のランジェリーを身に着けた初老男性がいた。

未だに、はずかしい姿を見られて興奮するMの気持ちは分からないが、その頃は今以上に理解できていなかった。

晒し物にされ上気し、恍惚とした表情を浮かべるMという生き物が不思議でならなかった。

羞恥が性的興奮に繋がる、私とは真逆の思考回路。
でも何故か、違和感はなかった。

プレイ見学終盤、女装子は逆さ吊りにされ完全に自由を奪われた。
被っていたウィッグが床に落ちた。
「あっ」と小さな声がもれた。
そして容赦なく、一本鞭が打ち据えられた。

鞭が空を切る音。
鞭が肌を打つ音。
そして肌に刻まれる鞭痕。
血が騒いだ。
快感だった。
やっと、自分の居場所を見つけたような気がした。
やっと、自分の価値観を主張できる環境に恵まれた。
同じ世界に住む仲間たちと話は尽きなかった。
営業後も、よく時間をともにした。

遅い食事を取りながら夜通し語らい、店を出る頃はいつも朝になっていた。

当時、そんな集いの場としてよく通っていたのが、中野ブロードウェイのそばにあったダイニングバーだった。

細い階段を下りると地下深くにひっそり存在していた。

お料理もお酒も美味しかったが、何よりも気に入っていたのがどっしり落ち着ける雰囲気だった。

何故か私の中では深緑のイメージがあるお店。

最低限の照明、広々と取られた周囲テーブルとの距離感、座り心地よい椅子、そしてお店の方の心遣い。

必要な時だけスッと現れ、それ以外は気配を消す。

我々の話題のほとんどは、大きな声で言えないこと。

あまり聞かれたくないことを心置きなく語り合えたのは、あの空間のおかげだ。

きっと一生理解しあえないSとM。

なのにSはMを求め、MはSを求める。

そして理解できないMから、私はたくさんのことを教えられてきた。

心をかきたてられた。

そう言えば、村上春樹さんの大ベストセラー小説『１Ｑ８４』を読むきっかけも、とある海外産Ｍの一言だった。

Ｍが滞在する高級ホテルの広い一室で、調教前のおしゃべりをしていた時のこと。ベッドサイドの分厚いペーパーバックが目に入り、私がＭに「読書、好きなの？」と聞いたことから本の話になった。

そして唐突に、「ＨＡＲＵＫＩ ＭＵＲＡＫＡＭＩの『１Ｑ８４』は読んだ？ あの中に出てくる女性は10通りの金蹴りができるんだよ。チャプターいくつの何ページ何行目に書いてある。ＡＯＭＡＭＥ！」と嬉しそうに言った。

この本が金蹴り愛好家から絶大な支持を受けていることは知っていたが、まさか海外在住の英語を母国語とするＭから言われるとは夢にも思わなかった。

ま、Ｍから言われることはいつも、夢にも思わないことばかりだけど。

調教後、早速『１Ｑ８４』を買って一気に読んだ。

そしたらホントに書いてあった。

「いずれにせよ青豆は睾丸の攻撃方法を十種類くらいは心得ていた」

そしてこうも教えてくれている——。

「睾丸に蹴りを入れるにあたって何よりも大事なのは、ためらいの気持ちを排除することだ。相手のいちばん手薄な部分を無慈悲に、熾烈に電撃的に攻撃する。躊躇してはならない。一瞬のためらいが命取りになる」

その日のプレイのこと、Sについて、Mについて、話すことはいくらでもあった。

ずっと話していられた。

その後、所属するクラブが閉店することになり、私たちもそれぞれ別の道を歩み出し、それまでのような時間の共有をしなくなった。

その店へも中野へも足が遠のいた。

その店がもうないことを知ったのも、閉店後ずいぶん経ってからだった。


最近妙に、その店のことを思い出す。

きっかけは、ともに中野にあったSMクラブに所属し、夜な夜な語り合ったお友達女王様から「いい店見つけた」と言われ、連れて行かれたバーの雰囲気が、どことなくその店の雰囲気に似ていたから。

確かにいい店で、その後何度か行った。

だけど、あの時のように入り浸ることはなかった。

あの時、すぐ隣に貪欲極まりない女王たちがいて、これまた貪欲極まりない欲望むき出し（そのくせチ〇コは皮かむりだったりする）の奴隷たちがいた。

「今日あそこ行かない？」と言えば、すぐ応えてくれた。

今とは違う時間の流れがあった。

身を置いていた環境が、その店へと足を運ばせたのだ。
ずっと同じでなんていられない。
時代も人の心もどんどん変わる。
変化することが生きること。
二度と行けないあの店で飲むお酒は、格別に美味しかった。
私は、なんて贅沢な時間を過ごしていたんだろうと思う。

*031*

# 自覚なく美しかった店とのお別れ

佐久間裕美子
（文筆家）

マンハッタンからクイーンズに渡ったすぐのロング・アイランド・シティに、ファイブ・スターというインディアンのダイナーがある。行かなくなって5、6年になるだろうか。10年ほど前、よく訪れていた。夜遅くまでやっていて、店の前に黄色いタクシーがいつも何台か駐車されていた。となりはバンケット・ホールになっていて、休日にはインド人の結婚式をやっているのを何度か見かけた。

カウンターがあって、残りは2人がけと4人がけのブースだった。が、ここにくる人の大半は、おそらく休憩中のタクシー運転手たちで、いつ訪れても一定数のお客がいた。混んでいることもなかったし、客がまったくいないこともなかった。愛想の悪いインド人男性に声をかけ、女性の客がほとんどいないなか、視線を感じながら席に座ると、彼が水と野菜のプレートを持ってくる。ビュッフェがあって、アラカルトのメニューがあった。通い始めた当初は、いろんなものを試したくてビュッフェを食べていたが、あるとき、ほうれん草とチーズのカレー〈パラク・パニア〉が絶品だと発見して、それが目当てになった。ときどき急にあの味を思い出して、夜中に車に乗って〈パラク・パニア〉を食べに行った。

カレーを食べながら、カウンターの向こうの天井からぶら下がるテレビに映されるインド映画をよく見た。ミュージカル調になっていて、美しい女性の主役と、それに比べるとどうしても見劣りする男性の主役が恋をする、そして父親に邪魔されたり、ライバル(男)に邪魔をされたりする——言葉はわからないけれど、なんとなく筋書きはわかる。そして最後には必ず、キャスト全員が踊る圧巻のシーンがついてくる。夜も遅い時間、カウンターに座るインド人の男たちが、クライマックスのシーンを見ながらカレーを食べる姿を見て、彼らの人生を想像した。

たまに白人の姿を見かけることもあった。知り合いとばったり会うこともあったけれど、小さな声で挨拶するだけだった。ファイブスターにきていた非インド人はみんな、「おじゃまします」という態度で食べていた。

いつもお会計はチップをいれても12〜15ドルくらいだったように記憶している。いつもテーブルにお金をおいて、静かに店を出た。インド人でないかぎり、お店と客とのコミュニケーションはほとんど存在しない。自分が見えない存在になったような気になりながら、それでもこの店が大好きだった。

あるとき、夕方、ファイブスターを訪れると、改装が始まっていた。珍しくスタッフに声をかけ、「改装するの？」と聞くと、「もうちょっとお客さんがくるようにしたい」という答えが帰ってきた。あーあ、これできっと変わってしまうなあと思った。誰もこの店におしゃれなインテリアなんて期待していないのだ、と。

実際、そのあとしばらく時間が経ってから訪れてみると、かつての店の原型をとどめない姿に様変わりしていた。愛想がなくてチープなデザインが良かったのに、マホガニー調の家具が入り、天井に妙に洒落た照明器具がついた。無理におしゃれに誂えたインテリアは物悲しく、きているお客の姿とのズレが居心地の悪さを演出するようになった。ファイブスターをこよなく愛していた男と別れたこともあって、自然に足が遠のいた。しばらく時間が経って、前を通ったついでにのぞいてみたけれど、あの頃、自分が愛したファイブスターはもう存在しなかった。

商業レントが伸び続けているニューヨークに暮らしていると、好きだった店がなくなる、ということが、ある意味、当たり前になる。CBGB、セント・マークス・ブックストア、みんなが大好きだったダイナーのフローレントなどなど、思い出してきゅんとなる店はいくらでもある。そして、そういう店のひとつひとつが、当時の自分の思い出と紐付いている。

好きな店がなくなるたびに、Everything comes to an endとつぶやいてみる。終わらないものはない。だから美しいのだと。

　ファイブスターとの別れは、ひとつの恋愛とほぼ同時期にやってきた。ひとつの喪失に取り組むのに必死で、たくさんの時間を過ごした店との別れについては、さほど真剣に考えなかった。ところがこの原稿を書くにあたって、一番最初に思いついたのは、店に終わりがきていないのに、自分との関係が終わってしまったファイブスターだった。そして、自分が大好きだった、素っ気のないファイブスターが、無理やりおしゃれにするためにお金を使おうとしているということに「媚び」を感じ、どこか裏切られたような、傷ついたような気持ちになっていたのだなということに気がついた。客というのは勝手なものだ。たまに訪れて食べ物とお金を交換する、フェアなトレードなはずなのに、勝手な思い入れを持って、勝手な期待をする。今なら、あの気持ちがアンフェアだったこともわかる。そしてあのまったく見当違いの改装が起きなければ、愛想もへったくれもない、殺風景な店をどれだけ楽しんでいたかに気がつくことはなかっただろうと思うのだ。

*032*

# レインボーズエンドの思い出

吉岡里奈
（イラストレーター）

美大卒業後、卒業制作に疲れきった私は金輪際創作に関わることは一切やめようと在学中からアルバイトしていた蒲田のインド・ネパール料理店のシフトを増やしフリーター生活に突入。

ランチタイムに出すカレーセットのデザートとしてマンゴープリンを作るようになり、それをお客さんが褒めてくれたことがきっかけでお菓子作りにハマっていった。

インドカレーが好きでインド人、ネパール人スタッフ達も優しくてこんな素敵な職場はないと思っていたのに図に乗って「ちゃんとお菓子を勉強したい」と7年間もお世話になったカレー屋をあっさり辞めてしまった。

とりあえずお菓子作りを学べる環境を、と製菓店の求人を探していた時、彼氏が「都立大のケーキ屋で募集しているよ」と教えてくれたのがレインボーズエンドだった。

レインボーズエンドは東横線都立大学駅のホームから見えるショッキングピンクにアルファベットでRAINBOW'S ENDの文字のみの看板が妖しくて前から気になっていたけど何の店かは謎だった。

薄暗い高架下のあまり人通りが無い道に面した場所に小さなケーキ屋、レインボーズエンドはあった。

製菓学校も出ていない全くの未経験、年もすでに20代半ばすぎ……ダメ元で履歴書を持って行った。出てきた店主兼パティシエの男性は40代くらいで白髪交じりの長髪。ベルボトムジーンズに古着の柄シャツ、その上にコックコートをラフに羽織っていた。天本英世とノッポさんに似ている飄々とした風貌。あきらかに普通のケーキ屋とは違うな、と思った。

美しいケーキが並ぶガラスケースの上に履歴書を広げ面接が始まった。10分程度話した後いきなり採用が決まってしまった。次の日から私はケーキ職人見習いになった。初日はキウイの皮剥きからだった。家で剥くのと同様にくるくる回しながら帯状に皮を剥いていたら「なんでそんな剥き方してんだよ！」と怒鳴りつけられた。

「だって知らないよ〜!!　未経験ってわかって採ったんだから教えてよ！」と心の中で叫びながらもう初日から辞めたくなっていた。

何をやっても失敗ばかりで自分の甘さを思い知らされる日々。でもなんとか食らいついて大きな銅鍋でカスタードクリームを作らせてもらえるようになった。

焦げたら台無しなのでツヤと粘り気が出るまでひたすら全力でかき回し続ける。元々筋力が無い上に根性無し。運動部にも入ったことが無く汗をかくのが大嫌いな私は朝イチの作業でヘトヘトだった。パティシエって肉体労働なんだなと知った。

レインボーズエンドは恵比寿三越の地下のお菓子売り場に出店していた。ここは販売だけの仕事で、アルバイト同士でじゃんけんをして負けたほうが恵比寿行きだった。朝、社長（店主兼パティシエはそう呼ばれていた）の車で都立大学駅から恵比寿三越へ搬入。助手席で私はグーグー寝ていた。

デパ地下の各ケーキ屋さんに派遣で来ていたアルバイトの子達は年も近くみんな仲が良くて忙しい時は隣の店同士でレジを手伝ったり助け合った。閉店後は売れ残ったホールケーキをみんなでつついて夕飯代わりに食べたり芸能人が買いに来た！って情報をキャーキャー回したり高校時代に戻ったみたいで楽しかった。

変なお客さんも多かった。レインボーズエンドはショッキングピンクの看板のせいかなんとなくそうゆう人を惹きつけやすいように感じた。

「自分で作ったバースデーケーキとしてプレゼントしたいのでわざと下手にケーキを作ってください」という若い女性からのホールケーキの注文があった。私は「ケーキ屋なめんな！」と思ったけど一応都立大店の社長にその場で電話し聞いてみた。社長はあっさり「わかった」と言って引き受けた。私はびっくりした。職人としてのプライドはないのだろうか、と思った。

そして引き渡し当日、社長は本当にぐちゃぐちゃの下手っぽい完璧素人が作ったとしか思えないバースデーケーキを作った。私は逆にプロだな、と思った。お客さんはとても喜んでいた。

私は職人として使い物にならないと思われていたのか都立大の本店より恵比寿のデパ地下に行かされることが多くなっていった。その方が気楽だ……と思っていたのもつかの間、地獄のクリスマスがやってきた。

有名な店ではないとはいえ三越のデパ地下に入ってる以上、お客さんの数は半端なかった。オープンと同時に人が押し寄せ、閉店まで引く間がなくその日は記憶が無くなるくらいフルで稼動した。ほとんど一人でさばいた。

全ての業務が終わった後、オープンしてからその日初めてトイレに入ったら赤茶色い今まで見たことが無い色のおしっこが出た。

そんなこんなでレインボーズエンドの勤務は2〜3年は続いたと思う。もう辞めようと思ったきかっけは、私が賞味期限が切れたケーキを社長に確認せずに廃棄し社長に大変な剣幕で怒られ、私もその日から「古いケーキをこっそり売るのか？」と社長に対して不信感を持ってしまった。

廃棄してはいけない理由――社長やスタッフが家に持って帰って食べる、などもあったと思うけど私もそこまで考えが及ばなかった。

その日から思春期の娘と父親みたいに最低限の会話しかしなくなっていった。ケーキ作りを学びたい、という情熱も冷めていた。私はレインボーズエンドを辞めた。

その後も目的もなくいろんなアルバイトを転々としていた。レインボーズエンドを思い出すことはなかったけどいつの間にか東横線都立大駅のホームから見えるショッキングピンクの看板が真っ白に変わっていた。私は何の感情もなく「あ、閉店したんだなぁ」と思った。

今回、この原稿の依頼を受けてレインボーズエンドを検索してみた。都立大学のお店が閉店した後、別の場所で営業を再開していたことがわかった。しかし2017年12月31日にたくさんの人に惜しまれながら閉店した、との記載があった。

検索で出てきたケーキの写真を見たらなんだか急にレインボーズエンドというお店が無くなってしまったことが寂しくなった。

どのケーキも甘すぎず、繊細な味で本当に美味しかった。デコレーションが細かく丁寧で美しかった。社長にとってこのケーキは商品以上に作品だったんだな。私はそれを賞味期限が過ぎたという独断で勝手に廃棄した。ゴミ箱に投げ捨てられたケーキを見た社長の気持ちが今頃わかった。

社長自身、元々古着屋を営んでおりその店のカフェスペースで出したプリンが好評でそこからケーキ屋を開こうと修業した、と言っていた。だから私のことも採用してくれたのかもしれない。

ある日のこと、都立大の店のBGM用のCDの中にザ・マザーズ・オブ・インヴェンションの「Freak Out!」があった。私は「ケーキ屋らしくないな」と思いながら面白いからそのCDをかけていた。社長に「フランク・ザッパ、好きなのか？」と聞かれ、特に好きではなかったので曖昧に「ハァ……」みたいな返事をした。それで会話は終わった。

後に私がイラストレーターという職業に就き手がけた月亭可朝さんのCDジャケットが「いたち野郎」のパロディだと知ったら社長はどう思うかな。そもそも私のことなど覚えているのだろうか。

やっぱり社長とは気まずくて会話は続かないかもしれない。

たくさん怒られたけど私が自分で辞めるっていうまでこんなに使い物にならない人間をクビにはせず雇ってくれたのだから社長にはとても感謝している。

おわり。

# 033 カレーの藤

松永良平
（リズム&ペンシル）

ああ、ここも違ったか、と思う。いつもいつも考えているわけでもない。だけど、たまにメニューに見つけると、もしかしてあの味に近いものがあるんじゃないかとオーダーしてしまう。

カレースパゲティ。

早稲田大学の周囲にはご多分に漏れず、学生向けの価格やボリュームを誇る飲食店が居並んでいる。中でも、本部キャンパスの西門を抜けて早稲田通りに向かう路地には、とんでもない名物メニューを持つ店が3軒あった。「三品」の〈ミックス〉は、皿に盛ったご飯の上にカツカレーと牛丼を合体させた超絶アブラギッシュな特別メニュー。「フクちゃん」の〈チョコとん〉は、その名の通り、豚肉とチョコレートを衣にくるんで揚げていた。そして、「カレーの藤」の〈スペドラ〉。超大盛りのドライカレーの中央を土手状に固め、そこにカレールーと生卵を落とし込んだものだった。

ぼくが入学した1980年代後半には、先輩が「昼メシおごってやるよ」と言ってくれるのはいいが、その3店いずれかの名物メニューを食べさせられるという通過儀礼があった。ずばり「メシハラ」。だけど、財布も胃袋も空っぽだったので、ひいひいと悲鳴をあげながらも結構そのハラスメントに救われていた気がする。今思えば、ミックスもスペドラも、1000円もしなかった。

早稲田に残っている店は「三品」だけだ。チョコとんは苦手で「ふくちゃん」に通った記憶はほとんどないが、「藤」にはよく通った。スペドラよりも、これぞ日本のカレーというべき王道の風味のあるカレーライスか、カレースパゲティが好みだった。とりわけ、カレースパゲティは、ぼくにとってはまさに絶品。細切りにしたピーマンやハムをスパ麺にからめて、カレー味をつけるのだが、カレー粉とルーの2段コーティングになっているのが独特だった。中細麺と細切り具材、そして「トロリ」と「ザラリ」の相性のよさに魅了され、家でも試してみたし、喫茶店でバイトするようになってからは賄いでもやってみた。しかし、決してあの味にはならない。

「カレーの藤」のファンは多く、今もいろんな人たちが当時を懐かしんで書いたブログなどを見つけることができる。店の作りは、厨房を中心にしてL字になったカウンターを中心にしたこぢんまりとしたもので、母娘2人で営業していた。料理を担当するのは母で、娘はもっぱらライスを盛り、ルーをかけ、それを客に給仕する。娘の強気そうな風貌は元ヤンではないかと出自を想像させた。カレーライスを食べ進めていると、「カレーかけましょうか」と聞いて、ルーを1回足してくれる。その「かけましょうか」は「かけましょうか？」というお伺いではなく命令調で、響きとしては「かけましょうか！（いや、絶対かける）」だった。あれを断ることができた客を、ぼくが知る限り見たことがない。しかも調子に乗って、もう一度（3回目の）ルーをかけてほしいとお願いしたら、パシーンとビンタをくらわすような明快さで断られる。串カツのソースと、「カレーの藤」のカレールーには2度目はなかった。

細身でしゃきっとした娘さんのことをポパイのヒロイン、オリーブ・オイルのようだったと書いている人がいた。うまいこと言うなと思う。ぼくらは「芦川よしみ」と言っていたから。芦川よしみの無駄のない動きと「おれがルールだ！」的なアティテュードに惚れ込んでいた（M的な）客は少なくない。

しかし、ぼくが通っていた頃でも、すでに母への心配が常連の間ではささやかれていた。重いフライパンを連日連夜振り動かしてきた手首に、ある時期から湿布や包帯が目につくようになってきた。ただでさえ勤続疲労のあるところに、スペドラという重たい質量を誇る看板メニューがさらなる負担をかけてきた。食べ盛りの学生たちが集団でやってきて、一度に何人前も注文することがあっただろう。心の中で「ひい！」と悲鳴をあげることもあっただろう。娘はカレーかけに関してはプロフェッショナルだったが、決してフライパンは振らなかった。

スペドラは気がひけるし、カレーライスは「かけましょうか！」がこわい。カレースパゲティがぼくの一択になっていった流れには、そんな不可抗力もあったような気がする。「なぜこのスパゲティは他と違うのか」について考えるようになっていったのは、のちの話だった。とはいえ、当時も「これを食べなきゃ始まらない」というほど熱中していたわけでも、毎日のように通ったわけでもない。だって、いつでもそこにあったから。

「カレーの藤」の閉店時期については諸説あるが、ぼくが卒業した94年頃（3回留年した）らしい。とはいえ、在学中にその悲報を聞いた記憶がないから、卒業してほどなくだったのかな。風の噂では、やはり母の体調不良によるものとのことだった。腕が、手首が音をあげたのか。スペドラなんてやめたらよかったのに。豪球投手じゃなくて、変化球で勝負する晩年の選択もあったはず。あれ？　スペドラって最初から変化球だったっけ？　変化球で豪速球でポンポンとストライクを取っていくような店だったな。

ある時期、「あのカレースパゲティがもう一度食べたい」という依頼の手紙を『探偵！ナイトスクープ』に出すことを真剣に考えていたが、さすがにもう四半世紀が経つ。そういえば、ネット時代になった2000年代半ば、昔を懐かしんでお店の名を出した卒業生の投稿に、娘さんが反応していたのを見かけたことがある。「母も元気です」の言葉に、とてもホッとした。母も娘も常連さんと話し込むようなタイプとは真逆のストイックさだったが、不思議とあの空間には物言わぬ親子の絆みたいなものが確実に漂っていた。きっとお別れのあいさつも突然だったんじゃないかと想像する。閉店を告げる貼り紙の余白やシャッターにまで、別れを惜しむ書き込みがあったというエピソードも、あの店らしい。みんな、感謝の言葉を言えずにいたのだ（娘さんがこわかったので）。

先日、大学時代の同級生が亡くなった。ぼくより2歳上とはいえ、まだ早い。彼とも一緒によくあの店に行った。ぼくらはミニコミのサークルに所属していて、ラウンジや喫茶店で長時間どうでもいいことをだべっては、「カレーの藤」や「三品」に行っていた。彼もぼくとおなじで3回留年したが、7年間の在籍中、ついに原稿は1本も書かなかったはずだ。いつか何か書く気があったんだろうか。若気にまかせて「そんなんでいいのか？」みたいな、きついことを言った日もあった気がする。

そんな微妙な空気のときでも、「藤」のオリーブこと芦川よしみこと娘さんは「カレーかけましょうか！（いや、絶対かける）」と、ぼくらの間に割り込んだ。いつかまた、彼と別世界で「カレーの藤」に行くことがあるのなら、ぼくももう1回カレーをかけてほしいところだけど、やっぱりカレースパゲティを注文するだろう。

そして、「なんでだよ！　そこはカレーライスでオチだろ」と、さっと彼が突っ込んでくれる。

034

# レモンライスのあのお味

**劔樹人**（ミュージシャン／漫画家）

2000年代、私は大阪市阿倍野区周辺で、モーニング娘。や松浦亜弥などハロー！プロジェクトのオタク（当事は「モーヲタ」などと呼ばれていた）として、仲間たちと日々を過ごしていた。

私は大学を卒業したばかりでまだ20代前半だったが、その仲間たちは大体30歳前後。皆未婚どころか付き合っている彼女もおらず、いつも誰かしらが失業している無職保存の法則の中、概ね金もなく将来も見えない状況ではあったものの、夜な夜な誰かの部屋に集まってはDVDを観たり、推しメンの素晴らしさについて議論したりと楽しい毎日であった。

あれは2004年のことだったか。大学の後輩主催のイベントでDJを任されるという機会があり、好きなハロプロ曲をかけて満足していた私に、ある女の子の後輩が声をかけてきた。

「つるさんって、モー娘。お好きなんですよね。今度私もコンサートに連れて行ってくださいよ！」

それはYちゃんというかなり可愛い女の子で、私の所属していた音楽サークルの隣のサークルの子だったため、それまでさほど話したこともなかった。だから正直色めき立つ気持ちはあったものの、その時は社交辞令程度に受け止めていた。


それがそのしばらく後、たまたま松浦亜弥のコンサートにいつも一緒に行っている友人の都合がつかなくなり、チケットが1枚余ってしまったことがあった。

何となくあの時のYちゃんの言葉を思い出した私は、試しに彼女を誘ってみた。

「ほんまですか！行きます行きます！」

まさかの二つ返事！　マジかよ!!　色々考えた結果、これってもしかして脈があるのでは……思わぬ事態に私は浮かれ、モーヲタ仲間たちには激震が走った。

「あややのコンサートで劔が女の子とデートやと!?」


私は完全に皆を出し抜いた気持ちであったが、現実はそううまくはいかない。

当日、Yちゃんから送られてきたメールは、あまりにも悲しいものであった。

「おなかが痛いので今日は行けません。ごめんなさい」

この、上げるだけ上げられて落とされた美しいドタキャン劇によって逆に彼女を意識するようになってしまった私は、その後も度々食事や遊びに誘い続けたのだが、いつも適当にはぐらかされてばかりだった。


そんなYちゃんが当時バイトをしていたのが、我々の母校である大阪市立大学杉本キャンパスの傍にあった喫茶店『憩務所夏爐（けいむしょかろ）』である。

夏爐は木々に囲まれたジブリ感溢れるビンテージ古民家カフェで、「奥さん」と呼ばれているおばあちゃんが、丁寧にコーヒーを淹れながら30年もの間そこで切り盛りしていた。

長い間愛されている学生の店なので、バイトも近所に住む学生ばかりである。紹介で入るせいか、当時は私の音楽サークル周辺の友人たちがやたらと働いており、Yちゃんもその一人だった。


学生の頃から、時間がある時はよく夏爐に通っていたものだった。一人家に帰るのがもの寂しく感じる夜は、夏爐に行けば誰か友人に会えた。雨の日は本を読みながら雨音を聴きぼんやりと過ごした。勉強しながら寝た事もある。ジャズが流れるいい感じの純喫茶感と、田舎のばあちゃんち感がハイブリッドになった雰囲気は、夏爐でしか味わえなかった。

いつも私が注文していたのは、名物でもある「レモンライス」というレモンを搾って食べるオリジナルの焼飯である。ジュース付きで780円。500円もあれば満腹になれる手段も近所にあることからすれば、学生にとって決して安い食事ではなかったかもしれないが、美味かったしボリュームがあった。何より単純に夏爐が好きだったのだ。

それが秋のある日のこと。暇を持て余したモーヲタ仲間たちが、「ちょっとYちゃんのバイト先に行ってみよう」と言い出したものだから堪らない。ろくな仕事もしていないような風態をしたアイドルオタクのおっさんたちがぞろぞろと大事な夏爐に押しかけるなんて！　私は反対したが悪い大人たちによって押し切られた。せめてYちゃんがいないことを祈ったが、こういう日に限って彼女はバイトに入っていた。私が一人で覗きに行った時はいつもいなかったのに！

その日の夏爐はたまたまとても混んでいて、私たちは2階の座敷に通された。Yちゃんは一番最初だけ注文を取りに来たが、自分をたびたび口説いてくるしつこい先輩が連れて来た圧力団体のような男たちがジロジロ見てくるのが流石に嫌だったのであろう。それから二度と2階に上がってくることはなかった。

私は泣きそうになりながらレモンライスを食べた。

それでも一応本物のYちゃんに会い、私への嫌がらせに成功した男たちは変なテンションになり、あろうことか夏爐の前の公園でサッカーを始めたのである。

もちろんみんなオタクでありスポーツマンなど誰もいない。西野さんという男はその時私服で全身サッカーのユニフォームを着ているという出で立ちだったのだが、これはハロプロのメンバーが当時Gatas Brilhantes H.P.というフットサルチームをやっていたからというだけで、サッカー経験は皆無である。前田さんという男は高校時代サッカー部だったらしいが、その時すでに36歳。皮パンにヘビ皮のブーツを履いている。私に至っては便所サンダルだ。そんなおっさんたちが真っ昼間に突然公園でサッカーを始めるのだから、傍を通る大学生もギョッとなる異様さであった。

Yちゃんはといえば、一度だけゴミを捨てるために外に出て来たが、こちらを一切見ようともせず、店の中へ戻ってしまった。

そんな醜態によってYちゃんに会わせる顔がなくなった私は、その後夏爐を訪れることはなかった。

年老いた奥さんの体力の限界により、夏爐は2007年に惜しまれながら閉店した。

店舗は取り壊され、その土地はお菓子工場の敷地となった。

夏爐の名物レモンライスは、学生たちに愛された味として、そのレシピが学食に引き継がれ、またインターネットにも作り方が掲載されている。

東京で暮らす私もたまに作ってみることがある。

自作のレモンライスを頬張って目を閉じると、あのジャズの流れる古い店内のコーヒーの匂いと、奥さんやバイトの友人の声や姿がちゃんと蘇る。しかし、Yちゃんの姿だけはどんなに思い出そうとしても、どこかぼんやりしているのだった。

*035*

# 週刊ファイトなお好み焼き屋

**堀江ガンツ**
（プロレス・格闘技ライター）

小さい頃からプロレスが好きで、プロレスのことばかり考えていたら、大人になってプロレス・格闘技ライターになってしまった。

当然、その途中経過である大学生活もプロレス一色だった。というか、宇都宮から東京の大学に進学したのも、東京でプロレスを生観戦しまくりたい、という決して親には言えない（だけどバレてる）理由なのだから当然だ。

大学に入ったら、すぐにプロレス研究会に入ろうとも思っていたが、残念ながらボクが入った大学にプロレス研究会はなかった。ないなら作ればいい。ボクは『週刊プロレス』の「文通希望」欄にある「FC情報」というコーナーに以下のような投書をした。

「プロレス観戦サークル〈ファイティングネットワーク〉を立ち上げました。当方、大学1年生の19歳。同年代のプロレスファンの方、男女問いません。一緒にプロレス観戦を楽しみましょう」

当時、前田日明が主宰する「ファイティングネットワークリングス」のファンだったので、その名称をちゃっかり拝借したサークル名とともに、住所と本名もバッチリ掲載。個人情報保護が叫ばれる今では考えられないが、当時は文通希望でもなんでも、自分の個人情報をバンバン晒していたのだ。


ボクの投書が『週プロ』に掲載された数日後、入会希望の手紙が次々と届き始めた。最終的にその数はなんと70通ほど。さすが当時、公称40万部を誇った『週プロ』だけのことはある。

あっという間に、ある程度の規模のプロレスサークルが立ち上がり、ボクは合同観戦会や飲み会などを計画。毎回、10人程度は集まり、期待通りのプロレスに染まった大学生活を送ることができたのだ。


しかし半年後、サークルは早くもマンネリ化し始めた。というか、ボク自身が飽き始めたと言った方がいい。みんなとプロレスの話をするのが最初は楽しかったが、サークル内には自分ほど濃いマニア（いわゆる変態）はおらず、物足りなさを感じてしまったのだ。
こうして〈ファイティングネットワーク〉は1年経たずに自然消滅。ボクはさらなる濃いプロレス仲間を求め、「週刊プロレス投稿者常連会 プレッシャー」に入会することにした。

「プレッシャー」は「投稿者常連会」と名乗りながら、べつに『週プロ』読者ページの常連が集っているわけではなく、実態は『週プロ』公認のプロレスファンサークルのようなものだった。当時の会員数は、『週プロ』全盛期ということもあり、なんと全国で300人以上。間違いなく日本最大のプロレスファンサークルだっただろう。
これだけ人数がいれば、ディープなプロレスマニアも多数おり、ボクもようやく全力でプロレストークに花を咲かせることができたのだ。この頃の経験が、『紙のプロレスRADICAL』編集部に入ってからの座談会や、玉袋筋太郎さん、椎名基樹さんとのプロレス変態座談会に活きているのではないかと思っている。

「プレッシャー」入会後、後楽園ホール、日本武道館、両国国技館など、週1回以上のペースでプロレス観戦していたが、それだけでは飽き足らず、地方まで〝密航〟することもあった。地方に行けば、その土地の「プレッシャー」会員たちが、プロレス観戦後に飲み会を開いてくれるので、それもまた楽しいのだ。

そして大阪府立体育会館まで密航した際、大阪の「プレッシャー」会員が連れて行ってくれたのが、ミスター・ヒトさんのお好み焼き屋「ゆき」だった。


ミスター・ヒトさんは、力道山が作った旧・日本プロレスでデビューした大ベテランレスラーで、70年代初頭から海外を主戦場として、76年からはカナダのカルガリーに定着。

現地でダイナマイト・キッド、デイビーボーイ・スミス、ブレット・ハート、クリス・ベノワら多くの名レスラーをコーチング。さらに日本からカルガリーに修行に来た、獣神サンダー・ライガー、橋本真也、馳浩、佐々木健介らを、自宅にホームステイさせ、鍛え上げながら面倒を見た名伯楽でもあった。

ヒトさんは、90年にメガネスーパーが設立したプロレス団体SWSからレフェリー兼コーチとして誘われたのを機に帰国。コーチ稼業の一方で、姉夫婦が経営していたお好み焼き屋を引き継いだのだ。


「ゆき」は大阪の天王寺にあったが、駅からはけっこう離れており、本来は近所の常連さん向けの店だったのだろう。しかし、ヒトさんが店主になってからは、いつの間にかプロレスファンの溜まり場になった。

ボクが行ったときも、大阪府立体育館でプロレス興行があったあとということもあり、店内は観戦帰りのプロレスファンで一杯だった。

個人経営の店なので、満席になると人手がまったく足りず、ほとんどセルフサービス状態。お好み焼き屋に来たというより、ミスター・ヒトさんの家にプロレスファンが集まり、みんなで飲み会を開いているといった感じだった。

ボクはこの時、初めて関西風お好み焼きを食べて、関東とは違う、トロトロふわふわの食感にカルチャーショックを受けたことを覚えている。

とはいえ、このお店の最大のウリはお好み焼きではなく、ヒトさんのプロレストークだった。

関西人であるヒトさんは、ファンがよろこぶようなプロレス裏話を、サービス精神旺盛に、面白おかしく語ってくれていた。正直、眉唾な話も多かったように思うが、お客も話半分で、その裏情報を楽しんでいたのだろう。

その半信半疑な怪しげかつ魅力的な情報は、新大阪新聞社が発行していたプロレス専門タブロイド紙『週刊ファイト』を彷彿とさせ、いかにも〝昭和の大阪〟な感じがした。

なお、中島らもさんの著作『クマと闘ったヒト』は、らもさんが「ゆき」でヒトさんに聞いた話をまとめた名著で、こちらも怪しげな魅力いっぱいでオススメだ。

その後、ボクが「ゆき」に行く機会はなかなかなかったが、聞いたところによると、後期はヒトさんが体調を崩したため休業が多く、店内も荒れた感じになっていたという。

いまはもう、『週刊ファイト』も廃刊となり、ヒトさんも亡くなり、「ゆき」も閉店した。

ボクにとって「ゆき」は、なつかしい〝あの頃の大阪〟そのものなのだ。

*036*

# 山口お好み屋

**見汐麻衣**
（歌手／ミュージシャン）

母は四十二歳、私は十一歳だった。

母はいつも唐突に私を連れまわすことが多かった。昼は競艇場の舟券売り、夜はスナックを経営し毎晩店に立っていた。四六時中働いていた母との思い出は多くないが、鮮明に憶えているのは母と母の友人達に連れられて贅の限りを尽くした料理を食べさせてもらっていた記憶。

夜中に突然起こされ「焼肉食べに行くよ」なんてこともあったし、早朝、急に思い立ったのか「今日は鰻食べに行くけんね」と言われたかと思えば、道中気分が変わったのか「いや、やっぱり蕎麦寿司の美味しい店があるけん、寿司屋に行くよ」と、こちらの予定など関係なく、毎度訳もわからず車に乗せられ、気づくと知らない場所、知らない店にいた。

眠くてうつらうつらしている時などは母が最初のひとくちを私の口に押し込んでくる。咀嚼をするうちにどんどん目が冴えていく。美味しくて目が覚めるのだ。「どうね？うまかろうが」あんなに眠たかったのに、次の瞬間からバクバクと自分で食べだす。そしてお腹いっぱいになるとまた眠気に襲われ気づくと家に着いている。贅沢で、無茶苦茶な時間だった。店や料理の名前も一切憶えていないけれど、この時期私の舌は無駄に肥えていた。

「お好み焼き食べに行くよ」

この日も唐突だった。夏の間、母が家にいる時間が増え、煙草も珈琲ものんでいた頃、その量が増えていることも、何かあったんだろうということも子供ながらに察していた。「お好み焼き屋さん？　何処に行くと？」「お母さんが中学、高校と通いよった店」「遠いと？」「すぐたい」「お腹空いとらん」「よかけん、行くよ！」車を走らせること三十分くらいだったと思う。国道から外れ、あぜ道を進んで行った先にその店はあった。古い木造平屋〈山口お好み屋〉と書かれた白看板が見えた。木製の引き戸を開ける母の後ろから覗くように店に入る。三和土（たたき）の床、お世辞にも綺麗とは言えないテーブルと背もたれのついたビニールの椅子。店の奥に大きな鉄板を囲むように正方形のカウンターがあった。母は迷わずカウンターに座った。「この鉄板で焼いてもらってそのまま食べるとが一番美味しかとよ。おばちゃん、文玉（ぶんたま）ばよか？」

無音の店内、客は母と私だけ。

「文玉ってなに？　お好み焼きやないと？」「うるさかねぇ、食べたらわかる」

目の前に出された文玉は鰹節もマヨネーズもかかっていない薄く小麦粉を焼いた上にソースを絡めたそば、卵、キャベツ、もやし、天かす、かまぼこが入っていて、仕上げにたっぷりと魚粉のかかった平たい食べ物だった。母が作ってくれる山芋がたっぷり入ったふわふわのお好み焼きとは味も見た目もかなり違い箸が進まない。「どやんね？　うまかろう？　これだけはいろんな店に行っても、ない。無性に食べとうなる。ここじゃないと食べれんとよ」母は私の分も食べて、追加でもう一枚頼んで食べていた。私は始終不機嫌だった。

「美味しい店に連れていってもらえると思っとった」店を出て、拗ねてしまった私に母が言った。「麻衣よ、美味しいもんていうとはね、お金さえあったら食べられるとよ。ばってん本当にうまかもんていうとは、そういうもんやないと。あんたにはまだわからんかね」「わからん」「そうね。次第にわかるようになることがいっぱいあると。大人にならにゃわからんこともあると」「私にはわからんと？」「今の麻衣にしかわからんこともいっぱいあるね」母は笑っていた。

この日以来、深夜早朝に連れまわされることがなくなり、母は頻繁に私を山口お好み屋に連れて行くようになった。幾度も通うにつれ、店の引き戸も率先して私が開けるようになり、当たり前のようにカウンターに座るようになっていた。此処でしか味わえない、何度も食べていると次第に癖になる素朴な味。口に運ぶたびに母の口角が上がるのを見て私も真似をした。一度、家でも食べたいと母にせがんで作ってもらったが全く味が違う。母もそれをよくわかっていて結局二人で店に向かう。いつの間にか文玉が大好きになっていた。母がいれば店にはいつでも行けると思っていたし、私にとって山口お好み屋での時間は、母と二人、唯一ゆっくり過ごす場所でもあった。

秋が過ぎ、冬を迎える頃には店に連れて行ってもらうことが減っていた。

「文玉食べたい」「今日は行けけん」「文玉…」「忙しかけん行けけんのよ」

幾度かのやり取りの後、次第に聞くこと自体躊躇うようになった私は、母の煙草と珈琲の量が以前と同じに戻っていることに気づいた。ひと夏の間、母の心中を嘖む様な出来事が起こり、そしてそれが終わったのだろうと思った。

二〇一八年、冬。

実家に帰省し、母と夕食を食べている時、ふと当時のことを話してみた。

「あんた、よう覚えとるね」「覚えとるよ。夜中にいろんな店に連れて行かれて」

「そうやったねぇ、贅沢させよったねぇ、バブルの時期やったねぇ」「小学生の頃、いっときだけ連れて行ってくれた山口のお好み屋、覚えとる?」「あぁ、行きよったね」

「まだあると?」「ある」「久しぶりに食べたいけん、一緒に行かん?」「お母さんは行かんでよか」「あの時も急に連れて行ってくれんくなった。なんで?」「……あんたは根掘り葉掘りなんでも聞いてくるばってん、お母さんにも話しとうないことだってあるとよ」「なんで? 過ぎたことやろう」「昔のことやけんて、楽しい思い出ばっかりやなか。聞かれとうない思い出しとうないこともある」一瞬、母との間に深い沈黙がうまれた。私には母との大切な思い出の味だったのだが、母にとっては別の何か、違う想いが内包されているのかと思うと心が疼いた。これ以上詮索するのはやめておこうと思い、山口のお好み屋にも行かないまま帰京した。

ある週末。

酒場で深酒をした帰り道。もう一軒行くか、ラーメンを食べて帰るか考えている中でふと文玉のことを思い出した。食べたいと思えば思うほど、恋しくなる味。食べられないと思うともどかしく、苛立ってくる。結局何処にも寄らずタクシーに乗った。

家までの車中、拗ねた私に対し母が言った言葉を思い返し、ゆっくり味わっていた。

*037*

# 深夜のドライブと恵比寿ラーメン

小宮山雄飛
（ホフディラン）

子供の頃の食べ物屋さんの思い出というのは、味じゃないんですよね。子供の頃って、そもそも食にそんなに興味ないじゃないですか。

味だけなら、丁寧に作られたお店の味なんかより、むしろスナック菓子やカップラーメンの方が美味しいと思ってしまう年頃ですから。

子供時代のお店の思い出というのは、味よりもそこのお店に行った行為そのものの思い出というか、家族みんなで行ったから楽しかったとか、旅行先で行ったからワクワクしたとか、つまりは〝体験〟としての思い出なんでしょうね。

恵比寿にあった、その名も「恵比寿ラーメン」は、僕にとってまさしく体験としての思い出のお店です。

僕は二人兄弟の次男なのですが、同じマンションに4つ上と6つ上の従兄弟が住んでいて、感覚的には四兄弟の末っ子という感じで育ちました。

僕がミュージシャンになったのもその家族構成の影響が大きくて、小学生の頃、同じ歳の友人たちがみんな流行りの歌謡曲やアイドルを聴いてる時に、僕だけ4つ上6つ上の従兄弟の影響で洋楽ばかり聴いていたのが、音楽に興味を持ち、のちのちミュージシャンになれた理由の一つです。

そんな四兄弟の間には恒例の行事がありまして、それは従兄弟のうち誰かが車の免許を取ると、必ずみんなで一緒に車に乗って、夜の東京をドライブするというものでした。

僕の実家は原宿なので、家の目の前からすでにそれなりの交通量のある道路。

免許取りたての初心者ドライバーには、昼間にいきなり車でどこかに行くのは、かなり勇気のいる環境。

そこで、車の少ない夜中に練習がてら都内をドライブする。

でも一人で行くのも不安なので、従兄弟の誰かが必ず付き合って一緒にドライブする、というわけです。

都内をドライブといっても、まだ初心者ですから、行けて原宿から2駅となりの恵比寿くらいまでの範囲。

そこで、恵比寿まで従兄弟を乗せてドライブして、付き合ってくれたお礼に恵比寿ラーメンを一緒に食べて帰ってくる、というのがうちの家のしきたりだったのです。

僕はこのしきたりが大好きで、従兄弟の誰かが免許を取るのが毎回楽しみでした。子供にとっては、夜中に食べに行くラーメンというのは、それ自体が一つの冒険。まだ24時間営業のコンビニなんかも少なかった時代、夜の恵比寿の街角にポツンと灯された「恵比寿ラーメン」の看板の灯りは、実に魅惑的な光を放っていました。

カウンターのみの立ち食いスタイル、お客さんにはタクシーやトラックの運転手さんなども多く、少し大げさに言うなら、まだ女子供は立ち入ってはいけない雰囲気が当時のラーメン屋さんにはありました。

そんなお店に、免許取りたての18歳と、その従兄弟でまだ12歳の小学生がついて行くわけですから、そりゃーワクワクドキドキなわけです。

屋台から始まり、当時行列のできるラーメン屋のハシリでもあった恵比寿ラーメン。これぞ東京ラーメン！というシンプルかつ味わい深い醤油味。

最近はシンプルな東京醤油ラーメンといっても、妙にこだわって上品すぎたり、逆に必要以上に煮干しが強かったり、まあそれはそれで美味しいとは思うのですが、どうしてもラーメンそのものの美味しさよりも前に、お店の個性みたいなものが出てしまってる店が多い気がするのです。

しかし、恵比寿ラーメンの醤油ラーメンは、一口食べて純粋に「うまい！」と思える味。

素材の味がどうしたとか、Wスープがどうしたとか、無化調でどうしたとか、鼻腔を抜ける香りが……とかもうそんなことどうでもいい。

いや、どうでもよくはないかもしれませんが、少なくとも最初に思うのは「うま〜〜！」がいいと思うんです。

恵比寿ラーメンはまさにそんな味だったのです。

なにがどうとは言えないけれど、どストレートな醤油ラーメンの美味しさ。

僕にとって「これこそがラーメンの味」と思える、原体験的な味です。

従兄弟が免許を取るたびに、また僕自身が免許を取った時も、夜中の東京の道路を走って、僕ら親戚は恵比寿ラーメンに通ってました。

絶大な人気を誇っていたお店は、その後店主と奥様が別れたかなにかで、恵比寿の「恵比寿ラーメン」と六本木の「元祖恵比寿ラーメン」二店に（ご主人が恵比寿から立ち退く形で）別れてしまい、なんとなく昔ほどの元気がなくなり。

さらに六本木のご主人のお店は浅草のハズレに移転。

味こそ変わっていませんでしたが、お世辞にも人気店とは言えなくなってしまい。

最終的には恵比寿も浅草も閉店という形でその歴史を閉じてしまいました。

子供の頃、親や親戚に連れられてよく食べに行ったお店は数あれど、明確に味を記憶しているお店というのはほとんどありませんが、恵比寿ラーメンの味だけは、鮮明に舌に覚えてます。

それは多分、従兄弟たちとの夜のドライブという、特別な行事の楽しさとともに、鮮やかな記憶として焼き付いているんでしょう。

恵比寿～渋谷～原宿という、おそらく日本中でもトップクラスに飲食店の流行り廃りの多い地域に住んでいて、今はもう行けない思い出のお店も沢山ありますが。

僕にとって

「もう一度でいいから食べたい！」

と心から思うのは、恵比寿ラーメンなのです。

038

# ばってらと調製豆乳

朝吹真理子
（小説家）

あのこいつもばってら買いに来るね、とまで言われていたかはわからないけれど、小学校からの帰り道、よく京樽でおやつにばってらを買っていた。学校は買い物を禁止していたと思うけれど、電車に乗って小学校に通っていた私は、最寄り駅に着いたら何をしてもいいことに勝手にしていた。

ばってらください。定期券入れから小銭を出して待っていると、おばさんがパックを手早く紙で包んで、渡してくれる。ランドセルを背負ってばってらを頼む子供が珍しかったらしく、買わない日でも、軽い挨拶を交わしたりした。家に帰ると、煎茶を淹れてもらって、魔法の天使クリィミーマミのレーザーディスクをみながら食べた。京樽は小腹がすいているときに重宝したけれど、しばらくして閉店した。チェーン店だと知らなかったから、大学生になって、ほかの場所で京樽をみかけたときに、えらく興奮して、ばってらやらかんぴょう巻を大量に買った。

もう一軒立ち寄っていたのは、京樽の二軒隣にあったウオッツネという、名の通り鮮魚に強い商店だった。商店にしては大きいが、スーパーほどの規模ではなかった。二階が焼肉屋だったからかシャッターは油っぽく黒ずんでいて、竜宮城のような絵が描かれているのを、朝の通学中にみかけるのがもの悲しくていやだった。

ウオッツネに寄るときは、あくまでも親からの頼まれものを買うような顔をして、店内を歩いてまわった。買うのはいつもレジ付近に置いてある調製豆乳だけだった。駄菓子のようなものも売っていたが、うまい棒も、チョコレートも生クリームも苦手だったから、「とろべ〜」というおしゃぶり昆布くらいしか買いたいものはなかった。お菓子って腹持ちが悪い、と思っていた。ばってらは腹持ちがする。豆乳も、とろみがあってもたつくところが腹持ちを感じさせる。どうして小学生時代、あんなにいつもおなかがすいていたのかわからない。給食の時間までがまんができなくて、休み時間になるとトイレで隠れてヨックモックのクッキーを食べていた。それが先生にみつかって、どうして食べていたんだ、と叱られて、おなかがすいているからです、と泣きながらこたえた。

ウオッツネには、大きなプラスチック製の樽のなかに小さなどじょうが何匹も泳いでいた。私の家ではどじょうを食べる習慣がなかったので、ずっと観賞用なのだと思ってのぞきこんだ。何日も休ませて泥をはかせていたからか、水はいつも透明で、ぬめぬめ光るどじょうは美しかった。ひげがこちょこちょ動いていて、水面には蛍光灯が反射していた。長靴を履いた威勢のいいお兄さんが鮮魚売り場で、お買い得の魚の名を連呼して練り歩く。ウオツネに並ぶ魚はいつも活きがいいらしく近所でも有名らしかった。

ウオツネは十五年ほど前に閉店してその場所にはタワーマンションが建った。ウオツネは何を思ったか近くで趣向を変えて鮮魚に強いレストランをはじめたけれど、一度も行っていない。

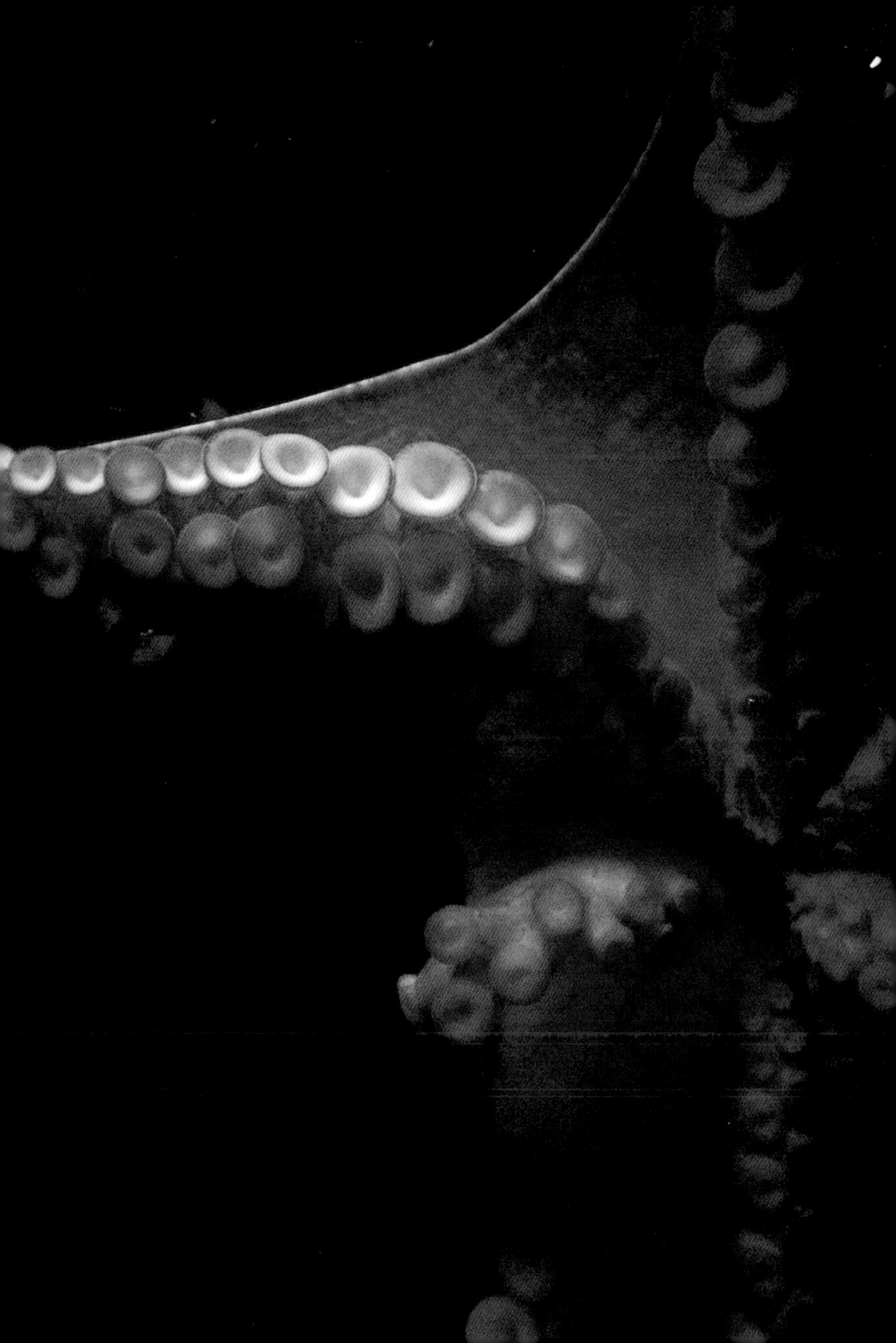

*039*

# 謎のカレー屋の店主は、空の雲を自在に操った

吉村智樹
（ライター）

僕は「超能力」というものに強い関心がある人ではない。そこへさらに宗教やスピリチュアルの要素が加われば、うさんくさく感じ、できるだけ遠ざかろうとしてしまう。

しかし……実際に「あれ」を見せられてから、超能力の存在そのものは否定できなくなった。かつて千葉県成田市に存在した「王様の蔵」というカレー屋さん。そこのオーナーのTさんが、僕の眼の前で、指先で、空に浮かぶ雲を自在に操ったのだ。

Tさんが指を右へ左へと動かすと、雲はうながされるように指の動きに合わせて左

右に移動した。さらにTさんが指を大きくぐるぐるまわすと、雲もその動きに従い、龍が躍るかのように空中回転しはじめたのだ。いまそれを証明できるものはなにもないが、嘘じゃない。間違いない。夢や幻ではない。手元に動画を撮影する機材がなかったことが、いまだに悔しくてならない。

都築響一さんが週刊『SPA!』で「珍日本紀行　旅の極意はくるくるぱあにあり」を連載していた時期、僕も同じ雑誌で「イッテるぜ！ヨシムラくん」という連載をもっていた。SPA!の編集部からは「都築さんの連載テーマが〝珍なる場所〟なので、あなたは〝珍人物〟を取材してほしい」と言われ、毎週毎週、日本中の奇人変人を探す旅に出ていた。Tさんが営むカレー屋「王様の蔵」は、この連載のなかで取りあげた一軒だ。

珍人物を探すため、あてなく千葉県をさまよっていたある日、地元のタウン誌の片隅に、奇怪なカレーハウスが紹介されているのが目に入った。記事によると、店内に高さ4・2メートル、重さ3トン（!）という超巨大な「象の像」がそびえたっているというではないか。

「重さ3トンもの木彫りの象だって?」　そんなドデカいものがフロアに置けるだたな

んて、いったいどれほど広い店なのだろう。「これは……ただならぬ!」と感じた僕は、さっそくアポをとって店へと向かった。

成田空港にほど近い国道沿いに、目的の「王様の蔵」はあった。そして建物を前にして、僕は首をかしげてしまった。カレー屋さんだと言われなければ、まずわからない、ただのイカツい倉庫だったのだ。

出迎えてくれたオーナーのTさんは、髪はリーゼント、ファッションはダブルのスーツ。いかにも成金社長っぽいいでたち。顔立ちは尾藤イサオによく似ており、おおよそカレーのイメージはなかった。訊けば芸能プロダクションの社長をしており、このカレー屋さんは副業だという。

店内に足を踏み込んだ時に観た異様な眺めは、いまだに忘れられない。「な、なんだこれは……」。店の奥に、確かに見あげるほどのどえらい象がいた。樹齢2000年以上という直径5メートルの巨木を彫りあげた一本づくりだというから恐れ入る。

だがしかし! そんな大きな象すらかすむほど、どの家具も途方もなくバカでかく、すべてが木彫り。しかも置かれている量が尋常ではないのだ。樹木がうねうねうねっているサイケデリックな光景に、思わず固唾をのみ、少々のめまいをおぼえた。

椅子はいずれも龍や鳳凰など動物のかたちに彫りあげられ、どれも長さ3メートルを超える。キングコブラが鎌首をもたげているおそろしいデザインの長椅子もある。正直、どれもまともに座ることは難しく、寝そべらないと体勢が安定しない。ゴージャスではあるが、めちゃめちゃ不便なのだ。

椅子のなかには人間の手首をあらわしたものも多く、まるで江戸川乱歩の「盲獣」を思わせる世界。確かに王様気分には浸れるが、こんな王様が君臨する国は、きっとおろかな独裁体制にあるに違いない。

珍スポットという概念がまだなかった時代だったが、もしもこの「王様の蔵」が現存していたならば、SNSなどで知れ渡り、間違いなく千葉県を代表する（ある意味で）人気の珍スポになっていたと思う。なんせ家具のデザインのえげつなさもさることながら、どれも値段がイッている。記事で見た象の木彫りは、なんと一対3億円！　木の根っこを磨いたよくわからないオブジェが6800万円。「世界に4つしかない」というサウジアラビア王国王家紋章入り金箔押しの応接セットは、運搬費用だけで8500万円かかったのだとか。

それでいてカレーライスは、ひと皿たったの500円。Tさんの金銭感覚がいろいろ間違っていることは明白で、悪趣味であることは言わずもがな、「悪徳インテリアブローカーに騙されてるんじゃないか?」と心配になった。ここに置かれている家具は一応販売もしているのだが、買う人など「いない」という。それどころか「取材が入ったから今日はカレーをつくったけれど、実際、カレーを食べに来る人なんていない」のだと。つまり、王様のもとへは、誰も来なかったのだ。特別にこしらえてくれただけあり、カレーは意外とおいしかった。

オーナーのTさんにお話をうかがうと、やはり「欲しいと思ったら手に入れなければ気が済まない」性格で、かつそれゆえに巨額の借金を抱えていることもわかった。

「家族があした食べる米を買う金もないのに、サザビーズのニューヨークオークションに人類初の宇宙飛行士ガガーリンの制服が出品されたと聞くと、どうしても欲しくなって、妻に内緒で借金してでも落札してしまうんです」

「言えば卒倒する」という金額で入手した「ガガーリンの制服」は、確かに店の端っこに飾ってあった。誰も来ない店の、誰も来ない奥まった場所に、ひっそりと。ガガーリンもこの事実を知ったら、地球と同じくらい顔色が青ざめるのではないか。

Tさんの人生は波乱万丈だった。

熊本で生まれ、中学時代は「2000人を束ねる番長だった」という。高校時代から「オンナとドラムに走り」、卒業後にすぐ結婚。それと同時に上京を考えた。

「僕は人生設計をたてるのが好きなんです。高校時代は石原裕次郎に憧れていましてね。裕ちゃんが進んだ慶応大学に入学し、芸能プロに入って一曲ヒットを飛ばし、そこで得たお金で芸能プロダクションをつくろう。そう思ったんです」

石原裕次郎のようなスターになることを夢見る若者はきっと多かっただろう。しかしプロダクションをつくるところまで込みで憧れる人は珍しい。当然、ヒット曲はおろか慶応大学へ進学することすらかなわず、二浪のすえに地元熊本の大学へ進んだ。ちなみに大学進学とともに「昼はパチプロ。夜はキャバレーでドラマー」という夢の暮らしに突入。それも原因となってバツイチに。Tさんは往時を「酒と薔薇の日々だった」とかえりみた。

その後、Tさんは旅客機のパーサーとして働き、そこで得たお金で、手づくりした竹製のしばき棒で生徒を殴りまくって教育する「スパルタ英語塾」を開設。血しぶきが飛び悲鳴がこだまするスパルタ授業のおかげで有名校への進学率が地元で断トツとなり、これで大儲け。ここで得た資金をもとに町会議員となり、議員辞職後はゴルフ場の応接室へ家具を売りつける輸入業を開始する。

「バブルの頃でね。タイやエジプトや中近東で仕入れた家具が高値でめちゃめちゃ売れたんです。この〈王様の蔵〉は、もともと輸入家具の倉庫でした。総額20億円分の家具がここにありました」

そ、総額20億円分！　なぜ外観が倉庫ふうだったのか。なぜプリミティブなデザインの家具ばかり、ここに集まっているのか。ここで一気に、かけてもつれた謎が解けた。

バブル景気に乗って、海外の奇怪な家具を買い付け続けるTさん。ところが……バブルは崩壊。取引先が倒産した。それにともないTさん自身もウン億円という負債を抱えた。独特な美意識で彩られすぎた家具はまったく買い手がつかなくなり、仕方なく、倉庫でカレーショップを開いたのだそう。どんなにたくさんのお客さんが訪れようと、椅子はいくらだってあるのだから。

インタビューを終え、Tさんは「見せたいものがあるんです。外へ出ませんか？」と、僕を近所の野原へと案内した。そうして原っぱに立ったTさんは、空に浮かんだ雲を指さし、「私はあの雲、動かせるんです」と言うのだ。はあ？　雲を動かすですって？

そうしてここから、冒頭で書いた「指で雲を動かすイリュージョン」が始まった。「子どもの頃から、雲を動かすことだけ、なぜかできるんです」と言って、Tさんは指揮者のように指で宙に弧を描くのだ。

雲はその動きについていき、優雅に回転する。心底驚いた僕が「すごいですね！」と興奮していると、Tさんは「雲はまわせるんですが、借金で首がまわらなくて」と、寂しく笑った。

もしかして、この自虐ギャグが言いたいがために、備わった能力だったのかもしれない。

その後、このSPA！の記事を読んだ、いまはなき「ズームイン!!朝！」が「王様の蔵」を紹介することとあいなった。本人からはノリノリで事前に連絡があったが、観れば早朝からリポーターから異常に冷たくあしらわれたうえに無視され、しゅんとするTさんの姿があった。道路工事のアルバイトをしながら借金を返すTさんの日常も映し出され、芸能プロダクションの社長という本人最後のプライドは、ここでは打ち砕かれていた（そもそもその肩書は本当だったのか。真偽はさだかではない）。「いつか清里に家具の博物館をつくりたい」と語り、お調子者ではあるが苦労人でもあるTさんの気持ちを考えると、決して本人が望んでいないであろう演出に、こころが痛んだ。

掲載後、そして放映後、なにがあったのか、店はなくなり、Tさんの消息がつかめなくなった。

そしてこの原稿を依頼されたことを機に、Tさんの名前を検索してみた。すると、謎の政治結社がやっているYouTube番組で司会進行をつとめる姿を発見した。

この番組は、「日本最後の黒幕」なる男が日本刀を振りまわしているシーンからスタートする。Tさん、まーた、わけのわからんところへ足を踏み入れて……。

とはいえ、Tさんが生きていてくれて、ほっとした。「王様の蔵」へは二度と行けないけれど、Tさんは、いまも変わらずこの世のどこかで数奇な人生をぐるぐるめぐっているのだ。胸が熱くなる。ぐるぐると、あの日の雲のように。

*040*

# 孤独うどん

日下慶太
（写真家／コピーライター）

住宅街の急な坂道の真ん中にその店はあった。自転車からみんな下りて歩くほどの急な坂道だった。立地が悪いからだろう、店はすぐに変わった。小学校低学年のときは駄菓子屋だった。高学年になると文房具屋になった。中学校になるとクリーニング屋になった。高1のとき、うどん屋になった。「たか乃」という屋号だった。30半ばぐらいのおっさんがやっていた。恰幅が良く、いつも裸の大将のような白いランニングシャツを着ていた。ヤノマミ族のような髪型をしていた。カウンターだけの10席ほどの小さな店だ。従業員は1人もいない。出前の注文が入ると、客がいるのに出前に行った。おっさんが店を出るのにあわせて先に勘定を払わなくてはいけなかった。おっさんはヘルメットのような髪型の上にヘルメットをかぶってカブで出前に行った。お店にはおっさんの飼っている猫と大きくなりすぎた金魚しかいなかった。水槽のエアポンプの音が静かな店内にじじーと響いた。

たか乃で釜揚げうどんを初めて知った。木桶の中の茹で汁に漂ううどん。讃岐うどんとは違ってやわらかく細めである。つけ汁に卵の黄身とネギと生姜を放り込む。麺に黄身とやさしいだしが絡む。生姜がキリっと味を締める。ペロリとすぐに平らげた。しかも550円と安かった。

たか乃は高校の近くにあった。「近くにうまいうどん屋があるねん」と友人を誘い、たまに昼休みに抜け出して昼飯を食べた。友人の安封くんはいつも食後にタバコを吸った。店には野球マンガがいっぱいあった。ドカベン、キャプテン、タッチといった有名野球マンガから、落合博満物語、江川卓物語、鉄人衣笠物語、などといった読み切りマンガも並んでいた。おっさんは野球が好きだった。急な坂の少ししかない平地でおっさんは素振りをした。しかし、おっさんにはその素振りの成果を発揮するための野球の試合はなかったように思う。おっさんには孤独のにおいがした。

大学生になると時間も自由になり、さらにたか乃に行くようになった。昼飯を食ってから、午後の授業に向かった。ぼくが大学3年の頃、たか乃に従業員が入った。地味で物静かな女性だった。店主と従業員ではない関係だとわかった。おそらく、恋人か妻だろう。いつも赤いエプロンを着ていた。笑顔が素敵で接客が丁寧だった。これでおっさんは心置きなく出前に行けるようになった。しかし、2カ月後に女性はいなくなっていた。おっさんは一人に戻った。また客を置いて出前に行くようになった。

ぼくは社会人になった。初めは実家から通勤した。朝にでて夜遅くに帰ってきた。たか乃に行く機会がぐんと減った。土日にたまに行った。おっさんは相変わらず素振りをしていた。スイングとともに揺れる髪にすこし白髪がまじっていた。

大阪市内に一人暮らしをはじめ、その後、東京へ行った。たまに実家に帰ると一人で手持ち無沙汰なときはたか乃に行った。

妹が亡くなった。実家に帰った。葬儀で疲れて何かうまいものを食いたいとたか乃に行った。しかし、たか乃はなくなっていた。そこはなんの店でもない、ただの民家になっていた。思い出のものがすべてなくなっていくような途方もない悲しみに襲われた。もうこの街には帰ってこないだろうとそのとき思った。

あれから釜揚げうどんをたくさん食べた。おいしいうどん屋にもたくさん行った。うどんの本場の香川にも行った。しかし、たか乃よりおいしい釜揚げうどんに出会ったことはない。おっさんはまだ素振りをしているのだろうか。

*041*

# 道玄坂を転がり落ちた先の洞窟

## スズキナオ（酒場ライター）

数年前まで、渋谷の道玄坂を上りきった場所にあるビルの中のIT企業で働いていた。パソコンに向かい、仕事をしているふうを装ってウトウトしているか、どうしても眠気が引かない時は個室トイレにしゃがみ込んで寝る。とにかく眠くて仕方なかった。有能な同僚や競合他社ではなく、私のライバルは眠気だった。

なんとか終業時間までたどり着くと、道玄坂を転げ落ちるような勢いで降りていき、いつも「細雪」という居酒屋を目指すのだった。雑貨店やアパレルブランドが入ってオシャレな雰囲気の「渋谷マークシティ」のすぐ脇にありながら、まるでただの薄汚れた壁のような外観の店で、渋谷に通勤するようになって数年はその存在に気付くことすらできなかった。

寝てばかりいるダメ社員ぶりがある程度のレベルに達し、ようやく私はその店が見えるようになったのかもしれない。とうの昔に壊れたらしき自動ドアを手で押し開いて入店するシステム。常連客がそこに貼ったらしき「酒導ドア」というラベルの文字が記憶にある。

中に入ると予想以上に奥行きがあり、4人掛けのテーブル席が5つか6つ、奥の方には横長のテーブルがあり、そこはいつも常連客が陣取っていた。店の最奥の雑然とした厨房スペースでは、店主がビールを飲みながら料理を作っている。店主は酔ってくるとつまみを調理するのが面倒になり、最終的には客席に普通に座って飲んでいる。そんな時に誰かが「お会計!」と言うと、店主の代わりに常連客が立ち上がってレジから釣銭を取って渡す。そういう意味での自治がその店には働いていた。

酒もつまみも、渋谷の居酒屋の平均価格に比べてだいぶ安い。そして、安い割にどれを頼んでもしっかり美味しい。ホッピーセットを注文すると、ホッピーの瓶、焼酎と氷の入ったジョッキ、そしてもう一つ、なみなみと替えの焼酎が注がれたグラスがついてくる。このセットで何度も記憶を喪失した。

「細雪」に通い始めた当初、私が入店しようとするといつも追い返そうとするオッサンがいた。決まって入口近くの席に座っていて、私がドアを開けるなり、「もう満席だよ!」とか「今日はもう終わり!他に行きな」、「この店はまだ早いんだよ!」とか言ってくる。奥の方にまだ空席があるのに追い返される。「なんだあいつ!」、眠気以外に初めて意識したライバルがあのオッサンだ。門番のオッサン。

ある日、門番のオッサンがいない隙を見計らい、無事入店できたことがあった。入店できたはいいが所持金が心もとなく、つまみメニューの中で一番の安値だった「お新香」をオーダーし、酒だけおかわりしてちびちびと飲んでいた。すると店主の姉で、客から「ネエさん」と慕われている店員さんがつかつかと私の方に近づいてきて、「お新香しか頼まないの！ケチだねぇアンタ！」と叱られた。その時は心底情けない思いがして泣いてしまいそうだったが、以来、店に行くたびに「あら、お新香のお兄さん。いらっしゃい。今日もお新香だけ？」と、からかわれることになり、これが思わぬ形で功を奏した。「お新香キャラ」と認知されたことによって、門番のオッサンが私を追い払おうとするより早く、「ネエさん」が「いらっしゃい、お新香！」と迎え入れてくれるようになったのだ。意外な形で門番のオッサンを攻略できた。

と、こう書いていて、自分でも「なんであの店にそうまでして通っていたんだろう」、と不思議な気持ちになる。「あそこから出てくる刺身、大丈夫か？」と客に思わせる汚れた厨房。黒ずんだ、鍾乳洞のようなトイレ。荒っぽい接客。クセのある常連たち。

しかし、渋谷のＩＴ企業のオフィス内では絶対に見つけられない、「人間、どんなんでも生きてりゃいいじゃねえか、バカ野郎！」とゴツゴツした手で自分を抱き寄せてくれる図体のデカい化け物のような何かに会いに行っていたんだと思う。

ある日、友人たちと「細雪」で飲んでいた。年が明けて間もない寒い時期だった気がする。少し離れたテーブルで一人で飲んでいたおじいさんが急にこっちに近寄って来たかと思うと、テーブルの上にバンと1万円札を置いて去っていく。呆気にとられていると「お前ら、もっと食え!金がないんだろ!もっといっぱい食え!」と言い「俺は一人で飲むからもう気にすんな。話しかけてくんな」と天井近くに備え付けられたテレビを見やるのだ。

我々が立ち上がって「いやいや!そんな!受け取れません!」とお金を返し、「いいんだ!もらっとけ!そのかわりいっぱい食え!話しかけてくんな!」とおじいさんがまた突っ返す。そんな押し問答の末、最終的にはそのお金を受け取ることになり、そのかわり、半ば強引におじいさんも我々の席に加わってもらった。そうなったらそうなったで割と楽しんでくれたようで、「俺は寂しいんだよ。だから今日は嬉しいよ。朝まで飲みたいよ」と言う。これはお付き合いするしかない。「細雪」を出て、始発が出る時間まで一緒にカラオケボックスで飲んだ。おじいさんは「カラオケ行こう」と提案してきた割りに酒ばかり飲んで1曲も歌わず、「若い人の歌が聞けて嬉しいよ」と言うばかり。どうしてもと熱望する我々に根負けする形で最後の最後におじいさんが1曲だけ歌ってくれたのがローリング・ストーンズの「Jumpin' Jack Flash」だった。なぜあの曲だったのだろうか。原曲のリズムを無視した独特の歌唱。あれにはシビれた。

始発の電車で家に帰り、シャワーを浴びて寝て起きて出社して、妙な夢でも見たような気分で一日を過ごしたが、カラオケボックスでずっと隣に座っていたおじいさんの匂いが私の体のどこかに染みついてしまったのか、それからも数日にわたって漂っていて、あれが夢じゃなかったことの唯一の証拠のようだった。

「細雪」は2017年の春に店を閉めてしまった。下ろされたシャッターはもう開くことがなく、元の壁に戻ってしまったみたいだ。あそこで出会ったおじいさんの体臭を今はもう脳内に思い浮かべられないように、「細雪」の重いドアを開けるといつもそこにあった独特の湿った匂いもまた、思い出そうとしても思い出せない。

*042*

# かけめぐる青春〜吉祥寺・シャポールージュ〜

**益子寺かおり**（ベッド・イン）

どんなに街の景色が変わっても、自分が変わっても、君が特別な存在であることだけは変わらなかった。君も変わらず、ずっとそこに居てくれると思っていたのに…。

ああ、私が愛した吉祥寺の「シャポールージュ」よ！
ともに青春を生きた、心の友よ。どうしていなくなってしまったの…。

――想いを綴り始めたら、Romanticが止まらなくなり、クサくて稚拙な深夜のラブレターみたいになってしまった。大変お恥ずかしい。穴があれば入れたい……いえ、入りたい心地だが、ここに赤裸々な記憶を記しておきたいと思う。

老舗の洋食屋「シャポールージュ」は私の33歳という人生のなかで、最も長く愛した、最初で最後の店だった。その店は昭和36年から、今でいう吉祥寺の〝東急裏〟と呼ばれるエリアにあり、地元の人に愛され続けていた（昔はそんな〝裏原〟みたいな小洒落たイキフンのネーミングはなかったはずだけれど）。5歳くらいのころから、母によく連れて行ってもらっていた店なのだ。当時の店名は「バンビ」。いつからか「シャポールージュ」に改名したが、ずっと母が「バンビに行くわよ～」と言っていたため、子供のころは勝手に鹿肉専門店だと思っていたし、「鹿のお肉って美味しいなぁ」と大変チャーミングな勘違いをしていた。

まるで海外の絵本に出てきそうなレンガ造りの、レトロでこぢんまりとした佇まい。3階まで続く狭い階段や壁には織田廣喜さんの絵画がたくさん飾られており、まるで美術館なのである。ランチは1000円台と、決して敷居が高い店ではないが、マダムたちが優雅に食事を楽しむ店内は気品にあふれており、ゆっくりと時間が流れるような特別感を味わえた。とりわけ、子供のころの私にとっては、ナイフとフォークを使いナフキンをおひざに置いて食事をすること自体がとてもオトナな行為に感じられ、ドキドキしたことを覚えている。

耳触りのよいクラシックが流れるなかで口に運ぶ、熱々のロールキャベツ、ハンバーグ、エビフライ、カニクリームコロッケ、ビーフシチュー……。どれも全部抜群に美味しい。だけど子供というのは無邪気な生き物で、それらはすべて前戯のような存在であり、特別に感じられるのはやっぱりデザートなのだ。フィナーレにやってくる「オレンジババロア」が一番のお気に入りだった。

鮮やかなオレンジ色のソースに浮かぶ、プルンとしたミルク色のつややかなババロア。てっぺんには、ちょこんと可愛らしいミントの葉が1枚座っている。少女・かおりの瞳には、まるで魔法の食べ物かのようにキラキラと輝いて見えた。これがまた、口の中に入れた瞬間、ふわっとバニラの風味とオレンジの酸味が広がる、優しい味で〝タマランチ会長〟なのだ。ババロアを食べ切った後には、ソースというよりもジュースに近いオレンジのお汁をスプーンでちびちびとすくって、大切に飲み干す。記憶を辿りながら、今でも興奮してしまう。

思えば私の青春時代は、吉祥寺という街とともにあった。学校が近かったこともあるが、放課後に遊ぶ街は決まってジョージこと〝吉祥寺〟。小学生のころは「井の頭公園」で歌の練習、中学生になると期末テストの最終日に〝ともだちんこ〟と「歌広場」でオケカラ5時間耐久レース。はじけんばかりの有り余るエネルギーをＳＰＥ

Dやモー娘。、当時大好きだったヴィジュアル系バンドの曲やアニソンを熱唱し、踊り狂うことに費やしていた。このころ、お洋服を作ることにもお熱だったので、学校帰りに一人で駅前の「オカダヤ」に立ち寄って何時間も〝お買い得コーナー〟で布を吟味したり、「ディスクユニオン」でメタルやハードコアの中古CDをディグることに酔っていた（当時の私は、シノラーのような恰好であることを想像しながら読んでいただきたい）。

高校生になってバンドを組み始めると、近所の男子校の軽音部の男子たちとつるむようになり、その時も決まって吉祥寺で遊んでいた。放課後、コインロッカーに学生鞄を押し込んで、駅のトイレでメイクして、奴らと井の頭公園で戯れたり、ちょっとした悪さをするのだ。しょうもない下ネタでゲラゲラ笑い合い、巨大な〝自由の女神像〟がそそり勃つラブホテル「HOTELニューヨーク」に誰と誰が行っただの噂話に花を咲かせ、時には真剣にバンドや音楽論を熱く語り合う。学校にあまり馴染めなかったこともあり、日々窮屈に感じていたことから解放される喜びを知った私にとって、ここは天国だった。自由で奔放な気の合う男子たちと過ごす時間がとにかく楽しくて、刺激的で、吉祥寺にずっと入り浸っていた。

大学生になって吉祥寺が遠くなっても、わざわざ毎週末のように出向いていた。井の頭公園近くの肉屋「ケーニッヒ」でドイツ串と瓶ビールというのがお決まりで、まっ昼間から池沿いのベンチでそれを楽しみ、時には彼氏とデートをしたり、キッスをしたり、スイートなひと時を過ごしたのだった。バンド仲間たちと「いせや」でベロベロに酔っぱらい、深夜の井の頭公園で〝缶蹴り〟するなんていう微笑ましいことも（「いせや」も「ケーニッヒ」も今ではずいぶん風変りしてしまったなぁ…）。吉祥寺という街のことを回想すると、芋づる式に思い出が溢れてしまい、毎度〝まいっちんぐ〟状態に陥ってしまうのである。

こんなふうにどんなに自分の環境が変わろうが「シャポールージュ」に対する気持ちと関係だけは変わらなかった。踏み込んだ話をふられることもなく、いつだって〝お客さん〟として程よい距離感で迎えてくれる安心感がここにはあった。初めてバイトで〝ＧＥＴ ＷＩＬＤ〟したお給料でディナーをしたのもこの店だったし、当時交際していた彼とここで「美味しいねぇ」とゆったりした時間をたしなむことも好きだった。かけめぐる青春。季節を重ね、思い出を育んでいった。

いつしかこの店を〝聖域（サンクチュアリ）〟のような存在に感じ始めていたハタチごろ、忘れられない夜があった。彼との交際が数年経ち、喧嘩も増えて疲れ果てた私は、気がつくとシャポールージュに赴いていた。いつもは誰かと一緒だったこの店に、ひとりで来るのは初めて。席に着くまでは、少しばかり緊張したことを今でも覚えている。普段はじっくり眺めることもない壁の絵画をじっと見つめたりしながら、温かいロールキャベツをしとしと食べる。美味しいはずなのに味がわからない。彼とのことで頭がいっぱいになる――。

そんな時に起きてしまったのだ。そう、〝おふくろの味現象〟が……！　昔から食べ慣れているモノを口にした瞬間、安堵して気が抜けてしまうSF（少し不思議）なアレだ。幼いころから大好きだった、あの「オレンジババロア」を口に入れた瞬間、あろうことか涙がこぼれてしまったのだ。母のご飯を食べて泣いたことなんて、一度もないのに！（ごめんよ母）

ババロアが口の中で溶けた瞬間、私の気持ちも溶けてしまったの…。

「――無理してるな、私。彼と別れよう…」

大袈裟に描写すると、きっとこんなトレンディドラマのような一幕だったことだろう。グラス片手に「ねえ、聞いてよマスター…」と話を聞いてもらったわけでもない。慣れ親しんできたこのお店とババロアの味が、私を諭してくれた〝やまだかつてない〟出来事だったのだ。ちょっぴり泣いたことはお店の人に気付かれていないと思うが、それ以来どこか気まずく感じて、しばらく足が遠のくようになる。時折恋しくなって顔を出していたものの、ＯＬになってからはさらにお店に行く頻度も減ってしまった。ベッド・インを結成してからは初めてのことだろうか。２０１６年、数年ぶりに訪れたのが最後。この店がなくなるなんて〝君は１０００％〟想像すらしていなかった私は、普段どおりに食事を楽しんでいた。

ひとつだけ、いつもと違うことがあった。料理を運んでくれた大学生くらいのアルバイトの女の子が「あの……ベッド・インのかおりさんですよね？」と声を掛けてくれたのだ。まさかこの店に、ベッド・インを知ってくれている人がいるなんて、思ってもみなかった。驚くとともに、嬉しいやら気恥ずかしいやらで、胸が熱くなった。自分が食べているものすら理解できていなかった幼児が、この店この街で酸いも甘いも経験し、31歳の淑女になった今、こうしてちがう形で存在を知ってもらえたなんて。感慨深い気持ちを躍らせながら、店をあとにした。

まるで熟した私の姿を見て安堵したかのように、シャポールージュは翌年、知らぬ間に閉店してしまっていた。移転することもなく、あっさりと長い歴史の〝膜〟を閉じてしまったのだ。サヨナラすら言わせてもらえないなんて、〝いけず〟！と、閉店を知った時はかなりショックを受けたけれど、「もうお主は、ワシがいなくても大丈夫じゃ。達者でなぁ〜！」と架空の人物・シャポールージュ君が天に召される姿が頭にポワンと浮かんだ。そんな自分勝手な思い込みと一方的な解釈で運命づけたくなるくらい、あの店は私にとって特別だった。

今思えば、こんなに長年親しんでいたはずなのに、別れを知ることもないまま突然いなくなってしまうなんて、何て刹那的な関係だったのだろう。叶わなかった片想いのように、いつまで経ってもおセンチな感情は消えないまま。でも、どんなに面影を追ったとしても、吉祥寺という街、あの佇まいと空気、そしてあの料理でなければ、意味がないのだ。もうあの店で食べる「オレンジバババロア」には一生巡り会えない。だから私のなかでは、訃報であり、成仏という感覚に近い。

君になんの感謝も伝えることができなかったので、ここでひっそりと伝えたい。ひとりの少女が、君とともに歳を重ね、強く逞しい〃ナオン〃に育ったということを。シャポールージュ君、バイビー。これからも天国で見守っていておくれ！

043

# ずっと、チャレンジャー。

中尊寺まい
（ベッド・イン）

あの頃の私、22歳。とにかく、家を出たかった。

家庭にこれといった大きな問題があったわけではない。母子家庭ながら、周りの大人たちのおかげでひもじい思いをしたことは一度もなかった。ひとりっ子だったし、なんだかんだ欲しい物は買ってもらえていたし、おやつとかお菓子とか、生まれてこの方分けたことなんてないし、ふかひれの姿煮を白いごはんにのせてクチュクチュして食べさせてもらっていたし。父がいなかったからといって、それを悲観したこともなかったし、家族と大きな喧嘩をしたこともなかった。ただ、その分ずっと家族に気を遣っていたから、そんな中途半端にお利口な自分と付き合っていくのが、もうだるくなっていた。

とにかく家を出たかった理由にはもうひとつある。大好きな彼と同棲がしたかった。彼は売れないアングラバンドマン。私は彼のファンだった（彼には私以外に8人の女がいた。その中から一人に絞られ、本命に成り上がったという優越感に浸りまくっていた。まったく汗顔の至りである）。その彼が「一緒に住まないか」と言ってきたのだ。正直、舞い上がっていた。

どうでもいい部分だけ要領のいい私はテキトーに就活をし、テキトーに就職先を見つけた。ちょっと格好いいことを言うようだけれど、食っていけて趣味のバンドが出来れば、本当にそれでよかった。これで文句はないだろうと母を説得しようとしたが、甘かった。

「同棲？相手は？バンドマン？稼ぎはあるの？　大体バンドマンってフリーターでしょ？　そんなんじゃ、何かあった時、あなたが養うってこと？　あなたもいつまでバンドやる気なの？」

いままでもずっとそうだった。母は昔から過干渉気味で子離れできていなかった。母ひとり子ひとりでは仕方ないことなのかもしれない。大人になってもお互いが妙な距離間で依存し合っていた。延々と続く母の話をうんうんといつも通り聞いて「でも、ごめんね」と言って半ば強引に家を出た。はじめて親に逆らった瞬間だった。

住む場所は昔から決めていた。サブカルに憧れ、濁りきった青春を過ごした私にはこの一択しかなかった。絶対に中央線沿いに住むのだと。できれば、中野か高円寺がいい。

と言いつつ、駅近辺の高すぎる賃料を見て早々に諦めた私たちは新井薬師の物件に目を付けた。中野駅から歩いて15分、家賃10万の2DK。私はなんとか〝中央線〟という肩書きを手に入れた。

その彼とよく行った店がある。中野ブロードウェイの地下にある「チャレンジャー」という店だ。

中野ブロードウェイと言えば、何段にも重なったレインボー色のソフトクリームが有名だろう。「チャレンジャー」はその店の真向かいにあるにもかかわらず、知名度は恐ろしく低い。中野住民ですら「そんなとこ、あったっけ?」の域なのだ。なぜなら、それが何屋なのかさっぱりわからないからである。

表向きはクレープ屋、だけどコーヒー豆まで売られていて、厨房を挟んだ裏手には小さな喫茶スペースもあった。

「大好評につき今からクレープ○○円！」の看板（大体いつ行ってもタイムセールしている）がでかでかと掲げられていて、おびただしい数の貼り紙が店を覆うように貼られていた。それにしても、あの小さな厨房からは想像がつかない程のメニューの数だった。サンドウィッチ、カレーにパスタ、丼物からラーメンまであり「価格にもメニューにもチャレンジ！」という、そんな店主の生き様がよくわかる店構えだ。だが、一体なにを売りにしているのか全くわからないのだ。

その店はいつも中野マダムで賑わっていて、今でいう〝インスタ映え〟は皆無の綺麗とも汚いとも言えぬ店内はなんだか落ち着いた。喫煙可能なところも愛されるゆえんだろう。マダム達はタバコを燻らせ、小鳥がさえずるようにピーチクパーチクと世相を斬っていた。かと思えば、別のテーブルではマダムがマダムに聖書を売りつけようとしていたり、なんだかとっても中野らしい場所だった。

お金はなかったけれど、新婚のような同棲生活は楽しかった。中古のレコ屋に行った後、彼と食べるカレーとアイスコーヒーのセット５００円は美味しかった。返却口の下のスペースにはゴミ箱が蓋もされずにそのまま置いてあり、残飯の中から赤茶色の小さなゴキブリがよく顔を覗かせていたが、まったく気にならなかった。それくらいあの頃の私は彼しか見ていなかったのだ。

そして4年の同棲生活は突然、終わりを迎える。彼が浮気をしていたのだ。トレンディードラマのヒロインのように家を飛び出した私だが行くあてがない。ひとしきり街を徘徊して、気がついたらブロードウェイの地下へと続くエスカレーターに乗っていた。足が勝手にあの店に向かっていた。

腹ごしらえして闘わねば。大袈裟だが、本当にそう思った。そして、いつものカレーセットを頼んで驚愕した。何の変哲もないカレーだということに、今の今まで気づかなかった。そして、あの日泣きながら食べた特別メニュー〝涙のスパイス入り茄子チーズカレー〟はクソ不味かった。そんな私を嘲笑うようにタイミングよく赤茶色のアイツがゴミ箱の中から顔を出した。……こんな店、二度と来るもんか。

その後、私はやっと一人暮らしを始めた。
二度と行くまいと心に誓ったはずのあの店だが、あの日以来、辛い出来事があると何故か衝動的に行きたくなった。あの店は人生と闘い続けるチャレンジャーに優しかった。

会社を辞めた日、無職になった日、バンドが解散した日、言いすぎちゃった次の日、悔しかったあの日、しょうもない恋愛ですり減らした時、未来がこわくなった時……自分は一体何をやっているんだろうという焦燥で居ても立ってもいられなくなると、気がつけばあの店にいた。何者でもない私はあの空間にスッと溶け込んで居座りつづけては、汗ばんだグラスのアイスコーヒーを飲み干した。赤茶色のアイツはいつも通りゴミ箱から顔を出して、そんな私を見て嗤(わら)っているようだった。やっぱり、ここのアイスコーヒーは人生と似ていて、苦くてクソ不味いと思った。

有難いことに、ここ数年あの店のお世話になっていない。きっと私が違う闘い方を見つけたからだと思う。それでも、あの店とあのモラトリアムな日々は半分トラウマのような感覚で私の中に今も存在してしまっている。

いつかまたあの場所にたどり着いてしまい、クソ不味いカレーとクソ不味いアイスコーヒーのセットを頼んでしまうのだろうか。考えるだけでもゾッとする。でも、人生において私がチャレンジャーである限り、その可能性はゼロではないんだろうなぁ。だって、未だにあのゴキブリが夢に出てきては話しかけてくるんですよ。「まあ、せいぜい頑張れよ」って。

神様お願いです。私の身体を、あの店にもう二度と行けないようにしてください！

*044*

# 新宿、サグ・パニール、恋。

小谷実由
（モデル）

カレーが大好きだ、物心ついた頃からずっと。毎日お昼ご飯がカレーでもいい。毎日お昼ご飯はカレーがいい。

幼少期、保育園の給食のメニューは毎週金曜日が必ずカレーだった。ちなみに木曜日は麺類。たとえミートソーススパゲティが出てみんながワイワイ喜んでいても、私にとってそれはカレーが近づいてくることを感じさせるプロローグに過ぎなく、気持ちは翌日のカレーへと華麗に奪われていた。

そんな幼少期を過ごして大人になったいま、私の好きなカレーはインドカレー。一番好きだったカレー屋さんは２０１８年の4月末、45年の歴史に突然幕を閉じてしまった。別れは突然やってくる、そんな摂理はドラマティック且つ諦めがつくので納得できると思っていた。大好きな恋人に急にフラれてしまった時ですら結局すぐに納得したものだ。しかし今回は、未だに立ち直ることができないほど未練タラタラである。そんな最愛の店、新宿にあった最も古いインドカレー屋のボンベイ。ひとまずカレーが嫌いな人はあまりいなさそうだという、とても身勝手な私の見解で、初めて一緒にご飯を食べる友人とはボンベイに行くことが多かった。そんなわけで大事な人たちとの美味しい思い出の始まりの場所でもあるここは、シェフは全員インド人、内装にも本場から買い付けてきたインテリアが満載、まさに新宿のリトルリトルインディアだった。

ここでいつも食べていたのはサグ・パニール。カッテージチーズののった、ほうれん草のカレーである。私は食べ物で冒険ができない質（たち）で、いつも同じメニューを選ぶ。というよりその店のそれが食べたいから行くので、趣向を変えて違うメニューにするという選択肢が全くない。ボンベイの閉店を聞いて、不安になったことは今後の私のサグ・パニール人生。これから私はどこでサグ・パニールを食べるんだ？　閉店のショックを癒やそうと他のインドカレー屋に駆け込んでサグ・パニールを注文してみたものの、そこで感じたのは、〝美味しいけどなんか違う〟という一番切ない展開。私のサグ・パニールのポストを埋める代打にはあれからまだ出会えていない。

もう会えない好きな人を忘れられないという相談を以前受けたことがある、そのとき私は美しい思い出として心にずっと持っていてほしいと答えた。人にはそう言っといて、自分のこととなるとなんて未練がましいのだろう。おまけにすぐに代わりを見つけようとしている。そんなもの見つかるわけがないだろう。

悔しくも私が閉店を知ったのは閉店してから2週間後。閉店後の店はすぐに内装が取り壊され、新しい店の工事が始まっていた。最後に大好きだったネオンの看板の見納めもできず、脳裏に焼きついた記憶とお客さんが投稿していた食べログの写真を見つめ思いを馳せるばかり。ずっと変わらずにあると思い込んでいると、こんなにも隙をつかれるものなのだろうか。なぜ閉店前に気付かなかったのだろうと悔やんでも悔やみきれない。数日後、閉店理由を、スタッフさんが閉店することをきっかけに立ち上げたTwitterアカウントで知ることになった。オーナーである会社がボンベイを閉め、その地で新しく和食レストランをやりたいという理由だという。全くもって理解できないのは当たり前で、またも悔やんでも悔やみきれない。

もう私はサグ・パニールを食べられないのだろうか、食べないのだろうか。つい先日、品川の駅ビル内でボンベイのカレーが売っているという情報を耳にした。嬉しくて飛び上がった。しかし、喜んだのも束の間、売っていたのはチキンカレーと辛口キーマカレーの2種類のみだった。サグ・パニールはいない。街なかで元恋人を見かけた、振り向いたら似ている人なだけだった、そんな落胆具合である。もうこうなったら記憶だけを頼りに納得がいくまで自分でサグ・パニールを作るしかないのかもしれない。カレー作りにハマる人をよく見かけるが、私みたいなキッカケで、逃してしまった何かを自らの手でまた手にしようとしているのかもしれない。

私は恋をしている、新宿ボンベイのサグ・パニールへ、愛を込めて。

*045*

# カフェのランチでよく出てくるミニサラダ

## 川田洋平（編集者）

「二度と行けないあの店」について書くということはつまり、「無愛想な店主が作ったあの優しい味が忘れられなくて」とか、「あの店には恋人と過ごした甘酸っぱい時間がたっぷり詰まってて」とか、きっと自分の人生のある重要な一時期を強烈にフラッシュバックさせるような「自分にとっての名店」について書いてくれよ、という主旨の依頼なのだと解釈している。しかし、二つ返事で引き受けたはいいが、いくら思い返せど、僕にとってそんな連載のセオリーに沿う店など思い浮かばない。どんなにおいしい料理でも感極まるのは口に入れたその一瞬だけ。1年も経てば、もはやその店に行ったことすら忘れてしまう。それでも「二度と行けないあの店」は、さっとある。あるはず。

＊

２０１１年３月、その春に大学卒業が決まっていた僕は、４月から入社予定だった編集プロダクションで、同級生たちよりも少しだけ早い社会人生活を始めていた。会社には40人ほどの社員が在籍していて、当時、僕はその中で最年少だった。上司たちは久しぶりに入ってきた若手ということもあり、とても気さくに接してくれた。まだ肌寒かったが、陽射しは眩しくて穏やかな天気だったように思う。フランクな職場の雰囲気も相まってか、緊張感というよりはむしろリラックスしていた。これからの社会人生活への期待もあったのかもしれない。

職場に通い始めて１週間も経っていない頃だったと思う。少し遅めの昼食を取ろうと、一人で代官山の職場から歩いてすぐの場所にある線路沿いのカフェに入った。いかにもＤＩＹでこしらえたふうな建て付けの悪い木枠のガラス扉を開けると、店に入ってすぐ右手の、たしか４人掛けだか２人掛けだかのテーブルについた。店を入って進むと小上がりになっていて、左手に広いキッチン、奥にはテーブル席がいくつか、ローソファーに座れるゆったりとした席なんかもあった。個性的ではなかったが店の内装は全体的に小洒落ていて、よくある感じのナチュラル系カフェといった雰囲気だった。

席について適当なランチを頼むと、すぐにセットのミニサラダが運ばれてきた。白い磁器の小さなスフレカップに、乾いたサニーレタスとコーンが数粒。そこに皿底にたまるくらいたっぷりと、おそらく業務用のフレンチドレッシングがかけられていた。僕は学生時代に飲食店のキッチンでバイトをしていたとき、サラダは冷たい水で流水して、水分をしっかりと切ってから、シャキッとした状態で出しなさいと教わったことがある。だから、だいたいは付け合わせのサラダで、その店の飲食店としての矜持の有無を判断する。

そのサラダに手をつけたかどうかは覚えてはいない。メインの皿が運ばれてくるより前に、例の震災は起こった。カタカタと音がしたと思ったら、十数秒も経たないうちに店は大きく揺れだした。古い建物だったからか、それともDIYな内装のせいなのかはわからないが、店内にはキシキシ、ミシミシ、不安になるには十分なほどの異音が響いていた。

——これ、けっこうヤバいんじゃない？

店の中にいたすべての人間がそう感じ始めていたであろう頃、1人の女性店員が一目散に、ものすごいスピードで僕の横を走り抜けていった。建て付けの悪いガラス扉を目いっぱいの力で開くと、彼女は腰にエプロンを巻いたまま、どこかへ走り去っていってしまった。すぐ頭上では、店のインテリアには不釣り合いなほど大きなシャンデリアが、ガチャンガチャンと音を立てて大きく揺れている。とても怖かったが、僕は揺れが収まるまで、そのシャンデリアをじっと眺めていた。

しばらくして揺れが落ち着くと、店の外は他の建物から出てきた人たちで騒がしいのがわかった。やがて店のガラス扉が開き、腰にエプロンを巻いた彼女が戻ってきた。「揺れ、すごかったですね」という言葉を交わしたかどうかは定かではないが、扉を開けて戻ってきたときの彼女はなぜか少し笑っていた。焦って飛び出していったことへの恥ずかしさからなのか、大きな危害が及ばなかったことへの安堵からなのか、あるいは店員としての適切な対応を怠ったんじゃないかという申し訳なさからなのか。そのどれも違うようで、どれも合ってるような、あまり見たことのないような笑顔だった。

地震のあとも、そのカフェは何度か利用した。何を食べたか、それが美味しかったかどうかは記憶にない。飛び出していった女性店員さんはそれからもよくお店に立っていて、きっと当時30代で、小柄で、マネジャーみたいな立場の人だということもあとからわかった。それから僕は会社を辞めて、代官山へ行くことはなくなった。だから、そのお店に行くこともなくなった。

いまでもたまたま入ったカフェで、あの白い磁器に入った、おそらく業務用のフレンチドレッシングがたっぷりかかったミニサラダに出くわすことがある。それをほとんど無心で食べて、そのあとに運ばれてくるメインの料理も無心で食べて、お会計をして店を出る。その度にふと、あの女性店員の、あのときの笑顔を思い出す。すごく不思議な表情だったなあ、と思い出す。ただ思い出すだけ。いや、この原稿の依頼を受けたから、改めて思い返してみて、思い出してるだけなのかもしれない。

ここまでこの原稿を書いていて、思い出したのがあのミニサラダと、あの女性店員の笑顔のことだけで、一体こんなこと書いて誰が喜ぶのだろうとだんだんバッドな気持ちに入ってきたから、もうキーボードを叩く手を止めたい。

＊

一応、「二度と行けないあの店で」という連載テーマなので、いまもあのカフェが営業していてはまずいと思って調べてみた。すると、いまもその場所はカフェのようだ。でも店名が変わってる。ってことは、二度と行けない店だ！　オーナーが変わったのかな、あの女性店員さんはきっともういないよな。まあでも、きっと二度と行くことはないから、そんなことは一生わかりっこないんだけど。

# *046* 「浮かぶ」の正しいナポリタンとハイボール

安田理央
（ライター）

飲むことについての原稿をよく書いていたりするので、酒場に詳しいと思われることが多い。でも実は、一人で酒場に行けなかったりするのだから、酒飲みとしては半人前だ。

家で一人飲みするのは好きなのだが、一人で酒場で飲むのはどうも苦手だ。居酒屋だと、手持ち無沙汰なので、すごいスピードで飲み食いしてしまい、お腹もいっぱいになって、すぐ店を出るはめになる。一人でぼーっと酒を飲む、ということが出来ないのだ。人見知りなので、スナックみたいな店で初対面の人と会話するなんてことも難しい。

だから一人で飲みに行けるのは、知り合いがやってる店くらいなのだ。その数少ない店のひとつが、「浮かぶ」だ。

「浮かぶ」は昔からの友達のシブメグが一人でやっている小さなバーだ。シブメグは、なにかと面倒見のいい人で、物販が天才的に上手い。自分のバンドの物販をずいぶんお願いしたし、コミケや文学フリマといった即売会に参加した時も手伝ってもらった。一度など、シブメグ抜きで出店したら、さっぱり売れず、慌てて電話して助けに来てもらったこともある。彼女の物販能力のすごさは、中川いさみ先生の漫画『ストラト!』でも描かれている。人呼んで、カリスマ売り子。

そんな彼女が6年前に突然、バーを始めた。本当に突然だった。たまたま飲みに行った店が、もう閉店するというので「じゃあ、私がやります!」と引き継いでしまったというのだ。

その話を聞いた時は驚いたけれど、シブメグがやる店なら、絶対に楽しいだろう。そしてようやく一人でも行ける店が出来たと思った。

シブメグは前の店名をそのまま引き継いで、「浮かぶ」2代目を名乗った。新宿御苑の駅から数分の雑居ビルの地下。10人も入ればいっぱいの小さくて薄暗い店。でも、すごく居心地がいい。

一人でふらりと行っても、いつも誰か知り合いがいる。知り合いじゃなくても、シブメグが紹介してくれて、すぐに一緒に話せるようになる。ああ、これはおれが憧れてた「常連になれる店」だ。40歳を越えて、やっとそんな店を手に入れた気がした。

そして、もうひとつの憧れをこの「浮かぶ」で手に入れた。それが「いつもの」だ。「いつものちょうだい」と言ったら、あるいは言わなくても、勝手に自分のお気に入りのメニューが出てくる。誰もが憧れる常連の特権。

筆者の「いつもの」は、ナポリタンとハイボール。ナポリタンは「浮かぶ」の名物なのだけれど、筆者の「いつもの」ナポリタンは、ピーマン抜き、玉ねぎみじん切り、コーンをトッピング、なのだ。

筆者はピーマンが嫌いだ。子供みたいで恥ずかしいのだけれど、ピーマンだけは許せない。この世には無駄なものなんてひとつもない、というのが筆者の考えではあるけれど、ピーマンだけは例外だ。あれは無くてもいい。

それなのに、世の中のたいがいのナポリタンにはピーマンが入っている。どうしてあんなに美味しいナポリタンをわざわざダメにしてしまうのか、全く理解できない。ナポリタンは大好きなのだけれど、どの店で頼んでもピーマンが入っていやがる。だから、いつも最初にできるだけ味を感じないように飲み込んでから、それはなかったことにして、ゆっくりと食べることにしている。いや、ほら、ピーマン残してるとかっこ悪いから……。

実は、ピーマンの入っていない素晴らしいナポリタンを出す店もあった。僕が長年通っていた江古田の老舗喫茶店「トキ」だ。あそこのナポリタンは安心して食べることが出来た。しかし、残念ながら2013年に閉店。もう自宅でしかピーマン抜きナポリタンを食べることは出来ないのだろうか。

てな話をしたら、シブメグがナポリタンからピーマンを抜いて作ってくれた。さらに「トキ」のナポリタンと同じく、ベーコンとコーン入り。あと、筆者の希望で玉ねぎはみじん切りにしてもらった。ナポリタンにはみじん切りの玉ねぎの方が歯ざわり的に絶対合うと思うのだ。

それからハイボールは、タリスカーをやや薄めにしてもらう。シングルモルトを炭酸キツめで割ったハイボールが大好きなのだ。タリスカーも、筆者以外に頼む人は少ないらしいけど、わざわざ入れてもらった。ボトルを入れたわけじゃないけど、ほとんど筆者専用。

そもそもシブメグはそんなに酒が詳しい方ではないので、こうやって常連客が自分の好みの酒を置かせたりしてる。だから品揃えがちょっと偏っている。変な酒があるのに、定番の酒が置いてなかったりする。そんなところも「浮かぶ」の魅力でもあるわけだが。

店内に置かれている大量のCD、レコード、カセットテープ、DVD、VHS、本、写真集、漫画、そしてトイと駄菓子。シブメグの好きなものが脈略無く集められていて、これもまた偏っていたりする。

客が持ってきたDVDやVHSをプロジェクターでスクリーンに映してみんなで観たりしたこともあった。自宅で眠っていた、何が録音されているかもわからないカセットテープを持ち寄って聴きあうなんてこともした。
まるで、シブメグの自宅に遊びに来たみたい、というより、ここはみんなの秘密基地だったのだな、と思う。あるいは部室。

筆者のナポリタンもそうだけど、みんな勝手にわがままを言って、それをシブメグは受け止めてくれた。やっぱり「浮かぶ」は店じゃない。秘密基地で、部室なのだ。行くと、いつもダラダラしてしまう。適当に飲んでると、シブメグはいつもお茶を出してくれる。悪酔いしないように、という心配りだ。一息入れたら、また飲み始める。そういえば、「浮かぶ」で飲んだ翌日に酒が残ってたことはない。お茶ブレイクの効果なのか。

そんな「浮かぶ」が閉まってしまう。シブメグのもうひとつの仕事との兼ね合いで、しょうがないらしい。

おれは一人で飲みに行ける貴重な店を失い、憧れだった「いつもの」を失ってしまうのだ。

おれはこれから正しいナポリタンをどこで食べればいいのか。また最初にピーマンを飲み込まなければならなくなるのか。

そういえば、閉店の知らせを聞いて、もうこれが最後になるのかと思って慌てて「浮かぶ」を訪れて、いつものように正しいナポリタンとタリスカーのハイボール、通称「ダリオセット」を食べていたら、伝説のベーシスト、チャック・レイニーが来店してびっくりしたのだが、シブメグは筆者を説明するのに「ピーマンがすごく嫌いな人」と伝えていた。おれはもうピーマンな嫌いな人として認識されてしまった。いや、間違ってはいないんだけど、偉大な人に、そんな覚えられ方されるのは、いやだよ……。

047

# まんまる

上田愛（案山子家）

20代の中頃、私は広島市内に住みサラリーマンをしていた。

給料は手取りで15万ほど、ボーナスなど無いのであまり贅沢はできず、休みの日には散歩をして気になったお店に入って食事するのが楽しみの一つだった。

広島駅周辺には昔からある安くて面白い味のあるお店が多く、政令指定都市の駅前とは思えないような古い鉄骨むき出しの廃墟のような建物もあり、そういった場所を散歩すると妙に落ち着くのでよく訪れていた。

今にも崩れそうでボロボロな建物の中に「駅前横丁」という飲食街があり、1メートル程の通路の両脇に小さなお店が10店舗ほど入っていた。

その駅前横丁の入口の角に、うどんとおはぎと巻き寿司が食べられる「まんまる」

というお店があった。まんまるという店名だけど、横丁の角にあるので「角店」とも呼ばれているようだった。

お店には扉が無く、カウンター席のみで椅子は5個くらいしか無い、本当に小さなお店だ。

お店は80歳前後のおばあちゃんが一人で切り盛りしていた。

背中がものすごく湾曲しており、白い三角巾と割烹着を着て、真っ赤な口紅できれいに化粧をして、いつもニコニコしていた。

おばあちゃんが作るうどんは細麺タイプの柔らかい普通のうどんなんだけど、優しい味で最高に美味しかった。

そして、値段が安く、腹一杯食べる事ができた。かけうどん（そば）＋小鉢＋おはぎか赤飯3個（もしくは手巻き寿司半本）で５００円という、破格の値段設定。

いつも行く度に「よく来てくれたね」と迎えてくれて、天候の事や、テレビ番組の事や、たわいもない世間話をしてくれた。

時々おはぎをおまけでくれたり、お客さんからもらった果物を分けてくれたりもした。

自分のおばあちゃんの家にいるみたいで居心地が良く、広島駅周辺を散歩する時には必ず行くようになった。

通い始めて3年ほど経ったある日、お店の窓ガラスに「都合に依りしばらく休みます。角店」と書かれた貼り紙が貼られたまま、二度とお店が開く事はなかった。貼り紙を見る数週間前にお店に来た時、駅前横丁の共同便所が臭くて、アンモニア臭がする中、うどんとおはぎを食べた。

それが最後だった。

今の私だったら、

「お店は何年ぐらいしとってんですか?」

「どぉしてぇ、まんまるってお店の名前なんですか?」

「どこに住んどってんですか?」

なんて感じで広島弁で色々質問しながら沢山おばあちゃんと話ができたと思うのだけど、当時の私はとにかく人としゃべる事が出来なくて、おばあちゃんに話しかけられた事に答えるのが精一杯だった。

だから、おばあちゃんの事は何も知らない。

おばあちゃんの写真も一枚も撮っていないから、自分の頭の中に記憶された、真っ赤な口紅のおばあちゃんの優しい笑顔は、年を重ねるにつれ少しずつ薄くなっていっている。

私が広島を離れて大阪に引っ越してから、広島駅前は再開発で、古い味のあるお店はどんどん消え、高層ビルや駐車場に変わっていっている。

かかし旅の途中で時々広島駅で途中下車する事があるのだけど、変わっていく景色を見ながら、まんまるのおばあちゃんや、散歩して出会った景色やお店や人の事を思い出して少し涙が出てしまう。

*048*

# カトマンズのチャイ店

酒本麻衣
（IRIS SUN）

その店はネパールの首都カトマンズのチャイ店だ。そこに店名があったかはわからない。初めて行ったのは20年前で、その店はいつのまにかなくなってしまった。

1998年のカトマンズは、まだ今ほど道も舗装されていなくて、土埃が舞っていた。パタンホスピタルからタメルに向かう道の途中にそのチャイ店は現れた。畳一畳分くらいの小屋の中で大きな寸胴鍋の中に、茶葉を入れたミルクがふつふつと沸いている。カトマンズについて初めてひとりで町を歩いたときに、私はそのチャイ店の前で足を止めた。

その店は人気店だった。午後の太陽の傾き始めた頃、土色の布を腰に巻いた男たちが、次から次へと現れて、そしてその小さな店を囲むように置かれた簡素な木のベンチに腰を下ろし、チャイを人差し指と親指でつまむように持って、啜っている。お猪口をひとまわりおおきくしたようなチャイの器は素焼きでできていて、飲み終わると男たちは慣れた手つきで地面に叩きつけた。割れた器は一瞬で土に還った。大事そうに口に運んでいたチャイの器は、突然地面に叩きつけられる。私は次から次へと器を割る彼らの所作をひとしきり見つめていた。無慈悲な感じが魅力的だった。

その日、私は男たちに交じってチャイを飲んだ。観光客が来ることがほとんど無いだろうその店で、私は男たちの視線を集めていたが、構わず木のベンチに割り込むように座って、熱々のチャイを啜った。思ったよりもその素焼きの器は厚くて、注がれたチャイの熱がじんわりと伝わってくる。たっぷり砂糖が入っていて、シナモンやカルダモンなどの香りが溶けていた。最後のひとくちで、口の中に細かい茶葉が入り込んでくる。男たちは、時折顔をそむけてぷっとそれを吐き出している。私もそれに倣って、唇を尖らせて、ふっと茶葉を吹き出した。

私にとってその旅は、人生で初めての海外への一人旅だった。私は17歳で、日本にいる間に綿密に（といっても、図書館で見つけた数冊の写真集と沢木耕太郎の『深夜特急』を捲る程度だったが……）ネパールについてのイメージを膨らませていた。土埃が舞う道で、露天のチャイ店の前で、地元の男たちに交じってチャイを啜っている。そのことに私は満足した。

チャイを飲み終わると、私は店の前で男たちがやったように器を地面に放った。器は割れなかった。拾い上げて、もう一度投げた。でも割れない。私はかすかにひびがはいっている部分をスニーカーの足で踏みつけた。がりりと鈍い音をたてて、かろうじて器は2つに砕けた。気が済んで店をあとにした。チャイ店から少し離れたところには小さな菓子屋が並んでいた。チョコレートのドーナッツが見えた。近づくとそれは蟻が群がったドーナッツだと気づき、踵を返した。

翌日もそのチャイ店に向かったが、入り組んだ細い道ばかりの当時のパタンで、店をうまく見つけることができなかった。

ひと月滞在したネパールで、私がその店を見つけることができたのは、その一度きりだった。忽然と消えてしまった。私が道に迷い続けたのかもしれないし、本当になくなってしまったのかはわからない。探し続けている間に、20年が過ぎて、もう本当にわからなくなってしまった。

ところで、カトマンズにはバグマティ川という大きな川がある。4年前チベット人の友人が営んでいる毛糸工場へ遊びに行った帰り道、私と友人はその川にかかる橋を徒歩で渡った。その川はゴミの川としても有名だった。川と同じ幅（だいたい10メートルほど）のゴミが川上から川下へ途切れることなく、川の水量と同じ位の量、落ちている。そのゴミ川を見るともなく見ていると、人間3人分くらいの大きさの豚が2頭、ゴミの中にうごめいている。まるまると肥えている。私は橋の上からその豚を眺めながら、わからないことが、わからないままであることが、この国にいると、多い。と、思った。でも、それが気持ちよくて、ここにいるんだと思った。道がわからなくなったり、店が忽然と消えたり、ホームレスの暮らす川辺のゴミの中にまるまる太った豚がいたりして、「不思議」と思っても、誰かに聞いたり調べたりする気にならない。それ以上、追求しなくていいような気持ちになる。

049

# 「鶴はしラーメン」の絶品鴨スープのラーメンを作る、熊の刺身を食べなかった「チーフ」

呉ジンカン
（フリーマンガ編集者／総合マンガ誌『キッチュ』責任編集）

普段滅多に鳴らない私の電話はしかし、時期によっては偽物の黒電話の音で持ち主を呼び出す。漫画家は24時間仕事しているので、編集者もそれに対応しなければいけない。しがないフリーの編集者とはいえ、締め切りの時期によって予期せぬ時間にさまざまな連絡が来ることがある。

約5〜6年前のことだったか、その電話は漫画家からではなく、意外な相手「ジュンちゃん」からのものだった。

「あの…ご無沙汰しております。このたび父が他界いたしまして、そちらにもお知らせを……」

「はっ？」

まだ死別を多く経験していない30代前半だったからか、不意に素の声で返してしまった。「ジュンちゃん」の言う「父」とは、私が２０００年に日本の大学に入学した時から、大学を離れるまでの十数年間通っていたラーメン屋さん「鶴はし」の「チーフ」のことである。

さて、台湾生まれの多くの人々と同じように、私がテレビの日本の食レポ番組で耳にした、ラーメン屋さんで芸能人またはコメンテーターが発する謎の言葉が脳内に焼きついている。

その一言とは、「なるほど」である。

「ウマイ」でも「マズイ」でもない、「なるほど」だから、日本人の味覚センスは神がかかっているなと素直に思った。１９９９年に留学生として日本にやって来た私のその「なるほどの味」を確かめたい願望と行動になんの不自然もなかった。住んでいたのは京都の修学院という場所で、のち「ラーメン激戦区」と呼ばれるようになる東大路通りの起点から約500メートルのあいだに、既にラーメン屋さんが点在していた。
「あっさりとした食材の味わい」という台湾人が持つ京都料理のステレオタイプは庶民の世界にほぼ存在しないことに、衝撃を受けたものだ。大学生が多く住むこの街の外食と言えば、食いきれない「スタミナ」な量にして、食材の味をかき消すほど濃い調味料が入った「ストロング」な味わいで、ラーメンとて例外ではない。「なるほどの味」にカルチャーショックとともに私は「なるほど」と思ったものだ。

そんな中で、一つだけ例外があった。

それは「鶴はし」のラーメンであった。鴨からとった濃厚にして贅沢な味わいのスープ、化学調味料不使用にして「料理」の格式の高さも感じさせた。百貨店の最上層のレストランに野口英世を2枚（当時はまだ夏目漱石だったが）で出されても納得な、驚きの美味さだった。決して大げさではない。そのラーメンを作るのは元一流ホテルでフレンチのチーフを務めた経験を持つ人間こそのなせる業だった。また、その過去からして、常連はみんな彼のことを「チーフ」と呼んでいた。
がしかし、「鶴はし」はほかの「スタミナ」にして「ストロング」なラーメン屋さんと同じように、流行って客が並ぶことはなかった。「スタミナ」はソコソコにしてない。

「ストロング」ではないことが原因の一つかもしれないが、裏方だったため表で接客する経験の少なさ（と私は勝手に思った）と、自分を飾らない性格からのものかもしれない。

「チーフ」は人間として魅力的で、そして反骨的なものを感じた。閉店時間の一時間前になると、お酒を飲んでは時々凄みのある発言をして、驚きの行動に出る。「豚骨を一日煮込んでスープと言うけど、豚骨は十何時間煮込んでもなんの味も出ないよ」とか、「魚介系ラーメンはスープに魚のオイルを垂らしただけだよ」とか、「ラーメンにコラーゲンなんて嘘だから」など。行列店への嫉妬なんじゃないかと思ったら、「ほんなら、ちょっと待って、いま作ってあげるよ」と、言いながら「チーフ」はその場で沸かした湯に数種類の味噌を合わせて入れて、約5分で即席のスープを作ってくれた。飲んでみるとそれは紛れもなくある連日行列の超有名店のスープの味……と感じたから、驚きだ。

「チーフ」は客が少ない時は調理場の外で美味しそうに一服したり、時には面白いエピソードを聞かせてくれる。「オオサンショウウオってのは、命の危機を感じると山椒のにおいを出すんだ。さばいた（!）時に本当にそういう匂いがしたんだ。さばいても筋肉がビクビクしてて、凄い生命力だったね。それをカラアゲにして、京都のある警察署の署長（!!）に出したら、「ウマイね！これなんの肉？」って聞かれて、「知らんほうがヨロシイ」って答えると、「ほうか、じゃぁええわ」って、言ってくれたもんさ」

信じるも八卦（?）、である。

私が来日して間もないたどたどしい日本語から、酔っぱらうと関西弁が出るようになるまで、「チーフ」との付き合いは長かった。その間、多くの客がここの鴨スープの美味さに驚きながらも、「ストロング」な味わいではないためか、あるいは「チーフ」の飾らない人柄のせいか、「鶴はし」は「大行列人気店」にはならなかった。たまに店に行くと近所の常連と喋っては閉店時間までずるずると長居させてもらったり、1回会計をし忘れたまま下宿のアパートに戻って、気が付いて慌てて戻って支払いをしたこともあった。「いいのに」と照れくさそうな笑顔を見せる「チーフ」に、「いやいやいいわけないでしょう！」と私が。

学生の分際の私と、そのような信頼関係を持ってもらえる店はそんなにない。ある日開店時間直後に店に入ったら、「チーフ」はちょうどまかないのハンバーグを作っていて、「食べませんか?」と言ってくれた。ラーメン屋さんでハンバーグをご馳走になる意外性はさておき、そのハンバーグの美味しさは脳天を直撃するほどのものだった。想い出にのみ残る味だからと言われればそれまでだが、どんな名店でもかなわないほど空前絶後な美味しさだった。その後も時々まかないで、「鶴はし」の「チーフ」は元一流ホテルのフレンチチーフの片鱗を見せてくれた。そして私は店のロゴを書いたり、店内に飾るメニューを作ったり、「チーフ」のやさしさに応えるため精いっぱいの努力をした。

……のちに妻となる漫画家のムライと私を、「鶴はし」2階の生活スペースに、「チーフ」の息子「ジュンちゃん」が迎えてくれた。

「友達との旅行先で急に、心臓の病気で…まったく苦しまなかったらしいんです。僕が駆けつけたとき、父さんは寝ているようにしか見えません…すぐにでも起きそうな、リラックスした普通な顔でしたね。でも旅行の前日に、久々に包丁を丁寧に研ぎましたね。今思えば本人は薄々と（自分の死に）気が付いてたんじゃないですかね…だから僕のためにキッチリしてからと……」

とても、「チーフ」らしいと思った。イタズラ好きだったので、「ジュンちゃん」が駆けつけると「おう！」と言って起き上がる話になるんじゃないかと、不謹慎に思ったし、包丁のことについては人間の本当に大事な、本質的な部分をかたく守る人でもあったので意外ではなかった。

「思えば父からこんな話がありました。昔は仲間と一緒にクマ狩りでクマをさばいて食べたそうです。その場で加熱しないで刺身にして食べようと言う人がいたけど、危機を感じたのか、父だけ食べなかったそうです。その後あの時クマの刺身を食べたメンバー全員若くして白血病でなくなったとか……」

またしてもとても「チーフ」らしいエピソードだと思った。信じるも、八卦だ。

「チーフ」の思い出で笑う3人の鼻から目にささやかな刺激が走り、やがて涙をこらえることになるが、誰も笑うことをやめない。

「鶴はし」はその後、息子の「ジュンちゃん」が跡を継いだ。パートナーと2人で店を盛り切りしていた。鴨スープのラーメンの素材とレシピは「チーフ」の時と変わらないが、やはり同じ味わいにはならなかった。「同じじゃないほうがいいよ」と、私は「チーフ」も同じことを言うんじゃないかと思いながら、「ジュンちゃん」にそう伝えた。

その後常連さんの応援で公式ページが作られたり、ツイッターを始めたりしたが、料理から経営までと、店一軒を維持することはまだ経験が浅い「ジュンちゃん」には難しかった。飲食店情報サイトでは2016年に閉店と記録されている。

「ラーメン激戦区」と呼ばれる修学院から、黄色い外装とシンプルな内装の「鶴はし」は姿を消した。その近所で、私が学生時代に同じく世話になった(事実上飲み屋の)うどん屋さんの主人からは、「ジュンちゃん」は近くの人気ラーメン屋さんで働いているよ」との情報をもらった。「鶴はし」の絶品鴨スープのラーメンを作る「チーフ」はもうこの世にいない。そして「ジュンちゃん」の戦いは始まったばかりだ。

*050*

# その店は、居間にあった。

**小石原はるか**（フードライター）

昔の記憶全般がそろいもそろってあいまいなのだが、その店がうちにあったことは、確実だ。居間が、その店だったから。今もわたしはそこにいるが、ここにあの店はもうない。

45年ほど前に、当時〝最先端の二世帯住宅〟的な触れ込みで建てられたという、3フロアからなる一軒家。その2階で、母親が店を始めたのはたぶん自分が中学生の頃。昼は一般家庭の居間、夜は完全予約制＆紹介制（「第一種住居地域」という用途地域であるところに〝なんとか地区〟という別のルールが重なっていて、表立っての飲食店営業はご法度な区域であるため）の料理屋という二毛作空間が誕生した。にほんのおかず、といった感じの、普段うちの食卓に登場していた料理を小皿であれこれとメインはステーキ、炊きたてごはんとおみおつけ、香の物で締めくくるとおまかせコースが、たしか10000円。

月曜から土曜まで毎日きっちり営業、という一般的な営業形態ではさすがになかったが、それでも週に3〜4日は開けていた、と思う。朝には自分がねぼけまなこで慌ただしく朝ごはんを食べていた居間が、予約のある日は夕方以降ちょっとよそよそしい場所になる。学校から帰宅する頃はお客様を迎える準備が佳境で、母親が料理を作り、テーブルにクロスをかけ、卓上にお敷きやお箸を並べて……と、すべてをひとりで執り行っていた。

予約の時間が遅めの日は、お客様が来る前に台所に付帯したカウンターでその日にお出しするコースとだいたい同じ内容の夕食をとっていた。が、スタートが早めの日は、うっすらと気が重かった。自室で食べることになるため、すでに会食が始まっている2階へ行き居間の隅を通って台所に入り、自分の食事が載ったお盆を持って、もう一度居間をかすめていかねばならない。

大人が料理を味わい、ワイングラスをかたむけて談笑している雰囲気と、あきらかに異質な10代。ここは〝自分ち〟のはずなのに「おじゃまします……」感を味わう瞬間。なるべく気配を消し、音を立てないように努めてはいたけれど、お客様――もともと面識がある人や、一方的に見知っている名前や顔の知れた人もいれば、まったく知らない人もいた――が気づいて（そりゃあ、どう考えても視界に入っている）声をかけてくれば、店主の娘としては一礼して「こんばんは」のひとことくらいは返さねばならない。ごくごく短い時間ながらとてつもなくきまりが悪くて、多感なティーンエージャーぶるわけではないけれど、全力で素っ気なくするしか術がなかった。真面目に勉強していたわけでもないくせに、階下から聞こえる客人のあげる声やたてる音に、妙にピリピリした時期もあった。

ちなみに、その頃店にいらしていた方に、今になってお目にかかることがままある。こちらは覚えていない、あるいは知らなくても、先方にしてみれば「一般家庭の居間で営業していた変わった料理屋でそこの家の子供を見かけた」という状況は案外印象に残っているらしい。きまって「制服姿だった」「仏頂面だった」「愛想がなかった」と、当時のこちらの様子を回想されて、都度あの頃のきまりの悪さがフラッシュバックする。〝あの家の子〟という理由で良くしてもらうことも多々あってありがたい半面、こちらも40代も半ばを過ぎ、そろそろその枠は卒業させていただけないものか……。

20歳前後にもなると、むかしから面識のある大人がみえる際に、同じ卓について食事をさせてもらったことも何度かあったと、うっすらと記憶している。が、いつもはお盆に全品を載せて定食スタイルで受け取っている料理を、そのときは客のひとりとして母親にサーヴされるのがこれまた面映(おもはゆ)いやらなんとなく落ち着かないやらで、お皿を運ぶのを手伝うそぶりをしてみたり、飲み物を取りに行くという口実でテーブルと台所を無駄に行き来したり、これまた挙動不審だったなあ自分、という記憶のほうがずっと強い。

23年前に、店は終わりを迎えた。うちの居間を出て、そして少々業態を変えてワインバーとして正式に店舗を構えたからだ。その店を営業していた場所で育ち、その店によって育ててもらい、そして今も、その店のあった一軒家で暮らしている。居間はもう、ごく普通の家のそれだ。

*051*

# 究極の「うまくないけど食いたいもの」だった、うどんとおでん

兵庫慎司

（ライター）

今から20年くらい前、なので30歳前後の頃、故郷広島に帰省した時のこと。帰ると必ず会う、高校の同級生である友人が「いい店があるから行こう」と言う。我々の地元はJR広島駅にほど近い府中町というところなのだが、彼は当時、呉市内で仕事をしていて、そのあたりを日々クルマで走り回っていて、見つけた店だという。

「何屋？」

「うどんとおでん」

「よく行くん？」

「うん、週2、3は」

「へえー。うまいんじゃ？」

「うーん、うまいというか、おもしろい」

何「おもしろい」って。と思ったが、それ以上は説明してくれない。ただ、クセになるのは間違いないし、東京なんかでは絶対味わえないから絶対に食うべきだ、と、執拗に主張するので、彼のクルマに乗り込んだ。

国道31号線をひた走ること1時間以上（今は高速道路が開通しているが、当時はまだなかった）、国道が県道に変わったあともさらにしばらく進んだ末の町はずれに、その店はあった。戦後間もなく建ってそのまま現在に至ったような、風情がある、というか風情しかない、大変にクラシカルな平屋。店を切り盛りしているのは、3人の老婆。3人とも、明日来たらひとり減っていてもおかしくないような高齢で、スローセーに、かつ淡々と、労働に従事しておられる。

彼にすすめられるままにオーダーしたうどんとおでんが出て来た。関東のうどんのような茶色いだしに浸ったうどんを、まず一口すすってみた。仰天した。

甘い！

刺し身とかの旨味を形容する時に使う「甘い！」ではない。ただただストレートに甘い。砂糖そのままの甘さ。戦後のもののない時代を経験した人たちにとっては砂糖はごちそう、だからなんの料理でも砂糖を多めに入れて甘い味付けにしてしまうことが地域によってはある、というのは知っていたが、それまでに経験したことのあるレベルとは段違いの甘さ。

おでんも食ってみた。うどんとまったく同じ味だった。甘いおでん、というと、静岡おでんや名古屋の味噌おでんなんかもそうだが、それらの比ではない。ああいう、なんというか、いろんな味が含まれた、味わい深い甘さではない。直球の、純然たる砂糖の甘さだ。

思わず笑ってしまった。「な、おもしろいじゃろ?」と友人。おもしろいけど、食い物の味におもしろさを求める? 求めないでしょ普通、とは思ったが、食い進むうちに「でもこれ、クセになるんよ」と彼が言うのも、なんとなくわかってきた。「甘い!」としか思わない、つまりうまいとは感じないのに、食べていてイヤにならない。箸を止める気にならない。気がついたら完食していた。

「うまくないけど食いたいもの」というジャンルがあるということは、それまでさんざん安っちいものや貧乏くさいものを食べてきたので、身体でもって知ってはいた。昭和の田舎の食品メーカーが作ったみたいな味のカレー粉が、溶けきれずにダマになっているようなダメ定食屋のカレーとか。「俺は『包丁人味平』のファースト・エピソードでキッチンブルドッグにいちゃもんつけてくる土方か!」と言いたくなるほどしょっぱい、塩の塊のようなダメ中華屋のチャーハンとか。具なんてあったもんじゃない、麺をソースで炒めただけのダメ屋台の焼きそばとか。

どれもうまくない。ひどいもんである。にもかかわらず食いたくなる、というのは、食品添加物全盛期だった昭和40年代~50年代に育ったという世代であることが理由なのか、それとも僕個人の資質の問題なのか。たぶん両方だと思うが、とにかく、そんなドブ色の舌を持つ人間であっても、これほどまでに「うまくないけど食いたいもの」に出会ったのは初めてだった。と、今ふり返っても思う。

次に広島に帰ったらまた行こう。と、その時は思ったが、たまたまそれ以降、数年にわたって帰省するタイミングがなかった。その間に友人の職が変わり、呉市内に出向くこともなくなった。そうこうしているうちに、その店に行くことがないまま、あっという間に10年くらい経過。

そもそも店の婆さん3人、あの時点で明日お迎えが来てもおかしくない風貌だったので、10年後も同じ感じで店をやっているとはまず思えない。だからといって誰かが店を引き継ぐとか、味を引き継ぐということも、かなり考えにくい。もし仮に誰かが引き継いでいたとしても、場所もちゃんと憶えていないし、店の名前も記憶にない。「呉うどん おでん」で検索をかけるといくつかひっかかるが、どの店の情報を見てもあそこではない。「甘い！」って書かれている店なんてないし。

どうしよう。どうしようもないか。じゃあ自分で作ってみようかな。と、何度かトライはしてみた。だしも、ヒガシマルうどんスープを使ってみたり、茅乃舎だしでしっかりスープをとってみたり、時には「だし自体なし」という振り切った策に出てみたり、といろいろ試してみたのだが、いずれの場合も「うまいけど甘さが足りない」か、「甘くてまずくて二度と食いたくない」という結果になってしまい、あの味は再現できないのだった。

052

# 今はなき廣島文化の最深部

Yoshi Yubai

（写真家）

2012年の夏、当時働いていた屋形船の仕事をほっぽり投げて、浅草を飛び出した。ゲストハウスを拠点に、1年くらい長崎をプラプラしながら写真を撮る……つもりが広島に不時着。まずはじめに待ち受けていたのは、当時駅前にあった純喫茶のウィンドー。さりげなく金正日と小泉純一郎が握手している写真が……なんともキョーレツな洗礼でしたが、駅前の愛友市場もいい感じだし、地元の福山までも電車で一本。さらに駅から徒歩5分、猿猴川沿いに家賃3万5千円で2DK、小汚いけど快適そうな部屋を見つけたので、広島に住みつくことにした。

勢いで部屋を借りたものの、仕事を見つけねばと街中を歩き廻り、得意分野の赤提灯を探すも目ぼしい所が見つからない。家から近いとの理由で、駅前のデパートに入っているジャンク洞書店さんで働き出したのですが、ここの仕事が本当に合わなかった。本が好きなので何とかなるだろうとテキトーな気持ちで入ったのですが、白いYシャツを着て一日中デパートの中で検品・返品作業をする事がここまで苦痛だとは思いませんでした。従業員も数十人おり、まるで中学校に再入学、もしくはナチの兵隊にでもなったような気分でしたが、唯一息抜きできる時間が食事の時間。勤務時間中は外出禁止だったのですが毎日勝手に出て行き、近所のプチ・ゴールデン街、大須賀町にあるお好み焼き屋、金ちゃんに通っていました。

ここのお好み焼きは本当に美味しかった。それも肉玉そばシングル、450円。いつも食べるのがダブルで、それでも550円。線路沿いのさびれた路地裏に、1軒だけ暖簾を出して商売している様は、当時365日外食していた僕の「安くて旨い店」の嗅覚に真っ先に引っかかりました。

僕の記憶が間違っていなければ、入り口のドアに金ちゃんと書かれており、金の文字にツノが生えていたはず。店内はかなり狭く、鉄板を囲う形でマックス6名。後ろに待ち用のボロいオフィス・チェアが2脚。便所は和式のポットン。ちっちゃな本棚にヤクザ漫画『白竜』が置いてありました。僕の行く時間には、決まって水谷豊主演の刑事ものドラマ『相棒』の再放送が流れていたのを憶えています。

白いとっくりのシャツに黒いエプロン、白髪でオールバックの70過ぎのおっちゃん。何度行っても愛想の一つもなく、ず〜っとテレビに夢中。僕が「そばのダブル（肉玉そばダブル）」と注文すると、鉄板には目もくれずテレビに釘付けのまま卵を落とす。「ペロッ」と頼りない音がするのですが、それが最高で。脱力具合が神懸かっていました。傍から見ていると「なんちゅう雑なお好み焼きなんじゃ」と言いたくなるほどテキトーな形。不揃いに切られたキャベツはどう見ても安モンっぽいし、ソースにしても他の店はこだわって色々ブレンドしているらしいが、ここのはどこにでもあるただのオタフクソースにしか見えない。しかも自分でかけるスタイル。焼きあがったらソースと一緒に謎の粉末を2つ渡されるのですが、1つは一味。そしてもう1つはニンニク・パウダー。女性客が来るたびに、「バイアグラじゃけぇ、これかけたら夜元気になるで」と決まり文句。そしてトドメに「ワシも昔はよう稼いだんじゃけどねぇ、遊んでみなつこうてしもうた」との事。まっ、見るからに元遊び人風ですね（笑）。

これだけ適当なお好み焼き屋なのに、ほんっとうに美味しかった。あまりにも雑な形だったので、ある時「なんでそんな形に焼くんですか？」と尋ねたところ、「いや、これがホンマのお好み焼きじゃけぇ。お好み焼きは戦後、食うもんが無かったけぇ、何でもかんでも焼いていったんじゃけぇ。これは戦後すぐの焼き方なんよ。今はみんな、綺麗に丸ぅ焼いとるけど、あれは最近の焼き方じゃけぇ」とのこと。まさかあの脱力具合にそんなこだわりがあったとは！　完璧に脱帽!!　そして、こんなところで廣島文化の最深部にぶち当たるとは……。まるで、おっちゃんが酔拳の達人のように見えました(笑)。正直、僕は金ちゃんでお好み焼きを食べるまでは必ずマヨネーズを付けて食べていたのですが、ここのはあまりにも美味しかったのでマヨネーズを付ける必要がありませんでした。そしてマヨネーズをかけずにお好み焼きを食べる事が、このおっちゃんへのリスペクトの証しでもありました。

結局、広島には半年いただけ。その後2年間、福山に戻ったのですが、レコードと古本、そして金ちゃんのお好み焼きを求めてよく広島に行きました。行く前に必ず電話してやっているかどうか確認していたのですが、ある時から営業日であるはずなのに休みがちに。その後しばらくして電話がいっこうに繋がらなくなり、閉店を確信しました。ちょうど愛友市場が閉鎖したのと同じくらいだったと記憶しています。

大好きだった駅前の闇市跡が、再開発と共に消えていったのは残念でなりません。金ちゃんの無い、そして愛友市場の無い広島駅前に、いったい何の魅力があるのでしょうか？

*053*

# 限りある時間を慈しむ

ヴィヴィアン佐藤
（ドラァグクイーン／美術家）

「二度と行けないあの店」は山のようにある。

むしろもう行けないお店のほうが人生においてはるかに多いはず。店が潰れてしまったり再開発で立ち退かされたり。店主やスタッフが亡くなったりどこか行ってしまったり。色々理由はある。いやむしろもう物理的に行けなくなって、店は初めて完成されるのかもしれない。「殿堂入り」というような。

私は潰れそうな店、流行っていない店、傾いている店、汚い店のほうが好きだし、イケイケドンドン盛り上がっている店やイベントなどはまったく興味がない。東京は日曜日の夜が一番良い。人も車も少なく、開いているお店も少ない。日曜日の深夜、幽霊が出そうな街が好きでたまらない。だから金曜日や土曜日の渋谷のスクランブル交差点は宇宙一憎んでいる。

ドラァグクイーンの私に、地方の町興しの仕事がここ最近舞い込んでくる。しかし誤解を恐れずに言うと、いまにも死にそうな街、どうしようもなく現代から取り残されている地域は嫌いではない。むしろ大好物だ。人影がないシャッター商店街、流行っていない古い喫茶店、かつて労働者が行ったであろう定食屋、中華屋、一体どうやって経営しているか謎のマダム洋品ショップ……。

前置きが長くなってしまったが、「Neverland Diner」の食事処といえば、やはり飲み屋を挙げなくてはならないだろう。それも横丁にある飲み屋。横丁の飲み屋とは、お店が単独であるのではなく、その一角がひとつの星雲のように繋がっている。一軒ずつではなく、スバルのような星雲としてのネオン群。

そういう横丁が街には欠かせないはずなのに、フランチャイズの均一主義や目先の経済優先の再開発によって、どんどん無くなっていく。だからこそ、いずれ無くなるであろう気配が漂う、寿命や残された時間を感じる店やエリアに身をおくこと。その歴史や残された時間に埋没すること。有限を慈しむこと。そのようなことを感じることができる場所が、たまらなく愛おしいのだ。

そう、私がドラァグクイーンを始めたキッカケを、この場で語ろうと思ったのだった。

建築を勉強しはじめた地方の大学生だった頃、唐十郎のテント芝居や大駱駝艦など舞踏の「演劇すること」にとても失望していた時分に、アルバイト求人誌でゲイバーの広告を見つけた。携帯のない時代だったから、そこに書いてある電話番号にアパートの固定電話から、恐る恐る「ゲイバー経験もない一大学生ですが、是非働いてみたい」旨の話をした。そうしたら、生まれて初めて聞く声色の人が出て、「明日の昼間にでも、まずは会いにいらっしゃい」と言われた。

訪ねた場所は高級ニューハーフショウパブだった。飲み屋街にある飲み屋ビルにあるお店だったが、昼間のビルには人気(ひとけ)がまったくない。店内の高級ソファにはタバコの焦げた痕、高級なお酒が溢れ蒸発したような匂い、アイスボックスや冷蔵庫の電気音がやけに響いていた。

そこで出逢ったのは、アングラ演劇やアングラ舞踏よりもさらにアングラで、しかも「演劇」ではなく「現実の生」を生きている人たちだった。人は様々な演技をしながら生きていると言われているけれど、幕が上がって下がる間の束の間の物語ではなく、それはもっともっと根源的な物語であり演劇だった。いや現実だった。自分が探していたものをやっと見つけた思いで、私はゲイバーの世界にすぐさま身を投じた。

そのオーナーママがニューハーフのＥＬＬＥさんで、私の「ヴィヴィアン」という名付け親であり、かつてはショウパブ「黒鳥の湖」や「プチシャトー」に在籍し、写真家・渡辺克巳さんのモデル、そしてツバキハウスでも活躍した、元祖ドラァグクイーンとも言うべき伝説の存在の方だった。

彼女の教えや生き方が、いまの私をつくってくれた。当時は上岡龍太郎のニューハーフブームが大阪で起き、テレビでしょっちゅうニューハーフの特番が組まれた時期でもあった。しかし、テレビで見せられるような紋切り型の価値観──「女性になりたい」「(マスコミ受けするように)綺麗になりたい」「お金持ちになりたい」──などというものとはまったく異なる、「独自の美意識を持つこと」「美醜の共存」「両性具有的な危うさ」「粋」といった本質を、ＥＬＬＥさんは教えてくれたのだった。

すぐに採用が決まり、その店で働くようになったが、薬物問題や窃盗、違法賭博などでスタッフが次々と逮捕され、地方のお店ではあったがワイドショウにも取材されて、あっという間に閉店。それから数年のあいだにELLEさんは自身でお店を何軒か持ったり手放したり……その都度お店に呼ばれ手伝ったり、イベントを組んでくれたり、そんな関係が10年以上続いた。

しかし、そのELLEさんが亡くなってもう8年。震災の年。ELLEさんも私と同様に東北出身。青森陸奥だった。

彼女はもうこの世に居ないし関わったお店はいま、ひとつも残っていない。独特な声も聞くことは出来ない。

お酒の場は一期一会。

限りある場所や時間に身を投じること。だからいつだって、お酒の場は二度と行けない場所なのだ。

054

# 父と煮込みとバヤリース

とみさわ昭仁
（ライター）

東京は森下町に、その店はある。もつ煮込みの名店として、いまも連日大賑わいで営業を続けている。だけど、ぼくが行きたかったあの店は、もうそこにはない。

ぼくが生まれ育ったのは千歳町という町。墨田区の下端にあって江東区と接するところ。そこに親戚のおじさん（吉田佐吉似）が経営する運送屋があり、父はそこのトラックドライバーだった。会社のすぐ裏には木造一軒家の社宅があり、ぼくら一家はそこを借りて住んでいた。

父は夕方に仕事を終えると、まずは銭湯へ行って汗を流す。それから帰宅して夕飯を……と言いたいところだが、無類の酒好きなのでまっすぐ帰宅することはせず、近くの酒場で一杯引っ掛けるのを日課にしていた。その間に母が夕飯の支度をする。いい頃合いで父を呼びに行くのは、ぼくの役目だ。千歳町の自宅からとことこ歩いて森下町へ。清澄通りを渡って交差点のすぐそばにある、煮込みともつ焼きくらいしかない狭い店。父はいつもその「山利喜」という店で飲んでいた。

東京三大煮込み、というのを提唱したのは太田和彦さんだったか。北千住の大はし、月島の岸田屋、そして森下の山利喜。もつ煮込みを出す店は都内でも数え切れないほどあるが、この三軒の煮込みは群を抜くうまさだと評判で、そんな東京三大煮込みを食べたいと願う酒飲みたちを惹きつけている。

成人して以降のぼくも、父譲りの飲兵衛になってしまった。だいたい毎日どこかで飲んでいる。つまみの中ではやはり煮込みが大好きで、名店と呼ばれる店にはだいたい足を運んできた。大はしにも行ったし、岸田屋にも行った。五大煮込みということになるとランクインしてくる立石の宇ち多にも行ったし、亀有の江戸っ子は週イチで通っているほどだ。

ところが、山利喜だけはなかなか行くことができなかった。小学生の頃は毎日のように顔を出していたというのに。

夕飯ができたことを知らせに行くと、カウンターの父は「あと一杯飲んだら帰るから、お前もやってけ」とバヤリースを注文してくれた。父の隣でコップに口をつけながら、煮込みを少し分けてもらう。まだ子供の舌なので、それをうまいと感じたかどうかはよく覚えていない。ただ、カウンターの上に柳原良平デザイン（アンクルトリス）の爪楊枝入れがあったことだけは覚えている。

名店の山利喜も当時はただの下町の赤提灯で、行列とは無縁の店だった。5歳から山利喜に通っていたなんて言うと酒飲みの武勇伝のようにも聞こえるが、ぼくがあそこでアルコールを飲んだのは、ほんの10年前が最初だ。仕事の先輩が森下に住んでいたので、打ち合わせついでに立ち寄った。できることなら、ぼくが初めて山利喜で酒を飲む相手は父であることが望ましかったが、そのときにはもう父は恍惚の人となっていて、外へ飲みに連れて行ける状態ではなかった。

先輩と山利喜で飲んだ酒は当然のようにうまかった。酒はどこで飲んでもうまいのだ。そして、煮込みはやはり別格だった。さすがは三大煮込み。大人になったいまはそのうまさも十分わかる。ガーリックトーストをもらい、煮込みの汁に浸して食べる。うまい。パルマ産生ハムのサラダなんてものもある。酎ハイに飽きたら、ワインだってある。気が大きくなった先輩と、フランス産の赤ワイン、エステルザルグ・コスティエール・ド・ニームのボトルをもらって空けたりもした。そりゃあうまいさ。でも……そういうことじゃないんだ！

煙の充満する山利喜のカウンターに父と並んで座り、電球の明かりの下で煮込みを
つつきながら一緒に酎ハイを飲む。
これが二度と行けないぼくのあの店。

055

# 凍った英国の庭に行った話

伊藤宏子
（季刊誌『住む。』編集長）

地べたを這う旅をしたことがある。ミレニアムを挟んでの10年間くらいだっただろうか。

東京・南青山の花店「ル・ベスベ」の高橋郁代さんと毎年つくっていたル・ベスベダイアリーのためにと称して、随分あちらこちら旅をした。

彼女は毎年約束するその1週間をとても楽しみにしていたと思う。独立する前から自分の店を持ったら行こうと夢見ていた場所を常々口にしていたのだった。

バラの咲く季節に英国を旅する、パリのお花屋さんを巡り実際に花束を注文してみる、イタリアのヴィラに泊まって撮影するなどなど。

旅行日を決定するのが大変なほど多忙なので、海外の花の旬を予測して旅行日程を組む係の私は毎年ドキドキしていた。

キングサリ（藤）を見にウェールズへ行き、見事な黄金のキングサリトンネルにどんぴしゃりでいきあたったあたりから少し自信をつけたのだが、実は見てみたい情景があると彼女が言う。それは1月の中旬から2月にかけてスノウドロップが咲いているところ。

スノウドロップは欧米で冬がもうあと少しで終わると告げる花。園芸に関しては趣味趣向に親近感を抱く英国だが、彼の地でとても愛されていて、栽培条件の相性がさほどよくない日本ではあまり目にしない花がいくつかある。垂れ下がる形状が好きなのかフクシャとスノウドロップが、郁代ちゃんにとっては憧れの花であった。「同じようなスノーフレークは育つのだけどスノウドロップはだめなのよ、イギリスでは地面にびっしり咲くらしいの」

1月後半、ロンドン近郊の鉄道のある無人駅に降り立ったのは私たちふたりだけだ。スマホもグーグルマップもまだ手にしていない時代に私たちができることは、電柱に貼られたタクシーの番号にかけ駅に迎えに来てもらい、お目当ての庭まで乗車。庭が本当にオープンしていてスノウドロップを見ることができることを確認してから、タクシードライバーに何時にまた迎えに来てほしいと必死にお願いする。驚くべきことにこのリスキーな方法は一度の失敗もなく、約束の時間の10分前に出口に向かい恐る恐る見回すと、朝乗ったタクシーのおじさんやおにいさんが必ず車を寄せて待っていた。さしたる笑顔もなく心配なのはこっちだよと言わんばかりの風情で。
7、8センチもない高さのスノウドロップは下を向いて花を咲かせる。どうしても花の花弁のなかを見たいと言葉通り地面に這いつくばる郁代ちゃんの傍でぼーっと立っていた自分をよく覚えている。どちらの姿がより奇妙に映ったかわからないが、だだっぴろくて寒々しい庭ばかりを歩き続けたその1週間でわかったことは、イギリスの園芸好きはスノウドロップをとても愛していて、冬がいつまでも続くわけではない証しと待ち望んでいること。でもまだまだ絶望的に陰鬱な風景で咲くということ。
凍った大地に這いつくばる郁代ちゃんは例年に増して大興奮状態で、時々顔をあげて「何時まで大丈夫？　まだいい？」。

毎日の庭滞在で冷え切った身体でロンドンに戻り、その足で立ち寄るパブがあった。ポンドが180円近くする頃だったから、ロンドン駐在単身赴任中の兄のアパートに泊めてもらい、庭巡りにはなるべく公共交通機関を使うことにして、最後の近距離をタクシーで移動するという動き方を覚えて数年このパターンでイギリスに通っていた。ハムステッドヒースの西の端っこあたりのはずだ。
住宅地にあるその店は当時のイマドキパブで、いまでは当たり前になったがワインをいろいろ取り揃えていたり、若い店員が揃いのシャツを着ていたりした。その頃流行っていたガストロパブや観光名所のシャーロキアンパブ、銀行を改装したパブなど兄にあちこちに連れていってもらったなかに、近所のパブというのにも行くかいと訪れた普段着パブ。

あのパブほど、気に入っていたはずなのに何も思い出すことができない店はない。覚えてるか兄に聞いてみたら、あったっけ？　どこだっけ？ともう名前も場所も忘れてしまっている。毎晩その日のことをメモしていた郁代ちゃんのノートにはきっと書いてあるに違いないのだけど。

いつものコーナー席に陣取り、マイブームであったバンガーズ&マッシュを毎日頼む私を笑いながら「食べやすいよね」と彼女の最大級の誉め言葉。「それって誉めているように聞こえないよ」と諭すのだけど、素知らぬ顔でウェイトローズで買った本日のみっけもんをテーブルに並べていた。ウェイトローズはロンドンに何店舗かあるこぎれいなスーパーだ。パッケージもオリジナルのデザインでスタイリッシュ。お土産も全部ここで買っていた。その年は駅、庭、スーパー、パブで旅の時間を使い切った。

5年前に彼女は病を得てあっという間にいなくなってしまった。人のことはいつもいろいろ気配りをしていたのに、自分のことは全然ダメな亡くなり方だった。お葬式で帰り際に渡されたのは、あの日ウェイトローズで見つけた花柄パッケージの紅茶だった。「高橋が好きでしたので」としめやかに参列者に配られていた。

何種類かの花柄でフレーバーティーのどれを買おうかとウェイトローズの棚の下にしゃがみこんで悩んでいた姿と、いまはあちこちでみるクリッパーの小さな紙箱。あのパブを探し出して訪れたいという気持ちは、ない。店の名前や場所を忘れてしまったけれど庭巡りで泥だらけになった郁代ちゃんの膝や、見ることができたスノウドロップの驚くべき多くの品種やマッシュポテトのうえでとぐろを巻いていたソーセージ、謎の誉め言葉なんかが消えなければいいのだ。

スノウドロップの写真集のページを繰りながら、今年も思う。

# 056 再築される愛憎

理姫
（歌手／可愛い連中、ボーカル）

帰ればいいのに、私達にも一応明日があるんだから。って、明日っていうかもうこの後だよ。あ、やばい、ちょっとメンバーに電話するから待って。もしもし？いぇーい！ごめん、ちょっとマジ飲みすぎちゃったわ！

このように私はかつて自らがボーカルを務めていたバンド、アカシックのリハーサルをお酒のせいにしてよくサボっていました。

サボったっていうか、気がついたら行けなかったのです。

と言っても、それはもちろんメジャーデビューが決まる前の話で、私は20代の超前半。恋も友情も日々ギャリギャリに手を出し遊びまわっていて……。

リハーサルよりも、きっとなんだか忙しかったのです。いや、もうしょうがないと言うしかないです（それでも当時書き溜めていた歌詞がいまだにファンの方から好評なのが本当に救いです）。

当時私の生活の中心は、バンドではなく、伊勢佐木あたりのスナックでアルバイトをしお酒を飲み、歌謡曲ヒットメドレーをさんざんしてから、店に残った飲み足りない常連客と、「中華料理一番」とゆう24時間営業の中華屋へ行くというものでした。

もう充分に日も出て会社や学校などに向かう人の流れにヘラヘラと逆行し中華料理一番へ向かう私と常連のお客たち、店内に流れる朝のテレビを聞きながら氷を入れて飲む瓶ビール、なんでもない餃子、一応置かれる水、それがなんとも言えず楽しかったし、美味しかったのです。

その店にはよく通ったもので、私はそこで出来上がりきっては、フラフラと帰宅し夜まで寝てしまう、そして夜になればまたアルバイトへ。そしてリハーサルに行けない……そんな日々を送っていました。

椅子、テーブル、調味料の入れ物、皿、すべてがなんとなく雑で、おじいちゃん達が新聞とテレビを交互に見ながら、食事は控えめにずっと酒を飲んでいるような店。そして一応メインとしては中華なのだろうけど、まあメニューに節操がない。とにかくなんでも食べられる。ああ、そのせいか、私はこれが一番好きという決まった注文は瓶ビール以外には無かったようにも思います。

唐揚げが異常に熱くて、味よりも起きたときに口の中を火傷していることにショックを受けていたことを覚えています。それでもやっぱり、そこで過ごす時間はとても良いものでしたし、その頃の私にはかなり幸福の味でした。

アルバイトしていたスナックを閉めて中華料理一番に向かい始めるのがだいたい朝7時から9時、そこから瓶ビールが止まらなくてあっという間に正午。わけのわからない酔っ払いの話を聞き続けて気がつけば14時なんてゆうこともざらで、とはいえ、サボりながらもバンド活動を一応真面目に続けていた私は、そんな生活ばかりしていられなくなり、気がつけばスナックのアルバイトにほとんど行けなくなりました。そうしてそれは自然と、中華料理一番で酒を飲みながら日中を過ごす習慣をさっぱり崩壊させてしまったのです。

もともとスナックからの流れで行っていたし、普段一人ではあまり外食をしないのもあり、なんだか再び行く機会も無く、数年経った去年か一昨年か、店は閉店しました。

今は建物自体が跡形もなく取り壊され、そこだけぽっかり更地です。閉店の理由は知りません。

と、ここまで話してちょっと思うことがあるのです、何故私はあの店についてこんなに懐かしんでいるのだろう、きっと当時一緒にいた常連客や友人がこの話を知ったら、絶対他にもっとあるじゃん！どうして中華料理一番なの！うけるー！などと言って笑うに違いないです。

あの店で過ごした時間は絶対に惰性です。正直24時間営業で酒が飲めればどこだって良かったですし、昼過ぎまで飲んでいたら実はとっくに眠たかったです。

そうゆうお店だったはずなのに、どうして今になって突然寂しさを感じているのか。

何より私にとってあの店はもう戻りたくない日々の象徴でもあります。

アルバイトと駆け出しのバンド活動との両立はやっぱり疲れました。そんな中適当に酔っ払って中華料理一番に流れるのは、先の怪しい日々から敢えて目をそらすような気分で過ごした、一瞬の幻で、途方に暮れないための一時的な放棄だったのです。それをわかりながら酔っ払うのは楽しさの後に不安と悔しさが必ずあって、たくさん泣きました。

先日噂で、無くなった中華料理一番は違う場所にあった系列の店と合併して今また営業をしており、なんなら取り壊した更地に再び中華料理一番をリニューアルオープンするとゆう話を聞きました。

いいよ、しなくて、
いいんだよ、無くて、
気になってしまうじゃないか。
私は今、自分の中に中華料理一番がこんなに根強く潜んでいたことを知って、なんなら愛おしく思えてきて、せつなくて、正直ちょっとどうしたらいいのかわからないのだから……。
この気持ちに気がついてしまって、思いがけない親密さに、結構恥ずかしいのだから……。

でもやっぱり、あの時の何か、なんだかわからないけれど、あの頃のような繊細な事情が揃わない限り、二度と行くことはないでしょう。
あの店で飲む瓶ビールは本当に美味しかったけど、別に二度と行けなくていいのです。

057

# ハマーの味

大井由紀子（編集業）

初めての台湾行きは『牯嶺街（クーリンチェ）少年殺人事件』のリバイバル上映を観たあとだから、確か１９９８年。隣町に行くくらいの気軽さで台湾に通い始めてからは２０１９年現在で12年ほどになる（ここ数年は手元不如意と円安も手伝ってそうも行っていられないが）。もっと頻繁に台湾に渡り、より深くかかわっている人は身近にもたくさんいる。私はこの間、一貫して旅行者だった。中国語も情けないほどに上達していない。

そんな旅の目で見てもこの10年で台湾は変わったと思う。２０１４年のヒマワリ運動やその後の政権交代など政治はもちろん、経済でもひとり当たりのＧＤＰで日本を追い抜き、町には洒落た飲食店や雑貨店が目立つようになった。日本統治時代などの古い建物をリノベーションした施設も次々に出来、紙もののデザインや本の装丁はみるみる洗練され、インディーズ系の書店も増えた。町なかで流れる音楽もJ－POPからK－POPに変わった。台北の観光がらみでいえば、士林夜市の「美食区」は地下に潜り、商売の神様がまつられる「行天宮」では線香の使用が禁止された。公共の建物は全面禁煙となり、大陸からの観光客が増え、MRT（地下鉄）路線網は拡大した。

旅の仕方も変わった。航空券や宿は実店舗からネット手配へ、携帯電話がスマートフォンになって、ガイドブックや地図も持ち歩かなくなった。羽田からアクセス至便な松山空港への路線も復活。雑誌で続々と特集が組まれ、人気の渡航先になったからか、往復航空券も昔のように19800円などでは手に入らなくなった。円安で現地の物価も10年前の1・5倍くらい高く感じる。

日本の景気後退と前後するかのように、台湾の店の日本出店は増えた。2013年開店の「春水堂」代官山店や、表参道の「微熱山丘」、2017年の「MeetFresh鮮芋仙」の赤羽出店などはまわりの台湾好きのあいだで話題になったが、最近では多すぎて追いかけきれない。「Gong cha（貢茶）」は日本だけですでに数十店舗、新宿西口ハルク店などでは冬になっても行列が出来ているし、渋谷にはタピオカミルクティーの飲める店が20軒以上あるという。朝ごはんの定番、豆漿と油条（豆乳と揚げパン）が五反田で食べられるだなんて隔世の感がある（でも嬉しい）。好きで聴いている台湾のシンガーソングライター・盧廣仲（クラウド・ルー）のアルバムの日本語版が出たのもここ5年くらいのことだ。

それでも台湾での過ごし方は変わっていない。台北か台南か高雄を拠点にして、清の時代や日本統治時代の古い建物が多く残る老街を散策するか、町なかだと1960～70年代のマンションが建ち並ぶ、例えば台北の南機場あたりを歩いてまわることが多い。好きな台湾も変わっていない。屋上にはプレハブ小屋、窓には各戸が思い思いのベランダをあとづけしているマンション群（今は規制されていると聞く）。園芸好きが多いとみえて、古タイヤや発泡スチロール、ペンキ缶、ブロック塀など入れ物とあらば土を入れての軒先園芸があちこちに。ビルの配管も自由すぎるほどで、町をぐるぐる歩くだけで楽しい。

あとは台北市立美術館の展示を見たり、台湾でいちばん好きな本屋さん、淡水の「有河Book」のテラスから暮れゆく淡水河を眺めたり（ここには猫もいて長居必至だったが閉店してしまった）……。このお題にふさわしくないことに、食事は、ひとりの時にはそこらの水餃子屋か、何種類も並ぶ総菜から好きに選べる自助餐か、胡椒餅など屋台の立ち食いですませることが多い。でもそれが美味しい。

ほかにこの10年の変化は……と頭をめぐらすと、そういえば、まだ通い始めたばかりのころは町なかで本当によく迷った（中国語で迷子は「迷路／ミールー」、比較的初期に覚えた言葉だ）。そんな時、地図を片手に立ちつくしていると、年配の男性からよく声をかけられた。はっとするほど流暢、きれいな日本語で、「日本の方ですか」と聞かれ、うなずくと目的地まで案内してくれることもあった。同じ方向だからかと思うと、到着するや「それじゃあ」と颯爽と、もと来た道を戻っていくのだった。

当時も知識としては日本統治の時代があったことを知っていた。二手書店（古本屋）では統治時代の日本語の教科書も見かけた。でも「親日」などと軽々しくいえない50年という統治の年月の重さを実感し、その間の、そしてその後の台湾の複雑な歴史について詳しく知ったのはそれからだいぶあとになってのことだ。今はスマホ持参で迷うことも少なく、そうした機会もなくなった。もっと聞けたことがあったはずなのだ。「日本のどちらから？」といった、どこか懐かしさにもみえる表情を浮かべての問いかけに戸惑い、ただ質問に答えることしかできなかった。

本当に何も知らなかった。こんなこともあった。その時もやはり高雄の港近くで迷っていた。少し薄暗くなり心細くなったころ、タクシーが通りかかった。ままよと止めて、宿の近くまでとメモを広げると、振り返ってにーっと笑ったゴマひげの運転手の歯が真っ赤だった。わっと心のなかで叫び声をあげて、飛び降りたほうがいいかと一瞬、思った。その血に見えた歯の赤さの正体がビンロウ（檳榔）という、植物性の噛みタバコ（合法ハーブ）のせいだろうとは、知人に聞いてあとで知った。いわれてみれば、蛍光灯を何本も放射状につけた檳榔屋があちこちで目につくことに初めて気がついた。郊外ではミニスカートのお姉さんがピンクや緑の電飾の灯る店で売り子をしている。道にもガムのように、吐き捨てられた実の赤い染みがそこら中に残っていたのだった。

それから数年後、やはり友人と町をうろうろと歩き、地下鉄駅からだいぶ離れたところにいた。所持金も少ないからとバスを待った。しかしバスが来ない。その停留所の前に檳榔屋があった。高級住宅地といわれている天母のあたりに似つかわしくない店構え、短パンにビーサン、白のタンクトップが丸いお腹の途中でつかえた店主とおぼしき中年男性とその連れが、店先のデッキチェアに浅く腰かけ話しこんでいた。

その長い待ち時間に友人が、私、買ってみたいと檳榔屋のおじさんに声をかけた。ジップロックのような袋に葉で巻かれた緑色の檳榔の実が6個ばかり入ったのをおじさんが奥の冷蔵庫から出してきた。お代は100元札（約350円）でお釣りが出たと思う。それからしばらくしてもバスは来ず、店主からどこへ行くのだと中国語で聞かれ、台北駅のあたりだというと、ちょっと待ってろとどこかへ消えた。ふと気づくと、黒光りする巨大車ハマーが横づけにされた。見上げると運転席にタンクトップの檳榔屋が乗っている。連れて行ってあげるよとおじさんはいう。わーっと恐れをなして、大丈夫大丈夫、違うバス停にいってみると後ずさりながら必死に辞退した。そうかあ？乗っけてってあげるのに、とハマーはそのまま走り去った。

その夜、宿で友人から檳榔をひとつもらった。最初はふわっと酩酊状態になるらしいと聞いていた。それはこわい。端っこのほうを少し噛んでみた。苦い……？　ハマーに乗れなかった私は、その繊維の味を確かめる間もなく、すぐに洗面台に吐き出した。店のあった場所も今やおぼろ、前歯と舌先だけの一度きりの味の記憶も宿の水道管に消えていった。

*058*

# 飯能、おにぎりと磯辺餅だけの店

古賀及子
（会社員）

なにを頼んだらいいのかまるでわからない。メニューをなんどみても見当がつかずどうしたものかとても困惑した。店は埼玉県の飯能駅に近い商店街にあった。店名や詳しい場所は覚えていない。

私は小学五年生で、放課後だったか休日だったか、その日ははーちゃんという同級生の女の子と一緒だった。

もともとは文房具を買いに行こうとはーちゃんに誘われたのだ。電車に乗って飯能駅で降り、文房具もたくさん扱っている書店に向かった。県道70号沿いにある路面の大きな書店で私は初めて行く店だった。中に入ると一階と中二階がある造りで中二階に行く階段が一階の壁に沿うように取り付けられている。外観からは全体が鉄筋コンクリート造りのようにみえたが床も階段も木でできていて、階段はのぼるとミシミシいった。

私は興奮して、変わった造りだね、というようなことをいった。はーちゃんは「私もはじめてだから探検しようか」と木の階段を走ってのぼって二階に行った。

はーちゃんは生まれも育ちもこのあたりで飯能のことにはとても詳しい。書店に来るのも初めてではなく、初めてだといったのは私を茶化したのだとすぐわかった。それなのにはしゃいでしまって恥ずかしかった。私は神奈川県の相模原市から引っ越してきたばかりだった。はーちゃんは友達では、まだなかった。

文房具を買ったあと、はーちゃんがなにか食べようと連れて行ってくれたのが商店街の店だ。チェーン店でないそば屋のようないかにも個人経営の雰囲気の店で、入ってすぐの二人がけのテーブルに腰かけるとおばさんがお茶を持ってきてくれた。

はーちゃんが「なに食べる?」と聞くのでメニューをみる。メニューにはおにぎりが数種類と磯辺餅が並んでいた。それ以外のメニューが思い出せない、というか、なかったように記憶している。メニューはおにぎりと磯辺餅だけだった。

これは、なにを頼むのが正解なんだろう。私はどうしていいかわからず黙った。

引っ越すまでは友達と電車に乗って街まで買い食いに行くようなことがそもそもなかった。これはもう少しあとになって知ったが、引っ越した先の埼玉県の小学校の子どもたちは勉強も運動も以前通っていた神奈川県の小学校の子たちよりみんな一回りか二回りはよくできた。

転校前の小学校には五年生でまだ顔をプールにつけられない子がいた。転校した先の小学校にはそういう子はひとりもおらずほとんどの子はよく泳げた。25メートルをクロールで泳げないと中学校に進級できないといううわさが立っていた。

新しい小学校の子たちはみんなファッションにこだわりがあり芸能情報に強く性的な知識ももう十分あった。以前の学校の友達よりもぐっと大人に近かった。

私はこれまでの学校のレベルで考えても勉強や運動ができない方だった。ファッションにもうとい。テレビを夜まで観せてもらえない家で育ち芸能人のことはほとんど知らず、性的なこともなにもわからなかった。泳ぎはけのびしかできなかった。

せめて兄か姉でもいればそれらしい情報をすくって蓄えることもできたはずだ。が、私は五人きょうだいの長子なのだ。

そうだ、この頃はまだきょうだいは四人だった。あともう一人、二年後に増えることになるのを五年生の私はまだ知らない。本当になにも知らない子どもだった。

この圧倒的なおぼこさでもって入った店、同行者は大人びているうえ友達とよべるほど親交が深まっておらずしかもメニューはおにぎりと餅だけ。店の様子とメニューの少ない行数、困惑の記憶だ。

やっと「磯辺餅にしようかな……」というと、それ四個セットだけど大丈夫?とはーちゃんがいう。多い。振り出しに戻った。振り出しといってももう選択肢はおにぎりしかない。

一度おばさんが注文を取りにきて、考えるのでもう少し待ってくださいといった。

結局なにを頼んだのか、鮭のおにぎりを食べたような印象がギリギリある。はーちゃんが頼んだものはまったく覚えていない。

店があった商店街の場所はわかっていて、調べると昔からある甘味処が今もあるようだ。食べログをみると団子やかき氷の写真が上がっていた。あの店ではない。ほかにおにぎりと磯辺餅を出しそうな店は見つからなかった。

はーちゃんとはその後ほんのちょっと友人同士らしくなったが仲良くはならなかった。はーちゃんはイケてる側の女の子で、私はそうではなかった。

私は奥川さんという女の子と仲良くなった。飯能には奥川さんとも遊びに行った。丸広というデパートの一階にマクドナルドが入っていて、奥川さんがプリペイドカードを持っているからとおごってくれたことがあった。

マクドナルドには今でもいつでも行ける。でも奥川さんにおごってもらったのはモカ味のカップアイスで、これももう食べられない。

# 059 祇園の片隅で

いぬんこ
（絵描き／絵本作家）

やたらおもろうて悲しゅうてわけわからん美大時代――そんな日々を、私は京都の下宿の四畳半で過ごした。

神社や仏閣などにはまるで触れず、オールナイト上映やアングラライブ三昧の日々。

当然のことながら、金が尽きる。下宿代として仕送りしてもらった分では全然足りない。遊興費を稼ぐために、バイトも色々こなしていた。せっかくするなら面白げなのをと、美大に貼り出されたバイトから、似顔絵描きや映画撮影所のエキストラ、忍者村のクノイチなんかをしたうち、比較的普通（?）な鉄板焼き屋のバイトをはじめたのは、場所柄からか時給が良かったという理由からだった。

きらびやかな祇園のややはずれの雑居ビルの地下に、その鉄板焼き屋はあった。

フラフラと迷い込んだ観光客を狙った、少しみやびな暖簾をくぐって入ると、中はそっけない内装で、大きなL字の鉄板ではなく普通のカウンターがあって、内側に鉄板の机がある。そこでオーナーのおじさんがたまに焼いたりしていたが、ほとんどは、右の奥の調理場で料理人さんが焼いていた。バイトの私はその調理場の入り口あたりで、お盆を持って料理ができるのを待っていた。

店内には、その心も体型もおおらかなオーナーの中年夫婦と、手伝いの身内らしきおばちゃんと、羽振りの良さげなゴルフ焼けしたなぜかずっといる常連のおっちゃん。そしてパンチパーマの料理人、それにバイトの私。今考えても大して忙しくない店だったのに、だいたい6名ものスタッフ（?）がいて賑やかだった。

「暇な時は座って漫画でも読んでて、ええんよ」といわれ、お客さんがいない時は、カウンターに全員座って、オーナー達はわいわい喋って、料理人は漫画を読み、真面目な私はひたすら紙ナプキンをチューリップ型に折っていた。その様子を、ガラス扉越しに覗いて「なかなかの繁盛店だな」と勘違いして観光客が入ってきたら、「いらっしゃいませ！」と常連のおっちゃん以外が、全員立ち上がるのだった。

メニューはあまり覚えてないが、ほとんどの注文がお好み焼きだったのでそれがメインだったと思う。なぜか料理人さんの手が回らない時には、バイトの私が焼くなんだか不定形なお好み焼きを結構なお値段でお客さんに出したりもした。そのうちタコ焼きも焼いてみたら、とゆう事になり、できたものを自由につまんでいた。しかしタコ焼きは、なかなかうまく焼けず、そもそもうまく焼こうとする気持ちもなく、ただ腹を満たすためだけに焼いては食べ、常連のおっさんに「なんやここでバイトする子ぉ、みぃんなタコ焼きみたいな顔になってるやんか」と言われるほど、むくむく肥えていった。

夜になるとカウンターでは常連さん達が、グアム旅行行くだのビルを買うやで盛り上がり、よくお土産をもらったりもした。奥では料理人さんがタバコを吸って漫画を読んでいた。細身にピタとした白いカッターシャツに革靴、よくみると顔は和製シド・ビシャスだがパンチパーマが似合いすぎてどうみても30前後。それが同い年と知ってびっくりした。

ただ、そのシド似の料理人が作るまかないの炒め物やお好み焼きが、味音痴な私でも「わかる」位の美味しさだった。その辺の店のようなモッチャリしたものではなく、出汁の風味の効いた、甘えのない上品な味で、なんとゆうか高級な味がしたことを覚えている。オーナー夫婦が、知人から紹介してもらった料理人だと自慢げに話していた。その昔は料亭で働いていたということなので、それなりに美味しいものをその店でも出してたんだろうと思う。そもそも値段が高くて客として食べることはなかったが……。

深夜の電車の帰り道、何度か料理人シドと一緒になった。彼が年上の彼女と同棲しているアパートが、私の下宿と同じ方面だったのだ。中卒からの料理人とアホな美大生の私とでは、あまりにも共通項がなかったが、そこは同い年ながら大人対応のできる彼が、全く興味のないであろう絵を描くことについて聞いてくれたり、料理人の世界の厳しさや夜の店のエゲツなさを面白おかしく聞かせてくれた。

やがて、彼は次第に休みがちになり来なくなり、私もバイトに入ることもなくなり、その後その店はなくなってしまった。

京都を代表する祇園にあって、なんともいい加減でゆるい空気がとても心地良かった。中でもあのパンチの効いた料理人さんのことを細かく思い出すのは、彼の話に古い映画ひとつぶん位の夜の世界を感じて、少し憧れてたのかもしれない。「自分の店を持つ、とかの夢はないわ」と言っていたが、今はどうしているのやら。

そんな、かつてのたこ焼き娘が記憶の底より思い出した、二度と行けないお店の話。

060

# カリブサンドだけは、今でもほんとうのまま

飯田光平（編集者）

どこにあるのか、どんな名前だったか、自分はそこで何を食べたのか。その詳細を、ほとんど覚えていない店がある。

でも、ひとつだけ、おぼろげな記憶の中ではっきりと輪郭を持ったイメージある。ボリューム満点のサンドイッチを頬ばる、あさぐろの先生。その料理は、たしか「カリブサンド」なんて名前だった気がする。

小学校高学年から、塾に通いはじめた。特に勉強への熱心な思いがあったからではなく、「塾に通おうと思うんだ」という

友達に連れられて通うようになったそこは、とても地味な場所だった。

駅の近くの、アパート2階。屋外に設置された階段を上ると2つの部屋があり、一方は先生の住居、もう片方が僕たちの教室。階段の覆いは、雨風と時の流れでボロボロになっていた。

外国人（おそらくアメリカ）と日本人を両親に持つ先生は、日に焼けていて、髪は少しカールし、その筋肉でTシャツを大きく膨らます、シュワルツェネッガーのような人だった。

塾の人数は、ひと学年に数人程度。その上、勉強がとても苦手だったり、学校でいじめにあっていたり、教師から「お前はもうどうにもできないから、あそこの塾へ行きなさい」と告げられた不良だったりが集うその塾は、子供心にも「ここは少し、異様だぞ」と感じ取れる場所だった。

僕は、目を見張るほどの成績ではないけれど、そこそこ点数は取れる子供だった。5段階評価の4を安定してゲット、という感じ。なので、へらへらとしながら要領よく立ち回る。そんなクセがついていた。

しかし、先生はおそろしいほど真っ直ぐで、〝やりすごす〟ことを許さない人だった。

ある日、宿題に手をつけずに塾へ向かった。たいした内容ではなかったし、遊ぶのにかまけてえんぴつを動かす時間がなかっただけだ。

まぁなんとかなるだろう、という心地で、申し訳ない表情をつくりながら宿題を忘れたことを報告する。すると、先生は静かに「なに」と言った。

先生が怒りに満ち満ちていることを、すぐに体で実感する。声を張り上げるでもなく、黙ったままだけど、ジリジリと部屋の気圧が下がり、息苦しくなっていく。

そして、

「飯田くんが、この塾で学び続けたほうがいいのか、よその塾に行ったほうがいいのか、隣の部屋で考えてくる。この部屋で、自習しながら待っていなさい」

とだけ言い残して、部屋を出ていった。

先生が生徒をやめさせる。今思えば、ありえない塾だ。

そしてまた、それは生徒をやる気にさせるための、たんなる脅し文句でもなかった。

事実、先生から通告されて去っていった生徒は何人もいる。

その判断基準はシンプルで、「交わした約束を破った」ということ。

泣きそうになりながら、先生の帰りを待っていた。先生は間を置いて戻ってくると、「もう一度だけ、やってみよう」と言って、その日の授業はいつものように始まった。

先生は、厳しくはあるけれど、無闇に人を怖がらせる人ではなかった。気前がよく、サービス精神もあり、僕たちをよく旅行に連れて行ってくれたことを覚えている。スキー、海水浴、ディズニーランド。どこに行くにも、先生がレンタカーを借りて、塾の前に集合。それが、ルーティンだった。


そう、先生はルーティンを厳密に守る人だった。

特に覚えているのは、伊豆旅行。


先生は借りたレンタカーに、2枚だけCDを持参する。毎回、同じ2枚。サザンオールスターズと、加山雄三のアルバムだ。助手席に座った僕は、好きだったサザンばかりをかけるけれど、どうやら加山雄三がお気に入りだった先生に「飯田くん、サザンはもう終わり」とよく言われていた。

合宿場所も、いつも同じ民宿。

玄関先に大きな白い犬がいて、こちょこちょとくすぐるように撫でていると「大きな犬は、思いっきり撫でてやらないとわからないんだ」と言って、先生はその両手でブラッシングするようにガシガシと触っていた。

海水浴場もいつも同じ、そして、お昼ご飯を食べに行く場所も同じだった。

ああ、いったい、どんな店だったろう。

何度も行ったはず、何度も「またここだ」と思ったはずなのに、その外観やメニューがすっぽりと頭から抜け落ちている。

でも、先生がボリューミーなサンドイッチを食べていたことだけは、覚えている。

カリブサンドだ。


「先生は毎年ここに必ず来るから、何も言わなくても量が倍になるんだ」


ほんとうに？

店員さんと親しげに話したところも見なかったし、注意深く食後のレジ会計を見ていたけれど、あっさりしたやりとりだった。

ただ、たしかに先生のサンドイッチは大きかった。周りを見渡しても、ひとりだけ倍増されたカリブサンドが皿の上にのっている。

今でもその言葉を完全には信じきれていないけれど、その光景と、先生が愚直に守る習慣のことを思うと、冗談だったと流しきれない自分がいる。


その、合宿でのことだった。

ある年、就寝前に先生も交えながらUNOで遊んでいた。そこで僕は、ほとんど自分の思い通りにゲームを進行させていたのに、最後の最後にしょうもないヘマをして負けてしまった。たかがカードゲームではあるけれど、負けず嫌いの自分はそれが悔しくて悔しくて、しょうがなかった。

その合宿の帰り道、耳に慣れてきた加山雄三を流しながら、僕は先生に「昨日の夜、ほんとうは自分の勝ちだったのになぁ」と話しかけた。心底悔しいと思っていることが伝わると恥ずかしいので、ちょっとはにかんで笑いながら、やれやれといった感じで。

すると、ついさっきまでニコニコとしていた先生がキッと真顔になって、「それは、違う」と強く言い放った。

「飯田くん、それは違う。〝ほんとうは〟なんて、ないんだ。飯田くんは、昨日ゲームで負けた。それが、ほんとう。実際に起こったことだけが、ほんとうなんだ。〝ほんとうは〟なんて、ないんだよ」

思わず、ひるんでしまった。ふざけた調子で放った言葉に、そんな真正面から、こちらを見据えるように断言されるなんて。

恥ずかしくて、みじめで、そんな気持ちが露呈しませんように、と願いながら帰路に着いた。

今でも、こんなはずじゃなかった、と苦々しく思うときは先生の声が聞こえてくる。

「飯田くん、起こったことだけが、ほんとうなんだ」と。

大人になってからこそ、先生のことをよく考える。

人との約束に対して真剣だったこと、絶対に変わらないルーティン、車中でキッパリと言い放たれた言葉、たっぷりのカリブサンド。

思い出そうとするのに、とても断片的な記憶しか引き出せないことに、ちょっと情けない気持ちになる。先生が連れて行ってくれる場所、教えてくれることを、僕はのほほんと受け止めるだけだった。

それでも、先生に投げかけられた言葉のいくつかは、いまだにトゲとなって僕の体に刺さっている。今でも痛くて、そして、とても大事にしているトゲ。

一緒に過ごしたはずの、たくさんの時間。

その多くはおぼろげだけど、それがとても大切な日々だったことを、僕は今さら確信している。

あの、二度と行けない店のカリブサンド。

名前も場所も記憶の澱(おり)に溶けてしまったけれど、肉厚のサンドイッチを頬張る先生の姿は、僕にとって、とても、ほんとうの光景のままだ。

061

# 最初で最後。すさみの黒嶋茶屋

逢根あまみ
（ラブホテル探訪家）

私は、寂れてしまった観光地や昭和の頃に建てられたレジャー施設が好きで、数年前からそれらを愛でるための旅をしている。ここ5年くらいは、その中でも「昭和の趣の残るラブホテル」に特に魅了されてしまい、週末のたびにあちこちのラブホテルで昭和の残り香を探すことに心を尽くしている。

旅の日は朝早くから出発して、なるだけ早めの時間帯から「ラブホ探訪」を始める。一般的に、ラブホテルは予約ができない。もし目的の部屋が先客により利用できなくてもその日のうちに再訪できるよう、時間にはできる限り猶予を持たせるようにしている。

また、昔ながらのラブホテルとその周辺の道路は、同じ観察対象となっている。人目につかず入退店したい、というラブホテル利用者がどのような道順で来るのか。周辺道路、そしてそれに接続する幹線道路から見えるパターンがままあるので、現地ではなるべく街道や国道を通るようにしている。

そんなマイルールのもと、週末に旅を繰り返している中で、和歌山の国道沿いで見かけた店が、どうにも気になって仕方がなかった。その店は「黒嶋茶屋」という喫茶店。

自分が自分に課したルールと、黒嶋茶屋の営業時間がどうにも合わず、いつ通っても営業時間外だった。それもそうで、私が黒嶋茶屋の前を通るのは早朝か夜なのだ。長閑(のどか)な国道沿いの喫茶店が、日が昇り始めるような時間に営業しているわけがないし、日が暮れて周囲が深い闇に包まれるような時間まで営業しているわけがない。黒嶋茶屋の前を通るたびに「タイミングが合えば……」なんて常套句を口にしていた。

その黒嶋茶屋が閉店することを知ったのは、閉店の数日前。その週末には、もう閉店してしまうのだという。これを逃せばもう一生、金輪際、入ることもできないのかと思うと、週末には自然と和歌山へ向かっていた。

黒嶋茶屋は、和歌山県すさみ町にあった。温泉街とかパンダで知られる白浜よりもさらに南に位置している。付近の海は、「枯木灘（かれきなだ）」と呼ばれていて、海釣りが好きな関西人にはおなじみの釣りスポットだろうと思う。

国道42号を走ったことのある人は、見覚えがあるかもしれない。「婦夫波（めおとなみ）」とデカデカと書かれた看板が黒嶋茶屋の目印。黒嶋茶屋は、「恋人岬」とよばれる景勝地に隣接していた。ここでは左右から打ち寄せる波「婦夫波」を見下ろすことができる。「夫婦」ではなく「婦夫」なのは、女性の活躍や地位向上を意味してのこと……と聞いたことがあるようなないような。季節によっては、ブーゲンビリアも綺麗に咲いて南国ムード満点らしい。あいにくこの日はそんな風景とはかけ離れた、どんよりとした冬の曇り空でそんな様子は見られなかった。景勝地と隣接していることや、紀南の主要道路沿いであることから大きめの駐車場が備わっていて、ロードサイドのお店なのだなと改めて感じる。

私たちは午前10時頃についた。広い駐車場には1台の軽自動車が停まっているだけだった。店内は広々としていて、4人用の大きなテーブルがズラリと並んでいる。観光ホテルの食堂のように、テーブルと椅子がたくさん並んでいるのは壮観だった。そして、店内は三方が全面ガラス張りでほとんどがオーシャンビューになっていた。「おお〜」と思わず声に出しながら、一番奥の海に近い席に腰をおろし、モーニングを注文する。

海へはゼロ距離だ。すぐそこが海になっていて、迫力のあるオーシャンビュー……なんだけど、外はどんよりとした灰色だ。せっかくのオーシャンビューなのに写真を撮ってもなんだか寂しげに写ってしまう。数枚撮った後は、左右から打ち寄せて一つになる波を眺めた。

私たちのほかにはお客さんはおじいさん一人だけだった。おじいさんは常連のようで、慣れた感じで新聞を取りに行ったり、お手洗いへ行ったり、コーヒーをズズとすすっている。明日閉店する喫茶店で、どんな気持ちで過ごしているんだろうか……そんなことを考え始めてすぐに注文した飲み物とモーニングが運ばれてきた。目玉焼き、ハム、サラダ、マカロニ、トースト。至ってシンプルでよくあるモーニングだ。窓の外の広くて暗い色の太平洋を眺めながらいただく。

さっきまで新聞を読んでいたおじいさんがレジからママに声をかけた。

「ほんまにやめんの？　……うーん、残念やなぁ……明日、最後来るから」そういうおじいさんに、「ふふ、ありがとう」と明るい声で返すママ。二人の会話が気になって、ちらりとそちらの方に目をやると、おじいさんは入り口すぐのところに停めてあった車に乗り込んだ。

視線をテーブルの上の皿に戻す。なんだか、すごく居たたまれない気持ちになってきた。閉店が寂しくてたまらないおじいさんと、最初で最後の来店をした私たち。おじいさんにとっての「いつもの朝」は今日と明日しかないのに、それを邪魔してしまったんじゃないか。本当はママともう少し話したかったんじゃないだろうか。同じ空間に居合わせてしまったことが申し訳なく思えてきた。

……いやいや、こっちだって別にミーハーな気持ちで来たわけでは決してないし、たった数分のことであれこれと考えても、ただの妄想じゃないか……。

申し訳ない気持ちと、気にするなという自己弁護が次から次へと波のように押し寄せる。少し固くなりはじめてしまったトーストをモシャモシャと噛みながら、自分の言いようのない気持ちも一緒に咀嚼してみる。

食事を終えて会計をするときに、閉店されるんですねとママに声をかけた。

「そうなのよ、白浜からすさみまで高速道路がのびて便利になったんやけど、ここの前の道(国道42号線)は車減ってしもたんよね。お店閉めるのはそれだけが理由なわけでなくて、他にもまぁいろいろあって。44年もやったから、ここらで一回離れてみようと思ったり」と、あっけらかんと話す。

「ここ、実は屋上があるの。普段は立ち入り禁止にしてるんやけど、せっかく来てくれたんやし、ぜひ写真撮って帰って。今日は天気がちょっと……でも眺めはいいから」そう言って、屋上への階段に案内してくれた。ゆっくり見ていってね、と言い残し店内へ戻るママを見送る。確かに眺めはとても良い。時折差し込む日光で、海が一瞬だけ青く色づく。

屋上の端っこには、錆だらけの「恋人岬」の看板が置かれていた。屋上から見える沖の黒島までの距離とともに、なぜかホノルルとサンフランシスコまでの距離が書かれた看板。車に乗って、たくさんの恋人たちがここで夕陽や波を見ていた頃を垣間見たような気がして、絶景よりも、この看板を見られたことが嬉しかった。

ママに御礼を言って、帰ろうとしたところ「記念に一緒に撮りませんか」とエプロンからスマホを取り出した。ママから言われたことに少し驚いたけど「喜んで、こちらこそお願いします」と入り口前に並んで撮ってもらった。この曇り空とは対照的に、ママは晴れやかな優しい笑顔だった。気をつけて帰ってね、お元気でね、と何度も頭を下げて見送ってくれるママに、こちらも何度も「お元気で！」と手を振る。

それから1年くらい経ったころ、すさみ町に行くことがあり、黒嶋茶屋の前を通ることにした。外観は白く綺麗になっていて、新たにカフェとして生まれ変わっていた。若いカップルや家族連れがいて、以前とはだいぶ様子が変わっている。ただ、黒嶋茶屋の目印になっていた「婦夫波」と書かれた看板が残っていたことは、なんだか嬉しく思えた。

SNACK

Asahi
アサヒビール
やきとり いなか料理
としちゃん
ONE&ONLY
佐久間
かほる

階上
飲食街
お気軽にどうぞ
みや
スナック
宮ちゃん

AMUSER
SINCE 2017

Chiffon

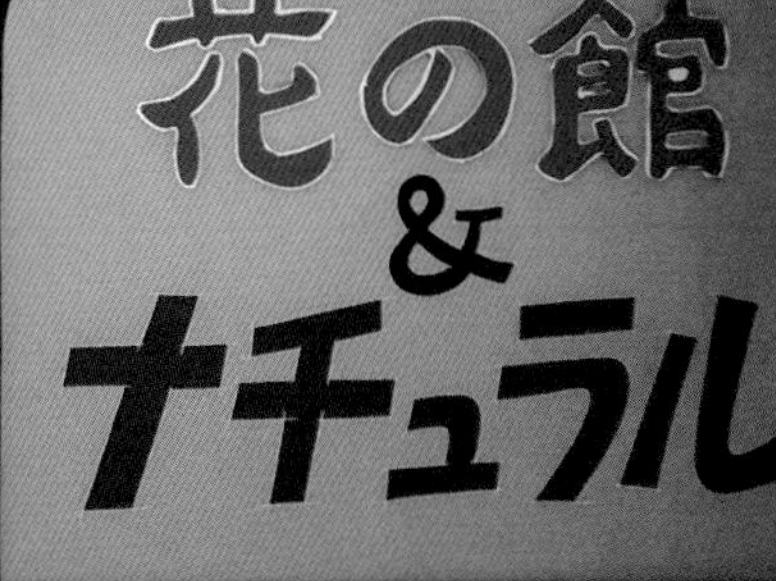
花の館
&
ナチュラル

スナック
フィリピン

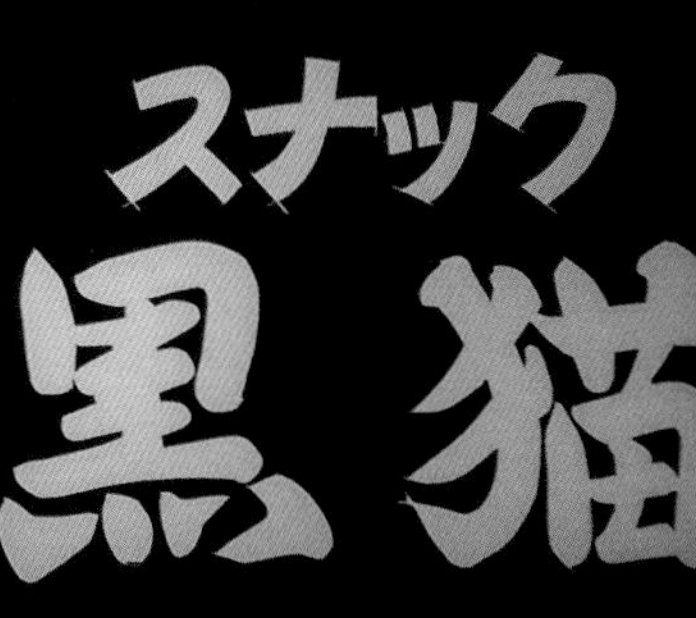
スナック
黒猫

真
スナック
Shin

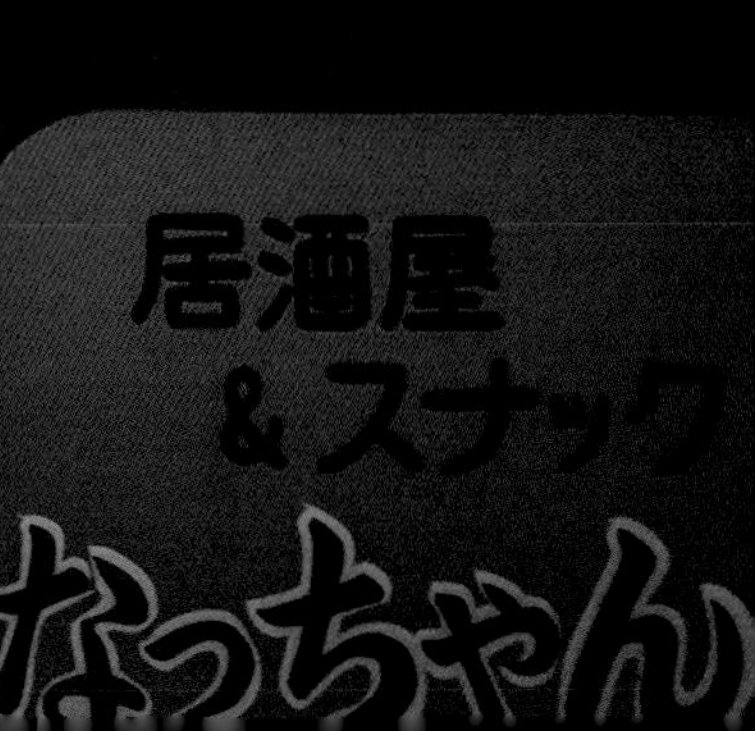
居酒屋
&スナッ
なっちゃん

小五郎

カラオケ スナック
あけみの店

snack
美桜
Miou

季節料理
㊢すし丸

おばんざいや
ゆるり

中央ビル中町駐車場
駐車場
内でのトラブルの責任は負いません。
ウッドハウジング株式会社

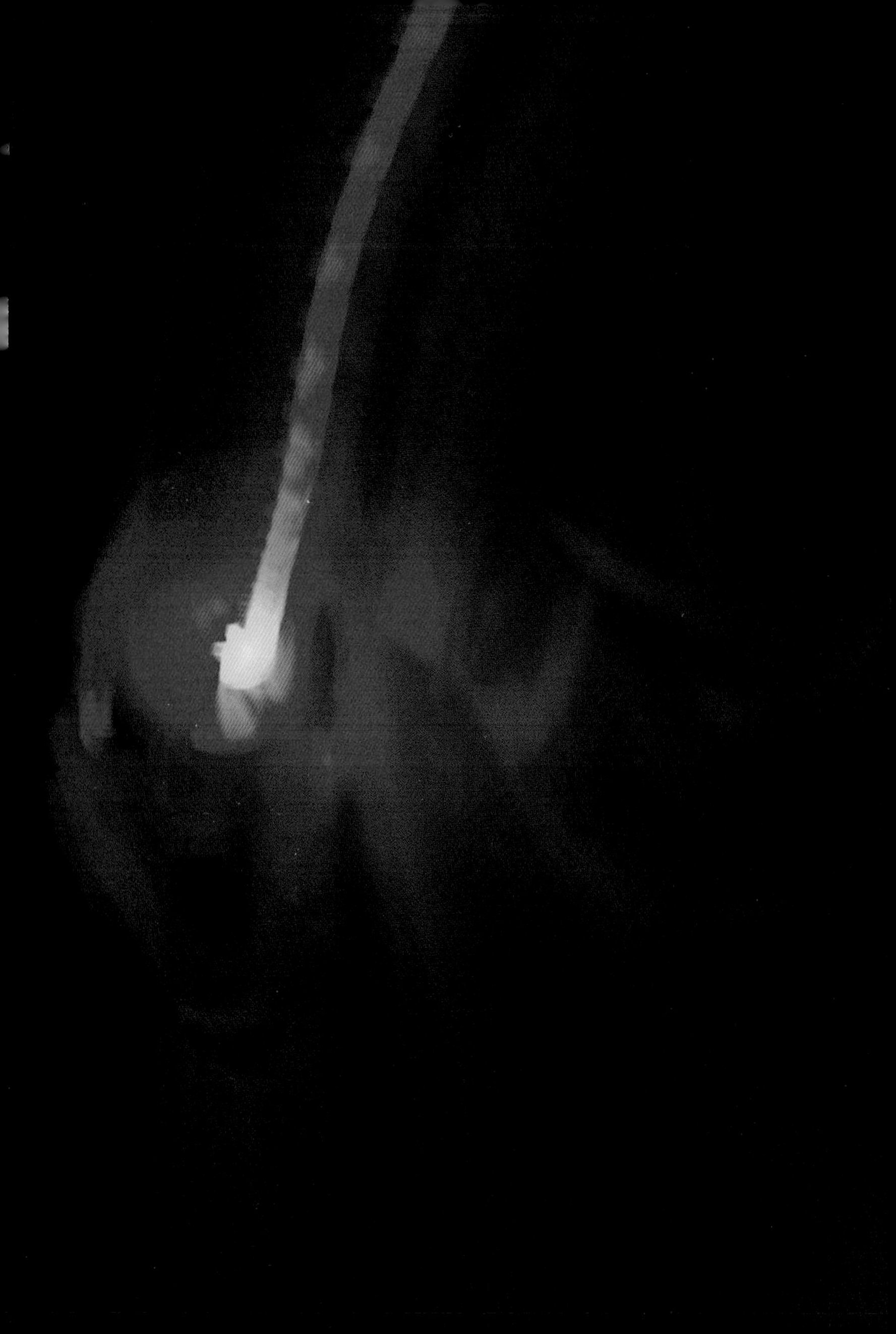

*062*

# 深夜の路地で、立ち食いサラダバー

椋橋彩香
（地獄研究家）

私は「タイの地獄寺」というものに惹かれ、数年前からタイ全土を旅している。地獄寺とは、敷地の一角にキッチュでグロテスクなコンクリート像をもって地獄を表現している寺院のことである。2010年に都築響一氏による『HELL 地獄の歩き方《タイランド編》』（洋泉社）が刊行されているので、ご存じの読者も多いかもしれない。

地獄寺はタイ全土に70か所以上存在しているが、その多くは外国人観光客がまったく訪れないような田舎町にある。時が止まったようなゆったりとした空気の中で、見渡す限りのサトウキビ畑や水牛の群れを横目に地獄めぐりをすることもしばしばだ。

そうした環境で地獄めぐりを遂行するのは、なかなか骨の折れる仕事である。道中が悪路であったり、炎天下で日焼けしたり、あらゆる虫と共生したり、なによりタイ語でコミュニケーションをとったりと、まさに地獄のようだ。

そんな地獄めぐりの最中に癒やしを与えてくれる存在のひとつに、「食」がある。発酵したカニのソムタム、蟻とほこりにまみれたもち米とタマリンド、炎天下にさらされ続けた生肉などは、日本ではもちろん、タイの都市部でも味わえない貴重なものだ。地獄めぐりの先々で出会う「ローカルごはん」は、見た目に反してどれもこの上なくおいしく、まさに極楽のようである。

こうした事情もあって、私はタイへ行ってもバンコクにいる時間は少ない。やはり田舎町に行けば行くほど、東京で生まれ育った私にとっては非日常が広がっていて、見るものすべてが魅力的なのである。バンコクは人も多いし、タクシーではぼったくられるし、外国人と一括りにされて英語で話しかけられるし、正直少し、いやかなり苦手だ。

しかし昨年末は例外的に、1週間以上バンコクに滞在することになった。もちろんタイが大好きなのでこれ以上なく幸せな状況ではあるが、欲をいえば少しでも長く田舎町の風を感じたい、そんな気持ちを抱えながらバンコクで日々を過ごしていた。

その日は日中に友人と出かけ、夜遅くにバンコクまで帰ってきた。なんとなくお腹が空いていたが、もう時刻は深夜0時近い。屋台で働く人々はすでに帰り支度をはじめている。もう帰ろうかと思いながら、わずかな望みを託して見知らぬ路地を歩いていると、とある屋台に遭遇した。

タイの路地にはたくさんの屋台が出ているが、この時出会ったのはよくあるクイッティアオやカオマンガイを売っているような大きな屋台ではなく、小さな荷車のような屋台だった。しかも、こんな時間にもかかわらずなんだか賑わっている。

なんだろう、と思いながら近づくと、なにやら屋台の上に野菜が盛られていた。そして野菜のまわりにはあらゆる種類のナムプリックが置いてあるではないか。ナムプリックは日本でいう味噌のようなものである。そしてたくさんのおじさんたちが、野菜を手でつかんで、ナムプリックにつけて、むしゃむしゃとおいしそうに食べていた。私たちが興味津々で見ていると、食べてみる?と近くにいたおじさんが自分の持っていたもち米を分けてくれた。よく見てみると、揚げ物なんかも売っている。どうやら、この屋台は各々がもち米や揚げ物を購入し、盛られた野菜とともに食べる「立ち食いサラダバー」らしい。

バンコクでこんなローカル屋台に遭遇できるなんて、夢にも思っていなかった。深夜にもかかわらずテンションが爆上がる。おじさんに分けてもらったもち米とともに、名も知らない野菜を名も知らない味噌につけて、片っ端から食べてみる。

アロ〜〜〜イ!!!と思わず口をついて出た。アロイとはタイ語でおいしいの意である。本当にどの野菜を食べてもおいしい。何種類もあるナムプリックは、どれもプラーラーという魚の発酵調味料が利いていてとても臭い。その臭さが、いい意味でたまらない。そしてどれもこれもものすごく辛い。その辛さもうたまらないのである。もりもりと食べている途中で、盛られている野菜は無料だということに気がついた。つまり、もち米の5バーツ（約15円）さえ払えば、あとは食べ放題なのである。そして今のところ、もち米はおじさんに分けてもらっているので、実質タダ飯である。そんな極楽みたいな状況があるかよ、と思いながらも少し気が引けたので、自分用のもち米を買うことにした。これで思う存分サラダバーを満喫できる。

外国人である私たちがあまりにもおいしそうにローカルごはんを食べまくっていたせいか、まわりで食べていたおじさんたちにめちゃくちゃに笑われた。そしておじさんたちは、これもおいしいよ！　食べてみて！と口々に言ってくれた。勧められるがまま、もち米と野菜を食べてお腹いっぱいになり、笑顔でコップンカ～と感謝を述べて、満たされた気分で宿へと戻った。

タイ料理はどれも本当においしくて、大好きだ。毎日食べても決して飽きることがない。これまでいろんなタイ料理を食べてきたが、そのなかには日本でおなじみのガパオやグリーンカレーやパッタイなどの王道メニューだけではなく、名もないような料理もたくさんある。今回バンコクでたまたま遭遇した立ち食いサラダバーは、地元のおじさんたちが仕事帰りに立ち寄るようなローカルな屋台だ。日本でいうと、ガード下の立ち呑み居酒屋に近いイメージだろうか。

タイの屋台は毎日同じ場所にあるとは限らない。そしてこの立ち食いサラダバーのように、彷徨(さまよ)った末にたまたま遭遇したような屋台には、再びたどり着くことは難しい。

現在、バンコクの中心部は、東京の渋谷かと見間違うほど急速な発展が進んでいる。しかし、路地を一歩入れば、まだまだこうした地元民しか行かないような屋台が普通に残っているのだ。かつての日本でもそうだったように、これから先、都市の発展が進むにつれてこうした屋台はきっとなくなってしまうだろう。この立ち食いサラダバーには、もう二度と行けないかもしれない。

*063*

# 仙人茶館 重慶

**菊地智子**
（写真家）

2010年の夏、私はうだるように暑い長江のほとりの大都市重慶でトランスジェンダーの若者を撮影していた。夜はバーで働き昼間は寝ている友達と一緒に生活をしながら、朝になると都市開発の波で壊される過程にあった重慶の古い街並みを徘徊するようになった。毎日撮影していた重慶の若者と、壊されていく街の風景が繋がっているような不思議な感覚を覚えたからだ。

「山城」と呼ばれる重慶には、土黄色の長江と青色の嘉陵江（かりょうこう）の2つの大河が流れ、重慶一の埠頭朝天門で交差している。川沿いの盆地に高層ビルが立ち並ぶ様子は香港を彷彿とさせるが、長江流域特有の坂と階段だらけの細い道を上ると、隙間に隠れるように古い街並みがひっそりと連なっていた。かつて高層ビルと古い街並みの新旧がダイナミックに交差していた重慶から、道門口、望龍門、儲奇門、白象街、南紀門、凱旋路、解放東路、厚池街、十八梯などの古い街は、時が経つにつれ一つ一つと姿を消していった。そんな古い街が崩される前に、私は幸運にも重慶に居合わせた。タイムスリップしたかのような河を見渡す迷路のような街を私は夢中になって歩き続けた。

そんなある日、街の徘徊中に急な大雨に遭遇し駆け込むことになったのが、それから何年も通うことになった「仙人茶館」だった。今にも潰れそうなこのオンボロ茶館は何度か前を通りかかっていたものの、客層が怖くて「またの機会に」といつも先送りしていた場所だった。暗い店内に勇気を出して一歩足を踏み入れた私は、客の睨みつけるような視線に怖気づき、急いで店の一番端っこの板凳(バンダン)と呼ばれる長椅子に座ろうとした。その瞬間、長椅子はバランスを崩し大きな音をたてて倒れた。長椅子は1人で座るときには中心に、2人の場合は各自両端に座ることでバランスが保たれていた。椅子から転げ落ち動けなくなった私のところに駆けつけてきたのが、その後何年もの付き合いになる張婆さんだった。呆れ返ったように上から私を覗いた彼女の強烈なオーラに、私はハッとさせられた。それは多分十年に一度くらいの確率の劇的な出会いだった。

茶館には料金表は貼られておらず、ジャスミンティー、緑茶1・5元、プーアール茶1元、自分で好きな茶葉を持ち込む人はお湯代金0・5元とぶっきらぼうに言われた。どれも道端で水のペットボトルを買うより安い値段だった。その日私は転んだ痛みが少しよくなるまでと、ほろ苦い四川緑茶を飲み続けながら、安いタバコの匂いが蔓延する薄暗い茶館に長居した。今にも抜け落ちそうな天井のところどころからの雨漏りは、錆びた琺瑯の洗面器の中で鋭い音を奏で、壁のシミや廃れ具合には、この茶館や周りの路地や街の歴史や住んできた人々の生き様が染みついているようだった。重慶はかつて中国でも有数の重工業の都市だったが、この茶館で日がなお茶を飲みながら時間を潰す中高年のおじさんたちは、朱鎔基の国有企業改革により、1990年代に中国各地で重工業の大規模な工場が閉鎖された時に大量解雇された人たちだった。皆わずかな退職金や年金、生活保護をやりくりしながらこの茶館に来ることを楽しみにしているようだった。茶館を切り盛りする不思議な魅力を放つ張婆さんを中心に、独特のイントネーションとテンポの重慶の方言が雨漏りの音とともに古い茶館に鳴り響くと、様々な感情が渦巻くような不思議な空気に包まれた。私は苦いお茶が体にじわじわと染み込んでいくようにこの場所に魅了されていった。

この日を機に、「仙人茶館」という優雅な名前とかけ離れた雰囲気の怪しい茶館に、私は通い詰めるようになった。

お茶を飲む起源は四川省から始まったと言われているように、四川省には沢山の茶館文化が息づいている。省都である成都の茶館も有名だが、1997年に直轄市として独立した重慶の茶館は、他の都市の茶館とは雰囲気がかなり異なっていた。航海する船の汽笛がよく聞こえる、長江から数百メートルの場所に位置する仙人茶館では、船着場である埠頭独特の茶館文化がまだよく残っていた。中国では茶館が麻雀やトランプなどをする場所としてよく使われるが、埠頭茶館は娯楽の場所というよりは仕事の間の休憩、商談やおしゃべりの場所として機能していた。男性が航海の途中に一休みする場所であった埠頭茶館では、今でも男性客が大半で女性客は滅多に見かけることはない。近くにある骨董市場や週末蚤の市の店員たちが茶館で新しく手に入れた商品を売り買いしたり、その商売話に耳を傾け聴きながらその横でお午寄りたちが楽しそうに時間をつぶしたり、その取引に口を突っ込んだり、茶館はいつもガヤガヤと、とても騒がしかった。

茶館には「一茶一座」というお茶を1杯買って1席を確保する決まりがあるが、ここでは顔なじみや知らない人と時間を気にせず何時間でもおしゃべりすることができる。お茶を飲むことより、皆話をすることに夢中だったから、お茶の葉っぱや茶碗のクオリティーは二の次だった。各テーブルには魔法瓶が置かれていてお湯も飲み放題、お茶の味がなくなるまで（なくなっても）何度注ぎ足しても良いシステムになっている。日本の煎茶のように、1、2煎目までが美味しいお茶とは違い、茶館の中国茶は十回くらいお湯を注ぎ足しても味はまだ残るくらい濃い茶葉ばかりだった。そんな濃いお茶（夏は冷たいビールもある）とタバコを片手に新聞を回し読みしながら、社会情勢を討論したり、人生の悩みを語り合ったり、家族の愚痴を言ったり、お互いの考えを批判しあったり、おしゃべりはいつも途切れることはなく、雑談からは様々な社会情勢を知り市井の人間模様を垣間見ることができた。茶館にはたまにどこから呼ばれるわけでもなく、耳かきや、靴磨き、マッサージや吸い玉などの商売をする人が風に吹かれるようにやって来た。耳かきは5元、靴磨きは2元、マッサージや吸い玉は体の部位によって10元から30元、必要な客に呼ばれ茶館で彼らが商売を始めると茶館の一角はリラクセーションの場に様変わりし、マッサージ師や靴磨きの人たちも客の会話に交じり、井戸端会議やゴシップの輪はさらに広がっていった。

もちろん茶館では誰とも喋らず一人の世界に浸っていることもできたし、「眠っていいんだよ」と張婆さんは客に勧めることもあった。当時慢性睡眠不足だった私は、客のタバコの煙が朦朧と視界を遮る暗い茶館でよく睡魔に襲われた。しばらくの間茶館の騒音に吸い込まれるように微睡（まどろ）みに落ちると、竹のカゴを担いで鉄の板をカンカン打ちながら行商する四川省の風物詩「板砂糖売り」の音で目が醒めた。寝起きの苦いお茶にこのあまり甘くない砂糖はとてもよく合った。

お茶を飲むだけでなく、社会や歴史の見聞を深め、周りに全く気を使わずに自分の思いのまま時間を過ごせる「仙人茶館」は私にとって完璧な場所だった。茶館の居心地の良さは、人生の荒波の中で揉まれてきた持ち前の包容力と、忍耐強いけど男勝りで豪快な、典型的な四川省の女性の気質を持った、張婆さんがいたからだった。夜には女娼婦に交じり女装の男娼や、ヤクザっぽい人が多かった社会の底辺の下町「十八梯」。哲学者のような客がいるかと思えば、その横にはコソ泥の客が座っているような、玉石混淆の雑多な客層を相手にしながら、誰よりも鋭い目線と、肝っ玉母さん的などっしりとした存在感で、客に媚びを売らず、礼儀の悪い客を怒鳴りつけながら、張婆さんは一人オンボロ茶館を切り盛りしていた。

重慶は1937年から1946年まで蔣介石の国民党政府の首都だった場所だ。第二次世界大戦の時には、1938年から1943年までの5年間に、日本軍による218回の空爆で、1万1000以上の爆弾が民間人に落とされた。1937年にスペインのゲルニカで起こった史上初の都市部無差別襲撃の次に続く日本軍による民間の大量無差別爆撃は、その後の広島長崎の原爆投下に繋がったと言われている。爆撃により3万人以上の中国人死者を出し、現在広島市と姉妹都市となっている重慶では、今でも街中にその傷跡である防空壕が残っている。その防空壕の中で特に有名なのが、仙人茶館のあった「十八梯」を入り口に2キロほど掘られた、深さ10メートルの防空壕だ。日本軍の空爆で、防空壕に押しかけた約2500人が窒息死したその跡地は、今では夏の納涼場所として一部開放されている。重慶は武漢、南京と並んで中国の夏の三大釜と呼ばれ、夏は連日40度を超す。冷房のない茶館の暑さと湿度に耐えられなくなると、私は十八梯防空壕によく飛び込んだ。入ると、不気味な足音のエコーと重苦しい防空壕の空気に背筋がぞくりとさせられ、体は一瞬にして冷えていった。

1920年代末に生まれた張婆さんも、この重慶爆撃を体験した一人だった。幼少期から思春期にかけては日本軍による重慶爆撃、20代から40代にかけては共産党による新中国の建設、三年災害、文化大革命、50代からは鄧小平の経済開放政策、張婆さんは激動の時代の流れに揉まれながら、中国近代史を凝縮したような人生を歩んでいた。17歳で長男を産み、3人の子供を育てながら旦那に先立たれ、この街の旅館で働いた後、70歳を過ぎて一人で茶館を開いた。性格の悪い長男嫁にいびられ、20歳年下の若妻の尻に敷かれあてにならない長男を見限っての決断だった。張婆さんに私が出会った時、彼女は80歳を越えていた。

90年代に国営企業からリストラされたこの茶館に集まる客も、経済的にリストラの被害を被っただけではなく失業が様々な弊害を及ぼし、その後の人生も家庭や家族から精神的にリストラされたような状態だった。
子供の親不孝と家族との断絶というのはこの茶館の客全体に共通するキーワードだったが、さながらモーパッサンの『女の一生』の主人公のような張婆さんを中心とする、人生劇場仙人茶館の客たちの繰り広げる人間模様は、まるで現代版の老舎の小説「茶館」のようだった。

激動の時代を生き抜いた張婆さんや茶館に集まる客の思い出話は尽きることがなかった。文化大革命の時に農村に下放(かほう)された時の話、改革開放の時代に下海(シャーハイ)(海に飛び込むの意。ビジネスの海に身を投じること)した話、国営企業の工場で働いていた時の話など、社会科の教科書のような歴史的な話を、それぞれの時代にどうやって女をナンパしたか等、青春時代の思い出や不倫の体験談を通しながら聞くと、単なる歴史ではない、生き生きとした物語に変わっていった。最初は全く聞き取れなかった重慶の方言も、彼らの興味深い話に夢中になって耳を傾けるうちに、少しずつ聞き取れるようになっていった。

「山城」(山の街)重慶。この川沿いの都市は、上半城(山の上にある街)と下半城(山の下にある街)と呼ばれるエリアに分かれていて、「上半城」と「下半城」には大きな隔たりがあった。もっとも顕著だったのが、高層ビルや高級ブランドが立ち並ぶ、重慶一の中心街である上半城「解放碑」と、その真横にある重慶の貧民窟と呼ばれていた下半城「十八梯」だった。「吊楼」と呼ばれる今にも壊れそうなそのエリアに、自分のことを都心の真ん中に住む田舎者と言ってよく笑った張婆さんが住み始めたのは文化大革命の頃だった。

その頃の毛沢東のスローガン「農村包囲城市」(農民が都市を包囲する)の時代が過ぎ去り鄧小平の時代になると、それまで主体だった無産階級者、農民たちは、あっという間に時代に取り残されていった。「十八梯」も歴史の流れに取り残された場所であり、足を踏み入れるとそこだけ数十年間も時間が止まっているかのようだった。「十八梯」に最後の茶館として存在したこの仙人茶館は、時代に取り残され、家族とも断絶した人々の最後の居場所として機能していた。

「十八梯」は、中国語で「城中村」(都市の中心にある村)と呼ばれ、当然その立地条件の良さはディベロッパーが喉から手が出るほど欲しいエリアとして標的になった。そんなディベロッパーの魔の手が忍び寄り、都市開発の波に飲み込まれようとしていた「十八梯」では、安い立ち退き料で地元民が立ち退きを迫られていた。立ち退き料は家の面積で計算されるため、小さな平屋の家では引っ越しするにも資金不足に陥った。どうにか少しでも高い立ち退き料を得ようと住民は居座り、ディベロッパーと地元民のいたちごっこの駆け引きは何年も続いた。地元民の不満の声が上がると、壁に不満の言葉が書き殴られ、次の日にはペンキで上を塗られて消された。そして何事もなかったかのように日々は過ぎていった。

茶館の周りでは毎日どこかで家が壊される音がした。最初は人がハンマーで家を壊していたが、だんだん壊す面積が増えてトラクターに変わり、音はどんどん大きくなっていった。雑音を物ともしない客たちの集まる仙人茶館では、立ち退きについて、社会について、経済改革について、夫婦や子供との不和について、生きることすべての理不尽さについて毎日語りつくされた。周りのトラクターの音をかき消すように、皆の声がどんどん大きくなっていったのは、街が壊されることに対する精一杯の抵抗だったのかもしれない。壊される街の姿は彼ら自身の姿でもあり、彼らの精神が壊されていく過程のようだったから。

妻には離縁され家の立ち退きに断固と反対するうちに、ある日強制立ち退きにあって住むところをなくし、茶館で肩を落としていたワンおじさん。精神病の息子がいることをこっそり打ち明けてくれ、「一緒に精神病院に行ってみるかい?」と誘ってくれたリュウおじさん。生涯結婚をせずに、片目が潰れたり足を痛めた犬や猫ばかり集めて一緒に暮らしていたジャンおじさん。そんな十年以上の仙人茶館のお客さんたちは、立ち退きで一人一人と姿を消していった。

「張婆さん」は、来なくなるお客さんがいると、病気にかかったり、死んだりしたのではないかと、いつも心配し気にかけた。自分より高齢の90歳のお客さんが一人で茶館に来るときは、自分もヨロヨロしながら必ず手を取った。「人は誰でも年を取るんだよ、だから支えてあげないとね」と言いながら。

この茶館の周りには、時代から取り残され消失しようとしていた場所や職業が沢山あった。たった10元で泊まれるオンボロ小旅館、古くなって誰にも見向きもされなくなった古い香港映画やポルノなどのヴィデオやDVDを小部屋で見せる「録映室」、道端で竹の筒の吸い玉をしてくれる民間治療、重慶や長江流域名物の竹の棒一つでどんな重いものでも担いで運んでくれる「棒棒」たち。

家を取り壊した跡地に立つと、たまに捨てられた家族アルバムを見つけることもあった。家主はなぜ持って行かなかったのか、様々な思いが頭をよぎった。世の中から見向きもされなくなった人、職業、建物、場所、物、それらの一つ一つにはそれぞれが今まで辿ってきた様々な人生や物語、そして現実や不幸も存在していた。

茶館では幸福な話や自慢話はそっぽを向かれたが、不幸話はいつも共感を呼んだ。茶館の苦い安い緑茶が、ずっと飲んでいるうちに少しずつわずかな甘さが感じ取られるように、彼らの体験した辛い人生も、重慶のユーモラスなトーンの方言で語られ、皆で共有されると、不幸の中にある種のほろ苦い幸福が感じ取られるのは不思議だった。

毎日夕方5時か6時くらいに客がいなくなると、「張婆さん」はボロボロの布でゆっくり丁寧に机をふき、コップを一つ一つ洗い、鳥の巣のように古くなった木の枝で作られた箒でゆっくりと箒がけをした。オンボロ茶館は、磨いても磨いてもなかなか光らないけど、よく見るといつも張婆さんが精一杯ピカピカにしたことがわかるかのように薄光りしていた。他人が見たら捨てようとするような価値がないものを、大切に愛おしむように使う姿は、社会や時代に取り残され、大切にされなくなった人たちを迎える茶館とよく似ていた。そして張婆さんが一日の仕事を終え、一人で茶館に座り、ため息のようにたまにふとこぼす言葉の数々はいつも輝きを帯びて心に響き、私の体の中に宝物のように蓄積されていった。

ある客はこの茶館のことを心の拠り所と言ったが、この茶館は、社会の弱者たちがお茶を飲みながら精神的に支え合っているような場所だった。この茶館に惹かれたのは、自分の不幸や心の内を周りの人に語ることでストレスや悩みから自分を解放している客がたくさんいたことだ。家をなくした人、仕事をなくした人、妻に逃げられた人、薄情な家族や子供に捨てられた人、不幸な現実をブラックジョークのようにコミカルに笑い飛ばし、不幸を悟りに変えていった彼らこそが、まさに仙人だったのだ。

約7000世帯の家が数年をかけてゆっくり壊されながら、街の風景は毎日変わっていった。冷蔵庫や洗濯機などの荷物ををリアカーに積んで慌ただしく引っ越しする人たちが茶館の前を忙しく行き交った最初の頃に比べて、人通りはめっきり少なくなっていった。隣人も一人一人と姿を消し、周りの家が1軒ずつ壊され、そして客もいつも間にか、一人一人と消えていった。でも仙人茶館は最後まで残っていた。この街のほとんどの建物がなくなってしまう最後の最後まで。

茶館の前に4月になると葉っぱが落ちる木があった。何回の春この葉っぱが落ちるのを見ただろう。2016年の夏、仙人茶館は壊された。古い家は安全上危険だという理由である日突然に。

仙人茶館と張婆さんの2つの生命は繋がっていた。茶館がなくなって半年も経たないうちに張婆さんは脳卒中で倒れ、半身不随になって動けなくなった。それからは「生きることも死ぬこともできない」と言いながら1年半後に亡くなってしまった。一番可愛がっていた長男は脳卒中になったその日から死ぬ日まで、病院に姿を現すことはなかった。「子供を一生、懸命に育てたって死ぬ前の数日すら付き添ってくれるかすらわからないもんだよ」とある日ぼそっと言った言葉は現実になった。

「今の時代、皆ひとりぼっちになっちまった。道を歩いてる人を見てごらん」茶館の軒先で遠くを見つめてそう呟いた張婆さんの後ろ姿と、夕日の長い影に思いを馳せる。「でもこの茶館は板凳みたい。座ろうとすると、転ばないために誰かが横にそっと腰掛けてくれるよ」とあの時私は張婆さんに言いかけて口をつぐんだ。苦いお茶だからこそ感じられる甘み、孤独だからこその、温もり。

私はこれからも世界のどこかでまた仙人たちに会うことを願い新たな場所を探し続けるのだろう。

064

# 1980年代前半、サイゼリヤ稲毛駅前店

マキエマキ（自撮り熟女）

今でこそ、デートで行きたくない店の代名詞のようになってしまったサイゼリヤだが、1980年代前半、私が中学生〜高校生の頃のサイゼリヤは、まだ大掛かりなチェーン展開を始める前で、通っていた高校の最寄り、稲毛駅前のサイゼリヤは煙草とワインの匂いのこもる、千葉大学の学生御用達の店だった。

店構えも、現在のようなファミレス形式ではなく、薄暗い、穴蔵のような店内に、藁に包まれた丸い形状が特徴だった、キャンティ・フィアスコの空き瓶がびっしりとディスプレイされた、大人の雰囲気を漂わせる店だった。

メニューも手書き風のもので、料理の写真などは載っていなかった。スパゲティと

いえば、ミートソースかナポリタンしか知らなかったあの頃、そこに書かれたペスカトーレやボンゴレといった、聞き覚えのないスパゲティのバリエーションは好奇心を掻き立てたし、ロッソ、ビアンコの文字が並ぶのを見て、イタリア語でロッソが赤、ビアンコが白だと覚えた。今では大抵のイタリアンレストランで出される「生ハムメロン」も当時は珍しく、メロンとハムを組み合わせて食べるなんて気持ち悪いと思っていたのも、思い返すとなんだか可笑しい。エスプレッソを初めて飲んだのもサイゼリヤで、なぜこんな苦いものを、しかもこんなに小さなカップで?と不思議に思った。

値段は今と変わらずリーズナブルではあったが、雰囲気的に中学生や高校生が気軽に行ける店ではなく、家族や、高校の部活動でのイベントのあとの打ち上げで顧問の先生に連れて行ってもらうのが楽しみだった。

高校3年生のときに、初めてボーイフレンドができた。

彼は中学校のときの1つ上の学年で、部活動の先輩だった。中学生の時に彼に恋をしていたのだが、そのときは実らず、久しぶりに再開したときに、彼の方から会いたいと言ってきた。

初めてのデートでは、市川崑監督の『細雪』を見た。原作の四姉妹の中で、もっともクセのある三女の雪子を吉永小百合が演じていたので、私がそれを見たいと言っていたのを覚えていてくれたことが嬉しかった。

その夜のディナーは、稲毛駅前のサイゼリヤだった。生まれて初めて親でも先生でもない男性とそこにいる自分は、なんだかすごく悪いことをしているようで、誰か知り合いが周りにいないかと、気にしながらの食事だった。

大学1年生と高校3年生のカップルのデートのディナーはいつもサイゼリヤだった。よく頼んでいたのは「焼き肉、ハンバーグ盛り合わせ」「肉サラダ」「生ハムメロン」など。若い私達は、今なら胸焼けを起こしそうな、脂っこい肉だらけのディナーを楽しんでいた。「エスカルゴ」なるものを初めて食べたのもその頃だった。

高校を卒業した年の5月、私はその彼と初めてのセックスをした。お互いに初めてだったので、なかなか上手くいかず、何回かトライした後、やっと二人で「大人」になったその夜、私達はランブルスコというスパークリングワインで乾杯をした。素面ではとても家に帰る気になれず、いつもはグラスでしか頼まないワインをボトルで頼み、フラフラになって家に帰った。

何も知らずに、いつもどおりに迎えてくれる母の顔を、真っ直ぐに見られない後ろめたさをお酒のせいにして、そのまま自分の部屋の布団に倒れ込み、その日の記憶を手繰った。鏡に映る自分の顔が、昨日までの自分と違って見えたことを、今でもよく覚えている。

その後、彼とはしばらく付き合ったが、20歳の誕生日を迎える前に別れてしまった。

彼と別れた後、時代はバブル経済を迎える。エスティローダーのファンデーションとイブサンローランの19番の口紅でメイクをして、ボディコンシャスと呼ばれる服を着るようになった私は、お金をたくさん使える立場の男性と付き合うようになり、銀座の鉄板焼の店で出されるシャトーブリアンやドンペリの味を覚えて、「焼き肉ハンバーグ盛り合わせ」と「ランブルスコ」は忘れたい過去になった。

その頃からサイゼリヤは大掛かりなチェーン展開を始め、今のようなファミレス形式になった。彼とよく食事をしていた店も別のテナントに変わり、穴蔵のようなサイゼリヤは、甘酸っぱい記憶の中だけのものになってしまった。


あれから数十年、バブルも崩壊し、リーマンショックからさらに景気が悪くなった今も、サイゼリヤはあの頃とは大きく違った形で在り続ける。

肉サラダは半熟卵とポークのサラダに変わってしまい、生ハムメロンは姿を消したが、焼き肉ハンバーグの盛り合わせは変わらずにある。

キャンティワインは普通のボトルになってしまったが、相変わらずメニューに載っており、「大人」になった、あの夜に飲んだランブルスコも健在だ。

サイゼリヤのメニューを見るたびに、もう少しオシャレな店で乾杯をしておけばよかったなあと、35年も前のことを後悔してしまう今日この頃である。

# 065 打ち上げ花火と水餃子

## 村上巨樹（ギタリスト）

それはミャンマーの山岳都市・タウンヂーでの話。半月もミャンマー国内を一人旅していた僕は、当然ながら毎日ミャンマー料理を食べていた。米粉を使った麺料理、土着のカレー、揚げた惣菜（日本で言う天ぷら）。美味しいのはもちろんのこと、日本で嗅いだことのない香辛料や出汁の匂いがエキゾチズムをくすぐった。

そんな至福の食事も、連日連夜食べ続ければどうしても飽きてくる。禁断症状のように日本食が恋しくなった。それに拍車をかけたのは、油を大量に使うミャンマー流儀ゆえの胃もたれだった。さっぱりした浅漬けが食べたい。駅の立ち食いそばが食べたい。寿司が食べたい。

しかし僕がこの時いたのはタウンヂー。ラオスやタイと国境を接するシャン州の州都であるこの町は国内第5位の人口を誇る地方都市だが、僕は日本食レストランを見つけられなかった。更に運が悪かったのは、町はずれのホテルを予約してしまったことだ。大通りやバスターミナルの近くならば徒歩圏内にレストランはいくらでもありそうだけど、このホテルの近くには飲食店が一つもない。探すにもわざわざタクシーを呼ばなくてはいけない。時刻はそろそろ19時。腹が減ってきた。しかし案が思い浮かばない。どこに食べに行くか、何を食べに行くか。

ふと、前にちらっと聞いた話を思い出した。「シャンは餃子が有名だよ」日本に住むミャンマー人から聞いた話。シャン州に多く住むシャン民族、彼らの料理は中国から強く影響を受けているそうで、餃子、豆腐、納豆など、日本でもお馴染みの料理がポピュラーだと聞いた。そうだ、今夜は餃子が食べたい。

フロントのスタッフにタクシーの手配をお願いするのと同時に、スマートフォンでGoogle画像検索した餃子の写真を見せる。「どこで餃子を食べられますか?」するとスタッフは1軒の住所を書いてくれた。どうやらこの町で一番人気の餃子店のようだ。

10分くらい待つとバイクタクシーが迎えに来た。20代前半らしき風貌。金髪でライダースのジャケットを着た兄ちゃんがドライバーだ。フロントスタッフに書いてもらった住所を見せると、兄ちゃんはOKOKと軽い返事をした。僕が兄ちゃんの後ろに座ると、バイクは威勢良く排気音を鳴らし、一気に山道を下った。峠を疾走し、車の渋滞を器用に抜け、やがて小さな路地で停まった。

「ほら、ここだよ」、兄ちゃんは道路を挟んだ向こう側の立派な門構えを指差した。中国映画に出てくる古い屋敷を思い出す。どうやらここが餃子屋の入り口らしい。僕はバイクから降りて運賃を渡す。「悪いけど食べ終わるまでここで待っててくれない？」タウンヂーは夜になると人影が一気に減るのでタクシーを捕まえにくい。兄ちゃんは「いいよ。待ってる」と言ってくれた。ありがたい。

しかし門は鍵がかかっていた。屋敷の中を覗くと人の気配が無い。あれ？　おかしいな。戻って兄ちゃんに聞くと、「あ！　もしかしたら定休日かも！」え、ここまで来て!?　空腹と相まってがっくり肩を落とす。すると兄ちゃん、

「この近くに食堂があって、そこの餃子美味しいよ。行ってみる？」

え!?　そうなの？　頼む、案内してくれ。

僕は再び後ろに乗り、バイクは新たな目的地に向かった。その食堂は本当に近く、ものの2分くらいで到着した。

そこは、やや交通量の多い道路に面した屋台村のような場所。「こっちだよ」と先導する兄ちゃんにおとなしくついていくと、1軒の食堂に辿り着いた。銀色に鈍く光るステンレス製のテーブルとプラスチック製の椅子。テーブルには乱雑に置かれた湯飲みとポットがあり、いかにもアジアな風景だ。

「さっきのスマホの画像見せて」と言われた僕は、再び餃子の写真をスマホに出した。すると兄ちゃんはそれを店員に見せ、なにやら相談している。ビルマ語なので意味は

さっぱりわからない。しかし店員はそのまま調理場に向かった。どうやらすんなりオーダーは通ったようだ。

この店にわざわざ連れて来てくれた兄ちゃん、悪い奴じゃなさそうだ。

「せっかくなので僕が奢るから一緒に食べない？」

「え、本当？　いいの？」

「いいよいいよ。食べようよ」

「ありがとう。もしよければビールも頼んでいい？」

「いいよいいよ（飲酒運転だけどミャンマーって捕まらないのか？）」

しばらく世間話をしていると、店員のおばちゃんがお椀にのった料理を持って来てくれた。ぷりっぷりの水餃子だ。しかも兄ちゃんは気を利かせて2椀も注文してくれていた。

ゆっくり噛み締めながら久々の味を味わう。日本で食べ慣れたそれとほぼ一緒だ。少し違うのは刻みねぎがふんだんにかけられており、そのわずかな辛味が食欲を増幅させる。それがまた美味しい。温かいスープを飲む。連日の油攻撃にやられ、凝り固まった食道や胃袋がじっくりとほぐれていく。

食事をしながら僕らは互いの境遇を話した。途中僕が日本人だと伝えると、兄ちゃんは目を丸くし、やや興奮気味に「だったら見せたいものがある」と早口で言い、スマホでYouTubeを開いた。映ったのは日本の花火だ。

「俺、日本の花火が大好きなんだ」

え!? まさかミャンマーの地方都市でそんな話を聞くなんて。兄ちゃんはいかに自分が花火が好きかを熱弁し、日本の花火の美しさを僕に説いた。普段ほとんど気に留めない僕からすると嬉しいやらこそばゆいやら。隣の花（火）は赤い。

その映像に富士山が映っていたので「これ多分河口湖じゃないかな？」と伝えると、兄ちゃんはスマホのメモ帳に〝kawaguchiko〟と書いた。せっかくなので兄ちゃんのスマホを借り、YouTubeで他の有名な花火大会をブックマークしてあげた。秋田の大曲、新潟の長岡、東京湾。

満腹になった僕はお会計をし、兄ちゃんのバイクに乗った。夜風が冷たいタウンギーの街を疾走する。ホテルに着き、運賃を渡し、握手をする。「ありがとう、またいつか」そう言い、お互い手を振って別れた。

自分の部屋に戻り、ベッドに大の字で横たわる。今日はとてもいい夜だった。久々に食べた水餃子は予想以上に体を回復させた。時刻は22時。明日からはまた別の町に行く。今日は早めに寝よう。

066

# オリオン座の下にあったミヤマ

村上賢司
（映画監督／テレビディレクター）

「映画が好きになったキッカケはなんですか？」これが一番困る質問。質問した人は「父親と一緒に観た『ダンボ』に感動したから」とか、「浪人中にブラリと入った名画座で観た『仁義なき戦い』に勇気づけられたから」とかと、明確な作品名とシチュエーションが欲しいのだろう。しかし、そんなものはない。

私にとって映画とは食事のようなもの。ご飯が好きになったキッカケなんてないと同じようなもので、いつの間にか生活の一部になっていたものだ。

そんなことを言うと、特に若い人からは「え！　村上さんのお父さんも映画監督かなんかだったんですか？」と聞き返される。そうなると「いえいえ、違いますよ」と否定してから、私が少年時代を過ごした環境の話をする。

私が生まれ育ったのは群馬県高崎市。隣にある前橋は県庁がある「政治の街」であれば、高崎は交通の便がよい「商業の街」である（そしてこの2つの街は異常なまでに仲が悪いのだが、それは別の話）。

そんな高崎の中心地に私の実家がある。今では御多分に洩れず閑散としたシャッター街になっているが、私の小学生時代、70年代の頃には昼は買い物客、夜は酔客でごった返していた。キャバレーやストリップだけでなく、本番も出来ちゃう非合法なお店もあり、地元の高齢者によればかつては赤線もあったという、一言でいってしまえばかなりの悪所だ。実家は名曲喫茶とピンクキャバレーに挟まれ、「アイネ・クライネ・ナハトムジーク」と「誘われてフラメンコ」を毎晩同時にステレオ状態で聴かされて生活をしていた（ちなみに家業は店貸し、それに新興宗教の支部もやっていたが、これも別の話）。

そして、そんな場所だったから映画館が多くあった。近所にあったのは松竹映画専門の大きなスクリーンと洋ピン専門の小さなスクリーンが併設された高崎電気館。洋画専門で3つのスクリーンがあったオリオン座。さらに東宝映画と洋画を上映していた高崎東宝劇場と邦画のピンク専門の成人映画館もあった。そして少し離れたところに東映と日活（ロマンポルノ）の専門館がそれぞれあり、映画好きになるのには最高の環境だった。

しかも私にはもう一つ、映画好きになる大きな要素があった。実はその当時、まだ健在だった祖父が高崎で映画館を経営している複数の興行会社の株を所有していて、そのおかげで我が家には株主優待として映画の無料チケットが定期的に送られてきていたのだ。それは私が生まれる以前には何回でも鑑賞できるフリーパス券のようなものだったらしいが、テレビが普及して一気に映画界が凋落した後だったので、月に1回観られる程度のものになっていた。しかし複数の映画館のものがあったので、毎週通える程度の量はあった。さらに幸か不幸か家族で映画に興味があったのは私だけで、元来独り遊びが好きな性格だったから、小学生になった頃から映画館で過ごす時間が増えていったのだ。だから作品を選んで映画館に入ったことは数えるぐらいしかなく、夕食までの暇つぶしにただただなんとなく通うようになり、夏休みは鑑賞後すぐには帰らず、クーラーが効いたロビーで漫画を読み続けていた。

と、このように映画館に行くことへのハードルが低く、明確なキッカケなどなく、ゆっくりとゆっくりと映画が好きになっていったから「いつの間にか……」としか答えられないのだ。

このような話をすると「贅沢な映画体験でしたね」とよく言われる。確かにそうだと思う。しかしそれは男たちの怒号と女たちの奇声が毎晩聞こえ、夜中にパトカーのサイレンで起こされることも多く、散乱した生ゴミと嘔吐物で汚された通学路を歩いて登校するような環境の中での、ほんの一部の要素なので、正直それほど嬉しい気分にはなれない。

さて、私を映画好きにさせてくれた株主優待であるが、映画のチケット以外にも洋画専門のオリオン座の下、建物の半地下部分にあった「ミヤマ」という和食レストランの食事券も同封されていた。１０００円ほどの定食が食べられるというものだったが、いつも誰も使わず捨てられていたので、これも私だけのものになった。「今日は夕食はいらないよ！」と家を出てすぐ、ほんの30秒ぐらいで、ミヤマの前に到着。自動ドアが開き、数歩店内に前進すると、目の前に広がるのはテニスコート２面ほどはある「和」の世界だった。と言っても高級料亭のようなものではなく、店内を縦断するように人工の川が流れ、その周辺にはプラスチック製の紅葉や竹、造花などが設置され、赤い提灯がそこかしこにぶら下がり、真新しい石灯籠がドーンと鎮座するような、ハリボテ感満載の、品のない空間だった。しかし私は、丹波哲郎がジェームズ・ボンドを接待するような、または日活映画でギャングの親分が銃撃されるような、最近の映画で例えれば『キル・ビル』でユマ・サーマンが大暴れするような、この店がお気に入りだった（今、これを書いていて気がついたが、私が昭和の頃に建造されたラブホテルや秘宝館の映像作品や書籍に関わる源泉はここかもしれない）。

私は店内をゆっくりと歩き、川の下流にある、錦鯉や金魚が泳ぐ石造りの池の近くにいつも座った。すると和服を着た女性店員さんがやってくるので食事券を渡し注文。10分ほどでやってくるのが「刺身定食」だった。私はいつもこればかりを注文していた。

刺身と言っても皿にあるのはマグロの赤身だけ。それを小皿にある醤油につけて、口に入れると、まだ中心部が凍っている！　ただこれはいつものことで、口の中でゆっくりと溶かし、舌で全体が柔らかくなったと確認してから、やっと噛み切って味わい、胃の中に落としていた。私は別に凍った刺身が好きだったわけではない。群馬は海から遠く、さらに当時はまだ冷凍や解凍の技術が貧弱だったためか、ここだけではなく、家庭はもちろん、近所の寿司屋でも凍った刺身ばかり食べさせられていた。悲しいかなそれが普通だと思っていたのだ（しかも、そんなものでも当時はかなり高級食材だったはずだ）。

刺身を口に入れて溶かして食べるという作業を続けていると、徐々に皿の上に残っていた刺身が自然解凍してきて、赤い液体が出てくる。私は刺身についたそれを、「つま」として添えられた大根の細切りにペタペタと付着させて取り除き、醤油をたっぷりとつけてからご飯と一緒に口の中に放り込んでいた。最近知ったことだが、この赤い液体には刺身の旨み成分が多く含まれているそうで、確かにここで食べた刺身は美味しいものではなかった。しかし、味なんて小学生の私にはどうでもよいことだった。酒を飲む大人たちの中で、一人きりで刺身を食べる子供、そんな「特別な存在」になれることが嬉しかった。

さて、「ミヤマ」であるが、もちろん今は営業していない。映画館も閉館している。しかし、それらが入居していた建物は現在でも廃墟のまま放置されている。地方都市の経済的地盤沈下は、中心地に更地すら作れないほど凄まじいということだろう。映画館は荒らされ、野良猫や鳩の糞尿臭が充満していて誰も近づかない。ミヤマは家具や装飾品はすべてなくなり、壁板、床板も全て剥がされ、基礎部分のコンクリートがむき出しの状態で見る影もないが、人工の川や池があった箇所だけその縁の部分が盛り上がっていて、子供の頃に座っていた場所はわかるのだ。

帰省した時に一度だけ廃墟の中に入り、その場所に立ってみたことがある。あまりにも様相が変わっているので、さほど感傷的な気分にはならなかったが、無意識のまま舌を動かしている自分に気がつきハッとした。それが凍った刺身を口の中に入れている時、その解凍具合を確かめている時と同じ動きだったからだ。貧相で画一的な現在と、猥雑ではあったが豊潤な過去の世界が自分の身体の中で交差したようで、しばらく呆然としてしまった。

067

# シンプリーのスペカツ

桑原圭
（編集デザイナー）

私が育った福井県大野市の田舎町には2つの高校があった。いわゆる進学校とやんちゃな学校。

高校時代、私は進学校に行き、仲のいい友達はほとんどやんちゃな学校に行った。当時はヤンキー全盛の時代、美しい田園風景が広がるこの田舎にも例外なくヤンキーはあちこちにいた。下校途中の農道では鬼ハンバリバリの自転車にまたがった先輩に出くわし、無駄にボンタンを買わされ、お疲れさまです！と社会人になってからも出したことのない大声を出していた。

そんなごく普通の弱い高校生の時の話。もう20年以上も前のお店の記憶。

この原稿を書く時、たまたま隣にいた4歳ほど年上の友人に、「どのお店をイメージします？」と聞くと、私が思っていたお店と同じ名前が出た。「シンプリー」という喫茶店。そして、お店の名前と同時にでてくるのが名物メニュー「スペカツ」。その由来は恐らく「スペシャル・カツ丼」、マスターに聞いたことはないけどきっとあってると思う。

そのカツ丼のスペシャルさは当時の高校生の想像を軽く超えていた。中世ヨーロッパを彷彿とさせる蔦レリーフがあしらわれた、いびつな持ち手のついたステンレス製の横幅30センチほどの大きな長方形のトレーにのってスペカツはやってくる。トレーにのってるのは丼ではなく、カツの山そのもの。トレーにはびっしりと敷き詰められた山盛りのご飯、その上にこれでもかというくらいの切ったカツがちりばめられ、卵とじになっている。惜しみなくというのはこういう時に使うのかもしれない。もはやカツ丼とはいえないその量としつらえはまさにスペシャル。

おまちどうと、爽やかな白シャツがポイントで少しはげかかってた（と思う）いい男風の中年マスター。「こないだ来てた女の子はお代わりもしてたよ」と挑発するかのように嬉しそうに話していたことが記憶にある。

スペカツの味は思い出せないが、高校生にはとにかく質よりも量が優先事項だった。しかも、1000円もしないコスパ最高レベルの価格帯。「スペカツ行こっせ（行こうよ）」と、店名よりも目的がはっきりとしていたシンプリー。そして何よりも、高校生に優しい気軽にタバコが吸える店ということもあり、地元の2校の高校生もよくいた。

シンプリーは2階建で、黄色い柔らかな日差しがあたたかく、明るすぎない大人の空間で、その2階席は特別な最上級の場所だった。そこには昔ながらの卓上ゲーム機のある席が数席と、ゆったりとしたソファー席があり、ヤンキーもよくいた。その中の一人Nくんは私の母校にいたヤンキー格の1つ上の先輩で、いつもそのゆったりとしたソファーに彼女と一緒に横並びで深々と座り、クラブのVIPルームのボスギャングのように2階を支配していた。我々平民学生はNくんがいると2階に立ち入ることは許されなかった。こんチワッスと挨拶をしてしげしげと1階でスペカツを食べていた。しかし、やっぱりスペシャルな2階で食べたい。なので、シンプリーに行くと、まず2階を確認、いない時を見計らい、ここぞとばかりにそのゆったりとしたソファーに腰掛け、スペカツを注文し、邪魔者が入らないうちに速攻たいらげ、タバコをくゆらせた。タバコの煙と日差しが絡み合い、大人の至福の時間がそこにはあった。Nくんのようにとっておきの彼女を連れていき、自慢気にその時間を共有した記憶もある。

シンプリーには青春が詰まっていた。ヤンキーには「ひゃっけんないけ?（100円ありませんか?）」と無条件にゲームのお金をせびられること、目上の権力者には媚びると可愛がられること、スペシャルの本当の意味などなど、多くをここで学んだ。よく絡まれ嫌な思いをするけどやっぱり行ってしまうシンプリーにはスペシャルな魅力があった。

よくよく考えてみると、これらの私の記憶はすべて高校2年生頃で、そのあとに行ったことは実はあまり覚えていない。高校3年生になって、受験勉強が始まるにつれて行かなくなったのか、先輩がいなくなったことで、恐る恐る行ったあの2階のスペシャル感がなくなってしまったのか。やはりあまり覚えていない。

心にずっと残る鮮明な記憶は抑圧されたものの中にあるのかもしれない。どこか不自由だけどスリリング、しかし到達点は極上のスペシャル体験は記憶に残る。今は、地方も都会も同じようなアイコンになり、お店も人も物事も、綺麗でいい人で健全なものが多く、出る杭はすぐに叩かれ晒される。シンプリーも学生にタバコを吸わす時点で、SNSで一発アウトかもしれない。曖昧さを許さず、個人の感情の隙が入る余地がないように感じる。

今の高校生は一体どこで何を食べて青春を思い出すのか。20年以上たっても記憶に残るお店は大野にあるのだろうか。

シンプリーは今はもうない。

高校卒業後、県外へでてしまった私は、シンプリーもだんだんと記憶の中から薄れてしまった。帰省中に久しぶりにふとシンプリーを思い出し、行った時にはシンプリーはなかった。火事にあって全焼してしまったらしい。当時は大学生活の目新しさが懐かしさを上回り、さして気にもしてなかった。二十数年経った今、猛烈に懐かしさと、美化された思い出とともに、もっと知りたい欲求が湧き上がる。なぜ焼けたのか、あのマスターは今は何をしているのか。なぜスペカツを始めたのか、もっともっと聞きたいことはたくさんある。二度といけない、会えないお店となってしまった。

私はこの春、会社を辞めた。この青春時代を思い出し、青春時代を過ごした大野に腰を据え、これからは次の青春時代を過ごそうと思う。

068

# 神田神保町のめし屋「近江や」と「美学校」

直川隆久
（CMプランナー）

東京は神保町の細い路地にある「近江や」という、カウンターだけの小さなめし屋。今から20年ほど前の大学生時代、その店でサバの塩焼きをずいぶんと何度も食べた。すぐそばの「美学校」に通っていたからだ。

「美学校」をご存じない方のために簡単に説明すると、1969年に設立された芸術表現の学校である。学校とはいっても、美大でも、美大受験予備校でもない。絵画教場（当時）、石版画工房、細密画教場などの講座があって、年齢も職業もバラバラな「学生」が雑居ビルのワンフロアに寄り集まって作品を制作し指導を受ける。一日の講座が終われば、みんなでおでんを煮て、それを食べながらさつま白波を飲む。そういう楽しい「学校」だった（ちなみに、美学校は今でもバリバリ開校中だ。講座数も当時よりぐんと増え、非常にエネルギッシュに発信している）。僕が通った「絵画教場」を率いていたのは現代美術家の菊畑茂久馬（もくま）先生。先生が九州在住という関係上、他の教場は週1のところを、月1回の週末をまるまる使って行われる。朝から夜までの教場なので、お昼ごはんを食べないといけない。それでよく行ったのがこの「近江や」だった。

ここのサバの塩焼きが、滅法うまかった。

ちょっと仲本工事似のでっぷりしたご主人が、注文ごとに、ロースターで魚を焼いてくれる。鮭やいわしもあるのだが、僕は最初にここで食べたサバのあまりの旨さにヤラれてしまい、サバ以外はほぼ注文しなかった。どんと半身で、焼きたてで、脂がしゅうしゅういってるやつを皿にのせ、大根おろしをどばっとのっけてくれる。店で食べる塩サバって、あらかじめ焼いておいたものを温め直して出すせいか、皮がシワシワしていたり身がパサついてるのが多いものだが、近江やのは、もう肉が内側からしっとりと膨らんで、旨さが爆発しそうなサバだった。せめてもの節約で、みそ汁は頼まない。ごはん、サバ塩、と、ほうれん草のごま和えかヒジキの煮つけ（それまで見たことないほど、太いヒジキだった）。どれもうまい。頼んだことはないのだが、卵焼きもあって、これも銅の卵焼き器でご主人がたっぷりと大きなのを焼き、大根おろしをぼんとのっけて出していた。ご主人が運ぶ発砲スチロールの箱を見て「文化干し」という言葉を初めて知った。

朝から何時間かデッサンをやり、昼前になると早くあのサバでごはんが食べたくてそわそわした。はじめ、ごはんのサイズは普通を注文していたのだが、何度目かで、大盛にしたくなった(サバが旨すぎて)。値段がプラスされるのでどうしようかと迷ったのち、思い切って大盛にした。食べ終わってお勘定をお願いすると、いつもと値段がかわらない。あれ、という顔をしていると御主人が「全部食べたら、お代は要らないの」とよく響く声で言ってくださった。あんまり愛想よくしゃべる印象のないご主人が、意外にもちょっとおどけた感じで言ってくれたこともさることながら、これで次回から気にせずに大盛を注文できることが嬉しかった。それ以来、僕はずっとサバの塩焼きが大好物で、いろんなところで食べ続けている。でも、あの近江やほどのサバには出会えていない。

この近江や、じつは物理的に行けないわけではない。ネットで調べてみると、近江やは、まだあることがわかった(ご主人が今も現役でいらっしゃるかどうかはわからないのだが)。ロードサイダーズ・ウィークリーの読者の方なら、ひょっとして今現在通ってらっしゃる方もおられるかもしれない。

とはいえ、僕は20年以上、近江やにはご無沙汰をしてしまっている。

理由は二つあって、一つには、就職して勤務先が大阪になってしまったから。もう一つの理由は、当時のなんだかもやもやした気分をつい思い出して、いたたまれなくなってしまいそうだからである（お店には何の罪もないので勝手な話なのだが）。

子どもの頃から「絵がうまい」と言われて、自分には才能があるのでは…と思っていたが、芸術の道に進むというほどの勇気もなく、ふつうに受験して大学に進んだ。だがもう一度自分の「芸術の才能」を証明したくて、美学校に入ることにした（赤瀬川原平さんの本が好きで、彼が昔美学校で教えていた、というのも理由だった）。だが、入ってみると、絵画教場には僕よりも遥かに「本気」な人がたくさんいたのである。

教場の初日は、前回からのひと月のインターバルの間に生徒が描いた絵を菊畑先生が講評するところから始まる。日常風景の鉛筆スケッチくらいしか出せない僕に比べ、作品の熱量やオリジナリティが段違いの人たちが何人もいる。毎回、鬼の顔を厚塗りの油絵で夥しい数描いてくる人。100号キャンバスに、荒涼とした都市の風景を描く人。白い頭部の謎めいたキャラクターを描き続ける人。色あざやかな絵の具を愛撫するようにキャンバスの上でもみ広げて絵を描く人。小さなスケッチブックに、異様に細かいタッチでオブジェやらキャラクターを描き続ける人…彼らの絵には確固とした「これが私の絵だ」という主張があった。

菊畑先生は、生徒がそろそろ自分の絵をつかんできた頃合いを見はからって「個展をしなさい」と促す。グループ展ではなく、個展。当然、画廊を一人で1週間借りれば金銭的な負担は相当なものになる。生徒の多くは、バイト生活をしながら工面したお金でキャンバスや画材を買っている人たちだ。彼らに個展をせよというのは決して「優しい」話ではない。だが、個展をするためにお金をためる、作品を描きためる、という行為を引き受けること。それを前提とした生活をすること。それが「絵描き」として生きるということなのだ、というのが菊畑先生の教えだった。職業画家になることが目標ではない。ほかの仕事をしながらであっても、絵を描く、描き続けるということを自分の生き方の一部とせよ、と。

そういう「覚悟」がそもそも自分と全然違う周囲の人たちを見ているうちに、自分の中には「うまいっぽい絵が描きたい」というぼんやりした気分があるだけで、つまりは「これを描かずにはいられない」という衝動も「これを描き続けるのだ」という熱意もないということに気付かされてしまった。また、皆が自分の絵を追いかけて格闘するこの空間で、「俺は、あの子よりデッサンうまい」とかそういうことで自尊心を確保しようとする自分を発見したりするのも、かなり恥ずかしい体験だった。大人(僕と同世代の人もいたが、みんな、精神的には僕より大人だった)に交じって時間を過ごすことはすごく楽しかったが、でもやはり劣等感というか、自分の小ささをずっと感じさせられる、複雑な味の時間だった。

神保町のあの界隈のことを思い出すと、どうしても当時の気分がよみがえり、心穏やかでいられない。何かの拍子に記憶の扉が開いて、自分が言ったであろう恥ずかしい言葉や行為のディテールをどっと思い出しそうで怖いのである。
いや、さらに言えば…「絵を描き続けなさい。仕事で忙しくても、絵を描き続けなさい」という菊畑先生の教えを僕は、守れなかった。その後ろめたさがある。

そんなわけで、「近江や」はまだあるにもかかわらず…出張の折りにでも時間をつくれば再訪できるにもかかわらず、ご無沙汰をしたままなのだ。

なんだか、近江やの話なのか美学校の話なのかわからなくなってしまった。でも、僕にとって「美学校」ぬきの「近江や」はなく、こんな文章になってしまった。
あまりに個人的な、ただの告白になってしまったかもしれないが、せめてこの文章に意味があるとすれば、まだ神田神保町に存在する、近江やと美学校という素晴らしい場所をみなさんにお知らせできたことだ。もし芸術に興味がある方なら、ぜひ一度美学校のサイトを覗いてみていただきたいし、魚が好きな方ならぜひ近江やで猛烈においしいサバ焼きを食べてみていただきたいです。

※菊畑茂久馬先生は、最晩年に至るまでその気迫漲る画業で新境地を拓き続けられたが、2020年5月に逝去されました。心からご冥福をお祈り申し上げます。なお「近江や」は、残念ながら閉店されたとの情報がありました。

069

# 修行道場　高野山

梶井照陰
（僧侶／写真家）

ピピピピ……目覚まし時計の音で目が覚めた。

ぼんやりとした頭でまわりを見ると、同部屋の仲間たちがあくびをしながら布団をたたみ衣に着替えている。仲間に促されて私も布団をたたむと、〃まだ寝ている者はいないか〃と指導員が見回りにやって来た。

指導員の去った廊下には、修行を告げる半鐘（はんしょう）を鳴らすため、この日の日直が撞木（しゅもく）を手に待機している。窓の外はしんと静まりかえり虫の声さえ聴こえない。時計の針は2時を回ったばかりだ。

午前2時から2時30分を〃丑三つ時〃という。明治以前の日本では一日を干支に当てはめ12分割する時法が用いられていたそうだが、古くからのしきたりが今も残る高野山で修行を始めたばかりの頃、私は初めてその時刻が丑三つ時だと知った。

弘法大師空海が和歌山県の山奥深く、標高800メートルの高野山に修行の場を開いたのは弘仁7年（816年）だという。それから1200年の間に数え切れない程の行者たちがこの地で修行をしてきた。父が跡を継がなかったからと、祖父の跡を継いで佐渡の寺の住職になってほしいと親戚や檀家さんに言われ育った私もその一人で、高野山で修行を始めて3年になっていた。この頃、私が修行をしていた場所は私と同世代（10代後半から20代前半）の行者が多い四度加行の道場だった。道場には寮が隣接しており、行者はそこで寝起きし、食堂で三度の食事をいただく。

四度加行（以下、加行）とは行者が阿闍梨となるための儀式（伝法灌頂）を受けるのに先立ち身につける行のことだ。阿闍梨とは戒律をきちんと守り、仏教の法を教授する僧侶をさす。しかし阿闍梨を目指す多くの行者は私も含め、親族が住職を務める寺の跡取りになるためだったり、興味本位からだったりとその動機は不純だ。戒律を守りブッダ（悟りを開いた人）を目指す純粋な行者もいるが、そのような者は片手に収まるだけの数かもしれない。

加行も終盤に差し掛かると行者たちは丑三つ時に起床し、その日の準備に取りかかる。眠い目を擦りながら衣に着替え、修行の始まりを告げる鐘の音を待っていると、同部屋のカマキリ顔の男がやって来て、「お盆が過ぎたら急に寒くなってきたな。今夜はカレーライスだそうだ」と小声で言った。

思えば今日は「結願（けちがん）」である。結願とは一つの修行が終わる節目で、この日の夕食は特別メニューなのだ。

加行は百日間かけて行い、初夜・後夜・日中の三座の勤めが必須となっている。後夜の修行を終えると、行者たちは下駄を履き空海が修禅の場として開いた金剛峯寺を参拝する。

参詣を終え寮へ戻ると朝食の準備だ。

「腹ペコだな。早くカレーが食いてぇ。出所したら何食うかな」

食堂で茶碗を並べていたカマキリが独り言のように話す。もちろん修行中は肉も魚もない精進料理だ。この日のカレーも肉の代用として蒟蒻が使われている。湯気の立つカレーが脳裏に浮かび涎をたらしかけていると「これ食えや」と、何かいけない物を手渡す売人のように、カマキリが私の手に丸い物を握らせた。

部屋の片隅に立つ指導員の視線を避けてそっと手を開くと飴玉だった。

「加行もあと1週間だ。大切に食えよ」

カマキリが言った。加行中は飴菓子などの嗜好品は一切禁じられている。ただ特例として大正製薬のヴィックスのど飴の持ち込みは認められていた。お経の発声で喉を痛めた場合に備えてのことだ。しかしそれは多くの行者たちにとって密かな空腹の足しとなっていた。

毎日の食事は食事作法に則って行われる。作法は日直の咒願というお経により始まる。この日の日直ははす向かいの部屋のゾウアザラシのような体格の男と日頃から勤勉なミミズクの容貌をした2人だ。

朝食は粥と決まっている。行者たちは粥の並ぶ長机の前に座ると、ゾウアザラシが「三鉢羅佉多」と食事に対する感謝を唱え、ミミズクが「平等行食」と続いた。やがて料理を作ってくれた人や生きとし生ける者、仏・菩薩などに対する謝辞の経を唱えると、ゾウアザラシが厳かに「出生食」と言った。

出生食は衆生や鬼神へ施しの意を込めて「生食皿」という小皿の上に箸で7粒の米を置いていく儀式だ。濡れた米粒を素早く皿にのせるには慣れが必要で、修行を始めたばかりの頃は箸にくっついた米をなかなか皿に置けず、不器用な行者たちは腹を空かせた仲間たちの冷ややかな視線を浴びることとなった。

朝食のあと再び後夜と同じ修行をし、それが終われば昼食。食後は弘法大師が入定した御廟のある奥之院に参拝だ。

参詣中の私語は厳禁、見つかれば指導員によるげんこつである。当時は体育会系であった。道場から奥の院まではおよそ3キロの道のりだ。

「足が痛ぇ。先週、病院行きになったSは加行をリタイアしたそうだよ」

戦国武将の墓が並ぶ奥の院の参道へ入ると、隣を歩いていたカマキリが小声で話しかけてきた。先頭を行く指導員は、私たち行者を撮影しようとカメラを手に集まる観光客の一団にやきもきしている。その後ろを歩くゾウアザラシもまた足を痛めたのか、下駄を擦りながら落人のようにびっこを引いている。

「足の血が止まって壊疽したらしい。手術したようだ」

TVも新聞もない、陸の孤島のような道場に、下界の情報が入り込む余地などない。それなのに誰から情報を得たのか、カマキリはSについて話した。人懐っこく、明るい存在だったSはゾウアザラシ以上の体格の持ち主だった。多くの行者も正座により足を痛めていたが、長期にわたり間違った座り方をしていたのだろう。彼の全体重が自身の足の甲の一点に集中して血行障害を起こし、末梢組織が壊死してしまったのだ。

「残り2週間だったのにな……」

脱落して去って行った仲間を思いカマキリがつぶやいた。

参拝を終え寮へ戻ると、この日最後の修行が待っていた。指導員が各部屋を見回り、ミミズクが初夜を告げる鐘を打ち鳴らすと、行者たちは一同廊下へ並んだ。

〝これが終わればカレーライスだ〟

誰もがそう思ったに違いないが疲労と空腹でひそひそ話をするものは一人もいない。道場に入り各自着座するとまもなく、足が鬱血し限界に達していたゾウアザラシの体がゆさゆさと大きく揺れ始めた。眠気に堪えきれず舟をこいでいたカマキリの手からは経本がバサバサ~と畳の上になだれ落ちる。眼を三角にした指導員の怒号が飛び、しーんと静まり返った道場に、手持ちのヴィックスを切らしたミミズクの憐れな腹の音がきゅるきゅる~と響き渡った。

その夜、ぶじ結願を迎え、仲間たちと笑顔で食べたカレーライスの味を未だ忘れることができない。

070

# 私がジョン・ヴォイトになった日

高橋洋二
（放送作家／ライター）

荻窪の「丸福」に初めて行ったのは大学生になった1982年だった。

当時のグルメジャーナリズムは今日のように多彩ではなく、そもそもラーメンについてあの店が美味いとか不味いとか皆がわあわあ言う習慣は無かった。そんな中、若い演芸評論家の山本益博氏が『東京・味のグランプリ200』をドーンと世に送り出し、いい店とそうじゃない店を実名で発表した。しかも寿司、天ぷら、鰻、洋食といったトラディショナルなジャンルに加えラーメンについても健筆を振るい、「丸福」は唯一の三つ星評価を獲得していた。

「あの本でめちゃくちゃほめられてる「丸福」っておいしいの？」と当時荻窪に住んでいた友人に訊いたら「すごくうまい」と言うので、ハードルがどうかというくらい上がった状態で行って食べてみたらそのハードルの遥か上を行く素晴らしいラーメンだった。

なんだ、この人を狂わせるくらい旨いスープはとか、煮卵って醤油ラーメンにこんなに合うんだとか、もやしって2秒くらい湯に通すだけでいいんだとか、こんな細麺なのにちゃんと腰があるのが凄い、とあらゆる衝撃を受けたのだ。

通うようになって発見したのは、配膳などを担当する女性従業員の方が時折発する毒舌だった。客も店の人達も全員が静かというのが基本の中、たまに「おいしいわね～」「だろう～」などとおしゃべりするカップル客が帰ったあと、下向いて「なんでしゃべるんだよ」などとボソっと言うのだ。いっとき行列が妙に長くなった時期に「なんでこんなに並ぶんだよ」と囁いた時はびっくりして横転しそうになったが、これ今思うとラーメン店とお客さんの関係の在り方についてかなり早い段階で真理を射抜いてると思う。この方、ルックスは初代「オバケのQ太郎」に出てくる「U子」そっくりのチャーミングな女性でした。

そんな80年代も半ばを過ぎると雑誌やTVなどで頻繁にラーメン特集が組まれるよ

うになり、それらを参照して行ってみたり、時にそれらより早くうまいラーメン店を見つけるなどする毎日を送っていた。東京23区はもちろん東京都下、神奈川県、埼玉県、千葉県にも足を運んで各地のラーメンを頂いていた。それでも「やっぱり今日は荻窪かな」という時があり、それはつまり「丸福」「春木屋」「漢珍亭」「丸長」の中どれかにまた行こうかなという気分の日なのだが80パーセント「丸福」に行ってしまうのだった。

で、今からおそろしいことを言うのだが「丸福」のような超おいしいラーメンを食べると「腹が減る」という「あるある」ってありませんかという話だ。胃が喜んで活性化するからなのかしら。私はよく「丸福」を出たあと駅前の喫茶店でサンドウィッチを食べていた。

このような「毎日ラーメンを中心としたデブまっしぐらの呑気な男」に青天の霹靂が訪れたのが05年1月だった。さーて今年の初丸福に行くかとニコニコと行ってみたら、店は開いておらず、白地の看板の店名の部分がガムテープでマスキングされているのだ。なんかもうとてもまがまがしい。様々な疑問が頭の中に飛び回る中「あ、これ閉店したわ」とだけは理解した。この時の荻窪の路上に佇んでいた私の表情は映画『真夜中のカーボーイ』のラストのジョン・ヴォイトと同じだったと思う。突然の喪失感によって途方に暮れるしかないという顔だ。

その顔のままで普段は立ち入らない店の裏まで行ってみたら閉められたドアに貼り紙があり「当ビル1Fの店（旧丸福ラーメン）に関する問い合わせは〜」という管理会社の担当者の電話番号があったのでそのあたりを一周歩いて息を整えた後電話してみたら「理由はわかりませんが閉店したみたいです」との回答が。担当者がいい加減なのか人に話せない事情があるのかわからないまま再びとぼとぼ歩き始め、駅前の今まで入ったことのなかった「珍来」でラーメンを食べた。結構うまかった。うま悲しかった。

そして現在、実は「丸福」というラーメン店は荻窪に1軒、西荻窪に1軒存在する。どちらも今回書いた「丸福」の店主だった方のなんらかの親戚関係だったり弟子関係だったりの人の店らしい。「丸福」が閉店したあともちろん2軒ともすぐ行った。おいしいラーメンだった。「丸福」にすごく似ている。ということは「丸福」ではないと強く感じた。

今回本稿を執筆するにあたり久々に、現存する荻窪の黄色看板の「丸福」に行き、玉子そばを頂いたら、あれ？と思うくらい白色看板の「丸福」に近くなっているので驚いた。本当に近くなっているのか、私がそう思いたがって味覚の記憶を書き換えているのかはわからない。

071

# 夜来香（イエライシャン）名古屋・栄店

## Oka-Chang（エッセイスト）

「実は」から始まる話が好きだ。


「実は親が有名人」

「実は浮気をしている」

「実は真面目」

「実は女」

などなど。


双方に「信頼」という下地作りがしっかりした「実は」もあれば、フライング気味の「実は」もある。「つい」とか「うっかり」とか、そんな「実は」の中にこそ、人間の味が隠れていたりするわけです。

これからする話も「実は」の部類に入る。が、不特定の人物に向けて放つ「実は」としてはどうなんだろう。

ま、いつものように書いてしまうのですが。

私には2度の結婚歴がある。

1度目の結婚は、22歳の頃。東京在住のフリーライターと、愛知県在住のモデル（私）が知り合い、遠距離恋愛なんていうまどろっこしい状態に耐え切れず、あっという間に結婚に至った。

結婚生活は10年続き、若気の至りめいた決断の割にはたくさんのものを得た。お金以外の、お金よりも大切なことを。

2度目の結婚は、酸いも甘いもそれなりに経験した36歳の時だった。「勢い」という点では1度目とそう変わらない。こちらは現在も継続中であることから、相性はそれなりに良かったと思っているし、むりやりにでもそう思おうとしている。

が、この2つの結婚以外にも、

「この人と結婚するんじゃないかなぁ」

と思った人がいる。というか、いた。

両親にも紹介したし、短いながらも一緒に暮らしたりもした。その人を仮に「Tさん」とする。

Tさんと知り合ったのは、地元の高校を出て、名古屋市内にある古着屋で働き始めた頃だった。

当時の私は洋服が好きで、それにまつわる音楽が好きで。Tさんは逆に、音楽が好きで、それにまつわるあらゆるものが好きな人だった。

実家暮らしの私に対し、Tさんは名城公園近くのアパートで一人暮らしをしていた。お給料のほとんどを趣味につぎ込むために、家賃を極限まで抑えるとこうなる……という見本のような部屋だった。何万円もする帽子やヴィヴィアン・ウエストウッドのヴィンテージを着ている人物が暮らす部屋ではけっしてない。が、「洋服が好きな庶民」という点では私も同じ。六畳一間で暮らす様が、私の目には「＝真面目」に映っていたという。青い判断……。

Tさん宅の電気やガスは料金未払いの末に止まることがしょっちゅうで、しばらく使っていないお風呂場は、スニーカーやオモチャで物置のようになっていた。

「お風呂はどうしてるの？」

Tさんに聞くと、台所の水を使うか、間に合えば銭湯に行くと言う。

付き合い始めたのは、暑さの残る9月。

「お風呂に入ってないから」

というこちらの子どもっぽい言い訳にも、ずい分長い間、そうなることを待っていてくれた。

Tさんは、アパートから中区栄にある職場までスケートボードで通勤していた。名古屋城と名古屋区役所に挟まれた大津通りは、深夜になると車の行き来が極端に減り、ライトアップされた建物がもったいぶったように浮かび上がる。経年劣化の美の権化のようなグレー色の建物を、オレンジの光が照らす。

大津通りの歩道はびっくりするほど広く、右に左にゆっくりとスケートボードで進むTさんをいつも後ろから眺めていた。その差が広がれば広がるほど心細さは拡大する。自信のなさから、常に不安定。付き合うもすぐに苦くなるという、典型的な未熟な恋だった。

しばらくすると、私はTさんの職場から程近い名古屋三越で働き始めた。

仕事が終わると、近くのゲームセンターで待ち合わせて、夕飯を食べに行くのは決まって中華料理の店「夜来香」だった。

イエライシャン。

一体どうやったらそんな発音になるのか？「ライ」は分かるが、「イエ」が難解。

同名の歌や花の存在を知ったのは、つい最近……というわけではないが、けっこうな大人になってからだった。

夜来香は、栄のド真ん中という立地の華やかさとは裏腹に、いわゆる〝町中華〟の佇まいをしていた。服はもちろんバッグの中にまで油の匂いが染みついてしまう。

店舗はたしか2階建て。私たちは、どういうわけか1階で食事をとることは少なく、店に入るとすぐ目の前にある階段を上り、2階の席に座った。

私のお気に入りは、定番メニューの唐揚げやホイコーローに、小鉢やスープ、ご飯の付いたセットだった。デザートに付く杏仁豆腐はほど良い甘さで、ひと匙ごとに立ち仕事の疲れが抜けていく。お酒の好きなTさんは杏仁豆腐を食べず、いつも自分の分の杏仁豆腐を私にくれた。

Tさんとは3年ほどで別れることになった。次にお付き合いした人と即結婚するに至ったのは「もう誰とも別れたくない」が理由にあったのかもしれない。

夜来香は今も営業している。

行けば、あの清らかな杏仁豆腐を口にできるのかもしれないが、思い出に足を取られ、立ち上がれなくなってしまいそうで。

「行かない」「近寄らない」という閉じた選択で、今日も自分を保っている。

*072*

# 唐あげ塾

ディスク百合おん
（ミュージシャン）

2012年、「唐あげ塾」という店がありました。

その店は、中野のとあるイベント箱の近くに突如出来ました。私はミュージシャンをやっているのですが、ライブの音出しが早めに終わり「出番まで微妙に時間も出来たし、小腹でも雑に埋めちゃいますか！」とフラりと入塾したのでした。

店内は塾に合わせてなのか、ロッカー、黒板、学習机・イスがあり、いわゆる小学校風。といっても当時を再現しているというよりは、コント番組やAVのセット寄りな安っぽさ。なのでノスタルジックな気持ちに浸れず、「友達が通ってる学校系メイド喫茶に無理やり連れてこられました」的な感じで居心地は正直いまいち……。

店員は先生風のメガネスーツ……ではなくエプロンTシャツの普通のアルバイトの兄ちゃん。「はいー、ハイハイ、ハイ～」と、ざっくりした態度で注文を受け、奥の薄暗い厨房へ入っていきました。

今のところ、どうにもチープでちぐはぐ。心の中で「完全に外した～！」と後悔しました。というか今まで入塾した人は漏れなく「完全に外した～！」だったでしょう。

だけど、予想に反して出てきた唐揚げはかなりの絶品。

白い四角いお皿にサニーレタス1枚と大ぶりな唐揚げが4個。給食の唐揚げというよりは、お肉屋さんの唐揚げが思い浮かびます。早速いただいてみるとこれが美味い！しっかりと揚げられた衣はかなりサクサクでクリスピー。鶏肉は濃いめに味付けが施されておりプリプリのジューシー。思いの外ちゃんとしていたのです。というか、今まで食べた唐揚げの中でもかなり上位のクオリティ。

「これは嬉しい誤算！」と夢中で食べ進めるうち、はたと気づきました。「この唐揚げ、食感が軽くて味もしっかりめ。つまり、おかずというより酒仕様なのでは……！」しかし、残念ながらここは塾。コンセプト的に酒なんてあるはずないのです。勉学にはげむ場所にアルコールがあるわけありません。ガッカリしながら諦め半分で出席簿風のメニュー表を見ると、そこにはデカデカと「ビール・ハイボール・ウーロンハイ」の文字。「あるんかい、酒!!」。速攻で生ビールを追加注文。唐揚げにかじりつきハグハグと噛み締め、口内のアブラを洗い流すようにビールをガブガブガブ……。「この塾、最高やんけ……」予想どおり唐揚げと酒の相性は抜群。一気に店の評価が上がった瞬間でした。

どれも美味しかったのですが、私が特に気に入ったのは「砂肝唐あげ」。独自の下処理をした砂肝だったのか、通常よりかなり大きく不格好で、普通の唐揚げより黒みがかった見た目が特徴的でした。揚げたて熱々にカブリつくと、食欲をそそるにんにくの香りがふわり、ゴリゴリと噛み締めるとじわ〜っと肉汁が広がり、酒のアテにはぴったりな一品でした。

あと忘れられないのが、限定メニューで登場した「担々麺」。担々麺では珍しく出汁を鶏で取っており、風味が豊かで鶏挽き肉もたっぷり。辛味も深く、煮卵、ほうれん草、白髪ネギがのっていて本格的。ただ、美味しかったけど唐揚げ以上に店内と合

っていませんでした。給食感を出すべきだろ！　メニューに‼

そんなこんなで「しょうもない見た目、でも実力は申し分なし」という計算なのかバカなのか全く読めない「唐あげ塾」のギャップにやられてしまった私は、ライブがある度に寄るようになりました。そういう意味ではコンセプトは成功していたのかもしれません。ごくごく一部にでしょうが。

さらに私はそこから「自分がこの店を宣伝しないと！」という謎の使命感まで芽生え、勧誘活動を自主的に行うようになりました。何をしたかというと、イベント箱近くという立地を利用し「ちゃんとした店で食べたいんだけど……」と嫌がる共演するＤＪやミュージシャンを無理やり連れていき、食べている様子を写真におさめ「唐あげ塾　塾生（名前）」と添えてInstagramにアップするという地道なものでした。

皆明らかにテンションが低いスタートになるも、唐揚げを食べると反応が変わります。「やはりこの店はすごいんだ！」と確信できました。ですが、店を出ると「確かに美味しいんだけど、この店食べに来るタイミングが分からないな」「隠れた名店なのにデートにも接待にも使えない」という感想が飛び出します。ぐうの音も出ませんでした。

結果、自分の頑張りは空回りに終わり、数カ月後「唐あげ塾」は早々に潰れてしまったのです。

しかし、私はなぜあんなに必死だったのでしょうか。今考えてみると「比較的真剣に取り組んでいるのに、アウトプットがふざけ過ぎて軽薄に見られがち」な自分のライブスタイルと「唐あげ塾」を重ね合わせて、ほっとけなくなっていたのかもしれません（ライブ映像はYouTubeにあるので見てください）。

あれから7年。「唐あげ塾」があった場所は今ヘアーサロンになっており跡形もありません。でも私の記憶には妙にハッキリと残っております。そして、そこの近くのイベント箱でライブがあり跡地の前を通る度、あの絶品唐揚げと、固くて座りにくい学習イスをふと思い出してしまうのです。

073

# 永遠の21秒

豊田道倫
（シンガーソングライター）

30代前半のある時期、通った喫茶店がある。

学芸大学の商店街からちょっと入ったところにあったお店。マスターひとりでやっていて、カウンターが6、7席、小さなテーブル席が2つあった。

小洒落た白を基調としたお店だったが、マスターは初老だけど精悍で、鋭い目をしていた。かつては映画関係の仕事をしていたと聞いた。

ふっとその店に入って、独特だけど店にケレン味や棘はなく、居心地は悪くなかった。濃いフレンチコーヒーが好きになった。いつも「うちのはぬるいぞ」と言って出していた。熱くない。熱いと味が逃げるのかどうか知らないけど、ぬるいけど美味かった。

小さな店だから、入ったらお客は自分だけの時もよくあった。マスターと話したいとも思わないから、カウンターには座らずテーブルでひとりでいた。当時は煙草なんて吸わなかったから、さっとコーヒーを注文して飲んで、ほとんどゆっくりせず帰った。マスターと話すのが気まずいというのでもなく、その頃は若いせいかそんなだった。だんだん行き慣れると、席を立ってお勘定しようとすると、マスターは「行くのか」と声をかけてくるようになった。それは半ば口癖のようだった。

その喫茶店は雑誌にも時々出たりして、マスターはカフェ界隈の間ではちょっとした有名人のようでもあった。カウンターに雑誌や広告か何かの業界人連中、主に女性らが来ていて、妙に滑舌良い口調でペチャクチャと話してる時に入ったら、運の尽き。もう自分は不機嫌でたまらないから、コーヒーを注文して飲んだらすぐ席を立った。そんな時はマスターは「行くのか」とは口にしなかった。

マスターは常連達が来て賑やかな時も、率先して話すような感じではなかった。何か知識や知恵をひけらかすこともしない。ただコーヒーを淹れて、客に出し、煙草をふかす。コップの水がなくなりそうになるとすぐに注ぎに来る。それは徹底していた。頑固そうな雰囲気はあるが腰は軽かった。夜はブランデーなどお酒も出してたと聞いた。妙齢の女性がひとりでカウンターにそっといたりもしていて、もててる雰囲気はあった。でも覚えてるのは夜、遅めの時間にお店の前を通ったら焙煎していた煙を出していたこと。週の半分とは言わなくてもよく焙煎していた。香ばしい煙の匂いは今でも覚えている。
自分が行くのはもっぱら昼から夕方だった。陽の入ってくる時間帯に行くのが好きだった。

テーブルが埋まってたのか、ある時カウンターに座ったらマッチが目に入った。京都の喫茶店、六曜社のものだった。当時六曜社に行ったことはなかったが六曜社のマスター、オクノ修さんが歌うたいであることは知っていた。じっとマッチを見ていたらマスターが、「知ってるのか。この間、はじめて定休日以外で店を休んで鎌倉まで彼の歌を聴きに行った。あれはフォークって言うのか」。マスターは音楽にはそれほど詳しそうではなかった。
何年か後に京都でオクノ修さんとライブで共演させて貰った。マスターのことを話すと、たまに六曜社へ綺麗な女性と来てたと教えてくれた。初老の渋い喫茶店のマスターが綺麗な女性と京都旅行。話としては凡庸であまり面白くないが、オクノさんの鎌倉のライブに、両手一杯の薔薇の花束を持って駆けつけたというのは、ちょっと参ったなと思った。らしくないけど、らしい。

何かの拍子でマスターと話していて、自分でもコーヒーを淹れてみようと思った。マスターは「ネルドリップじゃなきゃだめだぞ。1杯でも2杯分の豆を使わなきゃ」

とか言って、フィルターなんかペーパーでいいのにと思ったが、ちょっと高かったネルを買わされた。豆は買わなかった。ドトールのにした。実際やってみるとネルは布だからずっと使えるらしいのだが、毎回きちんと洗って冷蔵庫に保管しなくてはで、面倒になってすぐペーパーに換えた。

はじめに豆全体に少量のお湯を注ぎ、21秒蒸らす。ここをマスターは強く念を押した。この「21秒」は自分の中でずっと守った。

女性の知り合いが偶然この店の常連と知って、一緒に店で飲んだことがあった。彼女は自分のライブにも何度か足を運んでくれて、そのことをマスターに話していた。マスターに「面白いこと、やるんだってな」と少し不思議そうに言われた。名乗ったことも一度もなく、喫茶店では殆ど最低限のことしか話さないので、ライブをやるなんて想像出来なかったと思う。いつも注文する時、自分の声が変わってて通りが悪いせいか、把握するまで一瞬間があった。でも聞き返したりはしなかった。声を「聴いてる」ようにも思えた。

ある時からマスターは咳をするようになった。ずっと吸ってる煙草のせいか、焙煎の時の煙のせいか、肺を病んでいるのは明らかだった。苦しそうなのに煙草はやめなかった。昨年48歳で煙草を始めるまでずっと嫌煙家だった自分にはアホらしく見えたりした。また喘息持ちで病院で薬を貰ったりしてるので、マスターに「薬で結構楽になりますよ」と言ったら、「医者も病院も嫌いなんだ」と返された。

それでもずっと営業していたが、ついに味も落ちてきたようで、マスターの咳き込みも酷くなってきた。「周りから言われて医者行ったけど、薬貰うのに待つのがいやで帰ってきた」と言ってた。もう知らんわ、と思った。

そんな頃、午後の早い時間だったと思う。陽がたくさん差し込んでいた時に店にいた。自分はコーヒーを飲んで何かを考え込んでいたんだろうか。まあ、当時も色々な問題を抱え込んでいた。気軽に入れるチェーン店のコーヒーではなく、この店の一杯を欲するのは、何かそこに安息や癒やし、言葉にはならない哲学のようなものを求めに行っていたんだなと、今になってみると思う。それなりに自分は追い込まれていた。マスターはきっと何でも答えを出して生きていた。肺を悪くしても煙草を吸うこともコーヒーに答えはいつもあった。

ふと気づくと、マスターがこっちを見ていた。店には自分しかいなかった。煙草をふかしながら、とても優しく嬉しそうな表情で微笑んでいた。それはマスターのはじめて見る顔だった。まるで愛する我が子を包み込むようだった。眩しい店内で戸惑ったと思う。自分は微笑み返したのか、なんとなく恥ずかしくなって下を向いたのか、覚えていない。言葉は交わさなかった。どうやってその後店を出たのかも覚えていない。でも、多分、その時がマスターとの最後だったと思う。

ほどなくして、マスターは亡くなった。店の玄関に奥さんからのメッセージが貼ってあった。感慨に浸る暇もなく、店はあっという間になくなった。

伝え聞いたところによると、マスターにはまだ小さな息子さんがいて、最後、息子さんと北海道を旅したという。聞いた時は、思い出作りのなんて哀しい旅なんだろう、と思ったが、あれから20年近く経った今、子供と2人暮らしの家で夜中にコーヒーを淹れる時、思う。マスターと息子さんの最後の旅は、最高に幸せな旅だったと。21秒蒸らしている間に、湯気の中で、煙草の煙の中で、少しずつ答えを出していく。

074

# 戦争オカマについて

茅野裕城子
（作家）

海外から来ている友達から、どうしても行ってみたいというリクエストでもない限り、わたしは普段、新宿二丁目のゲイバーに飲みに行ったりすることはほとんどない。80年代、中上健次さんが元気だった頃は、二丁目の角にあった西武門（にしんじょう）という沖縄料理屋に時々呼び出されて、1時間2時間と大幅に遅れてやってくる中上さんを待ちながら、わたし以外誰も客のいない店内で、「日輪の翼」にでも出てきそうな従業員のおばあさんたちが、低い声で、問わず語りに身の上話などしているのを聞きながら、つき出しの豆腐の上に小魚が5つ並んでいるものを、これは一体どういう食べ物なんだろうか、とずっと眺めていたりした。が、二丁目の端っこにあったとはいえ、西武門はゲイバーではなかった。わたしが、今、二度と行けない店として思い出そうとしているのは、とある古臭いゲイバーなのだった。

10年くらい、いや、もっと前かな。近くでご飯を食べた後、友達が連れて行ってくれたその店は、これといった特徴のない、なんとなくドヨーンとした雰囲気のゲイバーだった。明らかに場違いでつまらなそうに飲んでいるわたしに、マスターは、突然

「ねえ、ところであんた、戦争オカマって知ってる？」

と水を向けてきた。

「いやあ、戦争花嫁だったら、アンカレッジとかデンバーとかの空港でそういう感じの女性を見かけたことはあるし、最近では、戦争花嫁だった自分の祖母に関するドキュメンタリーを作った女性監督の作品とかをみた気がするけど、戦争オカマはちょっと……」

「そうよね、認知度低いわよね、やっぱり……」

そう言いながら、マスターは話しはじめた。

10代の初め頃から、なんとなく、自分は同性愛的傾向があるかもしれないなあ、とぼんやりと感じてはいたけれど、確信したのは思春期、戦争が終わって、一瞬にしてすべての人の価値観がゴロゴロと転換していくときだった。故郷の東北の地方都市にも駐留していた進駐軍がいて、その中の一人の将校に見初められ、付き合うようになった。で、その人の移転とともに、東京についてきて、なんと、ワシントンハイツに

こっそり囲われていた、と。

「え、ワシントンハイツですか？」

ちょうどその頃、バービー人形の歴史について調べていたわたしは、日本でも最も早くバービーを売り始めた原宿のキディランドの人に取材したとき、土地柄ワシントンハイツの将校夫人たちに、ハイツ内のバザーで是非ともバービーという新しい人形を売って欲しいと、60年代初めに懇願され、在庫をかき集めて持って行ったという話など聞いていたので、マスターの話の「ワシントンハイツ」の一言に、俄然興味が湧いてきた。

現在の代々木公園、NHKや渋谷公会堂のあたりまで、かつては一面の桑畑や茶畑だったところが、明治の頃、陸軍の代々木練兵場となり、第二次大戦後は、そこが連合国占領下でアメリカ軍の兵舎や住宅、教会、将校クラブなどを含む巨大なワシントンハイツとなったわけである。占領が解かれてからも、61年まで米軍のベースとして使われ、その後、日本に返還され、64年の東京オリンピックの選手村として利用された。

マスターのように、当時のワシントンハイツには、こっそり囲われている少年が複数いた、というような話を聞いてるうちに、その夜は時間切れとなった。

「ちょっと、もう少し、お話聞きたいので、また来ていいですか」

というと、笑顔で名刺を渡された。そこには、カタカナで「タミー」英語で「TOMMY」と書かれていた。余談だが、先日亡くなったジャニー・喜多川さんの英語名も「JOHNNY」。このOをアと読ませるところに、耳で覚えた生の発音を感じる。尤も、ジャニーさんは、ロサンジェルス生まれの日系三世で、なんと、このかたも、ワシントンハイツに暮らし、少年野球チームのコーチをしていた経験があるそうだ。一般の日本人は入ることができなかったワシントンハイツには、なんだか、実は、いろんな人が住んでいたようである。


マスターから、もっと色々聞きたくて、わたしは、それから何度か、一人でお店に行った。申し訳ないと思いながらも、ノートにメモしながら、細かいことも取材した。でも、わたしは、澱んでいる店の雰囲気も、パートナーの男性の歌もけばけばしいメイクもなんだか居心地が悪くって、そのうち、行かなくなって、忘れてしまった。

今、すでに、お店はもうない。


この原稿を書こうと、当時たくさんメモしたはずのノートを探したが、それがどうしてもみつからなかった。でも、わたしは、時々、ふっとマスターの話してくれた戦争オカマのことを、思い出すことがある。彼らが決断を迫られたのは、将校たちが帰国する時。捨てられる者もあれば、養子という形をとって、アメリカに渡ったものもある。マスターは、悩んだ末、ついて行かないという決心をした。それから、例えば、六本木のハンバーガー・インとかの仕事（ワシントンハイツで叩き上げたアメリカっぽさを生かして？）をしながら、ついに自分のお店を持った。

請われてアメリカに渡った戦争オカマの友達は、多くがとっても悲惨なことになったという。英語は流暢ではない。養子といったって、関係が悪くなれば、それで終わり。子供も、家族もいない。太平洋を眺めながら、羅府新報（らふしんぽう）でも読みながら、日本に帰ることもできず、年老いていった友達も多い。ある時、もうずっと会っていなかった色黒の「インドオカマ」と呼ばれていた友達が東京に来てると電話をかけてきて、会うと、もう、余命幾ばくもない様子だった。どこにも行くところがない、というので、仕方ないから家に連れていって、最期を看取った。

戦争オカマの歴史って、誰か研究している人とかいるのだろうか。多分、いないだろう。そういうのは、歴史の表面には浮かび上がってこず、泡のように消えていくだけだから。

*075*

# 白檀の香り

池田宏
（写真家）

先日、古民家カフェに行った時のことだ。そのお店は週に2、3日しか営業しておらず、ランチも予約制というこだわりで、ナチュラル志向が強い人が好みそうな雰囲気のお店だった。ドリンクメニューにチャイがあったので、妻と「おっ、チャイあるね」と即決して注文した。二人とも20代の頃にそれぞれインドを旅行していたこともあり、メニューにチャイがあるとインドを懐かしんでつい頼みたくなる。しばらくしてニコニコした穏やかな雰囲気の女性店主が運んできてくれ、チャイを一口飲んでみた。しかしお互い特に感想もなく、しばらくくつろいでお店を出た後に妻がボソッと言った。「あの人絶対インド行ったことないよね」と。私もその意見に激しく同意した。店主の想像の中のチャイなのか、どこか違うお店で飲んだチャイの印象なのかはわからないが、それは明らかにただのミルクティーだった。溶かし込んだ砂糖の甘ったるさと、鼻腔を抜けるマサラ（香辛料）の香りは微塵もなかった。こちらの期待が大きすぎたせいか、すごく騙された気分で帰宅した。

私は20代前半の頃に、アジアからヨーロッパまでを旅していた。旅の醍醐味の一つに食があるが、残念なことにそこまで食に対する貪欲さが無かった。もちろん中国では小籠包を食べたり、ちょっと贅沢をして北京ダックを食べたりと、その国の代表的な料理を試しはしたが、日本食があれば躊躇なくそちらを選ぶタイプだった。日本人旅行客が多いタイの首都バンコクは日本食の宝庫で、もともとパクチーやレモングラスが苦手だった私はタイ料理を楽しむことができず、もっぱら、日本食か中華料理というルーチンで過ごしていた。トンカツ定食、唐揚げにラーメン。生ビールに枝豆という最高の組み合わせを味わえるバンコクは、居心地が良過ぎて、滞在期間のギリギリまで沈没してしまった。その次に訪れるミャンマー、バングラデシュ、インドでは安価な日本食が期待できそうになかったので、ここぞとばかりに食い溜めをしてからようやくタイを出国した。

日本人旅行者が少ない国を周遊し、ようやくインドへ入国した。東の都市コルカタは人やモノに溢れ、町中が香辛料の匂いで充満しており、当然、食事はカレー一択だった。私もどっぷりインドを旅する人に染まりきり、スプーンを使わず右手で食べるという現地スタイルで食事をすることにも慣れてきた。だが、このマサラカレーも流石に毎日続くと食傷気味になる。変化を求めようにも、ヤギ肉か、贅沢に鶏肉か。確かに美味いのだが、飽きる。それでもインド好きの人はこう言うかもしれない。「いやいやカレーだけじゃなくて、サモサもあるよ？ タンドリーチキンもあるよ？」と。いや、もはや同じなのだ。何を食べてもマサラの香り。もう匂いを受け付けなくなってきていた。

コルカタを離れ、ブッダガヤという町へ寝台列車で移動した。仏教最大の聖地と言われるブッダガヤには日本人寺があるという情報を仕入れていた。治安もあまり良くない町で、日本人にも出会うことはなかったが、日本レストランのような佇まいのお店を見つけることができた。看板メニューに書かれたアルファベットをじっくりと読むと日本食があった。お店の名前は覚えていないが、そのメニューにはお好み焼きの文字が書かれていた。追い求めていた日本食。そしてまさかのお好み焼きが食べられる。当時大阪に住んでいた私にとってはソウルフードのような存在になっており、よもやインドの片田舎でお好み焼きが食べられるとは夢にも思っていなかった。

お店には客は一人もおらず、インド人一人で切り盛りしているようだった。さっそく店員にお好み焼きの文字を指差し注文する。しかし何か違和感がある。目を凝らしてよく見るとそこには「ＯＫＯＮＩＭＩＹＡＫＩ」と書かれていた。「おこにみやき……」その誤字に気付いた途端に不安になった。いや、ただの綴り間違いだろう、と何度も自分に言い聞かせながら鰹節が踊るお好み焼きを待った。期待と不安が入り混じる中、昨日の夕食のことを思い出しながら。

実は昨日、同じ街の別のレストランですでに私は騙されていた。コロッケ定食というメニューに小躍りして注文したのだが、運ばれてきたのは、マサラ入りのコロッケ。ご丁寧に味噌汁も付いてきたが、真っ黒な色をしたマサラ入りで、臭すぎて飲み干すことができなかった。次こそは……次こそは…という思いで頼んだお好み焼き、いやＯＫＯＮＩＭＩＹＡＫＩは果たして……。

店の奥から汗だくの満面の笑みを浮かべた若いインド人店主が運んできてくれたのは明らかにオムレツだった。あまりの衝撃にどういう味だったのかも覚えていない。割れた卵の殻が混入していた記憶だけが残っており、それをきっかけにインドで美味い日本食を求めることは諦めた。

あの時のインド人は本当のお好み焼きを食べたことがあったのだろうか。なぜお好み焼きを出そうと思ったのか。関西出身の女の子と付き合っていたのか、彼とお好み焼きの縁は一体何だったんだろう。よくよく考えると謎が多すぎた。

そう思うと、今もあるかどうかわからないが、もう一度あの店に行きOKONIMIYAKIを食べ、その真相を知りたいと思ってしまう。

076

# 夢の跡

金谷仁美（編集者）

道頓堀戎橋のたもと、高松伸設計のハイテク建築で有名だったKPOキリンプラザで色々な現代美術の展示がおこなわれていた頃、あのあたりに足を運ぶことが何かと多かった。脇には赤いネオンが妖しい宗右衛門町がある。そこを抜けて長堀通を渡り、川べり沿いに松屋町のコミューンまで徒歩で帰るのがお気に入りのルートだった。24時間のうどん屋を最後に長堀通を渡った途端、道頓堀に映る川面もさっきまでの彩りや賑やかさが嘘みたいな、静けさと暗さしかない界隈になった。

ある深夜、宗右衛門町をいつもとは一本ちがう道に入ったら、突然、昭和感あふれる大きいモータープールが現れた。ミナミへ遊びに繰り出す人たちの車だろうか？

とても繁盛しているようにみえた。敷地内の一角には長屋の一部と思われる建物が3軒だけ強引に残されていて、その1軒は和風スナックの外装に「インドバー」と手書きの立て看板。気にならないほうがおかしい。飲んでた勢いを借りて扉を押し開けてみた。

店内は3畳ほど。カウンターだけのスナックっぽいつくりで、ピンク色のネオンがぼんやり灯っている。カウンターに目をやると、なかに髪の毛がボサボサのおじさんが独り座っていた。これはしまった間違えたかと思ったが、おそらくマスターであるおじさんも、私が入ってきたことにビクッと驚いている様子。とりあえず注文してみようか……「ひとりですが呑めますか?」と聞いたら「はい……なんでも500円です……」と、顔を伏せたまま返事をもらった。

さて、この無口でシャイなマスターとどう話をしよう? 一口飲んでから悩もうかと思っていたとき、扉が開いてインド衣装に身を包んだ女性とインド人(?)らしき男性が入ってきた。どこやねんここっ!と日本産のビールを飲みながら自分に突っ込む。上手な日本語を早口で陽気に話すネパール人と、無口な日本人の奥さん、シャイなマスターの3人と、なんとなくな会話をしつつ、なみなみ注がれてゆくお酒を3杯頂き、ステージ・クリアした気分でお会計1500円。これは何かに化かされている夜なのでは?と思いつつ千鳥足で帰路についた。

翌日、狐につままれたような夜のことを友人に話すと、その店がほんとうにあったかぜひ確かめに行こうという話になった。早めの時間に訪れてみると、看板がない。「あーやってないね」と帰ろうとした時、モータープールの管理室から人が走ってくるのが見えた。インドバーのマスターだった。島之内と呼ばれるその街で、広大なモータープールを兄弟で営み、空いた店舗で兄がバーを始めてみたということだった。シャイなマスターの兄（キヨシ）と昭和スターの雰囲気をもつ弟（ヒロシ）。お金のない若い客が嬉しかったのか珍しかったのか、2人ともとても親切にしてくれ、お酒はいつもなみなみで、いつしか私も常連の一人になっていった。

そこには、普段の大阪の街では出会うことのない人達との出会いがあった。地元の一人暮らしのお爺さん、やたら色気のあるお姉さん、ビザのなさそうな外国人、皆それぞれに独特な雰囲気をまとっている。そんな癖のある常連の甘くてホロ苦い話に耳を傾け、お酒を頂くのがなんともいえず楽しい時間だった。

友人達を連れていくうちに、マスターと仲良くなったアーティストの友人が2階に住み込み作品展示したりして、インドバーはますますなんだかよくわからない空間になっていった。いつしか壁を取り払ったオープンエアの空間ができて、インドバーはお客さんが入りやすいお店となった。若い世代のお客さんが来るようになるうち、常連さんも入れ替わった。さらには、若いお客さんと弟（ヒロシ）が年の差30歳で結婚するなど、バーだけでなくモータープールも明るい祭りの会場のように賑わっていった。

やがてその道を通らない場所に引っ越し、インドバーに足が向くことが少なくなり、さらには東京へ引っ越して、島之内へ行くことがなくなった。

このあいだ十数年ぶりに、近くを歩いたついでに島之内に寄ってみたら、豪華なベンツやクラウンが出入りしていた昭和のモータープールは跡形もなく、インバウンド向けの味気のないビジネスホテルとコインパーキングになっていた。

今もときどき謎のネパール人から、早口の陽気な声で電話がかかってくる。何を話しているのかわからないが、そのけたたましいしゃべりを聞くたびに、あの大阪の片隅の薄暗いインドバーに夜な夜な集まっていた、暗いけど悪意のカケラもない人たちの横顔が、くっきり浮かんでくる。

077

# フリークスお茶屋の話

都築響一（編集者）

初めて京都に住んだのは30代の初めごろ、世はバブルの真っ最中だった。京都大学の日本美術史や建築史の講義に聴講生として通いながら、御所のそばに借りたアパートに京都市内の大きな地図を貼り、ママチャリで走り回って訪れた寺社仏閣にピンを刺して楽しんでいたりしていた。それまで雑誌編集者として忙しすぎる日々を送ってきた反動だろうか、積極的に友達を増やそうという気持ちになれなかったので、ひとりベランダで日光浴しながら「ものすごくヒマだな〜、でもこのヒマがずっとあとになってめっちゃ貴重に思えるときが来るんだろうな〜」とか思っていて、後年ほんとにそのとおりになった。

とにかくバブルだったので、仕事で東京に来た外国人建築家やアーティスト、それに東京の友人たちもやたら京都に来て遊んでいた。祇園や先斗町でお茶屋遊びというものもしてみたが、文化人が口を揃える「豊穣なる遊蕩の時が流れる」みたいな感覚はぜんぜんなくて、18、19の厚化粧の舞妓は退屈なだけだった。

舞妓はある年齢になると「襟替え」して芸妓になるのだが、いまどき処女を買う旦那衆なんていなかったし、芸妓としてお茶屋の宴席に呼ばれるだけでは暮らしていけなかったから、多くの「元舞妓」が祇園や先斗町で小さなバーを開いていて、夜遅くにそっちで飲んでるほうがずっと楽しかった。

京都のお茶屋というと祇園、先斗町、上七軒などいくつかエリアがあるが、いずれも基本的にはただの場所貸しで、舞妓や芸妓と飲むだけ。食べたければ仕出しを頼むことになるし、お開きの時間もけっこう早い。なので常連たちはそのあと舞妓や芸妓を連れてバーに飲みに行ったり、そういえば当時流行っていた祇園マハラジャで着物のまま踊ったりもしていた。お茶屋に泊まり込んで、舞妓ちゃんや芸妓としっぽり……なんてことはもちろんできない。

「でもね」と、あるとき元舞妓がやってるバーで教えられた。「実は泊まって遊べるお茶屋が1軒だけあるのよ」と、そのおねえさんは声を潜めるのだった……。

そこはね、祇園でも先斗町でもなくて、ちょっと郊外にあるの。見かけはぜんぜんわからない、ただの大きなおうち。夕方行って、ご飯食べて、一晩泊まるの。しかもね……言っちゃっていいのかしら、そこの女の子たちはね、みんなふつうとちょっとちがうの。生まれつき目が見えなかったり、口がきけなかったり、片腕がなかったり……そういう、でもかわいい子たちと寝れるようになってるのよ。

ええ～～、ほ、ほんとですか！

うん、そういう子たちは小さいころからその家に預けられてて、めったに外にも出ないから、肌なんて真っ白だし、いろいろ教え込まれてるから、それはすごいらしいのよ……。

そんな場所が、現代日本にあるわけはないでしょう！と興奮しながら言い返すと、カウンターで飲んでた地元の遊び人も、「いや、おれも行ったことあるし」とか言うではないか。そ、そんなんだったらぜったい紹介してください!!!とママにお願いしたけれど、「あなたにはまだ早いわ～、若いひとがそんなの経験しちゃったら、ぜった

い お金使い果たして、人生めちゃくちゃになるから」と、軽くかわされた。

その「フリークスお茶屋」の話は、祇園や先斗町の深夜のバーで何度か聞いた。毎回紹介してくれと懇願して、毎回断られた。

いまになって思えば、あれは意地悪な京都人が寄ってたかって、ウブな東京もんをからかっていたのだろう。でも、でも……もしそんな川端康成の『眠れる美女』や谷崎潤一郎の『美食倶楽部』みたいなところが日本に存在するとしたら、それは京都がいちばん「ありそう」な場所という気もする。

数少ない仲良しの店はとっくに閉店してしまって、いまは祇園や先斗町で飲むことなんてまったくないけれど、あのころの京都には不思議なバーというか、飲む場所がいくつもあった。それほど高級な酒を出すわけではないのに、入口のわからなさ、店の絶妙な暗さ、胸元や首のうしろをぐぐっと開けたママの柔らかい着物、たきこめたお香……そのしつらえというか仕掛けの妙で、ものすごく秘密めいた、ものすごく特別な気分にさせてくれた。そういう「だましの芸」で、京都はずっと生き延びてきたのかもしれない。田舎武士たちを骨抜きにしてきた千年の昔から。

二度と行けないどころか、けっきょく一度も行けなかったフリークスお茶屋のことを、客引きだらけのミニ歌舞伎町になってしまった深夜の祇園から木屋町へんを歩きながら、ふと思い出した。ヘミングウェイが『移動祝祭日』で描いたパリを気取るつもりはないけれど、いまではなくて、あの時代の京都にいられてほんとうによかった。

# 078 松屋バイトで見た十三の景色

徳谷柿次郎（編集者）

人生で一番しんどかった仕事は牛丼チェーン「松屋」のアルバイトだった。

20歳前後の頃、「松屋」で深夜アルバイトを始めた。一般的な人生のレールから大きく外れ始めたタイミングで、昼間の明るい時間帯に人と会いたくない、もっといえば地元の友だちと会うのを避けたい。泥まみれのコンプレックスを抱えて、誰も自分のことを知らないインターネットにもっとどっぷり浸っていたかった時期だ。

場所は大阪の十三駅。阪急系列のターミナル駅として機能しているこの土地は、駅前に「しょんべん横丁」といわれる飲み屋ゾーン、当時も現在でも絶対にアウトな「名案内コナン」の風俗案内所、鉄腕アトムとサザエさんの磯野波平を勝手に合わせた謎キャラクター「鉄わん波平」、女性の脱ぎっぷりに独自通貨のお札で花束を作るおじさんがいるストリップ劇場「十三ミュージック」など、雑多で自由な昭和の欲望を抱え込んできた。そして今もなお、その欲望がこぼれ続けている特異な土地ともいえる。

## ◎日商40万円の人気店舗とカオスな土地の洗礼

十三店で働き始めてから予想を超えるトラブルやアクシデントに巻き込まれることが増えた。そもそも昼間帯の希望を出したにもかかわらず、人手不足を理由に深夜帯へのヘルプ出勤が発生。さらに売上が圧倒的に高い店舗のため、死ぬほど忙しい。日商は約40万円。12〜13時のランチピークタイムだけで300人をさばくことも珍しくなかった。

この多忙加減は経験しないとわからないし、飲食バイトの世界にもよるかもしれないが、うまい、やすい、はやいの三拍子カルチャーをライバル店舗「吉野家」が掲げていることもあって、客が牛丼屋に求める基準は爆上がり。自分ではコントロールできない他者の意思に翻弄され続ける〝戦場〟に近い感覚だ。

忙しい時間帯は基本4人体制。それでも接客を一歩間違えれば、カオスな土地・十三の洗礼を受けることとなる。

一例を紹介したい。

## ◎サービスの「味噌汁」にキレる客

「松屋」の人気メニューであり、コアなファンを抱えているのは「チキンカレー」だ。当時で280円ぐらい。現在は「オリジナルカレー」と「ごろごろチキンのパターチキンカレー」に枝分かれしてややこしい。

当時の「チキンカレー」は提供オペレーションも簡単なため、注文が入って数十秒で提供することが可能。このスパイシーでアッツアツの「チキンカレー」に、よかれと思ってサービス提供しているのが味噌汁なんだけど、この組み合わせに価値を感じる人もいれば、激ギレする人もいる。

「おい、兄ちゃん。こんな辛いカレーにあっつい味噌汁つけるってどういうことやねん！　ただでさえ辛いのにもっと辛くなるやろうが！　店長呼んでこい！」

店長を呼べ。サービスの味噌汁なのに。気持ちはわからなくもないが、舌の好みで激ギレのクレームに発展するのは衝撃だった。辛さに激昂する客。でも、きっちり食べ終わっている。理不尽なクレームにただただ平謝りするしかない。料理に口うるさい海原雄山クラスのおじさんが「松屋ワールド」には突如出現する。

## ◎血溜まりの人工臓器をさらけ出す客にキレる客

深夜2時。運営はいわゆる一人回しだ。飲み続けて終電を逃したサラリーマンや夜の世界で働く人種が訪れやすい時間帯ともいえる。テーブル席側にひとりのおじさんが座り込んだ。少し顔色が悪い。牛丼の食券を渡されて「牛丼一丁！」と声をあげて、自ら調理場へ戻り、牛丼を盛り付けて提供する。文字にすると滑稽だが、この一人回しこそが24時間営業の飲食店を支えているのも事実。

顔色の悪いおじさんに牛丼を提供するとき、服がめくられお腹がほぼオープン状態になっていることに気づいた。しかも、人工臓器らしき透明の袋がお腹に刺さっていて、そこには少量の血溜まりが見えた。

「えええ、どういうこと？　病院でも抜け出してきたの？」

しかし、どんな体調であろうとも、お客さんはお客さん。あまり気に留めず、そのまま深夜帯の清掃作業に勤しんでいたら、テーブル反対側のカウンターに座っていた客が吼えた。

「おおおおおおい、兄ちゃん！　あんな血溜まりのおっさんの腹見ながら、メシ食えると思ってんのか？　気持ち悪くて牛丼が喉通らんわ！」

ごもっともな意見だった。ただ人工臓器のおじさんには悪気はなく、少し離れた距離で牛丼を食べている存在に過ぎない。このどうしようもないクレームが現場に出現しても、店舗側の運営マニュアルに対処法は書かれていない。あまりにも特殊すぎるし、どちらの気持ちもわかる。

最大の配慮を払いしつつ、人工臓器のおじさんには「すみません、お客様。あちらのお客様がちょっとお腹のモノに違和感があるようで……」と一言告げて、少し早めに退店してもらった記憶がある。この一言告げている姿勢をカウンター側の客に示すこと。意見を聞いてとりあえず形だけでも謝罪し、最大限対処することが「松屋ワールド」を生き抜く秘訣なのだ。たぶん。

## ◎ホテル監禁から逃げ出した若い女性が飛び込んできたピークタイム

十三店のランチピークタイムは忙しい。12時を目指して300人対応できる準備をしなければいけない。牛丼の肉を炊き、生野菜のストックを大量に用意し、あらゆる局面を乗り越えられるようメンバーに指示を出す。一生懸命バイトに向き合ったこともあって、2年目から時間帯責任者のシフトリーダーにまで私は出世していた。仕事と責任は爆増しても時給は60円アップ。あらゆるクレームやトラブルに立ち向かわなければならない役割だ。ああ、楽しい。楽しいぞ、社会の歯車ってのは！

ある日の11時40分頃。どんなピークタイムも乗り越えられる環境を整えた直後、自動ドアを慌ただしくこじ開けて、若い女性が必死の形相で厨房の中にまで入り込んできた。松屋の厨房と接客スペースを仕切る境界線「ウエスタンドア」を越えて、ダサいユニフォームを身にまとわず、手も洗わず……。えええ、なんなの!?

「わたし、さっきまでホテルで監禁されていたんです！　助けてください!!」

牛丼の盛り付けは、時計の針で12時→15時にかけてお玉をクイクイっと動かすことがもっとも大事なポイント。脇を締めた手首の小気味いいリズムで牛肉、玉ねぎ、タレが規格範囲の量となって集めることができる。

だが突然のやばい来訪者によって、お玉を手に持つ私の腕はガタガタと震え始めたのだった。どうしよう、グラム数が狂う。

「えっ、ホテルで監禁？　すごい形相だし、よく見たら服が荒れてる気がするし……だとしても何で命に関わるＳＯＳを松屋のシフトリーダーに求めるんだよ！」

これは心の声。そして恐怖は伝染する。パニックになった私は、そのまま震える身体で牛丼を盛ろうとしていた。これからめちゃめちゃ忙しくなるタイミング。ほかのバイトメンバーも状況を理解できていない。越えてはならない境界線を飛び越えてきた若い女性の出で立ちに、ただただ困惑していたように思う。

結局、牛丼の盛り付けはほかのバイトメンバーに任せ、厨房内の電話で１１０番をして警察に来てもらった。事件の詳細はわからない。この土地にはさまざまな欲望が絡んでいることは知っていたし、ホテル監禁のトラブルがあってもおかしくないとは思う。ただその場から逃げ出してきた若い女性が、たまたま私の働く「松屋ワールド」

に飛び込んできた。ただそれだけのことなのかもしれない。

## ◎もう同じ場所に「松屋」はない。そこには「松のや」がある

さて、つい先日、ひさしぶりに十三駅を訪れた。しかし、通算6年のバイト生活を支えると同時に、あらゆるカオスの洗礼を浴びせてくれた「松屋」はそこになかった。酔っ払って入口の窓ガラスを突き破ってきたチンピラとの対峙や、男性小便器にウンコをしていく徘徊婆さんの対処……。松屋は全国に1000店舗以上あるが、私に人生で一番しんどい仕事を体験させてくれた〝あの松屋〟はもうない。

代わりに松屋フーズが展開するとんかつ屋チェーン「松のや」に業態が切り替わっており、店内を覗き込んでも、当時のバイトメンバーの姿は見当たらなかった。昼間のシフトで同じバイトリーダーとして働いていた主婦・雅子も、松屋の仕事の流儀を叩き込んでくれた高橋先輩も、そこにはいなかった。なんだろう……このゆるふわな喪失感は。誰もが人生の歩みを進めているのだから、環境は変わっても当然だ。でも、そのままで在ってほしかったというエゴな気持ちも自覚できた。

昼は時給960円。深夜は時給1160円。賄いとして年間300回以上、私の胃

袋を満たし続けてくれた「松屋 十三店」は、良くも悪くも20代前半のすべてだった。

そして私が編集の世界に入るきっかけを生んだ出会いも、この店だった。レジの締め作業中に携帯電話が鳴り画面を見ると、東京で名刺交換をした編集プロダクションの社長の名前がそこに……。

「いま大阪に来てるんだけど会えるかな?」

身体が咄嗟に反応した。「行きます!」と後先を考えずに言葉が出た。同僚の主婦・雅子に「東京で出会った社長が近くに来てる。これは絶対にチャンスだから会いに行ってもいいかな?」と必死の剣幕で訴えたら、コンマ2秒でOKが出た。

「わかった。チャンスだったら行ってき。仕事は任せて」

ひとつの選択と行動で人生は変わる。あれから10年経った。カオスな松屋ワールドを抜け出して上京し、今では小さい会社を経営している。ありがたいことに「編集」の仕事でメシが食えているのはこの出来事があったからだ。

十三の景色から東京の景色。そして全国47都道府県の景色へ。ローカルの飲み屋の世界を掘り続けていれば、当時を思い出すようなやばいおじさんに出会うこともある。それが何よりの楽しみになっているのは十三の原体験があるからだろう。

ありがとう、松屋。あの店があったから現在がある。

*079*

# 北浦和のさらじゅ

島田真人
（編集者／カレー愛好家）

ほぼ毎日のようにカレーを食べ歩くようになってからもう10年以上経っている。そんな生活をしていたら、いつのまにか自分でカレー関係の本の編集をしたり原稿を書いたりをするようにもなってしまった。

そういったことをしていると、やはり「いちばん好きなカレー屋はどこですか?」と聞かれることもある。これがまた答えるのが難しくて、そのときによって答えが違っていたりもするんだけど、最近ではいちおうそういったときに答える用のカレー屋もある。自分の中では「いちばん好きなカレー屋はどこか」という問題について、とくに最近は美味しい美味しくないというところでカレーを食べているというよりは、カルチャー的に楽しんで食べていることもあるので、まだきちんとした答えが見つかってはいないのが現実でもある。いつも出先でカレーを食べたりなんなりしていれば、数多くのカレー屋で食べてもいるし、いまはもう閉店してしまったカレー屋も数多くある。

その閉店してしまったカレー屋の中には、自分がカレーを食べ歩くようになったきっかけになったお店のひとつともいえる神保町の櫓（やぐら）もあれば、浅草の大木洋食店、荻窪のフェリスフー、笹塚のM's CURRYなどなど、記憶に残る美味しかったカレー屋も数多くある。

そういったなかで、もういちど行きたいカレー屋をあえてひとつだけあげるとすれば、北浦和にあったさらじゅをあげたい。

さらじゅは麹町のインド料理の名店、アジャンタでチーフとして働いていた小森良幸さんがオープンしたお店。初台のたんどーる、高幡不動のアンジュナ、船橋のサールナート、検見川のシタールなど、アジャンタ出身の日本人料理人のカレー屋は名店が多く、さらじゅもそのひとつ。

カレーの食べ歩きを始めたばかりの頃、初めてここのバタークリームチキンを食べたときは衝撃があった。いわゆるインドネパール料理店のバターチキンとも違うし、アジャンタのバターチキンとも違う。さらじゅオリジナルのバターチキンは本当に美味しかった。

また、キーマはドライタイプ、ウェットタイプどちらも美味しく、ドライタイプのほうはアジャンタに近いものがあったかとも思うが、アジャンタほどの辛さもなく、カレー好きではあるけれどそこまで辛さを求めているわけでもない自分にとってはちょうどいい辛さでもあった。まだ北インドと南インドの概念もよくわからなかった頃に初めて南インド料理を意識したのもここの南野菜カレーだったと思う。

北浦和という立地は自分にとって決して行きやすい場所ではなかったけれど、それでも時間をみては何度も足を運んだ。さいたまスーパーアリーナまでＰＲＩＤＥを観に行くときは、途中下車してさらじゅに食べに行くことがセットだったなとか、そんなことも思い出す。

さらじゅのお店の特徴をどう書けばいいのかは難しい。「純喫茶風の店内で〜」とか「バタークリームチキンはカスリメティの香りがよく〜」とか「麹町の名店アジャンタ出身のシェフが振る舞う絶品のインドカレーが〜」とか書けば書くほど、なんだか違うような気がしてくる。とりあえず、自分でも振り返ってみて、こうやって通ってた店は数少ないなとも思えるし、何度も足繁く通ったお店であるということで、美味しかった店だったんだなと思ってほしい。

さらじゅは残念なことに２０１４年に閉店してしまった。いま、カレー界隈はスパイスカレーの名のもとにかなり隆盛を極めており、すくなくとも、関東関西ではかなりの数のカレー屋が間借り店も含め誕生しており、そのどれも、普通に美味しい。また、最近はインド料理というくくりにとどまらずに、南インド料理、ネパール料理、パキスタン料理などと細分化されていっている。これらには、以前に比べてインド亜大陸圏の外国人の増加、以前に比べてスパイスやハーブが容易に入手できるようになったことなどがあげられる。バターチキンといえばインド料理店ではおなじみであり、それこそどこのお店でもまずあるメニューだろう。また、キーマは関西発祥ともいわれる、いわゆるスパイスカレーでは数多くの各種アレンジを施したキーマカレーもあるが、それぞれさらじゅに肩を並べるようなカレーを提供するお店はそうそう出てきていないのではないかと思える（味の好みはそれぞれなので、もちろん自分の中での感覚）。

こんなことをつらつらと書いていたら、またさらじゅのバタークリームチキンとキーマを食べたくなってきた。さらじゅ、そして小森さんについては、浅野哲哉さんの『風来坊のカレー見聞録』や水野仁輔さんの『インド料理をめぐる冒険1』などで読むこともできるので、ご興味があるかたはぜひ。さらじゅ、そして小森さんのカレーを食べることはもうできないけれども、味を受け継いでいるようなお店が日本、いや世界のどこかにもしかしたらあるかもしれないので、これからもカレー屋巡りをしていきたい。

# 080 突撃せよ！あさましい山荘

小林勇貴（映画監督）

「殺してやる、殺してやっからヨォー！」ぶん投げられて割れる酒瓶！石にぶつかって散った破片が池に落ちると、餌と勘違いしたアホ面の鯉が水面からコンニチハ。

ノーコンで酒瓶をぶん投げたサメハダのバカが「ゼッテー殺してやっからヨォオ」といって泣きながら、ゲロを吐きました。

以前海水浴に行ったとき、海岸に打ち上げられていた瀕死状態のサメの子供をひたすら殴って撲殺したことから「サメハダ」と呼ばれるようになったこいつは、兎に角短気で超危険。数カ月前には殺したスズメバチを繋げて作ったネックレスを首から下げていたことでハチノコと呼ばれていました。本名はコウタロウ。コウは幸せと書きます。

ばしゃばしゃと暴れる鯉をみながらピュンマは「あぁ〜あぁ〜もったいネーナァ」とサメハダに対して挑発気味にほざきました。喧嘩を売るくせに誤魔化したりトンズラをかましたりピューっといなくなるからピュンマと呼ばれているクソ野郎です。

サメハダとピュンマの喧嘩が始まった理由はわかりません。覚えていません。皆アルコール度数の強い酒をチャンポンしながら強がって回し飲みして、山荘の中でも外でも好き勝手に呑んだくれて、屋根にのぼって喚いたり、新しくできた露天風呂・サウナに入りながら飲み食いして暴れていたので、喧嘩なんていつ始まってもおかしくありませんでした。

だいたい、俺が住んでいた街の人間は理由もなく人に怒ります。

俺の住んでいた街。静岡県富士宮市。

「霊峰富士」などと胡散臭すぎる異名がついたどデカイ山の麓に頭を垂れるように情けなく広がる、薄暗い街です。富士山の延長に広がる街なので山のように天候が不安定で、いつも曇っていて本当に薄暗い街。カナザワ映画祭の主催者が「曇りの日が多い街にはきちがいがおおい」と言っていましたが、それは本当のことです。

「なんでピュンマとサメちゃん喧嘩してんのぉ？」今となっては名前も思い出せないカスどもが5人ほど、ぞろぞろとサウナから出てきました。サウナ付きの露天風呂は、店のマスターが景気良く山荘の庭におっ建てたもので、檜の香りがとても心地よかったのを覚えています。

「ねぇなんで喧嘩してんのさぁ？」ポコチン丸出しで池の周りをうろつき始めたカスどもの一人が、先ほど割れた酒瓶の破片を踏んづけて「いてっ！」と鳴いてそのまま池に落下しました。

鯉がまたジャバジャバしながら「エサデスカ!?」とコンニチハ。

池の中でボーゼンとするバカ一人に向かって、残りのポコチン連中が「死んじゃえ死んじゃえ」と尿をかけ始めました。お前らこそ全員死んじゃえ。

ドルルルルルッルン！突然、エンジン音が鳴り響きました。

いつのまにかピュンマがミニトラクターにまたがっていたのです。卑怯者特有の薄暗い目をジットリ輝かせて、サメハダにむかって調子を垂れ始めました。

「サメちゃんさぁ。怒ってるのはいーけど、俺がこれで轢いちゃったらどーすんのぉ？サメちゃん、ヨイヨイ（半身不随や、不遇の人）になっちゃうよぉ？まーそしたらさぁ、24時間テレビに家族と出れるからいいよねぇ？ユーメージンだぁ？よかったねぇ〜」

それを聞いた直後、サメハダはまたゲロを吐きました。どろっとした茶色でした。自分の吐瀉物を見て、サメハダは「あぁ、肉団子だな」と言いました。

肉団子。マスターの作る肉団子が皆好きでした。

中華テーブルに並べられたエビチリ、餃子、チャーハン、そして肉団子。どれもが大盛りで、大味。参加料2000円で飲み・食べ放題。酒、菓子の持ち込みは自由。俺の友達なら誰でも参加可能の宴会です。

肉団子は噛むとじゅわっと濃厚な汁が口の中で広がって、表面のサクサクした衣が口の中で絶妙に混ざります。酒で飛んだ体内の塩分を補うために、この旨しょっぱい肉団子を皆ガツガツと口の中に放り込んで酒で流し込むのでした。

サメハダはペッと茶色い唾を吐くと、ポケットの中から乱暴に小銭を出して、地面に投げました。「賭けるよ、ピュンマ、お前は轢けない。親譲りのカスだからだ」

ピュンマの母親は「小林くんちは母子家庭で頭が悪いから遊んじゃいけないよ」と息子に言い聞かせたりするくせに、飲み屋で呑んだくれて糞尿を撒き散らして救急車で運ばれるような筋金入りのアレでした。

当時「小林くんちは頭がわるいから」と言った同じ舌っぺろで今では「小林君は映

画監督になってすごい、わたしは昔から凄い子になると思ってたんだよね」と言います。上等だよ。

山荘の庭の真ん中で相対するピュンマとサメハダ。無言の静寂。とその時！ピュンマの乗ったミニトラクターが発進しました！

とことことことことことことことことこ…………おっそい!!

「え！まって！運転の仕方がわからない！」

ピュンマは急に泣き顔になりました。敗北者のムード全開です。

ドララッラン！

ミニトラクターが急に直角に曲がりました。目の前には崖がありあます。

「おい！誰か止めてくれ！このままだとやばい！」

全員無視。ゲラゲラ笑っています。

「あー！」

崖に転落一歩手前で、ピュンマはミニトラクターから飛び降りました。

ミニトラクターはとことこ走って、そのまま崖下に落ちていきました。

山荘のドアが豪快にひらいて、マスターが日本刀の真剣片手に飛び出してきて俺たち全員に向かって怒鳴りました。

「ガキどもぉお！もっと小学生らしい遊び方ってもんはねぇのかぁああ！」

そうです。このとき俺たちはまだ小学4年生でした。

マスターは猟銃に真剣にナイフ、メリケンサック、ヌンチャク、アメ車にジープにダンプにクルーザー。聞いたこともない名前の国の金、日本の昔の金。アダルトビデオのテープ。エロ本。でっかいクワガタ。子供の憧れをなんでも持ってました。

富士宮市街から少し離れた国道沿いにマスターの中華料理屋はありました。

毎日のように店にやってくる右翼やヤクザの話を聞いて豪快に笑って、さっきまでポコチンを握っていたような手からつくりだされる中華料理は最高に美味く、並盛りでも超大盛り級で、すべてが豪快。

酒を飲みながら鉄鍋を振って、酔うと店のカラオケで軍歌を爆音で流して熱唱していました。

俺の母親は俺を産む前からこの中華料理屋で働いていました。結婚して一度は辞めたあと、父と離婚してからまた働き始め、俺が中学生になるまで勤めていました。

そんな中華料理屋の宴会場として、山荘はありました。

市内から離れた山奥に建てられたログハウス。

「店からバスだしてやっから!友達連れてきて遊びに来い!」

マスターのその言葉に甘えて、俺は友達と酒を買いあさって夏休みに宴会を開いていました。

小学生の俺たちが酔いつぶれて山荘の中でぶっ倒れ始めると、マスターは軍歌を歌ってから子供にはよくわからない説教をしてきました。

「左翼の連中は綺麗なことばかり言うのに友達との約束は守らない。自分のことばかりかんがえてる。右翼はどんな小さな約束でも、必ず守って会いに来てくれる。綺麗で大きなことばかり言うんじゃなくて、近所や身近な人に優しくすることから始めたらどうだ?と俺は思う!」

説教が終わるとポコチンをだして「みろ!大人のチンポコは剝けててこわいだろう!」と怒鳴るのが常でした。説教の時は寝たふりをしていた皆も、これには大喜びでした。

デタラメな宴会は中学生の終わりまで定期的に開催していましたが、高校生になるころには皆ヘンに落ち着いて集まらなくなりました。

その間に、見知っていた店員のほとんどがマスターのハラスメントに嫌気がさして辞めてしまって、高校生の時久々に店に顔を出したときは、全然知らない外人さんがラーメンを卓へ運んでいました。

「こいつは出稼ぎできたフィリピン人の、子供さんなんだよ」とマスターは紹介してくれました。


高校を卒業し、上京して数年した時、母から電話がかかってきて「マスターのお店、つぶれちゃうんだって！」と言われました。

俺はすぐさまfacebookを通じて、かつて宴会をした友達に「マスターの店の最後の日に集まろうよ」と声をかけました。


店の閉店の日。

東京からかけつけたのは、今ではすっかりネトウヨになってしまったサメハダだけでした。

延々と中国人や韓国人の悪口を言い続けるサメハダの言葉を遮ってマスターは「またすぐ店をやるよ、これでおじちゃん、終わりじゃない。そしたらまた皆で騒ぎに来てくれよな」と言いました。

久々に見るマスターは、痩せて小さくなっていました。

サメハダはマスターの作った肉団子を頬張りながら

「それはどうせ無理だろうなぁ」

という見下しムードがバリバリ全開のイヂワルな笑顔で応えました。

「うん。そのときは、ぜったい来るよ」

マスターはニュージーランドに店を出しました。

まだ、誰も行っていません。

081

# しみいるうどんといなりずし

スケラッコ
（漫画家）

こんにちは。私は普段マンガやイラストを描いて生活しています。文章を書くのは苦手なのですが、でもこのテーマ、「二度と行けないあの店で」というのは自分の思うところとぴったりで、字面だけで泣けてくるような気持ちです。

以前マンガにも描いたことがある「弁慶食堂」のことを今回はちょっと細かく描きます。私は大学卒業後、京都の会社に就職してデザイナーの仕事を8年くらいしていたのですが、その時たまにお昼ご飯を食べに行っていたお店です。

「弁慶食堂」は変わった場所にあり、お店の両側を線路が走っています。西に京阪電車、東にJR奈良線、真ん中にお店。2つの線路の間にはそのお店しかありません。小さなお店で、左に引き戸、右にはガラスケース、汚いわけではないけど食欲はそそらない食品サンプル。店内は外観からすると奥に長く感じるけど、それでも小さくて15人くらい入れるかなという感じ。メニューは日替わり、うどん、どんぶりものという関西にはよくあるタイプのお店です。店員さんは女性2人、どちらもメガネをかけてエプロン、三角巾というスタイル。テーブルの上に小さめのメニューがちょんと置かれています。店の壁には「すき焼き定食」が短冊に書かれなぜか推されていますが、食べたことないです。ちょっと高めの価格設定でわざわざ食べないかな、と。

全く関係ない話になりますが、

★世の中は「天ざる」を頼む人と頼まない人に分かれる★

ような気がします。私は頼まない。天ざるってちょっとお高いことが多いので、ざるそばとかになる。値段を考えずスカーンと「天ざる!」といえる人はかっこいい。

話は戻りまして、よく頼んだのは「うどん+いなり2つ」。これが昼ごはんにぴったりであり粋だと思っていました(今でも思っています)。いなりが2つ小さな皿にのってまず運ばれてきて、うどんがくるのを待ちます。テーブルの下には関西ウォーカー、新聞、ジャンプが置かれていて、なんとなく手にとってペラペラとめくってみる。

で、うどんが到着していただきます。うどんは細めでふわふわのコシがないタイプ。薄めの色のダシがすごくおいしい！　あ〜うどんうまい！　本当においしいなあ、とすする。七味や山椒をかけてもおいしい。特に山椒は関西に住むまでは鰻にしか使わなかったので新鮮でした。うどんの合間に横のおいなりさんを食べる。関西にきて感じるのはいなり寿司のおいしさで、めちゃくちゃジューシー。お揚げの色はきつね色より薄く、茶封筒くらいの色です。中の酢飯にはゴマとかしいたけとかなんかしら入ってることが多いです。ここのいなりはどうだったっけ、確か白ごまが入っていたような……。いなり、うどん、いなり、うどん、とバランスよく食べていきます。電車が通るたびごとと、と音をたて店もゆれます。この振動がなかなかいい感じ。うどんのダシをのんで、ふう、ごちそうさま、と店をでます。

いろいろ書いて食べたくなってきましたが、この店が特別おいしいというわけではなかったのかも。別のお店で似たような味に出会えると思います。実際、関西で食堂にはいったらだいたいおいしいな〜と感じますし。でもこのお店が思い出に残ってるのは、この時期、わけあって本社とは別の場所で働いていたからです。社屋が手狭になったから、あなたたちのグループはあっちで働いてという感じです。私はちょっとないがしろにされたような気分になり、クサクサした毎日をすごしていました。

しかしそのうちに感情がおだやかに、もういいじゃないか、世間のことはもういいや、人里離れて生活しようという……仙人のような気持ちになりました。こんなことで仙人を持ち出してすいません。出社して、ちょこちょこ仕事し、弁慶食堂に行き、午後仕事し、17時半の定時であがり、週2でジムに行きフミフミ運動、それ以外の日は歩いて40分くらいかけて家まで帰る……家に帰ったら適当なおかずと淡麗グリーンラベル一本で晩酌して、眠る。

今から考えるとなんと丁寧な暮らし！と思います。ジムに通っていたなんて……全然仙人じゃない、と思われるかもしれませんが「周りから一定の距離を置き、日々を丁寧に、淡々と過ごす」という意味で仙人です。しかし、仙人だった私はグループから一歩先に本社に戻ることになり、弁慶食堂には行かなくなりました。大人数で飲みに行き、あの人がどうだ、こうだ、と噂話をして……すっかり俗人です。仕事が忙しく、やっと一段落と思った頃震災がありました。不安な気持ちの中で思ったのはなぜか「会社をやめてマンガを描こう」ということでした。実際に4年後に会社をやめます。

私は会社をやめて、また少し仙人になりました。やめてすぐは、新居で丁寧な暮らしをしていました。朝起きて、外にもでられる格好に着替えて、掃除して朝ごはん食べ、一日1本4コマを書いたり、家族一人しか読者がいないマンガを書いたり、1時間くらいその辺を散歩したり……でもそのうちに仕事がもらえるようになり、一日1本4コマは終わり、掃除もしなくなり……。

しばらくしてからお店がなくなったことを知ります。自転車をとばしてお店まで行き、食品サンプルのなくなった弁慶食堂を見て、悲しい気持ちになりました。せっかく時間ができて、弁慶食堂にまた行くことだってできたのに……。近くにあった、結構お気に入りのスーパーもなくなりました。その後、その辺りには立派なデイサービスの建物がたちました。

他にも雰囲気ある町の中華、犬と猫がいっぱいの銭湯、店構えがすてきな、焼きうどんを食べた喫茶店、二度と行けないのはとてもせつないです。店でなくても古い町家が壊され更地になり、ありゃ工事してるなあと見てみると95パーセントくらいの確率でゲストハウス。もういいよ多分泊まるところは足りているよ……と事情はよくしりませんががっかりしてしまいます。でも意外な場所にいい感じの飲み屋ができたりするとおっ！こんなとこに、とわりと嬉しい。ずっと閉めてあった銭湯が復活したりするのもいいな。餃子がおいしい中華、角打ちなんかができたらいいのに、と勝手なものです。

082

# 三鷹アンダーグラウンド

平民金子
（文筆家／写真家）

三鷹駅の南口を降りて中央通りをほんの1分ほど歩けば、左手に吉野家が目印のニューエミネンスビルがある。そこの階段を地下に下りると三鷹アンダーグラウンドカルチャー（地下飲食店街）の心臓部である喫茶店リスボンと中華そば「みたか」に辿り着くだろう。トイレは両店共用、和式。

2011年の4月。その頃西荻窪に住んでいた妻と私は、前年に「江ぐち」の味を継承し屋号を「みたか」とあらためた新しい中華そば屋を応援するような気持ちで、たまにここでラーメンを食べ、帰りにリスボンでコーヒーを飲むのが習慣だった。

その日もいつものように食後にリスボンのカウンター席に座っていると、ドアの鐘を勢いよく鳴らしてジーパンに黒い革ジャン、地下なのにサングラスをかけたごま塩頭のおじさんが入ってきて「これおいしいんだよなあ。おいしいんだ」とひとりごとのように告げてカウンターのマスターに袋に入った食パンを投げ渡した。なんだかいい感じの人が来たなあと思った私は妻と顔を見合わせ、「こういう人って、この後どこに行ったりするんやろうな」なんて話をした。

私たちは金を払ってリスボンを出て、何を申し合わせるわけでもなく通りを挟んだマクドナルドの前に立ち、さきほどのおじさんをしばらくのあいだ待ったのだ。どれくらいの時間がたったのか。やがておじさんが階段を上がって来て、そこから私たちのその後の数年間を決める大追跡が始まった。

なんて、大げさに書きたいのだけれど、土地勘のない私たちはビルを出て裏路地を縫うように早歩きするおじさんをすぐに見失ってしまったのだ。そしておじさんとははぐれたその場所には古い団地のような、アパートのような建物があって、見上げると2階部分に「入居者募集」と書かれた看板がかかっている。私たちはなんとなくその看板に書かれた番号に電話をかけて内見を申し込み、なんとなくそのアパートに入居する事になった。三鷹駅徒歩1分。家賃は6万5千円くらいだった。私はその後三鷹の町を離れるまでの5年間、アパートからすぐの三鷹アンダーグラウンドに通いつめた。

朝はリスボンでモーニングセットを食べて「みたか」のオープンを待ち、早い時間に一瞬だけ売られる100円のチャーシュー切れ端（数が少なくあまりにも一瞬で売れてしまうので存在を知らない人の方が多いだろう）を買う。何度か続けて「竹の子ラーメン、味濃いめ」と注文していたら、すぐにマスターは何も言わなくても同じものを出してくれるようになった。食後はまたリスボンに顔を出す。

リスボンがひまな時間帯はよくマスターに『風来のシレン』の話を聞かせてもらった。古いアメリカ音楽がかかる店内で物静かな初老のマスターがなぜこんなにもスーパーファミコンのゲームソフト（風来のシレンとドラクエ5限定）の話になると時を忘れるほどに熱く語ってくれるのか。私は『風来のシレン』というゲームを存在すら知らなかったのだ。マスターはとにかく（ゲームの話）どこかで何かをものすごく頑張ったという話をしてくれた。ゲームの話をする時にだけあらわれる、普段は静かなマスターの「狂」の部分に魅了された。

「みたか」は昼の営業と夜の営業にわかれていて、昼の営業が終わる頃に立ち寄るとよくリスボンマスター用の特製中華そばが作られていた。

それは外見は普通の中華そばであるが出来てからが普通ではない。いたずらっぽくほほえんだみたかマスターが胡椒の瓶を持って巨体を揺らし、まるでひと瓶ぜんぶを使い切ってしまうのではないかという怒濤の勢いで中華そばの上にかける。

胡椒が雪のように降り積もった、一杯の芸術作品のようであった。

それをリスボン側から見るとどうなるか。

午後のまどろんだ空気の中でドアの音が響き、中華そばを持った店員さんが店に入ってくる。

ゆげの立つラーメンを受け取ったマスターは1センチほども胡椒が積み上がった特製ラーメンを前に、まだまだ全然足りねえんだよなというような顔をしてカウンターから胡椒の瓶を出し、ここからが真剣勝負とばかりに追い胡椒をかけるのだ。

こうなるとラーメンに胡椒をかけるというよりも、胡椒を食べているついでに時折ラーメンが顔を出すと言ってもよいくらいである。

「マスター、胡椒好きですねえ！」と私は見たままの言葉をかけてしまう。

「私まだまだこれでも足りないんですよ」とマスターが笑う。

今でも私は自分で袋ラーメンを作って丼に胡椒をふりかける時に必ずリスボンのマスターを思い出してしまう。たくさん胡椒をふりかけながら、リスボンスタイルやな、とにやけてしまう。

朝早い時間に地下に下りると、リスボンへのとおり道のみたかではマスターが仕込み作業をしている。だいたいはネギを切るのに真剣なマスターを一方的に見るだけで、時々は軽く頭を下げて挨拶し、リスボンに入ってスポーツ新聞を読みながらぼんやりしていると、たまに仕込みを終えたマスターがコーヒーを飲みにやって来た。

東京に住み始めてすぐに近所の商店街でTOKIOの長瀬智也とKinKi Kidsの堂本剛を見かけて、東京ってすごいな、芸能人がいっぱいやなと驚いたけれど、これまでに見たどんな芸能人よりも普段着のみたかのマスターは圧倒的なオーラがあって緊張した。昭和の時代に小林旭や力道山に会えたファンの気持ちはこのようなものかと想像する。

マスターは忙しくてほんの短い時間しかいないが、いま同じ空間で三鷹アンダーグラウンドの重鎮2人に挟まれているのかと思うと私は目を伏せて心のなかで手を合わせ、家内安全を願う事しか出来ない。

5年ほどの間あまりにも入り浸った三鷹アンダーグラウンドだったが、私たちは子供が出来たことをきっかけに東京を離れて神戸で暮らす事になった。当時は籍も入れていなかったので妻の両親への説得から始まり、そういえば通っていた飲み屋の常連客に産婦人科医がいたなとアポイントメントを取り、さらに遠く離れた神戸での賃貸物件を探し、日々を覆う単純作業に没頭した。挨拶をすると本当の別れみたいで大げさになってイヤだから、そんな事をしたら感情がこぼれてしまうと思って、引っ越しの当日までいつも通りに、いつも以上に三鷹アンダーグラウンドに通った。

東京を離れる最後の日、カウンターに座ると何も言わずに「竹の子ラーメン、味濃いめ」を作ってくれようとするマスターを「ちょっと待ってください」と手で止めて、今日は五目チャーシューワンタンメンで、と一番高いメニューをたのんだ。リスボンではいつもより長く滞在して、いつもより多く煙草を吸い、いつもと同じように風来のシレンの話を聞いた。

別れの挨拶は体に悪い。「お世話になりました」と心の中で思うだけで何も言わずに店を出て、私はまぶしい地上の世界に出た。

神戸に暮らしても半年に一度、最低でも1年に一度くらいは東京に遊びに行くだろうから、その時に顔を出して「おひさしぶりです、実は……」なんて気軽に伝えようとしていたのに、あれから5年がたって東京には一度も行っていない。

二度と行けないわけはない。行く気があるのなら明日にでも行けてしまう三鷹アンダーグラウンドに、そう思いながら5年間行っていないのだから、この先も……なんて想像してしまう。そんなわけあるかよ、と思う。いつでも行けるんだから。

083

# 東京の、みんなのとんかつ登亭

（ライター／インターネットユーザー）本人

西荻窪駅の南口を出てすぐ右手に流れると出くわす柳小路。3分で回れるくらいの狭いエリアには、カウンター席だけの飲み屋や個性的な飲食店などが雑多にひしめいていて、JR中央線の魅力をわかりやすく教えてくれている。とんかつ登亭は、その横丁の一角に2006年まで存在していた。

L字のカウンターテーブルに囲まれ、老夫婦が営む昔ながらの定食屋。そこではデミグラスソースのかかったカツやハンバーグ、サラダなどがワンプレートに盛り合わさって、味噌汁と米を付けて500円ちょっとで食べることができた。単身上京し、食欲と手銭が比例しない10代の私にとってランチのボーナスステージみたいな店だった。

ボーナス……いや正確にはランチガチャと呼ぶべきかもしれない。私が登亭を見つけた2000年頃、この道歩いて何十年だというおやじさんの記憶や仕草がだいぶユルくなっていて、どの定食を頼んでも概ねフライやハンバーグにからしマヨ仕立てのチキンサラダがランダムコンボで出てくるような状態だった。書かれたメニューをオーダーして「別のもの注文した隣の人と何が違うんだろう……？」とキョトンとしたことも少なくない。

水のおかわりを頼めば「この水は井戸水だからうまい」というマル得情報を、ご近所話の流れで出る「昔はこのへんに何軒も映画館があって栄えてたんだよ」的な昔話を何度も何度も何度も聞かされながら、注文したものを再々度と確認されながら、それを常連と思しき他の客が指摘することはない。そうしたやりとりをタハハと見ながら過ごす登亭。居心地はずいぶんとよかった。あわよくば何者かになりたくて上京したチンチクリンは、満員電車や人のせわしさにリズムを合わせられていない毎日を過ごしていたので、店の醸し出す独特の波長に身をほぐされていったのだった。

時の流れを無視した雰囲気とひしゃげた規律性に安寧を見出し、日々の中で「おっ今日はエビフライついてきた！」なんてうれしさも見つけ出すなどして1年。いつものように適当なメニューを読み上げて出された謎定食を食べる私は、箸で切ったメンチカツの中身が微妙に赤みを帯びているのに気付いた。

肉が赤い＝生焼けで中途半端という知識で「またまたおやじさんたらルーズだなあ」くらいの気持ちで「このメンチカツ生焼けなので」と言ってもう少し揚げてもらおうとしたときだった。おじさんの隣で切り盛りしていたおかみさんがムスッと皿をひったくり、「生焼けなわけないでしょ！」と吐き捨てた。

店内の空気がやんわりと凍る。おやじさんは例によってふわっとした調子でメンチを再び油にダイブさせていたが、自分は狭い店内をより窮屈に感じるような息の詰まりに襲われた。

思ってもみなかった地雷を踏み、私は中までしっかり火の入ったメンチカツをたいらげ、そのまま足を遠のかせる。ちょうど引っ越すタイミングだったのもあるが、登亭に勝手な安心感を抱き、雰囲気にあぐらをかいていたのが気恥ずかしくなってしまった。

それから数年後、大学生活を謳歌しながら「何者かになるにはそれなりの努力とか人脈とかが必要（ただしその根気は生まれない）」といったモードで過ごす自分にもmixiの流行が押し寄せた。多彩なテーマでコミュニティが形成され、どんなニッチな話題でも繋がり合えることに感動しながら自分の興味対象を一通り検索していく中で、登亭のコミュニティにも出逢った。

そのコミュニティで交わされていたのは、かつて自分がハマりきっていた店内のグルーヴ感についてのやりとりだ。テキストを追いながら、私は「ああ変わらないんだな」という懐かしさと、そこに加われない気後れがしっとりと湧いてきた。しかも、コミュ内では有志が作ったというオリジナルTシャツまで生まれており、まるで地元が観光地化されたような居心地の悪さも覚えてしまった。ああインターネット、すぐ情報にたどり着けるからまったくよくないもんです。ほどなくして登亭が閉店することもネットを通じて知った。

かつて登亭があった場所は今、安価でボリューミーという要素を引き継いだ焼き鳥屋がいい感じに繁盛している。登亭でかわいがられていたのとは違うだろうが、猫も相変わらずウロウロしていた。だから、にぎわいの柳小路を横切れば今でもそれを思い出すし、同時にあの店をめぐってじっとりとした気持ちも「自分の幼さ」としてもちくりと。

今でこそ「豚ならともかく牛肉であの赤みは大したことないだろう」とか「愛される店の愛され方なんて人それぞれで当然」とかおおらかに思えるんだけど、いやはや君は若かった。そしてもう、あの酸っぱしょっぱいチキンサラダを味わえる機会は訪れない。

二度と行けないあの店、もしまだあったとしたらどうするだろう。あの当時とずいぶん環境を変えて生きているいま、思い返すのはノスタルジー由来だけではない。

084

# 大阪ミナミ・高島田

鵜飼正樹
（社会学者／京都文教大学教授）

市川ひと丸劇団の役者・南條まさきとして舞台に立ち続けていた1982年4月から1983年6月にかけて、関西の劇場で公演があると、よく手伝いとして舞台に出る役者がいた。

その役者は男だったが、舞台ではもっぱら、白塗りの女形を演じた。それも、芝居ではなく踊りで舞台に出ることが多かった。出演はおもに土日だったように思う。正確な年齢はわからなかったが、すでに老境に達していて、70代か、ひょっとするともう80代かもしれなかった。

踊りで舞台に出るといっても、女形の足取りはどことなくピョンコピョンコとはねるようで、そんなに上手でなさそうなことは、入団間もない私にもわかった。一方で、着ている衣装や鬘が豪華で金がかかっていることも、よくわかった。
「太田先生」。その役者は、楽屋ではこう呼ばれていた。
楽屋で「先生」と呼ばれるのは、通常は師匠である座長だけである。しかしこの役者のことは、座長も「太田先生」と呼んでいた。そして、楽屋の化粧前（鏡や化粧品を並べて化粧をするスペース）は常に、座長の隣。つまり、劇団の中では別格扱いだった。ただ、太田先生は、先ほども書いたように、すごい芸があるわけでもなく、座長経験はなさそうだった。

太田先生の化粧は、とにかく白粉をたっぷり使う白塗りである。まず、ほうれい線やしわを伸ばすため、テープで顔の皮膚をつる。それだけでもう、強烈なキツネ目になるほどである。その上から溶いた白粉を含ませた刷毛を塗りたくり、スポンジではたく。もちろん、しわの谷間までしっかりと塗り込める。目張りがまた、とびきり大きくて、両端がとんがっているので、キツネ目は巨大化する。さらに、目張りの上部につけまつげをつける。だから、太田先生が目をつむっても、つけまつげは閉じないのだった。そして、口紅は人一倍赤かった。

出番が終わると、化粧くずれを防ぐため、鼻とメガネの間にティッシュを小さく折りたたんではさみ、座布団の上に横座りになって、キセルでタバコを吸いながら、独特の鼻にかかった声で、「××なのよ」とか「××してちょうだいな」とかのオネエことばで話していた太田先生の姿が、今も目に浮かぶ。

太田先生の芸名は、「藤間桂一郎」といった。あるいは「圭一郎」だったかもしれない。舞踊ショーの司会では、「関西新派の藤間桂一郎が踊ります」と紹介されていた。「関西新派」は、じっさいにそういう劇団があり、子役時代の藤山寛美も所属していたようだが、「藤間桂一郎」、あるいは「圭一郎」という役者の名前は、ネット検索してもヒットしない。

また、化粧の先生だともいわれていた。なるほど、太田先生の化粧は、白粉を塗りたくっても、つきむらもないし、くずれないし、脂も浮いてこなかった。

座長の話では、太田先生とは、座長がデビューして間もない昭和30年代初めからのつきあいだということだった。15歳でデビュー即座長となったのだが、太田先生が女形の舞台衣装を貸してくれたおかげで、「あそこの劇団は衣装がええ」と評判になったのだという。つまり太田先生は座長の恩人で、だからこそ劇団の中で別格扱いだったのだ。

ずいぶん以前のことになるので、かなり断片的だが、太田先生の思い出を少し書いておきたい。

劇場公演では、朝食に（といっても10時から11時ごろだが）近くの喫茶店からモーニングを出前してもらうことが多い。太田先生は、モーニングのパンの注文が、きまって「バタジャム」だった。パンにバターとジャムを重ね塗りする人は少なくないと思うが、それを「バタジャム」なんて言い方をするのは、太田先生以外に聞いたことがない。

劇団に、猫背でちょっとサルっぽい顔立ちの女の子がいた。その子のことを、太田先生は「リタージョ」と呼んでいた。「リタージョ」が何を意味しているのか、さっぱりわからなかったが（たぶん、劇団のだれもわからなかったと思う）、いっときはみんながその子を「リタージョ、リタージョ」と呼びはやしていた。つい最近になって、戦前、大阪の天王寺動物園で人気者だったチンパンジーの名前が「リタ嬢」だったことを知り、「リタージョ」の謎が解けた。ちなみに、リタ嬢は1940年に死亡している。座長でさえリタ嬢の死亡後に生まれているので、「リタージョ」が何を意味しているのか、だれもわからなくて当然のことだった。

太田先生が男の扮装で舞台に出たのを目にしたことが、一度だけある。座長に借りた金茶色のザンギリの鬘をかぶり、歌謡ショーで歌ったのは、北島三郎の「歩」。「歩のないィ将棋はァ負け将棋ィ」と、やはり例の鼻にかかった声で歌ったのだが、お客さんはちょっと引いていた。

太田先生は、出演後はタクシーで帰るのが常だった。そして、荷物が多いときは、下っ端の弟子が付添として、同乗した。入団間もない私は、当然いちばんの下っ端だったので、太田先生の付添をよくやらされた。付添をするたび太田先生は、「おこづかい」として、帰りに2000円程度を握らせてくれた。

太田先生の自宅は、日本橋1丁目交差点の近くにあるマンションの一室だった。大阪の地理もよくわからなかった当時の私が、なぜそのことを覚えているかというと、近くに「日本一食堂」という食堂があり、そこで何度か太田先生に夕食をごちそうになったことがあったからだ。まあ、日本一食堂といっても、とくにこれといって特色のない定食が並んでいる、普通の食堂だったのだが。

太田先生のマンションには、あまり気のきかなそうな30代ぐらいの男が同居していた。板前で、名前を「三郎」といったように記憶している。

太田先生は、ときには自宅に戻らずに、扮装のまま店に直行することもあった。その店は、千日前にあった。ここまで書けば、それがどのような店であるか、おわかりであろう。太田先生の「店」とは、ゲイバーだったのだ。

店の名は「高島田」といった。着物を着て、白塗りの化粧をし、鬘をかぶった女形姿の「お姉さん」が接待をするゲイバーで、太田先生もそのひとりだった。

高島田のママは、太田先生ではなく、中村扇駒さんという、元歌舞伎役者だった。名前からわかるように、中村扇雀（現・坂田藤十郎）の弟子にあたる人だ。扇駒さんはさすがに元歌舞伎役者だけあって、大衆演劇もふくめていろいろな舞台をよく見ていて、どこそこの座長は男前だとか、杉良太郎は舞台に立つときに股間に詰め物をして大きく見せているといった話題が豊富だった。元をたどれば歌舞伎の出である私の師匠が「新口村」や「肉付の面」などの外題（げだい）を演じることになったときには、相手役として出演することもあった。

高島田には、座長のご相伴にあずかって何度か行ったことがあるが、扇駒さんを含めてお姉さんが4〜5人いて、ソファーとカラオケがあったのを覚えているぐらいで、店の様子はよく覚えていない。カラオケに合わせてお姉さん（太田先生ではない）とダンスを踊らされ、そのお姉さんがやたらと私の股間を指先でクリクリとなでまわしたことだけは、よく覚えているのだが。

今、ネットで検索してみると、高島田は、東京青山の青葉町にあった「音羽」と並んで、歌舞伎女形系のゲイバーの代表格だったという。大阪に来たお客さんを「ちょっとめずらしいところにご案内する」といった接待にも、よく使われたと聞く。

扇駒さんも太田先生も、とうの昔に亡くなり、高島田もない。

最近になって、思いがけないところで高島田の名を久しぶりに耳にした。宮崎市で人に連れられて入ったゲイバーのママの情報だが、かつて高島田で働いていた人が、今は新世界のゲイバーにいるらしい。

*085*

# スナック・ストーン

石原もも子（芸術家）

1976年、今から43年前。札幌から上京し大学を卒業した父は東京で働きはじめる。今でも当時の仕事について誇りに思い、情熱を注いでいたことが話す様子から窺える、本当に心底好きだったんだと。そんな仕事仲間に連れられて、24歳の父は四谷三丁目にあるスナック・ストーンを訪れた。そこから父の東京での青春がはじまるのだった。

学生時代は神楽坂にあるアパートに住み（いまでも存在する）、斜め前の家からは芸者さんが住んでいたのか三味線の練習をする音が聞こえてくる、そんな情緒あふれる街に父は暮らしていた。

鍵もかけず、いつでも誰でも迎え入れるスタンスでよく仲間を招き、夜な夜なお酒と会話を交わしていたそう。

どれくらいお酒を飲んだのか自分のバロメーターは翌朝起きた時、スーツがしっかりとかけられているかということと、永田町の地下鉄の階段を駆け上がれるかだったらしい。


スナック・ストーンは元々ママがひとりで営業していたが、常連客だった後のマスターとなる男性とロマンスに落ち、それからはずっとふたりでお店を開けていた。なんて素敵なことだろう。

マスターは柔道に熱心で指導もなさるほどの腕であった。そのためそこへ集うお客さんはそこでしか出会えない不思議な客層だったらしい。父はあまり会うことはなかったが、芸者さん上がりのお客さんたちがレーザーディスクカラオケで素晴らしい歌を披露していたという、とても贅沢なことだ。

そんな場所で父はあらゆる夜を過ごしてゆく。


上京した友人は必ず連れて行く。自ら住んでいたアパートのような感覚でストーンを認識し、大切なひとだけに教えたいと思う特別なところであった。

34歳になった父は、私の母となる女性と出会い、結婚というものをする。

世の中は1980年代後半、私が憧れるバブル全盛期にふたりは赤坂プリンスホテルで挙式をし、二次会は神楽坂の欣ちゃん（閉店してしまった）という居酒屋で、そして三次会にストーンを貸し切る。

このひとと人生を送ると決意したふたりの最高な日にストーンは華を添えてくれた。

私もお酒が飲めるようになり、遺伝をしっかり受け継いだのか、飲むこと、ひとと話すこと、集うことが大好きになる。

父と飲むと、度々登場するストーンはいつか行ってみたいと思っていた。

そうして今から3年前の12月、家族の忘年会でついにストーンへ初めて行くことになる。

扉をあけた瞬間、マリリン・モンローと目が合った。私の気に入るお店、下着屋や喫茶店には必ずマリリン・モンローのポスターが堂々と貼られている。まるでサッポロビールの広告のように。当時日本人までもがあの色気の虜だったのだと、私もそのうちのひとりで感心してしまう。

次に目に入ったのは紅の、それは渋くて苦いようなベルベットのイスであった。このイスにどれだけの人が座り、あらゆる話をしたのだろう、そんなイスに私も座りマスターと会話をすることになる。

「こんばんは」、とネクタイをしっかり締めた紳士的なマスターは優しく迎え入れてくれた。

少し緊張している私は様子を窺い、まず父が「マスター、ボトルまだあるよね？」と尋ねる。

出されたボトルには年季の入った名札がかけられていた。

この名札は私よりずっと先輩なんだよと、父はよく自分の大切なものをそのように表現し教えてくれる。

すごい先輩だなあと、何本もボトルが変わる中で何度も付け替えられ、役目を果たし続ける良い仕事をする先輩。

ボトルからハイボールを作ってもらい、数回口へ運ぶ頃、「はい、どうぞ」と当たり前のようにカラオケのマイクとリモコンをマスターは渡してくれた。

かつてのレーザーディスクではなくなってしまったものの、通信カラオケのセットがちゃんと入っている。

まずは父から歌いはじめた。よくお風呂場から聞こえてくる馴染みある歌声が、整えられた機器に変換されストーンに心地良さそうに流れている。そうして歌い終わると、マスターが満面の笑みで噛みしめるように拍手をしてくれるのだ。どんな歌にでも、母にも私にも、1曲ごとに必ず。まるで歌手になったような気分にさせてくれる。

「ママさんは？」父が尋ねると体調がすぐれないらしく、少し前からマスターはひとりで営業をしていたそうだ。

「また来ますね、今度は私が友人を連れてきても良いですか」と聞くと、「もちろんですよ」とマスターはまた満面の笑みで答えてくれた。

何人も連れて行きたいひとたちが浮かぶ、次は誰と来ようかとそんな想像をしながら楽しい夜は過ぎてゆく。

ある日「ストーンの電話が繋がらない」と父から聞かされる。頭の片隅に置いていたまま月日は流れ、スナック・アーバンに行くために待ち合わせをしていたが、時間があったので四谷三丁目に少し早く到着するように行ってみることにした。

辿り着いたその先にはまったく知らない、綺麗なお店が現れた。混乱した私はその近辺を何周も歩き確認してみたが現実のようで、やっと悲しさに触れる。

黄色い看板も、マリリン・モンローも、渋い紅のイスも、父のボトルも、どこかへ行ってしまった。

何よりも私は友人を連れて行けなかったことにとても後悔をする。

この歳になっても、失われることに対して深く悲しんでしまう。絶望した。

途方に暮れながら歩き、マスターの満面の笑みと拍手を思い出す。なぜあのお店にまた行きたいと思ったのか、誰かを連れて行きたいと思ったのか。それはマスターにただ会いたいからだった。

ああ、出会えて良かったなあと心底思う。悲しい気持ちはおさまり、ストーンに一度でも行けたことに喜びを感じはじめた。ひとをもてなす真髄に触れられたという確信を持った私は、このストーンをずっと大切にしてゆこうと決意をする。

ストーンの意味は辞書に、石、石材、また梅や桃の核、種と載っている。それに「四谷三丁目にあった素敵な夜を作り続けたスナック」と付け加えてしまおう（私の名前は石原もも子なのでまるで私自身がストーンだ！）。

24歳の初々しい父と奇遇にも同じ歳でストーンを訪れ、それが最初で最後となってしまったが、この日のことは決して忘れることはない。私も父のようにストーンのことを話し続けるだろう。

スナック・ストーン、二世代にわたり影響を与えてくれたマスターとママへ。感謝と愛を込めて。

*086*

# どこまでも続く森

たけしげみゆき
（シカク店主）

森で過ごす時間の不思議な静けさが、なんだか好きだった。

森というのは、木がたくさんある森ではなく、我が家から自転車で10分足らずの近所にあったお好み焼き屋さんの名前。どこにも店名が書いていなかったのに、存在を教えてくれた友人も常連さんも「森」と呼んでいたので、私も同じように呼んでいた。

森は、人によっては薄汚いと眉をひそめるようなお店だった。

色あせたのれんがかかったアルミサッシの扉をくぐると、すぐ右手で店主の老夫婦がお好み焼きを焼いている。左手にはお客さんが座る、鉄板が埋め込まれた小さなテーブルが2つだけ。その周りには丸椅子が4脚ずつ、計8席。小さいお店なので、全席が埋まると混み合った電車のような窮屈さになる。

　建具はすべてどことなく歪んでおり、油のシミが模様のようにちりばめられている。床がコンクリートなので、冬は上着を脱げないいくらい寒い。壁に貼られたメニューは年季が入りすぎて茶色く変色している。いや、メニューだけじゃない。森にあるものは、いびつな建物も、黒ずんだ鉄板も、店主夫婦の手さばきも、すべてに時間の堆積があった。


　森はとても繁盛していたが、お客さんの大半が近所の団地に住むお持ち帰り客だった。

　数少ない昼時の店内客である私は、席を確保するとまず、お店の奥にある冷蔵庫から缶チューハイを取り出す。ドリンクはここから勝手に取るシステムなのだ。それをゆっくり飲みながら、店主夫婦がお好み焼きを焼くのを眺める。どろっとした生地が2人の見事なコンビネーションにより、アツアツのお好み焼きに変身していく。名人芸のようでどれだけ見ても飽きない。

　20分ほど経つと、目の前の鉄板にお好み焼きが運ばれてくる。私はエビが大好きなので、注文するのはたいてい「ミックス天ぷら入り」で、確か500円くらい。「天ぷら」というのはえんどう豆の天ぷら、通称豆天のこと。森はトッピングメニューに豆天があるのが特徴なのだ。ちなみに一番安い豚玉は確か300円で、これは大阪の物価からしてもかなりリーズナブル。おまけに量がかなり多い。食べきれず、お母さんに頼んで残りをタッパーに詰めてもらうことも度々あった。

安い、うまい、量も多いと3拍子揃った森は地元住民にとても愛されていた。私がのんきにお好み焼きをつついてる間もひっきりなしに電話で注文が来るので、鉄板の上は常にお好み焼きでいっぱいだった。

私が森に通っていた理由は、お好み焼きがおいしかったことももちろんだが、あのお店の雰囲気によるところも大きかった。でも、具体的にどこが、と聞かれると答えるのが難しい。

たとえ汚くても、店内に雪のように降り積もった時間を感じるのが好きだった。扉が開けっぱなしの寒い店内で、鉄板のぬくもりを感じるのが好きだった。常連さんと店主の夫婦が交わす言葉に耳を傾けるのが好きだった。

どれも「これがあるから通ってるんです!」という決定打ではない。だけど、一つ一つの派手すぎない特別さがなんとも心地よくて、いつも足を運んでしまうのだった。

忘れられない光景がある。

その日は天気が良くて、暖かい初夏だった。店内には私と友人だけで、電話注文も比較的ゆったりしていた。

いつものように缶チューハイを飲みながらお好み焼きができるのを待っていると、スズメが1羽、ちょんちょんと歩いてお店に入ってきた。そしてお母さんが目を離したスキに、調理台の上に飛び乗って、ボウルに山盛りになった千切りキャベツをつつこうとした。

すぐに気がついて、「こらっ、あかんやろ」と追い払うお母さん。逃げるスズメ。でも少ししたら、またちょんちょんとお店に入ってくる。その繰り返し。「いつも来るねん、困るわあ」と、苦笑いのお母さん。でも本当に憎くは思っていないことが表情から見てとれる。

そのときの初夏の柔らかい日差しや、スズメとお母さんのやり取りが、私には完成された一つの物語のように見えて、なんだかやけに感動してしまった。ここで何十年もお好み焼きを焼き続けてきたお母さんの、本や教科書には決して載らない、日本中にありふれた、だけどすごく特別な物語。

ある日森に行くと、いつもは開け放たれているアルミサッシが閉まっていた。扉には貼り紙があり「しばらく休業いたします」と書かれている。嫌な予感がしつつ、その日は別のお店で食事をした。

それからしばらくして、また森に行って驚いた。お店の雰囲気がガラリと変わっていたのだ。

以前は色あせた文字で「お好み焼き」とだけ書かれたのれんは、招き猫の絵と「森羅万象に感謝」みたいな居酒屋的名言が書かれたものに変わっている。店内に入ると、茶色く滲んだメニューは全てなくなり、代わりに真っ白な模造紙にマジックで手書きのメニューになっていた。そして、店主のお母さんの隣でお好み焼きを焼いていたのは、お父さんではなく40代くらいの男性だった。

話を聞くと、休業の理由はお父さんの体調不良だったそう。一度はお店を畳みかけたが、息子さんがやってみたいと言ったので、続けてみることにしたらしい。とはいえ今まで一度もお好み焼きを焼いたことがないため、まだ練習中だという。雰囲気がガラリと変わった店内は、息子さんの意向なのだろう。

お好み焼きの味は悪くなかった。とはいえ、私は味オンチで口に入るものは大体おいしいと感じるので、あまりアテにならない。「おいしいですよ」と伝えると、お母さんは「まだまだですわ」「常連さんからも「味が変わった」って言われるんです」と言う。おとなしそうな息子さんは、何も言わず鉄板を見つめていた。

跡継ぎが見つからず閉店する店が多い中、息子さんが続けてくれるのはありがたいことだ。しかし私はそれ以来、森から足が遠のいてしまった。変わってしまった森を見るのが少し悲しかったからだ。時々風の噂で、息子さんは長年引きこもりだったらしいとか、あの味を再現するのは時間がかかりそうだ、という話を聞いて、数ヵ月経ったらまた様子を見に行こうと思っていた。

そして数ヵ月経ったある日、森に行くと、あっさりと店は閉まっていた。のれんは外され、挨拶の貼り紙もなく、静かに閉ざされたアルミサッシだけが知らん顔するように佇んでいた。そこにお好み焼き屋さんがあったことも、常連さんがひっきりなしに訪れていたことも、スズメがキャベツを盗みにきたことも、別の世界の出来事みたいだ。

また風の噂で、やっぱりあの息子さんにお好み焼き屋をやるのは難しかったらしい、という話を聞いた。だけどそれはあくまで噂で、実際どういう事情があったのか、今あの家族がどうなっているのかは何も知らない。

残念ながら森に行くことはもうできないけれど、この話には少し続きがある。
森の閉店からさらに数ヵ月後、知人夫妻が近所で「まぼや」という居酒屋を始めた。そのお店に行って話をしていると、なんと旦那さんが森のお好み焼きのレシピを受け継いだというのだ。

旦那さんはもともと粉物が好きで、森にも頻繁に通っていた。そしていよいよ店を閉めるというタイミングで、頼み込んでレシピを教えてもらったという。旦那さんいわく「いやー、難しいです。なかなかあの通りには焼けません」とのことだが、味オンチな私からすると充分おいしい。いや、仮においしくなくても、森の思い出が姿を変えてどこかで続いているのが、物語の続きを見ているようでものすごく嬉しかった。

旦那さんは「ちゃんと焼けるようになって、森さんに食べてもらわんと」と語る。そのためにはなんといっても、お店を続けてもらわないといけない。そういうわけで最近の私は、ときどき仕事帰りに「まぼや」に寄って、やっぱりチューハイ片手にお好み焼きをつついている。

087

# ニンニクのにおい、駅ビルからの眺め

## VIDEOTAPEMUSIC

(ミュージシャン/映像作家)

正月に久々に実家に行った。実家の場所は東京都小平市の西の端。かつてはこのあたりまで米軍基地関係の施設があって、今でもその名残で広い公園や運動場や、よくわからない更地は多い。その上を多摩モノレールがゆっくりと往復している。

実家の近くには西武拝島線の駅があり、久々に駅前を歩くと、来る度に何かしらの新しいチェーンの飲食店ができていて、同じように何かしらの店が無くなっている。子供の頃に初めて親に本を買ってもらった本屋はシャッターが閉まったままで、駅前には見覚えのないセブンイレブンが新しくできていて、好きだったラーメン屋はまた別のラーメン屋になっていた。

今ではすっかりチェーンの飲食店や居酒屋で埋め尽くされた駅前も、かつては個人経営の粋なお店が多かったんだろうなとは思うのだが、そこまで外食をする家庭ではなかったので、その頃の駅前の風景は具体的に覚えていても、飲食店に入った記憶というものがほとんどない。

記憶にあるのはそんな駅前の店々から漏れ聞こえてくる酔っ払った大人たちの大騒ぎする声と、カラオケの歌声、店の前に並んだタクシー、焼き鳥か何かを焼く煙。知っているのは店の外側の景色だけで、小さな扉の向こうは子供には未知の世界。それらを横目に素通りし、まっすぐ家に帰って、母親の作る夕飯を食べる日々だった。

もったいなかった気もするが、母親が毎日のように家で食事を作っていてくれていたんだと思うと、それはそれでありがたい話ではある。

ただひとつだけ入った覚えのある店は、駅から数分歩いた場所にあるカウンターだけの小さな定食屋のような店。店名は覚えていない。たしか中学生くらいの時だった。たまたま近所の友達の家に外泊する許可を親から得て、泊まりに行った日だったと思う。友達の家に行く前に何か食べようということになり、その友達に「ここのスタミナ丼がおいしいんだよ」と勧められるままに一緒に入った。夕飯代にと母親からもらったお金でスタミナ丼を注文した。その店のスタミナ丼がどんなものだったか細いところまでは覚えていないが、ニンニクの効いた濃いめの味付けで炒めた豚肉が白米の上にのったシンプルな丼だったはず。味噌汁がたぶんついていた。漫画雑誌とブラウン管テレビのある店内。狭いカウンターに座って食べるスタミナ丼の味はやたらに濃く、外食もほとんどせずに家で母親の作る夕飯ばかりを食べている中学生には新鮮だった。父親がニンニクの匂いが嫌いだったこともあって、家ではニンニクを使うような料理が出されることはなかった。なので家の外でニンニクをたっぷり摂取することは、ほんのすこしの背徳感を感じると同時に、ささやかな反抗のようでもあった。

もっと自由に自分のお金で外食とかができるようになったら、ここみたいな店で普段親が作ってくれないようなやたら濃い味のものや、ニンニクくさいもの、辛いもの、健康に悪いものをもっと食べたいと思った。自分のお金で、自分の食べたいものを、自分の責任で、自分で選んで食べる、そんな行為にその時初めて憧れたような気がする。それは大人の世界だ。まだニンニクやニラの入った餃子も食べたことがなければ、キムチという食べ物さえ知らなかった10代の頃の記憶。

30歳をすぎたくらいのある時、ふとこの店のことを思い出し、たしかこのあたりにあったはずだったと懐かしい味を求めうろうろと歩き回ったのだが、見つけられなかった。何かその店の手がかりはないものかとインターネットで検索してみても、何一つ情報もでてこない小さな店。煙のような薄い記憶と、夜の駅前、ニンニクのにおい。

そういえば、もうひとつ子供の頃に行った印象的な店があった。中央線立川駅の駅ビルの最上階のレストランだ。幼稚園に通っていたくらいのことだと思う。当時の駅ビルはルミネではなくWILLという名称だったし、入っているテナントも今とは違った。駅前も高いビルが少なくて、特に南口はどこか薄暗いイメージがあり今とは違う雰囲気だった。数年前まで米軍基地の街だった名残もわずかに漂っていて、その雰囲気は子供心にちょっと怖かった（ちなみに上條淳士さんの『SEX』に登場する立川駅の南口の風景はまさにこの頃の自分の記憶に近い）。

先ほど外食にはほとんど行かない家庭と書いたが、お正月とか特別なタイミングには家族で立川に買い物に行って、駅ビルの最上階のレストランフロアで食事をすることはあった。自分はいつもお子様ランチをたのんだ。近所の公園や雑木林を駆けずり回っているだけの小さな子供にとって、駅ビルの最上階から眺める自分の暮らす街の風景と、そこで食べるお子様ランチは特別だった。限られた移動範囲、限られた人間関係、限られた食事、低い視点で眺める狭い世界がすべてだった子供にとって、地上7階か8階から眺める風景は、それだけでものすごく非日常的な体験だった。外の景色が見たくて、絶対に窓際に座ることにこだわった。

駅前を歩く豆粒のような人たち、ゆっくりとロータリーに入っていく芋虫みたいな西武バス、隣のデパートの屋上遊園地とアドバルーン、住宅地から飛び出たゴミ焼却場の背の高い煙突、西にはうっすらと連なる山の稜線の中に富士山が見えて、北には西武園の観覧車が小さく見える。どこかに自分の家もあって、どこかには自分の通う幼稚園もある。でも、その先には行ったことのない街並みがどこまでも広がっていて、まだ知らない世界が存在する。

大人からしたら大げさに感じるかもしれないが、自分の視点が、自分の肉体から自由に解き放たれるような快楽があった。グーグルマップで自分の住む街の航空写真を気軽に見れるわけでもなく、当然ドローンだってない時代に、日常とまったく違う視点を手に入れたあの時の感動は忘れられない。1858年フランス、気球にのって世界初の航空写真の撮影に成功したナダールもこんな感動を味わったのだろうか。その上にお子様ランチだ。景色に夢中でお子様ランチの内容や味はほとんど記憶にないけど、当時の自分にとってのその組み合わせは最上級の贅沢体験だった。

今でも立川のルミネの最上階にはレストランフロアはあって、同じように景色を眺めながら食事はできるが、あの時のあの場所で子供心に感じた感動はもう味わえない。

大人になって新たに味わえる喜びもあれば、子供にしかわからない喜びもある。もう行けない場所も、まだ行けない場所も本当に多い。

スナック
Yumi
由美
スナック
由美
スナック
由美

# 088 イクツニナッテモアソビタイ、と台湾料理屋のママは云った

友川カズキ
（歌手／画家／競輪愛好家）

川崎に住んで五十年になんなんとしている。

別段、居を定める、と云うほどの確信めいたモノは今の今まで無かったのだが、気づけば早、半世紀である。この間、市内で数度の引っ越しを経験してはいるが、つげ義春の『李さん一家』のごとく、何とは無しにここ西口界隈にとどまっているのである。

五十年も暮らしていれば、どんな偏屈者でも馴染みの飲食店の五軒や六軒はありそうなものだが、私にとって堂々常連ヅラできるような気安い店は、今となってはほとんど無い。ここ数年、腰の調子がよくないのもあって、近所の呑み屋に一人フラッと入るようなことも、まったくと云っていいほど無くなった。

ただ一軒、自室から自転車で数分の距離にある中華料理店「喜楽」に週一度ほど顔を出すだけで、あとはほとんど自炊で通している。時たま、気が向くと、自転車に乗って尻手の南部市場まで好物のイカやスジコの買い出しに行くこともあるが、より近在のスーパー「肉のハナマサ」と「いなげや」が、私の庭と云えば庭である。

とは云え、過去にはそれでも、足繁く通い顔馴染みとなった店もあった。

漬物に凝っていた頃は、市内にある数軒の八百屋をローテーションし、年中店頭をのぞいて店員と挨拶を交わしていたし、最寄りのパチンコ屋の前にあった、女店主の声がやたらと高い喫茶店でスポーツ紙片手に時間を潰すこともままあった。私はチェーンスモーカーであるので、周囲を気にせずタバコをブカブカ吸えるこの喫茶店を何気に重宝していたのだが、数年前に呆気無く閉店してしまった。

呑み屋の類にも何軒か行きつけがあったが、特に自身も大酒呑みであるキムラさんが経営する西口の焼鳥屋では、幾度となく痛飲した。ここの「ヤゲン」、すなわち鳥ナンコツの焼鳥は、絶品、であった。もちろん、串打ちや焼きの技術もあるのだろうが、そこいらの店とは、ネタの品質と鮮度がハナっから違うのである。

今思うと我がコトながら呆れるが、キムラさんにパチスロの資金を融通してもらったこともあった。

ある日、マネージャーとともに近所の店でパチスロに興じていた私は、すっかりタネ銭を溶かし、頭に血が上りきっていた。そこで、キムラさんが焼鳥のネタをせっせと仕込んでいるところへ血眼で飛び込み、無理を云ってタネ銭をお借りして、そのまま復讐戦に臨んだのだ。そして、幸運にも負けを取り返し、幾ばくかのご祝儀を添えて律儀にもその日のうちに返したと云う、美談と云うか恥談である。

こちらも、残念ながら暖簾を下ろして久しい。

私はパチンコの一発台、パチスロ、競艇を経て、やがて競輪一本に転じた。四十代半ばの頃だ。辿り着くまで随分とムダな寄り道をしてしまったが、色川武大が述べた通り、競輪こそは究極の博打であり、ギャンブラーの終着駅である。

以前、競輪関係の拙稿に「気づいてみたればここはメッカ」と書いたが、川崎駅の東口には、入場者数で全国三本の指に入ると云う川崎競輪場が、それこそ、デン！とそびえている。当時はまだ電話投票やネット投票が浸透していなかったこともあり、覚えたての私は、自然、川崎競輪場もしくは今はなき鶴見の花月園競輪場と自室とを、ひたすら行き来する日々を経ることとなった。

「遅れて来たフォーク歌手」（私はデビュー時に不本意にもそう呼ばれた）ならぬ「遅れて来た競輪狂」となった私が、その頃、勝っても負けても立ち寄りたくなる台湾料理屋が、川崎駅西口の一角にあった。

経営者であり料理人でもある台湾出身の年老いたママさんがつくる中華粥が、なにしろ、絶品、であった。

別の店でしたたか呑んだ後、いわゆる「シメ」として立ち寄るケースも多く、そんな時はことさらに美味く感じた。そのシンプルにして奥行きのある味わいは、まさに筆舌に尽し難く、どんなに酒ぶくれした胃にもスーッと吸い込まれてゆく。

その衝撃は私の舌に未だ克明に記憶されており、近年、ウタの仕事で台湾にも二度ほど行ったが、現地で食したそれよりも断然上であった。

何度目かに訪れた際、「味の秘密をどうしても知りたい」という助平心を抑えきれなくなった私は、テキパキと調理するママさんの手元を、カウンター越しに見るともなしに見ていた。

そして、頃合いを見てダシの鍋の中にパラッと放たれる真っ黒い揚げネギの細片こそが、この妙味の形成に重大な役割を果たしているであろうことを予感した。

訊いてみると果たしてその通りで、ママさんは、隠し立てする気などさらさらない、とでも云うように、「コーレジャナイト、駄目ナノヨォ」と、カタコトの日本語を発した。

この稿を書くにあたり、イの一番に想起したのがこの店なのだが、どうしても屋号を思い出せない。そもそも、暖簾や看板もあったかどうか。ただ、小さな赤提灯が店先に吊るされていたのは憶えている。

店内の造りは、お世辞にも今風、とは云い難く、いわゆる「穴場」と云った感じで、いつも小綺麗にはしていた。目立たない外観のせいか、客足はまばらと云うか、ほとんどいつも私一人か、私と私の連れだけであり、たまに間違って入ってくるカップル風の男女なども、軽く食事を済ませるとそそくさと席を立った。

そんな状態であるから、ママさんは、手持ち無沙汰解消、とばかりに、いつも愛想よく話題を振ってくれた。テンポよく、大げさな身振り手振りを交えながら、問わず語りに語られるママさんの身の上話は、酒のツマミにお誂え向きでもあった。

そうしてこうして通い詰めるうち、こちらの顔も名前もすっかり覚えられ、ママさんとの会話に興じながら、輪友（競輪仲間）らと深酒することも度々あった。

そんな時、ママさんは「コーレガオイシーノヨォ」と、これまた絶品の、甕出し紹興酒を勧めてくれるのである。はじめ、高い酒でボラれるのでは、と内心警戒したが、ママさんが「ソーンナコトナイヨォ」と云う通り、安くて、深い旨みのある酒だった。「トモカワシャン、ドンドン呑ミマショー」と、明るくキレの良い口調で放たれるママさんのカタコトは、ひねもす酔眼のテイの私の耳に、いつも妙に心地よく響いた。

ママさんは大柄、やや色黒で、長い茶髪を綺麗にビシッと束ね、放っておくとサンバでも踊り出しそうな、エキゾチックな空気をまとっていた。年齢は六十代半ば、と云ったところで、その振る舞いは実に矍鑠（かくしゃく）たるものだった。

来日してウン十年、それなりに苦労を重ねたようで、本人は「シゴト、イロイロヤッタヨ」とだけ語っていたが、何らかの水商売も経験して来たのであろう雰囲気も、あるにはあった。

自身の男性遍歴についても、実にあっけらかんとしていて、「サイキン、ウチノダンナガ、若イコレヲ連レテ逃ゲタノヨ！」と小指を立て、カウンターでライスにピーナツを振りかけただけのまかない飯をボリボリとしつつ、やはり問わず語りに語るのである。

私は、常連の目ざとさと云うのではないが、ある晩、作業着を着た工事業者風の中老の男性が、カウンターの端っこに座り一人呑んでいることに気づいた。

男は黙って、俯いて呑んでいて、時折、ママさんがいそいそしくコップに酒を注ぎに行く。互いに接する態度をつぶさに観察せずとも、その男が例のダンナ、すなわち最近若い女と飛んだと云う内縁の夫であることは容易に察知された。

やがて、ママさんは、男の座るカウンターの方からやおら踵を返し、こちらの座敷の席に歩んで来るなり、「トモカワシャン、アレヨ、アレ……」と小声で云いながら、立てた親指を背中の方に向け、いたずらっぽく目配せした。

その何とも云えぬ可笑しみのある表情と仕草は、忘れようにも忘れられない。

別の晩、私は酔いにかまけ、「ママもまだまだ元気だねぇ」と、それとなく、その件について向けてみた。

すると、還暦もとうに過ぎたであろうこの老女は、待ってました、とばかりに、ところどころシワの刻まれた頬に邪気の無い笑みを浮かべ、こう云い放った。

「トモカワシャン、ダッテ人間、イクツニナッテモアソビタイジャナイ！」

その、まったく自然で、屈託の無い、もはや清純にさえ感じられる鋭角な物云いは、野暮な私の助平心をまっすぐに貫通し、脳天に突き刺さった。

天啓じみた老女のコトバに全身で痺れた私は、日ごろ口さがない自分を忘れ、ただ一言、「いいですねぇ」と返すのが精一杯だった。

そして、これまた妙に嬉しいような、ワクワクするような気分になって、さらにとめどなく紹興酒の杯を重ねたのは、云うまでもない。

後日、ママさんのコトバに触発されて創作した、と云うより、そのまま拝借した、拙いウタの歌詞を以下に。

いくつになっても遊びたい

———

自分のことをタナに上げて49年

怒り続けたまま49年
抵抗は48などでは済まされず
はてさて酔いは酒にとどまらず
いくつになっても遊びたい

車券を握る手でコップをつかみ
ギターを持つ手でコップをつかみ
絵筆を持つ手でコップをつかみ
はてさて雲までつかもうとする
いくつになっても遊びたい

そもそも私は品行方正ではありません
自分の吐いたツバをかぶることも度々です
己を押し出して行くしか術なしです
現は抜かすためにあるのです
いくつになっても遊びたい

人の話はあまりきかない方です

自分を信じているからでもないです
あいまいなものはあいまいのまま美しい
決着はじきについてしまいます
いくつになっても遊びたい

---

週一度か二度のペースで一年ほど通ったその店は、やがて台湾から呼び寄せた息子夫婦に代替わりした。ほどなく、ママさんは飲茶を売りにした小洒落た中華レストラン風の新店舗を東口に開業。そして、息子夫婦の店もろとも、いつの間にか潰れていた。

ママさんが描いてくれた地図のメモを頼りに東口の新しい店を訪れた際も、店内はガラガラで、ひょろ長いスペースの奥に、ママさんは所在無げに座っていた。

ママさんは、いつもの屈託無い口調で、「トモカワシャン、コッチノ店ニモ、ドウゾタクシャン来テヨネ」と云ったが、「五十路を目前に控えた男が、何を今さらヤムチャでもあるまい」と、その店に私の足が向かったのは一度きりであった。

何より、お粥がメニューに無かったのだから、それも自然の成り行きではある。

089

# 売女に居場所を潰されて

クーロン黒沢
（人生再インストールマガジン『シックスサマナ』編集長）

私には「気に入るとそればかり続ける」という癖があって、松屋の期間限定「ごろごろ煮込みチキンカレー」を日に2回、週7日食べたりするが、なかでもひと際熱心に続けたのが麻雀だった。

90年代半ば、わけあってカンボジアのプノンペンに移住した私は、人生のほぼ半分をこの町で過ごした。

移り住んだ当初は強盗と泥棒と悪徳警官だらけだったこの町も発展し、物価もずいぶん上がったが、それでも贅沢さえしなければ、月に5日の労働でメシが食える。

もやもやした不安はあれど、来年からは真面目に働こう。来年こそ稼ごう……とか毎年誓いながら、気がつけば30年近く経ってしまった。

30代半ばの頃、そのプノンペンの大通りから一本入った線路脇に、1軒のカフェがあった。

カフェといっても、皆さんが想像するカフェとはちょっと違う。

100台以上収容可能な駐車場。その奥にそびえるIKEA級のどでかい建造物。中に入ると4人がけのテーブルが40〜50。その周りを天井まで仕切った半個室のボックス席が遥か彼方までブワァーッと取り囲み、さらに2階席もある。とにかく、狂ってるとしか思えない超弩級のカフェだった。

経営者はマレー系らしく、フードメニューにはナシレマ（ココナツ炊き込みご飯）をはじめとするマレー料理が充実。それがまた、マレーシアレストランを名乗る店より本物っぽく、しかも安かった。

そんなナイスなカフェなのに、（でかすぎて）一瞥しただけではカフェとわからず、いつもガラガラ。ほぼ個室状態のボックス席は横になって寝ることさえ可能で、店員の目も届かず、一日中ぼんやりしていても文句は言われなかった。

超巨大なのに隠れ家的なこの店がすっかり気に入った私は、それから数年間、プノンペン在住の暇人軍団と毎日のように入り浸り、日中ほとんどの時間をここで過ごした。

ボックス席でコーヒーとナシレマを注文し、日が沈むまで仲間の暇人と世間話。話題が尽きれば持ってきた麻雀セットを広げ、ひたすら麻雀を打ちまくる。

そこらのプロ雀士並みにやりまくったものだが、麻雀のレベルは中学生レベル。点数計算できるメンバーはたったひとり。2時間おきにトイレにこもり、真っ赤な目で喰いタンばかり狙う奴もいれば、30分で終わる半荘に3時間かかり、多牌・少牌・先ヅモでしょっちゅう口論になった。

トップをとっても数百円。まさに、勝っても負けても時間の無駄。それでも飽きることはなかった。

ところがある日、そんな我々の神聖なたまり場が、警察の摘発を受けた。容疑は売春幇助。日頃、周りのボックス席で睦み合うカップルがいやに多いなと思ってはいたが、蓋を開ければその大半が売春婦と客。この店で顔合わせしてしばらくいちゃつき、100メートル先のモーテルに移動……というシステムだったそうな。

事件の主犯として、ある美容院の女店主が逮捕された。件のカフェは事件と無関係。待ち合わせ場所に使われただけのとばっちりだが、結果として新聞で晒され、閉鎖を強いられた。

長い沈黙の後、店はいったん再開したが、数カ月後、予告もなく閉店。気がつけば更地になり、この事件をきっかけに、我々も長いトンネルを抜け、現実世界に引き戻された。

荒れ放題で何年も放置された跡地には、その後、マレーシア系の巨大ショッピングセンターが建つことになり、いつ終わるとも知れぬ大工事が今も続いている。

工事現場を見上げるたびに思い出す、無駄にした黄金の日々。私の人生でもっとも優雅なひとときだった。

090

# バーニングマンのラーメン屋台

柳下毅一郎
（特殊翻訳家）

あれは2013年、はじめてバーニングマンに行ったときのことである。たしか6時半ごろにキャンプがあったはずなので、6時のFとかそのくらいだったと思う。そこにラーメンの屋台があった。

バーニングマンは毎年8月の終わりにネバダ州の砂漠で開かれる巨大アート・フェスティバルである。何もない砂漠のど真ん中に7万人の人間が集まり、1週間だけの町を作りあげ、それが終わると塵ひとつ残さずに帰っていく。バーニングマンについて語っているととうていこのスペースにはおさまりきらないので、どうしても必要なことだけ記しておく。ひとつはバーニングマンの会場（ブラック・ロック・シティと呼ぶ）ではお金は通用しないということである。そこは無償で人に与える〝ギブ〟だけがある世界なので、参加者はみな持ってきたものを惜しみなく配ることになる。というわけでバーニングマンの中には参加者が開くさまざまなお店が乱立している。ドライアイスを持ち込んでアイスクリームを配ったりする剛の者もいるが、いちばん多いのはやはり酒場だ。どうせアルコールは自前の分を大量に持ち込んでいるのである。40℃近くになる真昼の砂漠では、フローズン・マルガリータほどうまいものはない。

不思議なもので、酒場にも流行り廃りがある。昨年、ぼくらがキャンプを設営した場所のすぐ近くにあった酒場は、辺鄙な場所にもかかわらず連日大賑わいの人気店だった。前を通ると呼び込まれて、朝っぱらからイェーガーのショットを三連発で飲まされる羽目になったこともある。しごく愉快な酒場だった。たしかPlaya Springsという名前だった。今度行ったとき、見つけられたら再訪したいと思っている。

バーニングマンのもうひとつの問題はそこにある。つまり、場所がわからないということである。

バーニングマンでは時間が場所になる。これはバーニングマンのもうひとつの大きなポイントで、実は本質ですらあるのかもしれない。ブラック・ロック・シティは参加者のキャンプによって作られる円形の市街をもつ。円の中心にはマン（イベントの最後に燃やされる巨大な木製のひとがた）が立ち、そこから同心円状にキャンプ場が広がっている。この全体を時計に見立てて、2時から10時までが居住エリアとなる（10時から2時までの扇形の部分はただの砂漠、アートが点在する荒野だ）。中央から放射線状に伸びる通りには、時刻の名前がついている。さらに同心円状にAからはじまる円弧状の道路が外に向かって広がっているので、ブラック・ロック・シティ内での住所は時刻とアルファベットの組み合わせで表現されることになる。

「キャンプどこなの?」

「5時半のH。45分くらいのとこだね」

「うわ、ずいぶんはずれだ」

「いや、のんびりしてていいよ。近所もイカれた連中ばかりだし」

てな会話が交わされることになる。時間と場所の転換は、バーニングマンの無時間性の表現なのだと感じる。当然時間的約束も無化される。そこには時間が存在しないから、時間が場所になってしまう。ひとつの場所(時間)にたどりつくのに無限の時間がかかってしまうので、約束など意味のないことになってしまうからだ。どこかの場所、いい飲み屋なり友達のキャンプなりに遊びに行こうとすることはあるのだが、たいてい歩いているうちに何かしら別に気を引かれるものを見つけ、寄り道をしているうちに当初の目的なぞ忘れてしまう。

そう、それも問題なのだ。というのもバーニングマンでは見るものすべてが新鮮で楽しく、こちらの関心はあまりにも刹那的で、意志力はかぎりなく弱い状態なので、何かのために何かを犠牲にするという考えがまず成立しないのである。それは容赦なく照りつける砂漠の太陽のせいでもあり、ぼくらがとらわれている変性意識状態のせいでもある。変性意識状態で見る現実は、そうでないときに見るものとはまるで変わっているからだ。バーニングマンのすべてはこの変性意識状態を作り出すためにデザインされているのだと言える。

まあ、一言でいうと、どこかに行くつもりで歩いていくんだけど、全然別な場所にたどりついてしまう。それがバーニングマンなのである。

そういうわけで、6時のF。そこにラーメン屋台があった。

夜である。バーニングマンでは陽が落ちると周囲は真っ暗になって、みなが趣向もさまざまにつけた照明ばかりが目立つことになる。キャンプからバーニングマンの中心に向かって歩いていくとき、たまたまそれを見かけたのだ。道路の脇に真っ赤なラーメン屋の提灯がぶらさがっていた。そのときにはなんとも思わなかった。バーニングマンではいろいろ不可思議なものを見る。絶対に存在するはずのないようなものが平然とそこにある。ウィリアム・バロウズが言う「すべてが許されている。何も真実ではない」場所とはここのことだろう、といつも思う。なんせこちらは変性意識状態なのだ。すべて許されている。だから別にラーメン屋があったっていいじゃないか。

それはそのままにして、キャンプに帰ってのんびりその日の反芻をしていた。まあはじめてのバーニングマンだったし、ひたすらはしゃいで、アルコールの力も借りて変性意識状態の高揚にこれつとめていたのだろう。いい加減に酔っ払ったところで腹が空いてきた。そうだラーメンだ。

「ラーメン食べたい」

何言ってるんだという話である。

「いや、さっき通り過ぎたところにラーメン屋あっただろ。提灯がぶら下がってた」

だが、そんなものを見た人はどこにもいなかった。一緒に前を通った人たちも誰も提灯なんか見ていなかったのだ。こちらも相当酔っ払っているし、変性意識の中で、この現実に存在しないものを見てしまった可能性もある。というかみな完全にそう思っていた。そんなあるはずのないところに行って、迷子になったら大変だ、とみなに止められた。でも、ぼくはどうしてもラーメンを食べたかったのだ。「自分は理系だからちゃんと場所を把握している。一人で行ってもちゃんとここに帰ってこられる」と力説するぼくを見て、同行していた高橋ヨシキくんは「柳下さんの姿を見るのもこれが最後か……」としみじみ見送ったのだという。

ぼくは出かけて、しばらくしてから戻ってきた。たぶん1時間くらいさまよってたんじゃないかと思う。あるはずだったところの前を通り過ぎても何も見つからず、さりとてキャンプの方角もよくわからなくなって、でもあまりそういうことも気にならないままふらふらして、休憩できるところで一服して、少し現実に帰ってきたところでようやく帰り道がわかって、キャンプまで戻ってきたのである。ラーメン屋はなかった。みなにさんざんそら見たことかと言われたが、しかしそれがあるはずだったという思いはどうしても揺るがなかった。それから数日後、昼間、ラーメン屋のあるはずだったところに、たしかに提灯をぶらさげてあるのは見つけた。別にラーメン屋ではなくて、キャンプの目印として提灯を出していただけらしい。それが変性意識の中でラーメン屋台に変換されていただけ……というのが現実的な解釈なのだろう。

でも、ぼくはあのとき、ひょっとしたらあのままラーメン屋にいけたんじゃないかという思いをふりはらうことができずにいる。あるいはそんな可能性もあったんじゃないだろうか。角をまがったところにラーメン屋台があって、チャルメラを吹いて客を集め、ラーメンをふるまってくれたのではないだろうか。そのラーメンはこの世のものとも思えないほど美味な、まちがいなく完璧な味なのだ。それからバーニングマンに行くたびに、そんな思いにかられるのだが、いまだバーニングマンのラーメン屋には再会できずにいる。

091

# 終末酒場にて／五反田・たこ平

幣旗愛子
（編集／執筆）

ランチに、仕事あがりに通っていたそのお店は、昨年ついに閉まってしまったという。お店の外壁には、「おでん酒わが家に戻り難きかな　村山古郷」と書かれた看板があった。魚の絵が描かれたのれんがひらひらしていて、いつも気になっていた。ある日ようやくのれんをくぐったら、楽しくていつのまにかずっと通うことになった。

そこで、わたしはスイッチお姉さんと呼ばれていた。秋葉原の部品市場で、パソコンの電源のオン／オフスイッチのパーツだけを買ったと話したら、常連さんたちがなぜかそう呼んできた。スイッチをカチカチとオン／オフすることで、忙しすぎる仕事から頭を切りかえられたらと思って買ったのだった。

そのお店を訪れるのは、だいたい八時をまわって、おそいときは九時ぐらいだった。

常連客の年齢層は高くて来る時間も早く、大将の話だといつも五時から六時前後はいっぱいになっているという。仕事に疲れきって帰る前に、会社のひとと行く時間帯にはかなり空いていた。

大将と呼ばれていた店主は、禿頭にはちまきをした小柄なおじいさんで、もう三十年以上店をやっているという。雰囲気がもともと柔和なので、にこっとすると魂までマルくなる感じの人だった。たった六坪ほどのお店はちょうど路地の角にあって、七人も入ればいっぱいのコの字型カウンターの両端から出入りすることができた。

ランチ時のお昼は、両側の入り口を解放していて、風が通ってとても気持ちがよかった。それも混雑する十二時台をまわった頃に行っていたから、たいてい静かで空いていた。ランチは小鉢三つとお味噌汁に、煮付けたお魚か焼き魚かマグロ丼のどれかという和食の定番メニューだった。大将は昼の時間が一段落つくと、店先に座って煙草をふかしていた。

夜は、熱燗を飲んでつまんで最後はおでんという感じだった。マグロと蕗(ふき)の味噌煮が美味しかったのでよく注文した。店名がたこ平なので、蛸が名物料理かと思ったらそんなことはなく、たこわさがあったくらいだった。おでんには、蛸があったかもしれないし、なかったかもしれない。

ところで、五反田には海喜館という古い旅館がある。いつも前を通るたびに気になっていた。大正期創業の瀟洒な旅館で、かつては旦那や芸者が出入りして夜な夜な宴がくりひろげられていたという。いつだったか大将に、あの建物、気になっているんですと言うと、毎年そこで焼き肉宴会をやっているよと言っていた記憶がある。参加しておけばよかったなと思う。ちなみにこの旅館は、数年前に巨額の地面師詐欺事件の舞台として話題になった。クラシックでモダンな佇まいが一部で人気だったようだが、その建物ももう取り壊しがはじまっているだろう。ここもすでに行けない場所のひとつになってしまった。

そして、ここまで書いていてわかったことがある。なにもこまかいことが思いだせない！　お店の名前の由来とか、外のあの俳句はなんですかとか尋ねておけばよかった。記憶ではお店は蛸とはなんの関係もなかったように思う。五反田の飲食店街情報についてもいろいろと教えてもらったのに、それすらもうよく憶えていないのだった。なんであんなに行っていたのに訊かなかったんだろう。訊いたかもしれないのに忘れちゃったんだろう。

週に何度も通っていたのは、完全にフリーランスになる前の2014年頃までだったから記憶がおぼろげになるのは当然なのかもしれない。通いはじめたのはいつ頃からだったのだろう。

ただ憶えているのは、日々のなかに空気のようにそのお店があり、自然と足が向いてしまう場所だったことだ。いまとなってはただ楽しかった思い出しかなく、もう行けないことがひたすら悲しい。スイッチお姉さんという名前で呼ばれることももうない。

まだ営業している好きなお店のどれもが、昭和から生き延びている個人店ばかりで、よってたいがい店主はいい年齢になっている。こういったお店は、ある日突然予告もなしに消えてしまう。そんな場所を、わたしはひそかに終末酒場と名づけて通っている。行くときも帰るときも、次はないかもしれないと思いながら。

わたしの地図にも、埋められない穴がずいぶんと多くなってしまった。幻の東京を今日もお店からお店へとふらふら歩いている。自分が幻になったときは、大好きだったお店すべてがまたのれんをだしている満ち足りた世界にも行けるんだろう。

そういえば、たこ平の大将は頭がまるくてつるつるとしていて、見るたびになぜか蛸を思いだした。でもそれは店名と店のなにかをむりやり蛸に結びつけたかっただけのような気がする。誰にも言ったことはなかったけれど、せっかくなのでここに書いておこうか。

*092*

# マクドナルドと客家土楼

**安田峰俊**
（中国ルポライター）

確か市バス113号線の桂庙新村バス停の向かいの雑居ビルの2階に「50年代」という垢抜けないアメリカンスタイルのバーレストランがあり、中華風の微妙なステーキを出していた。

さらに学府路を歩くと、黄色い看板の炒飯屋がある。日本円換算で1食75〜150円くらいでスープ付きの揚州炒飯が出て、腹を膨らませることができた。大学の食堂では1食30〜50円くらいの金額で食べられるとはいえ、学食は味がよくない。私たちが「黄色い看板」と呼んでいた炒飯屋は、比較的安いわりに味がよくて重宝していた。

近くには招商銀行のATMがあり、隣にマクドナルドがあった。ヤットは日本円で300〜400円程度。だが、この時代の中国で、マクドナルドはハイカラな舶来物のご馳走だ。私は当時のガールフレンドとのデート以外ではめったに立ち寄らなかったし、他の中国人客たちもみんなこころなしか気取った様子でハンバーガーにかぶりついていた気がする。

街はまだ建設中だった。あちこちに空き地が広がり、そこかしこにバラック建ての屋台が数多く出ていた。数年後のSARSの流行で規制されてしまう野生動物料理(野味)を出す店も多くあった。犬やウサギやヘビやハクビシンが檻に入れられて生簀(いけす)状態になっていたが、衛生環境への懸念もあって、この手の店で食事を摂るのは多少の勇気が必要だった。

福建省永定の客家(はっか)土楼の絵を看板に掲げた、客家料理の屋台があったのもこの辺だ。客家は山岳の民である。貧しい故郷を嫌って沿海部の大都市に移住する人が多くいた。

やがて、この街で暮らして半年目くらいに、学府路の左側にやや高級なタイ料理屋が開店した。いまから考えれば「タイ料理のつもりの中華料理」にすぎない代物だったが、このときの私は中国以外の国に行ったことがなかった。現地の友人と何回か食べに行き、いつかタイに行ってみたいと話した記憶がある。あんな店でも、19歳の私たちには世界への窓だったのだろう。

そういえば、タイ料理屋の隣には江西料理屋があった。中国中南部のマイナーな内陸省である江西省の料理で、香辛料がきつい川魚の姿煮が出てきた。この店には現地出身の先生に連れて行かれた。中国には四川料理と湖南料理以外にも、ずいぶん辛い料理があるのだと知ったのだった。

――これは2001年ごろの中国広東省、深圳大学付近の外食事情を思い出すままに綴ったものである。

学府路はその名からもわかるように学生街だった。当時の中国の大学生はコンパの習慣があまりなかったので飲み屋は少なかったが、不良学生の溜まり場であるネットカフェや、若者がよく立ち寄る食堂はいくつもあった。あの街の景色は、間違いなく私にとっての中国の原風景である。しかし、ここで記した大部分の店は、もはや二度と行けない店だ。

10年後の2011年、取材で深圳を訪れた私が学府路へ足を向けてみると、ほぼすべての店がなくなっていた——。だけならばまだしも、なんと往年に立ち寄ったあらゆる建物が存在しなかったのである。

この10年間は中国経済が最も発展した時期で、GDPが約6倍に膨れ上がるという狂気じみた高度経済成長を成し遂げた。結果、私がかつて暮らした街は店舗どころかすべての建物が建て替わり、地名以外は過去の名残がほとんど払拭されてしまったのだ。

学生街が消える。本郷や高田馬場がわずか10年で完全に別の街になることを想像すれば驚きが伝わるだろうか。きっと私の同世代の中国人たちは、他にもたくさん似たような経験をしているだろう。彼らは自分の生まれた街や青春を送った街が、丸ごと消え去る喪失のなかで生きている。異常なスピード感とともに、世の中が変わっていくのが21世紀の中国なのである。

私は感慨深い思いで、見知らぬ街に変わり果てた学府路界隈を歩き回った。するとマクドナルド一軒だけが、ただひとつ10年前と同じ店舗のままで営業を続けているのを見つけた。

さらにもう一軒。かつて小汚い屋台だった客家土楼の看板の店が、堂々と店舗を構えて同じデザインの看板を出し続けていた。

マクドナルドと客家土楼、このふたつだけが、10年後まで残っていた私の学生時代の日常の残滓であった。

あれからさらに時間が経った。来年あたり、COVID－19の流行がおさまれば、再び10年ぶりに学府路に行ってみようかと思うのだが、あのマクドナルドはまだ残っているだろうか？

093

# またみんなで行く♩

平野紗季子
（食いしんぼう）

家のごはんがおいしかった。という記憶があんまりない。母の作る唐揚げは、たいがい火が通りすぎか通らなさすぎのどちらかで、がぶりと噛み付いて違和感。鶏肉を見れば中心が血の赤で滲んでいて、オエー。理科室のカエルの解剖を思い出しながらレンジでチンして、ふやふやの衣とパサパサの肉を真顔で咀嚼したことが一度や二度ではなかった。

でも、今になって時々母の家を訪ねてごはんを食べると、そこまでマズくない。というかむしろおいしい。なすの煮浸しとか豆腐ステーキとか、どれも土井善晴が「ええやん」とコメントしてくれそうなしみじみいい味がする。言うほど料理下手じゃなかったんだな……。失礼にもほどがある感想を抱きつつ今更記憶の修正を試みているが、じゃあなぜ子供のころ、我が家の食卓に〝母は料理下手〟のイメージが醸成されていたのか。印象的な失敗は数々あったけど……一番の理由はきっと、父が母の料理を「おいしい」と一切言わなかったからだ。

　父は子供たちのことはハーゲンダッツ以上の糖度で甘やかし、敏腕営業マンにもやりきれないほどヨイショしてくれる人だったが、母にはいつもツンツンして母の作る料理のほとんどに一味をかけて食べていた。母と父の対話にはいつも緊張感が漂っていて、彼らがお互いを労ったり褒めあったりしているのを見たことがなかった。この人たちが昔恋人だったなんてちょっと想像できないな。繊細で神経質な父、鈍感でおおらかな母。私の好きな二人がお互いを嫌いなのは残念だったが、この関係性に口を挟んだら余計に事態がこじれるであろうことは子供ながらにわかっていた。今の二人はもう、一緒に人生を歩んでいない。

　あのころ、我が家のおいしいは家の外にあった。出張で家を空けがちな父が週末東京にいるときは家族揃って外食するのが習慣になって、代官山の「ＨＩＲＯ Ⅱ（ヒロ・ドゥーエ）」という大箱のイタリアンによく出かけた。バブル期のイタめしブームを牽引した「バスタパスタ」の山田宏巳シェフが手がける店で、今となっては〝小細工クリエイティブが鼻につく〟などと食べログでディスられそうだが、10歳そこらのピュアな子供を魅了するには十分すぎるほどのレストランだった。とうもろこしスープを頼めば細長いグラスで供され、絶対に一気に飲んでくださいね、と念を押される。始めは温かい。だけど底の方は……冷たい！こんなイリュージョンなことある？温度変化で甘さの感じ方が変わる仕掛けに私はひどく驚いた。揚げてないカキフライ、スプーンにのった一口味噌汁、オリーブオイルのしょっぱいデザート……びっくりとおいしいが口の中で次々に爆発する。なんだこれは、味のエレクトリカルパレードか？薄暗い明かりの中、お姫様扱いのサービスを受けながら、家でも給食でも出会ったことがない未知の食事に出会う。ここが夢と魔法の王国でなければなんなのか、私はすっかりレストランに魅せられた。母も父も終始ニコニコしていた。そう、レストランの魔法は両親をも変えるのだ。不思議なことに、あの数時間だけは絶対に父と母は喧嘩をしなかった。さっきまで、その角を曲がるんじゃないとか、駐車場に入れるのが下手だとかで小競り合いしていたのに、ドアが開いてお店の人と目が合った瞬間から嘘みたいに仲良くなる。みんなが一つのテーブルを囲んで、目を合わせて、テレビを見ずに会話をして、おいしいと笑い合う。そこにはたしかな幸福があった。レストランは夢。レストランは魔法。この時間が終わらないで。そう願いながら帰り道の車でいつも眠ってしまった。

悲しいことに翌朝目がさめると記憶はすでに朧げで、すっかりお腹が空いていた。消化こわい。消えないで。本当はいつでもあの時間を取り出せるように宝箱にしまっておきたいのに。だけどアクセサリーやおもちゃとは違って、食べ物は跡形もなく消えてしまうのだった。私はそれが嫌で、なんとかあの時間を残したくて、食日記をつけ始めた。家の食事については一切書かれていないレストランのための日記だった。今でも日記を開くと当時の私がそこにいる。「今日はパパのお誕生日だった。お誕生日を祝ってくれるサービス付き！」「今日はパスタが食べたいというあたしの願いでＨＩＲＯ Ⅱに行った☆」「やっぱりＨＩＲＯ Ⅱはおいしい！またみんなで行く♪」。今思えばあの日記には、料理の記録というよりも、その向こうにある家族の笑顔を書き留めたかったのかもしれない。

へんてこなことばかりをやって時代に消費されてしまったのだろうか。賑わっていたはずの「ＨＩＲＯ Ⅱ」は、いつのまにか閉店してしまった。もうあの店に行くことはできないし、家族揃って食卓を囲むこともきっとない。だけど、あの時間は最高だった。あのとき味わった夢のような気持ちは、今もたしかなものとして、私の胸の中できらめいている。だから私はレストランに行くのだろう。共に席に着き、目を合わせ、乾杯するのだろう。二度と訪れない今を祝福するために、それらを幸福という記憶で大事に飾っておくために。

*094*

# 丸福（仮名）の醤油らーめん

村田沙耶香
（小説家）

子供の頃、私は千葉にあるニュータウンに住んでいた。

私たち家族が引っ越したばかりのころ、そこは、工事現場と、空き地と、まっさらな家しかない世界だった。飲食店など、もちろんほとんどなかった。徒歩で行くことができる飲食店はデニーズだけだった。

駅前もがらんとしていて、まだスーパーもできていなかった。私たち家族は、週末になると車に乗って遠くのスーパーまで買い物に行った。その帰り道に寄ることがあるのが、「丸福（仮名）」というラーメン屋だった。

当時の私は、本格的なラーメンというものをほとんど食べたことがなかった。たまにスーパーのフードコートで食べるラーメンと、「丸福」のラーメンの味はまるで違った。両親も兄も、美味しい美味しい、といって「丸福」のラーメンを食べていた。表の看板に「本格」と書いてあるだけあって、確かに、「丸福」のラーメンは、フードコートのラーメンに比べると、だいぶ見た目も複雑で、随分と凝っているように感じた。

「本格」ラーメンはすごいものだ、と私は思った。まず、変な匂いがする。嗅いだことはないけれど、猪のお尻と、学校に置いてあるめだかの水槽の水が混じったような、生臭い匂い。そして、スープが妙に甘い。醤油らーめんを頼んでいるのに、なんでスープが甘いのかよくわからなかったけれど、砂糖の甘さではない、少し薬っぽいような、不思議な味。大人の食べ物とは、癖があるのだなあ、と私は思った。

家族皆で丸福に行ってラーメンを食べる習慣は、私が中学生になっても続いた。父は単身赴任をしていたが、ニュータウンの家に帰ってくると、家族を丸福へ連れて行ってくれた。

中学生になると、私もだんだんとませてきて、友達と一緒に電車で都会へ行って遊ぶようになった。友達と出かけて、「お昼ご飯、何にする?」となったとき、ラーメンが選ばれることはなかった。私たちはお喋りがしたかったし、それができるお店を選んだ。それは大抵、チェーンのファストフード店で、ラーメン屋があっても無視されていた。つまり、私は「丸福」以外のラーメンの味をほぼ知らないまま成長していった。

そんなある日、担任の先生が、ホームルームの時間に、何かのきっかけで、

「ああ、そういえばさあ、みんな行ったことある？　丸福！」

と雑談を始めた。

「先生、週に一度は通ってるんだよ！　美味しいよなあ、あそこのラーメン！」

あれ、と私は思った。クラスメイトたちが一様に、顔を伏せて笑いをこらえていたからだ。

「美味しいですよね！　丸福のラーメン！」

お調子者の男の子が叫び、こらえきれない、といった様子で、教室が爆笑に包まれた。

ホームルームが終わって先生が教室を出ていくと、みんなが笑いながら話しているのが聞こえた。

「あいつ、丸福のラーメン、うまいって言ってる、やばい」

「うんこの匂いするよな、あそこのラーメン！」

「するする！　ラーメンから絶対しない匂いと味がする！」

私は衝撃を受けた。大変なことを知ってしまった、と思った。丸福のラーメンとは、そんな酷い食べ物だったのか。あの味はラーメンの味じゃなかったのか。だとしたら、私たち家族は一体、何を食べていたのだろう。

私は混乱して、クラスのギャルの女の子に、

「あの、私、家族でいつも丸福のラーメン食べてるんだけど……」

と囁いた。女の子は、物凄くびっくりしたあと、

「まじかよ、家族全員であれ食ってんの？　おまえんち、まじやばくね？」

と言った。


それからも、家族で丸福のラーメンを食べに行く日々は続いた。

排泄物の匂いがするといわれていた、とは家族に言い出せず、「なんか、ちょっと独特だってみんなが言うんだけど、ラーメンって、こういう食べ物だよね？」と、私はすがるような気持ちで訊ねた。

「あー、ここのラーメンはちょっと、癖あるかもね」

「ある、ある、確かに」

父と兄が頷き、母も「そうねえ」と笑っている。

私は愕然とした。そんなに癖があるものを、私は幼稚園の頃から食べ続けていたのか。では「普通の本格的なラーメン」とは一体どんな食べ物だというのだろう。

「さやか、お腹すかないか？　皆で丸福行くか？」

少し前ならうれしかったはずの、父の呼びかけに、素直に答えられなくなった。

「お腹すいてない、みんなで行けば」

といったときの、父の悲しそうな顔を忘れることができない。だが、排泄物の匂いがする、と言われている食べ物を、当時の私はどうしても、喜んで食べることがもう

できなくなっていた。

やがて高校生になった私は、好きな男の子とデートすることになった。

「どうしても食べてほしいラーメンがあるんだよ、大好物なんだ。すごく美味しいから」

「ラーメン……」

ラーメンという食べ物がトラウマになっていたので少し困ったが、その男の子が好きな食べ物の味が知りたくて、一緒にラーメン屋へ向かった。

男の子が教えてくれたお店のラーメンは、甘くなく、臭みはあるけれど、それはこの出汁のせいだな、と理解できる匂いで、とても美味しかった。

「これが、ラーメンか……」

呆然としている私に、「どうしたの？　え、ラーメン食べたことないの？」と男の子が不思議そうに聞いた。

「ラーメン……食べたことあるか、ないか、よくわからない……」

私は「丸福のラーメン」が本当に「ラーメン」という食べ物の範疇の存在なのか、すでにわからなくなっていた。「ラーメン食べたことないなんて、すごいね」何がすごいのかわからないが、男の子は笑ってくれた。

大人になってから、一度だけ、丸福のラーメンを食べに行ったことがある。

恋人とこの話になり、それなら一度食べてみたい、と盛り上がって、わざわざ車で出かけたのだ。

「そんなにまずいラーメン屋なら、潰れてるんじゃない？」

「そうだよね……」

私は不安だったが、「丸福」は、なんだか派手に改装までしながら、立派に営業していた。

メニューは当時とだいぶ変わっており、野菜らーめんが人気のようだった。

「醤油らーめん、二つください……」

私と恋人は、恐る恐る「丸福の醤油らーめん」を食べた。

運ばれてきたどんぶりから、あの頃と同じ異臭がした。

「変わってない……」

「確かに、普通のラーメンと違う味がする」

「見て。誰も食べてない、醤油らーめん」

店の人はみな、美味しそうな野菜らーめんなど新しいメニューを食べていた。丸福の醤油らーめんは、意味不明な存在のまま、皆から無視されていた。

「変なにおいがする……変なにおいがする……」

私は懐かしい匂いを嗅ぎながら丸福の醤油らーめんを食べ続けた。もう一生この店には来ない、と思った。恋人は、困った顔で、「なんか、ラーメンとは別物だけど、これはこれでいける感じあるよ」と私を慰めてくれていた。

# *095* 幻の本場インドカレー

高野秀行
（ノンフィクション作家）

本場のインドカレーは美味い——。

昔から今に至るまでそう聞いているが、いまだに真実がわからないでいる。インドには四度も行っているのに。

最初にインドへ行ったのは三十数年前、大学一年生の春休みだった。私にとって初めての海外旅行で、一人で一ヵ月ほど北部をまわった。当然毎日インドカレーを食べた。なにしろインドでおかずと言えば、すべてスパイスで味付けされた料理なのだ。カレーとは何か特別な料理でなく、日本で言うならしょう油みたいな、基本的な味つけのことなのだと知った。

なのに、それが美味いかどうかはわからなかった。辛すぎたからだ。昭和の日本にはトウガラシが普及しておらず、今の若い人は驚くだろうが私は日本でピリ辛の食べ物を一度も経験したことがなかった。

だからインドの食堂で出る料理がなにもかも辛い。二口、三口食べると口の中が焼けるように感じ、耐えかねてコップの水に舌を浸したりした。口だけでなく胃腸もスパイス処女（童貞？）であり、食後は必ずはげしく下痢をした。しまいには食事をすること自体が苦痛になり、朝ゲストハウスでパンと卵焼きの軽い朝食を食べる以外は何も口にしないことが多かった。しかし気温が四十度近い土地で食事をしないとさすがに体がもたない。一日一回ぐらいはしっかりご飯を食べる必要がある。だから日が暮れる頃になると憂鬱になった。「飯を食わなきゃいけない……」と思うからだ。

その後、詐欺師に騙されて身ぐるみはがれたことなどもあり、日本に帰った頃はげっそりやせていた。味がどうだったのかについては「辛い（からい／つらい）」と言うしかなかった。

二度目にインドを訪れたのはそれから四年ぐらいしてからだ。アフリカに行った帰りにトランジットで三日ばかり立ち寄った。それまでに私はアフリカや南米をかなり旅しており、辛い料理もずいぶん食べていた。もはやスパイスなど恐れるに足らず。今度こそ人が絶賛する本場インドのカレーを堪能できるかと思ったのだが、いざ食べてみると「なんじゃ、こりゃ!?」。

全然美味くないのだ。カレーはただ辛さがあるだけで、うま味やコクが感じられない。米もパサパサだった。ちなみに、インディカ米自体は他の国（アフリカ、南米、フランス）でよく食べており、別に嫌いではなかった。でもインドの食堂で食べる米ははっきり「まずい」と思った。

三度目にインドを訪れたときは、一カ月ほど滞在したにもかかわらず一回もカレーを食べなかった。

それは私の人生でもひじょうに特殊な旅だった。中国雲南省からミャンマーの反政府ゲリラの支配区に入り、ゲリラ兵士とともに二カ月ほどジャングルを歩いてインド国境までたどり着いた。そこから今度はインドのナガ族という民族の、これまた反政府ゲリラにバトンタッチしてもらい、彼らと一緒にインドにこっそり入った。ビザもなく完全な密入国だった（詳しくは拙著『西南シルクロードは密林に消える』をご参照ください）。

ナガ族は日本人そっくりの顔だちをしており、食べ物もジャポニカに似た米で、おかずにもスパイスを使わない。肉や野菜を塩味や納豆味で煮込んだ料理が中心で、食生活は東アジアや東南アジアに近い。私はナガ族のふりをしてナガ族の人たちと一緒に移動し、彼らの家でご飯を食べた。カレーなど食べない。

因縁の地であるコルカタまで出ると、ナガ族の人たちと別れて一人になった。これからなんとかしてインドを脱出する方策を考えた。電話やネットで友人知人に相談する以外はゲストハウスに逼塞（ひっそく）していた。インドは密入国でビザもないため、万一警察に見とがめられたら大変なことになる。

朝食だけ宿でパンと卵を食べ、あとは夜まで何も食べない。でもさすがに丸一日食べないと体がもたないので、日が暮れてから夕飯を食いに出た。なんだか最初にインド旅行をしたときと似たような行動パターンである。

といっても、行く先はいつも中華料理屋だった。こんな状況では一日の終わりにビールでも飲まないとやってられなかったからだ。

インドではふつうの飯屋は酒を出さない。インドでは公共の場で酒を飲むのはよくないこととされているのだ。中上流階級の人や外国人が出入りする、わりと高級なレストランではビールを置いていたが、私はそんなにカネがなかったし、そういう店では英語のできる人にあれこれ話しかけられる恐れもあった。その点、その中華料理屋は狭くて暗くて奥まっていて、人目を憚る私にはうってつけだった。

それになにしろ私の頭には「カレー＝まずい」とすり込まれていたので、ふつうのインドの食堂に無理して行こうという気が起きなかった。

結局、そのときはコルカタで二週間ぐらい潜伏生活を続けた後、万策尽きて警察に自首し、日本へ強制送還された。

そして、四回目にして最後のインド訪問が今から十五年前の二〇〇五年である。私はインド東部の海岸で発見されたという「謎の怪魚ウモッカ」を探しに出かけた。前回強制送還されたのでビザがとれるか心配だったのだが、記録は日本のインド大使館には残ってなかったようで申請すると無事ビザが下りたのだ。

だがしかし。大勢の人に見送られて日本を出たはいいが、あろうことか到着先のコルカタ空港で「おまえはインド入国禁止になっている」と言われ、そのまま拘束されてしまった。

入管にはちゃんと記録が残っていたのだ。インドでは大使館は外務省、警察と入管は内務省の管轄である。二つの役所は日頃から仲が悪く連絡がよくとれていないのだとあとでわかった。

もちろん私は呆然である。謎の怪魚探しはおじゃんだ。私は何回か取り調べを受けた後、空港の出発ロビーに軟禁された。インドにいながら、インドに入国できないという特殊状況だ。

私が動ける範囲には食堂や売店もない。でも精神的ショックと風邪による発熱で食欲はゼロだったから、それは全く気にならなかった。

ところが、コルカタ空港の入管はちゃんと私のことを気にかけていた。到着したのは真夜中だったが、翌日の昼頃、一人の若者がアルミホイルに包まれた弁当を持ってきたのだ。ぼわっとカレーの匂いがする。空港職員用の弁当を一つ分けてくれたようだった。

「いらない」と私は若者に言った。ただでさえ食欲がないのにカレーだ。そんなもん、喉を通るわけがない。しかし若者は英語がわからないうえ、とても親切。にこにこ顔で「どうぞどうぞ」と勧める。しかたなく受け取った。食べる気はなかったが、どんな中身なんだろうと、フタを開けてみた。

すると、思いもよらぬ魅惑的な匂いが立ちのぼってきた。今まで嗅いだことのないような、スパイスが複雑にからみあったような鮮烈な香り。思わず、弁当についていたプラスチックのスプーンですくって口に運んだ。

「うまい!!」

衝撃だった。香りに見事に対応した鮮烈で官能的な味。スパイスが縦横無尽に絡み合い、でも一つ一つのスパイスの味がくっきりと浮かび上がるよう。そして深くまろやかな食感と爽やかな後味。

その後は夢中でスプーンを動かした。カレーだけではない。米もうまい。以前は「パサパサしている」と思ったインド米は、ここでは信じられないほど「軽やかな食味」に思えた。食欲がない今のようなときにぴったりだ。胃腸にもやさしい。

あっという間に弁当を空にしてしまった。ようやく他の人たちが言っていた「インドのカレーは美味しい」という言葉をまざまざと実感していた。

今まで私が食べていたカレーがうまくなかったのは、安い食堂しか行ってなかったからじゃないかと気づいた。安食堂ではスパイスを何種類も使わないのかもしれない。質もよくないのかもしれない。米の質や炊き方も全然ちがうのだろう。

空港には四泊拘束されていた。一日三回、弁当が少年の手で届けられた。どれもカレーと米のセットだったが、毎回食材や味は少しずつちがった。当時、私は「食」に関して無頓着で、食材の名前や味、調理法に関しても無知だった。ましてや興味も知識もなかったインドカレーだから、ますます内容はわからない。でも、毎回ほんとうに美味かった。絶望感に覆われた日々の中で、食事だけが心の支えだった。

そして五日目の晩、私が乗ってきたマレーシア航空でまたしても日本へ強制送還された。帰国してインド大使館に「ビザがあるのに入国できなかった」と苦情を申し立てたら「それならビザも発給停止する」と言われ、やぶ蛇だった。以後、インドへは行っていない。というか、行けない。

実はその後、美味いインドカレーが食べたくて、東京で評判の店に何軒か行ったのだが、いずれも「うーん……」という結果に終わった。どれも美味いのだが、あの弁当のような味ではないのだ。あの弁当はもっと鮮やかで、深くて、土地の味わいがした。他の国へ行くとき、エミレーツ航空やカタール航空の機内食で素敵なインドカレーに出会うこともあった。たしかにスパイスは鮮やかだし美味だったが、妙に高級感がありすぎて、あのときの弁当カレーのような本場感がない。やっぱり物足りない。

あの弁当カレーは何だったのだろうか。

おそらくはコルカタ空港で作っている機内食をアレンジしたものか、あるいは空港の出入り業者が職員用に作っている弁当じゃないかと思う。

でもいずれにしても、決して高級なものではないだろう。

空港職員はふつうの庶民からすればいい職業かもしれないが、多くは単なる公務員だ。その証拠に、中には私に「お土産をよこせ」とか「大麻を一緒にやろうぜ。おまえのおごりでな」などと迫ってくる輩もいた。それほど贅沢な弁当にありつけているとは思えない。

では、インド（コルカタ）の中級ぐらいのレストランや一般家庭ではあの程度の料理はふつうに食べているということだろうか。あれはベンガル料理のカレーで他と味つけがちがい、私の口にたまたま合ったなんて可能性もある。

あるいは、私の置かれた特殊な状況がごく普通の弁当をすごくおいしく感じさせたという可能性もある。でも、ものすごく腹を空かせていたときに食べたから猛烈に美味く感じたということは何度かあるけれど、逆はコルカタ空港でのこの一回しかない。やはり腑に落ちない……。

思考はぐるぐるまわり、結局は「インドにもう一度行けばわかる」という結論になる。行って、ランクや種類のちがう店で何度か食事してみればはっきりするだろう。でも、インドには（おそらく）二度と行けない。密入国＋強制送還二回でビザ発給停止なのだ。

私にとってはインドという国自体が「二度と行けないあの店」になってしまったのである。

ああ、幻の本場インドカレーはどこに……。

096

# 見えない餅

くどうれいん
（俳人／歌人／作家）

餅は餅屋と言うが、岩手に住んでいて祖父母が米農家のわたしは餅屋に行ったことがなかった。「家で食べられるものをわざわざお金払って食べるなんて」というのが工藤家の信条で、だとすると余るほど祖母から貰える餅を外食で食べるという選択肢はないのだった。しかし、ある日待ち合わせた友人がどうしてもくるみ餅を食べたい気分だと言った。餅を食べられる場所……と調べたのが、盛岡市上ノ橋町の「丸竹餅店」だった。和菓子屋だろうか、といつも通り過ぎていたところは餅屋だった。入り口には盛岡名物丸竹茶屋、と書いてあった。紫色の暖簾を潜り店内に入ると、狭いと思っていた店内は思いのほか奥行きがあり、席もたくさんあった。既に先客がたくさんいる。何年も使い古されて黒々と光る木の椅子に腰かけ手渡されたメニューを開く。

あべ川もち、くるみもち、ごまもち、あんもち、あずきもち、いそべもち、しょうがもち、田楽もち、おしるこ、ぜんざい、おろしもち、納豆もち、おろし納豆もち、三点盛（あべ川、くるみ、ごま）。赤飯定食、味付定食、力うどん、とろろそば。

充実したラインナップに驚く。ドリンクは喫茶店にあるようなものが一通りあり、そこにこぶ茶としそ茶と梅こぶ茶がある。かき氷やあんみつまで！　こんなにたくさんメニューがあったならもっと早く来ればよかったと思う。そうか、もち米があるから赤飯や炊き込みご飯もあるのか。とても興味があったが昼食を食べたばかりだったのでやめて、三点盛にする。

届いたお餅に、思わず「あら」と言ってしまった。きれいに角の立った餅が三切ずつ、横長のお皿に恭しく並んで届いた。あら、これはこれはお綺麗な……。くるみもちを口に運ぶと、驚くほどなめらかでむっちりとしていた。お餅はつきたてが一番おいしいに決まっていると思っていたが、祖母のお餅よりもきめ細かく、真白く、やわらかかった。もちろんどちらもおいしいけれど別物だ。ははーんなるほど。餅は餅屋ってこういうことか。上質なものはプロに任せるのがよいのだと学んだ。

その後、甘いものが食べたくなったタイミングで三度ほど寄った。お餅はお腹にずっしりと溜まり、その後しばらく余計な間食をしたいと思えないほどの満腹感があった。味付定食と迷うのに、結局三点盛が一番お得なような気がして行くたびに三点盛を頼んだ。そのうちの一度、お正月にはお餅、お祝い事の季節には赤飯をここで必ず頼むのだという常連の高齢女性と居合わせたことがあった。わたしのような若者が一人で来ていたことがうれしかったようで、ここのお餅がいかにおいしいのかにこやかに教えてくれた。レジの店員さんも、あらあ、うれしいこと。と言いながら微笑んでいた。

「やっぱりお餅はお餅屋さんなのよ」

と彼女は言った。やけにしみじみ思い、帰り道の花屋で芍薬を買った。花も花屋だもんな、と思ったのだ。魚を魚屋で買い、肉を肉屋で、畳屋で畳を張り替えて、豆腐屋で豆腐を買う。そういう生活がとっくに破綻していることを、わたしは大学の講義で学んでいた。まちづくりを学ぶカリキュラムだったが、未来の街を夢見ることよりも今の地方自治体の限界を見に行くことの多いフィールドワークばかりだった。さまざまなシャッター商店街へ行き、せんべい屋の、布団屋の、そば屋の、靴屋の、飴屋の、みやげ屋の声を聞いた。「まちおこし」のために跡継ぎのいない店主に希望を持ってもらおうと、学生だったわたしたちはさまざまな企画やアイデアを提案させられた。そんなものが焼け石に水だということはとっくにわかっていた。わたしは毎度とてもつらい気持ちがした。大学生の考えたくだらない一時的なお祭り騒ぎを地域活性だなんて言うなよ。学生も嬉々として、なんか果たした気になるなよ。大人もそれを簡単に喜ぶなよ。本当にその地域を活性化したいならそこに住んで、そこで働けよ。わたしは高齢化の進む街でボランティアに励む同級生のことを煙たく思っていたし、一瞬だけのまちおこしイベントに嫌気がさしていた。少しその土地で暮らす人々の話をきいただけでも、すぐに人生を懸けて助けたくなってしまう。わたしが本当に救いたい自治体なんて今の日本に死ぬほどあって、それでもイオンモールは便利だ。わたしは結構絶望した。人口が減っているのだから、今までの数をいままで通りに保つことなんて不可能なのだとわかってしまった。消えていくかもしれないものにつかの間の活気を与えることが、果たして本当に良いことなのかわからなかった。わたしには救えないし、中途半端に救いたくない。そういう思いが肥大化して、わたしは専攻をまちづくりから経済に変更した。

体力のない街やお店を救うには、熱意のある人が関わってそこでお金を作るしか手立てはなく、それが難しいところから消えていってしまうということを知っていて、けれどわたしに経済を十分回せるだけの力はなかった。丸竹餅店はどうかずっと続くお店でいてほしい、と思っていたのに、それでもわたしの消費頻度としてお餅がケーキを超えることはなく、気が付いた時にはまたしばらく店の前を通るだけの日々が続いた。実際、わたしにそれだけの覚悟がなかった。守りたいとか偉そうなことを言っておいて、その気持ちを全然維持できない。日々はあっさり便利で手軽な方へ流れていってしまう。

丸竹餅店が閉店するらしいというのを新聞社のツイッターで知った。え、と声が出る。すぐに常連の高齢女性のことを想った。人生のお祝い事に丸竹餅店のお餅を欠かすことがなかった彼女を。後継者不足と従業員の高齢化が理由だと記事には書いてあった。

閉まる前に最後に一度、と思いひさびさに暖簾をくぐると驚くほど混んでいた。ひっきりなしに従業員さんが行き来しては、常連らしい客たちと最後の会話を楽しんでいた。一瞬、退店しようかと思った。ちょっとしか来ていない自分が閉店するからという理由で足を運ぼうとしたことがとても恥ずかしく思えた。本当に閉店がさみしいなら、どうしてわたしは閉店する前にもっと来なかったんだろう。常連らしき老夫婦と相席をしながら三点盛を頼む。あべ川、くるみ、ごま。味付定食を頼める身分ではないと思った。お餅は気品高く角を立たせて、くるみだれとごまだれがゆっくり重力に従って流れている。この餅屋が閉店してしまう。餅は餅屋の時代にばっさりと終止符が打たれたようで切ない。しかし、便利で手軽なものばかりで身の回りを固めるわたしこそがこの餅屋をつぶしたのではないかとも思ってしまう。

丸竹餅店の跡地の前を通るたび、見えない餅がわたしの頭の中で真白く角を立てている。

097

# ミクシィ時代の「都会の森ガーデン」

田尻彩子（編集者）

私にとっての2000年代は、宴会の時代だった。盆暮れ正月花見はもちろんだけど、飲む理由は何でもよかった。そこに、宴会をしたい店があるからやるのである。

2000年代といえばつい最近のようだけど、何しろLINEがない。大人数で飲もうと思ったら、メーリングリストを作るなり、幹事が一人一人電話やメールで誘うなりするわけで、想像するだけでもうめんどくさい。

しかし当時の私たちにはミクシィがあった。

宴会をしたければ、コミュニティを作り、仲間を招待すればいいのである。
まさに宴会革命。宴会2・0だった。
この頃には本当にたくさんの宴会したい店があった。そしてその店のすべては、もう今はない。

中でも「あれは本当にあったんだっけ」ともっとも不安になるのが、代田橋にあった「都会の森ガーデン」だ。

ある日、宴会の下見を名目に飲もうと呼び出され、仕事が終わってから向かった。駅からほど近いが薄暗い道を歩き、着いた先は、幼稚園のグラウンドほどの大きさの広場。土の上に直に畳が敷かれていて、さらにその上にはコタツがある。当時は会社の同僚であり、当メルマガでもおなじみのアーバンのママがひとり、コタツに入ってビールを飲みながらキムチチゲをつついていた。

衝撃の風景だった。
ビジュアルが強い、というだけでなく、コタツがあれば冬でも外で飲めるじゃん、というシンプルな発想にとにかくしびれてしまった。

つねに客があまりいないのもよかった。代田橋には当時すでに沖縄タウンができていて、それなりに賑わいがあったはずだが、都会の森ガーデンがあったのは和田堀給水所という古い施設の一角で、夜になると周辺に灯りはなくひっそりとしていた。急な大人数の予約も快く受け入れてくれるのは、宴会したい店の大事な条件だ。

受付をすると、メニューとPHSを渡される。それで席から注文するというシステムだった。意外と味は悪くなかった気がするけど、寒い季節はキムチチゲ（チーズ追加）一択だったように思う。

敷地内には大原会館という木造の建物があり、調理はそこで行われていた。トイレに行く途中の廊下には、ファンシーなんだかサイケなんだかわからないジョン&ヨーコのでかい絵があった。酔いが進むとこれがまた妙にピースな気分を引き寄せる。大原会館には娯楽室があり、そこでは近隣の老人達がよく麻雀をしていた。全体的に手作り感がある、というかはっきり言うとあか抜けない感じがとにかく心地よかった。

「都会でキャンプ気分」がコンセプトなので、当然春も夏も営業していたし、何度も行ったはずなのだけど、最初の衝撃のおかげか秋か冬に飲んだ記憶しかない。

冬のガーデンには、畳×コタツ席と、テント×コタツ席があった。いくらコタツとはいえ、さすがに真冬にそれだけでは寒い。大人数の宴会の時には、くじ引きだかじゃんけんだかで席を決めるのだが、当然勝ち組はテント席である。

コタツ席の負け組は、寒空の下、ピッチャーのビールをちびちび飲み、コタツから出たくないがゆえにトイレをギリギリまで我慢する。

各席には電気ストーブが用意されているのだが、正直なところ気休めでしかない。電気ストーブ側の人はたいして暖かくないのに申し訳ない気分になるし、反対側の人は己の運命を呪いながらひたすら我慢するしかない。

ある年の忘年会、この負け席になった私を含む4人は、あまりの寒さに耐えかねて電気ストーブをコタツの中に引き込んだ。

プラスチック製のコタツに電気ストーブを入れたらどうなるか。

当然5分もたたないうちに焦げ臭くなり、ストーブを取り出すと、コタツの脚のプラスチックが溶けてとろけるチーズのごとくみよーん、とのびていった。

考えればすぐにわかるようなことである。

しかし、寒さと酔い、そして空間のマジックが人のＩＱをことごとく下げ、完全に悪い意味で子ども心を呼び覚ましてしまう。それが都会の森ガーデンでの宴会の常だった（ストーブ事件については、後に同席だった某会社の方がお店に謝ってくださったらしい）。

大原会館の2階は簡単に屋根に上がることができたので、酔っ払えばそんなの行くに決まっている。下をのぞき込んだり、奇声を発したり、誰も落ちなかったのは本当に奇跡だと思う。

そして都会の森ガーデンは、いつの間にかあっさりとなくなっていた。「長らくお世話になりました」的な張り紙があったわけでなく、まるでサーカスが去ったあとのように、手書きの看板も、畳も何もかもきれいさっぱりなくなっていた。

調べてみると閉店は２００６年だから、私たちが通っていたのは長くても2年ぐらい。

和田堀給水所は老朽化のため２０１３年に閉鎖されたらしいので、もしかしたら最初から期間限定で好きに使っていいよということだったのかもしれない。とはいえ、いちおう都の土地になるはずだから、よくあんなにも適当な空間が許されていたものである。

もし今、「水道インフラ施設の空間有効活用」なんていう事案があったら、きっともっと小ぎれいな、つるりとした場所になるだろう。

ガラケーで、ミクシィでメッセージを送りあい、けっこうな日記を更新していた少し恥ずかしい時代。都会の森ガーデンのいなたさやでたらめさは、あの頃の私たちによく似あっていたような気がするのだ。

あんな場所がまたあればうれしいけれど、あれはあの時だから、見つけることができた店なのだろうとも思う。

098

# なくなったピンパブ

比嘉健二（編集者）

ドレスで着飾ったステージ上のフィリピーナに俺は花束を渡した。そのフィリピーナの腕には、すでに他の客から贈られた数本の花束が抱えられていたが、明らかに自分のが一番大きい。「オー、ケンジありがとうね」ライカがしばし俺を見つめる。気のせいだろうけど、間違いなく俺からの花束を一番喜んでいるように見えた。

それまで女性に花束なんて一度も贈ったことはなかったし、とっくに還暦を過ぎた今、この先こういう体験もないだろうから、これが人生で最後の花束贈呈だろう。

ライカというフィリピーナの、今宵は日本最後の夜になるサヨナラパーティ。覚悟していたとはいえ、遂にライカと別れる日が来たのだ。50を過ぎたおっさんの胸は切なさと言い知れぬ寂しさで、足が地についていない状態だった。このサヨナラパーティから逆算して、俺は9日間連夜この店に足を運んだ。

確実に人生の歯車が狂った。仕事も手がつかず、俺は毎晩浮かれまくり、自堕落な日々を送ることになる。フィリピンパブ業界ではこういう男はピン中、またはピンボケと呼ばれている。俺も遂にそのぐうたらの一員に転落した。

「WITH」は中央線武蔵小金井という実にローカルな駅近くにあった。よほどのことがない限り、都会の人間にはおよそ縁のない地域だ。なぜこの地を訪れたのか。

それは2005年9月13日だった。なんで日付まで記憶しているかというと、この日は当時俺が勤めていたミリオン出版の親会社に当たる大洋図書のゴルフコンペの日だった。それなりの肩書きがないと参加できないコンペで、俺は初めて同僚のKと誘われた。

この年、俺は役員に昇格した。会社員として出世したことの嬉しさよりも、次第に編集の現場から遠ざかざるをえない無念さと、経営陣に組み込まれるストレスを日々感じていた時期だった。下らない下世話な雑誌を作り続けていることが自分の立ち位置であることは、誰よりも自分がわかっていた。

それが編集より幹部会議やらで、会社の数字を突きつけられることが多くなってきた。数字をただボーッと眺めて時間を過ごす自分がいた。

そんな時だった。コンペ帰りの関越道の高速でハンドルを握っていたKが、「比嘉さん、今夜武蔵小金井のフィリピンパブに行きませんか?」と誘ってきた。「フィリピン、いいよ、行きたくない、興味ないし、武蔵小金井なんて行くのかったるいし」

しかし、あまりに熱心に誘ってくるので「一度だけなら、今夜だけな」。

一度ゴルフバックを家に置いてから、Kと武蔵小金井の駅前で待ち合わせした。電車で帰るのがだるいので、俺は部下のSに社用車を出すのを頼んだ。Sもフィリピンパブは初めてらしく、電話口で「気乗りはしませんが、一度くらいは付き合いますよ」。

そのSは数か月後にフィリピーナを追いかけマニラに旅だってしまう……。

「WITH」は駅から数分という駅近の2階にあった。看板もパッとしなくて、とても期待を抱かせるような雰囲気ではなかったが、Kに連れられ扉を開けた瞬間、一瞬にして異空間に連れていかれる錯覚を感じた。店内は客と赤いワンピースのフィリピーナの笑い声と嬌声で、凄まじい喧騒が繰り広げられていた。

ステージでは地元の兄ちゃん風な男が久保田利伸の曲をカラオケで踊りまくり、その横でフィリピーナが威勢のいいかけ声をかけている。

おまけにステージにはスモークも焚かれ、天井にはミラーボールが回っている。

まるで一昔前の東映のギャング映画の光景のようだった。

満員で席がないので、臨時でステージ近くに急造で席を作ってくれた。少し落ち着いてきたので、客席に目をやると、いかにも現場から直行してきた親方と若い衆の一団、とっくに定年を過ぎたおじさん達、明らかにそっちの世界の方と思しき強面の軍団。職業不明な一団。客層のカオスさに圧倒されたが、言えたのはここにエリート層はいないということだった。

俺はすっかり、この異空間の魅力にはまっていた。

満員なためしばらくフィリピーナが席に着かなかったが、それでも客席を見てるだけで面白かった。10分ぐらい経った頃か、Kを見つけたフィリピーナが「あいたかったよバブイ、元気」と抱きついてきた。指名しているフィリピーナらしい。Kがいかにこの店の常連であるかがわかる。次々にフィリピーナがKに声をかけてくる。皆、Kを「バブイ」と呼んでいた。それがタガログ語で「デブ」という意味であることをこの後知る。

しばらくして俺の隣に肌が浅黒く、胸元から半分ぐらいはみ出している巨乳のフィリピーナがついた。一目で気が強そうでわがままな感じがした。その顔立ちはフィリピーナというより韓国系に近い印象だった。

「アコ、ライカ、あなたは?」しきりにアコを連発しているのでアコの意味が私であることも教えてくれた。別に指名をしたわけではないが、初めからかなり体を密着させてくる。悪い気はしない。気になったのはずっと俺の膝の上を軽く叩いているのだ。いや、なぜているといった方が正解か。これも妙に悪い気はしない。

ライカはステージのカラオケに合わせて必ずハーモニーをする。初対面の印象と違いその横顔はすごく嬉しそうで優しそうだった。

そして一曲客が歌うたびに、フィリピーナが一斉にかけ声をかける。これがフィリピンパブ独特のスタイルであることも、この後嫌というほど体験する。

ほどなくしていきなりステージが暗くなり、ライカがステージ奥の控え室に消える。もう一人のフィリピーナもライカの後を追っていった。

マライア・キャリーの「ヒーロー」がかかる。スモークが焚かれ、控え室に消えたライカともう一人がランジェリー姿で登場し、曲に合わせてセクシーダンスを踊る。ブラを外すと、大きな歓声が上がる。ひときわ大きいライカのオッパイを自然、目で追ってしまった。

どうやらライカはショーダンサーでもあるようだ。

そのショーが終わるとすぐ、80年代のディスコで大ヒットしたボーイズ・タウン・ギャングの「君の瞳に恋してる」のイントロが流れ出すと、客席のフィリピーナが一斉にステージ前に集結し、2人一組になり曲に合わせてファッションショーよろしくモデリングする。客に紹介するわけだ。ライカより可愛い子がかなりいて、明らかに日本のキャバクラよりレベルは高いことがわかった。

俺もSもすっかりご機嫌になっていた。現金なものだ。

巨乳ももちろん気に入ったが、さっきの妖艶なダンスにすっかりやられたのだろう、ライカを場内指名した。

場内指名されて嬉しかったのか、ライカの密着度合いはさらに激しくなっていた。独特なのは、話すときに目をじーっと見つめる。それもかなりな至近距離なのだ。

それでも会話はそんなにスムーズにいかない。こっちはタガログ語は全くわからないし、ライカも比較的日本語は話せるとはいえ、日常会話程度。そのため妙な和製英語みたいな滑稽な会話になってしまう。「OK、あなたは近くのアパートメントにアナザーフィリピーナとスティしてるね」

フィリピンパブではいたるところで、こんな滑稽な会話が飛び交っている。

会話のキャッチボールはなかなか難しいが、それでもなぜか心地いい妙な安心感と、同時に密着している肉づきのいい体から発散されるフェロモンの、女としての魔力に俺は次第に自分が思わぬ方向に転がりそうな予感を感じた。

フィリピーナの魅力は一言で表現すると、母親の母性と魔性の女が同居しているところだろうか、これが男にとってたまらない魅力になる。

結局この夜は閉店の夜中2時までいた。閉店の合図はチークダンスで、これもディスコ全盛期定番の「メリージェーン」。これがこの店を決定的に気に入るトドメになった。

チークを踊りながら、ライカはこの時もしっかり目を見つめ、「またすぐに来るね、あした電話するよ」。

帰りの車の中で俺とSは、この夜起きた非現実的な出来事に高揚しながら、明後日ぐらいにまた行くことで合意した。

この後、俺はライカにずるずるとのめり込んでいった。キャバクラにも高級クラブにも一度もはまったことがない俺が、まさか50歳を迎えて異国の娘に心を動かされるなんて、想像すらしなかった。それはこの女をものにするとかいう欲望よりも、なんとか助けてあげたいという父性に近い感情だった。

母国マニラでの生活は会話からだいたい想像はできたし、数年前に「実話ナックルズ」の取材でマニラのスラムも取材していたので、おおよその見当はついた。

ライカも大家族を養うために出稼ぎに来ていたのだ。もちろん、俺以外にサポートする客もいるだろうし、それなりに駆け引きを駆使して、逞しくこの都会で生きてきたことだろう。それも承知で、ライカの手の中で遊ばれる一人のオヤジを演じるのもなかなか面白いと本気で思っていた。

あれだけ嫌いだったカラオケも、リクストに応えたくて必死に覚えた。しかもTUBEだ。好みの音楽の領域を侵されたくはなかったが、あっさり突破された。この、自分が思わぬ方向に変わる面白さも刺激的だった。

同伴も頼まれれば応じた。吉祥寺の焼き肉屋に行きたいと、中央線に2人で乗り、明らかに日本の女性と違う派手なファッション（ラメ入り蛍光ピンクのTシャツ）とフィリピーナ独特の雰囲気（常に携帯でしゃべっている）で、まわりの乗客から好奇の視線にさらされることも、焼肉屋でレモンを丸かじりにすることも、膝を立てて食べることも、手でご飯を食べることも、すべてが新鮮に見えた。

何回目かの同伴の車の中で、ライカの唐突の一言に俺は一瞬その意味が理解できないでいた。

「アコ、来月帰るね、もうたぶん、もどれないかもね、ケンジマニラくるか？」

知らなかったのだ、店のフィリピーナ達はタレントビザという3カ月限定のビザで来日していて、一度の延長は認められ、都合6カ月の期間だけ日本滞在が認められている。

このタレントビザをもらえているフィリピーナは、厳密に言うとこの2005年でほぼ事実上最後となった。政治的な問題が絡んでいた。その件についてここでは書くまい。俺はギリギリ、タレントビザで来日したフィリピーナを体験できたのだ。

「また日本にカムバックはできない？　ネバーカムバックジャパン？」

「わからないけど、多分、ムリね、日本キビシクなった、アコ、だからサヨナラパーティやるね、ケンジ、それまでマイニチくるね」

どうりで、最近店の入口に◯◯ちゃんサヨナラパーティという告知が貼ってあったわけだ。意味がわからなかったが、そういうことだったのか。

ライカ達は皆、だいたい同じ時期に来日しているため、帰国も同じ時期になるのだ。

ほどなくしてKの指名していたフィリピーナのサヨナラパーティの日が来た。俺たちはこの頃になると社員5、6人、外部のライターやカメラマンが数人と、10人近い大所帯で押しかけていた。俺もSもすっかり常連だった。

「K、今夜多分大泣きするぜ」「そういう比嘉さんもそろそろじゃないですか」

初めて見るサヨナラパーティは、今までと違う独特の雰囲気を醸し出していた。帰国するフィリピーナは2人が一組の組み合わせのようだ。

帰国する2人はステージで拙い日本語で別れの挨拶をすると、感極まって声を詰まらせ涙を流している。客席のフィリピーナももらい泣き。それにつられて客のおっさん達の頬にも雫が滴っている。ハタから見ればこんな滑稽な光景はない。定年をとっくに過ぎたおっさん達が泣いているのだから。蛇足だが日本全国サヨナラパーティでは山口百恵の「さよならの向う側」が必ず歌われ、ステージ上ではフィリピーナ達が皆、涙を流し、つられたおっさん達もまた涙となるのがお約束。

Kが得意のカラオケを、指名していたフィリピーナと歌う。途中で声がつまり指名のフィリピーナとしばし抱き合う。俺たちは誰もKを軽蔑できなかった。これが自然なんだ。

こんな感動的な光景はキャバクラにはないだろう、ある人種にとってはだが……。ただ、これは確実にまずい。さすがに部下やフリーランスの前で号泣だけはできない。

ついにその夜が来た。ただ、俺は絶対、泣くのがわかっていたので、サヨナラパーティの前夜、一人でライカと最後の同伴をした。今夜だけは一人で感慨にふけろうと。ただ、その日は地方で仕事が入り、電車ではどうしても同伴に間に合わないので、俺は車で武蔵小金井まで駆けつけた。そんなに酒は好きではないが、正直さすがにシラフは辛い。しかしこの夜だけは一人で行きたかった。美容室に付き合ってほしいということで美容室にも付き合った。明日のために髪をセットするのだろう。

近くの焼き肉屋で食事の後、ライカが「あした、サヨナラでしょ、アコ日本語でアイサツしなければならないの、だからあなた、ここにアイサツのことばかいてね、アコ覚える」。

メモ用紙にローマ字で、よくある挨拶の言葉を書いてあげた。拙い日本語で、何回も詰まりながら覚えようとしている。詰まるたびに発音を聞いてくる。まるで娘を見守る父親だ。

俺はこの夜、オープンからラストまで居てあげることにした。何を話してどういう一夜だったかは実は覚えていないが、最後の光景は今でも鮮明に覚えている。「ライカ、これ、今までありがとう」

必死で辞書と格闘して、タガログ語で感謝の言葉を書いたメモに、3万円を同封した封筒を渡した。なぜ3万という金額かというと、だいたい月3万あれば一家が生活できると聞いていたからだ。故郷の家族のことはライカもあまり話さなかったし、こっちもあえて聞かなかった。

マニラには子供がいるような気もした。ただ、フィリピン人の男は浮気者なので、半年も別れていれば他に女を作ってしまっている可能性もあるだろう。不思議と俺はそういうことにはあまり関心がなかった。

あくまでも武蔵小金井という幻想の地での、淡い時間であることは百も承知だった。

「じゃ、あした一番大きい花束持ってくるから、またね」あえて明るく振る舞った。階段を下りかけた途中でふと振り返った。うずくまってライカが泣いていた。丸まった背中が大きく波うっていた。気がついたのか「ケンジ……」と小さく呟いた。

俺はもう振り返らず、駐車場に止めた車に乗り込み、小金井街道をひたすら走った。五日市街道に入ったあたりで、俺は堪え切れず大声で「ライカありがとう！」と号泣した。雨でもないのに俺の車だけワイパーが必要だった。

泣いたのは嬉しかったからだ。もちろん惚れていたのも間違いない。それ以上に人として感動する感情が俺に残っていたことが嬉しかったのだ。

十数年、かなり刺激的な雑誌を作りまくり、刺激に麻痺していた。他人の不幸で飯を食ってきて、感情や感動なんかとっくにどこかに忘れてきた。男女のことで泣くなんていう、純粋さのひとかけらも俺の体内に残っているわけがないと達観している自分がずっといた。ましてや今年から役員の身分だ。

そんな俺にマニラのスラムから来たフィリピーナが、人生観が変わるほどの刺激を与えてくれた。

こんな感謝はない。涙は嬉し涙だった。

サヨナラパーティの翌日、帰国する成田空港から携帯に連絡が入った。「ケンジ、いままでいろいろしてくれてありがとうね、マニラ着いたらまた連絡するね」「ライカ、ありがとう、ありがとう」俺はこれしか言葉が出てこなかった。

電話はそれっきり一度もなかった。数カ月後一度だけ、教えてくれたマニラの携帯に電話した。

まわりに家族がガヤガヤいる雑然とした雰囲気が聞こえてきた。「アツイよ、こっちは、なつかしいな」

会話はこれだけだった。

1年後、ライカが再び来日した。「アコ、またWITHに戻ったよ、またよろしくね」戻れた理由はいろいろあるだろうが、その頃俺のピンボケはさらに重症になっていた。錦糸町、上野、新宿、池袋、蒲田になじみのフィリピーナが出来ていて、何人かはライカより濃い関係になっていた。一度だけ「WITH」に会いに行ったが、俺の微妙な変化を勘のいいライカは察したようだ。もちろん、ライカも微妙に変わっていた。

これでいい。第2章はいらない。

2020年1月某日。コロナなんてまだ微塵も感じていない時期。不意にKが「そういえばWITHどうなってるんですかね?」「そうだ、あの近所に越したライターが、比嘉さんにさんざん連れて行かれたWITH、まだ看板ついてたって言ってたな」「久しぶりに行きませんか?」「そうだな、行ってみるか、ここから始まったわけだもんな」。

想像するにかなりな寂れ感と、もしかしてもうフィリピンパブではないかもと、だが少しの淡い期待は抱いていた。多分Kも同じだったろう。

様変わりした武蔵小金井の駅だが、さんざん通った「WITH」の道のりは体で覚えていた。しかし、見慣れた居酒屋はあれど、ない。ない……。

「ここだったよな」「間違いないですね。隣の居酒屋ありますから」

解体され工事現場になっていた。まさに蜃気楼。俺たちはしばらくそこに立ちつくした。

その後、俺はなぜか数回この地を訪れた。こんなモヤモヤした時代だからこそ、楽しい思い出に浸りたいのだろうか。答えはわからないが、訪れたいときは素直に訪れればいいのだろう。

*099*

# TIME AND FEZ

## **Barry Yourgrau** / Fiction Writer

The closing of Time Café in downtown Manhattan; that was a poignant loss. It happened in 2005, but it's still a sad thing for me today. It was the loss of a New York era and a New York world. Time Café sat right in the center of Noho, having opened in the early Nineties, when that general area of downtown (including Soho, of course, and Tribeca, and the East Village) was going through its third (or fourth?) breakneck evolution as the new arty heart of the city—of the planet. Artists still lived here (amazing!) as opposed to stockbrokers and corporate lawyers. This was before the full invasion of glossy retail chains and pricey tourist crap, when the vibe was a racy mix of bohemia and glamour. I myself lived in a tiny shabby walk-up studio with a bathtub in the kitchen.

Time Café was a spacious, high-ceilinged, vaguely European-modern room, as I recall. The food was a humdrum cliché of internationalism, and forgettable. I usually had a burger. Mainly, over-excited and ludicrously hopeful, I met people here to blabber over wine about project possibilities—I recall a raucous table with an indie film producer and a fine Hollywood director (nothing came from that) and an afternoon beer with a hotshot theater director (ditto). I try not to recall the drink with a less-fine Hollywood director I did make a film with, which ended in disaster and rancor.

But what really attached me to Time Café was the cabaret nightclub in its basement. Fez, it was called. Fez was my performance home in New York. I'd just returned in the mid-Nineties from half a decade doing spoken-word performing in LA. In Fez's shadowy and very-low ceilinged space, I would read my little stories aloud, over-acting tremendously—even more tremendously when the espresso machine at the bar started churning loudly. I loved the audience's guffaws in the dark, loved feeling part of the entertainment world, not just the literary world. Some grand musical folk (Joni Mitchell, Johnny Cash, Norah Jones) appeared on Fez's small stage; the excellent Mingus Big Band played jazz here weekly; a drag show was a cult favorite.

I'd just met my girlfriend, Anya, around this time, the mid-Nineties, and I used my performances to woo her. She supplied one of my favorite Fez memories—not all favorite memories are happy—by recommending a stylish singer friend of hers as the opening act for me on my Fez debut. The singer finished her set and then said to the audience, and I quote: "Hey, if you can, why not stick around and see Barry?" If you can....This from the person I had arranged to open for me! Another time I asked an old buddy, an impish art-magazine publisher, to introduce me, MC-style. "Most of you probably know Barry from his porno films," my friend said to the audience, "so you're mainly used to seeing another part of him than his face. So this will be a new experience for many of you!"

And it was at Fez that MTV's show,"Unplugged," held its rehearsal for the Spoken Word Special in which I took part. Right in the middle of my reading my story on stage, someone heckled me loudly from the audience. I was flabbergasted. I wasn't hip to the combative ways of "poetry slams." (And still aren't). A literary magazine editor I'd invited grinned and murmured something about "beatniks." (Some of these beatniks turned out great on the actual performance evening).

But by the end of the Nineties I pretty much stopped performing. I was travelling much of the time now with Anya, who's a food writer with a global beat. I strolled along the Bosphorus in Istanbul instead of pacing the stage at Fez. My last Fez memory is of myself in the audience, in 2003, there for an evening of so-called New Burlesque, for an article I was doing for Suicide Girls, a jaunty new-style soft-porn website. I seemed to be the oldest person in the room. The stage where I'd read aloud my little stories, such as the one about a drunken guy trying to screw a young tree—this little stage now featured an essentially naked woman writhing about giving a wet blow job to a rose.

I smiled. It was the world of entertainment. Fez version. Gone and still not forgotten.

*099*

# 〈タイム〉と〈フェズ〉

バリー・ユアグロー（小説家）

訳：柴田元幸

マンハッタンのダウンタウン、〈タイム・カフェ〉の閉店。これはつらい喪失だった。2005年のことだが、今日もなお私には悲しい出来事である。ニューヨークのひとつの時代、ニューヨークのひとつの世界が失われたのだ。〈タイム・カフェ〉はノーホーの真ん中にあって、開店は90年代前半、ソーホーはむろんトライベカやイーストヴィレッジなどダウンタウン全体が、この都市の――この惑星の――新しい芸術的中心として三度目（四度目？）の超高速進化を遂げている最中だった。株式仲買人や企業弁護士ではなく、芸術家が（！）まだここには住んでいた。薄っぺらに明るい小売りチェーンや、値段ばかり高い観光客相手の店が本格的に侵入してくる前の話であり、ボヘミアンの気分と華麗な雰囲気とが妖しく混じりあっていた。私自身は、狭くて薄汚い、エレベータもなく、キッチンにバスタブがあるワンルームに住んでいた。〈タイム・カフェ〉は、私が思い出すかぎり、広々として天井も高い、漠然とヨーロピアンモダンの室内だった。食べ物は月並みな無国籍風で、何の取り柄もない。私はたいていバーガーを食べた。ここへは人に会いに行ったのだ。やたらと興奮して、馬鹿みたいな希望を胸に、ワインを飲みながら、出会った連中といろんなプロジェクトについてワイワイガヤガヤ語りあう。インディーの映画プロデューサーと、優れたハリウッドの監督と一緒だった騒々しいテーブルを私は思い出すし（成果は何も挙がらなかった）、やり手の演出家と一緒に飲んだ午後のビールも覚えている（同じ）。それほど優れていないハリウッドの監督と飲んだ酒のことは思い出さないように努めている。この男とは一緒に映画を作るに至り、悲惨な結果に終わって、憎悪だけが残った。

　けれども、私が〈タイム・カフェ〉に愛着を覚えたのは、何といっても、地下室にあったキャバレー＝ナイトクラブのせいだ。〈フェズ〉という名だった。〈フェズ〉はニューヨークでの私のパフォーマンス拠点だった。LAで5年ばかり朗読パフォーマンスをやったあと、90年代なかばに戻ってきたばかりだった。〈フェズ〉の薄暗い、天井の低いスペースで、私は小さな物語を読み、まるっきり過剰に身振り手振りをつけ、カウンターのエスプレッソマシンがやかましく回り出すともっと過剰にやった。闇の中で観衆がゲラゲラ笑う声が私は好きだった。文学の世界だけでなく、エンターテインメントの世界に関わっている気分が楽しかった。〈フェズ〉の小さなステージにはビッグなミュージシャン（ジョニ・ミッチェル、ジョニー・キャッシュ、ノラ・ジョーンズ）も現われたし、素晴らしきミンガス・ビッグ・バンドもここで毎週ジャズを演奏し、女装（ドラァグ）ショーはカルト的人気を博していた。

90年代なかばのこの時期、私はガールフレンドのアーニャと知りあったばかりで、私は自分のパフォーマンスを使って彼女を口説こうと企てた。〈フェズ〉でのお気に入りの記憶のひとつも——お気に入りの記憶が楽しい記憶とは限らない——彼女のやったことから生まれた。私が〈フェズ〉でデビューする晩、アーニャは前座として、彼女の友人のスタイリッシュな歌手を推薦した。歌手は自分のセットを終え、それから聴衆にこう言ったのだ——「ねえ、暇だったらこのまま残ってバリー見たら？」。暇だったら（if you can）……前座に据えた人物がこう言ったのだ！ またあるときは、昔からの友だちで、悪戯好きの、アート雑誌を出版している男に、MC風の紹介を頼んだら、「皆さんの大半はバリーのこと、ポルノ映画で知ってますよね」とこの男は客に言った。「だからいままでは主に、バリーの顔以外を見るのに慣れてますよね。というわけで、今夜はちょっと違った体験になります！」

MTVの『アンプラグド』が、私も参加した「スポークン・ワード・スペシャル」のリハーサルをやった場所も〈フェズ〉だった。ステージに立った私が自分の物語を朗読している最中、客席の誰かが大声で私を野次った。私は面喰らってしまった。「ポエトリー・スラム」の喧嘩腰のやり方に私は慣れていなかったのだ（いまも慣れていない）。

私が招待した文芸誌の編集者がニヤニヤ笑って、「ビートニク」がどうこうと呟いた(その「ビートニク」の何人かは、本番のパフォーマンスでは素晴らしかった)。

90年代が終わるころには、私はもうパフォーマンスをほとんどやらなくなっていた。大半の日々、世界を巡るフードライターのアーニャと一緒に旅行するようになったのだ。〈フェズ〉のステージ上を動き回る代わりに、イスタンブールでボスポラス海峡沿いを私はそぞろ歩くようになった。〈フェズ〉をめぐる最後の記憶は、2003年に観客として行ったときの記憶だ。いわゆる「ニュー・バーレスク」の晩で、私は洒落た新しいスタイルのソフトポルノサイト「スイーサイド・ガールズ」に記事を書くため〈フェズ〉に来ていた。場内でどうやら私が一番年上らしかった。かつて自分の小さな物語——たとえば、若い木と性交しようとする酔っ払いの話——を読んだステージ、その小さなステージはその晩、身をくねらせ薔薇の花を相手に濡れたフェラチオをやっているほぼ裸の女性をフィーチャーしていた。

私は微笑した。これがエンターテインメントの世界なのだ。その〈フェズ〉バージョン。もはやこの世にないが、いまだ忘れられてはいない。

食堂街

100

# シドの酢漬け

大竹伸朗（画家）

四国地図は左端中頃、予讃本線終着地「宇和島」でのコロナ式無移動軟禁生活が半年過ぎた。

音を肴に新宿で呑んだのはたしか年明けだった。

「ここから新宿三丁目は結構遠い」

宇和島に来て三十余年、いまだこのフレーズがふとこぼれ落ちる。

郷愁色のボヤきのようなものだろう。

「店」のひしめく歌舞伎町ビル群、押し寄せる靖国通り雑踏景もすでに他人事のように危うく消えかかる。

昨年、巡回展に展示した６００点あまりの「ビル」の絵がスライドショーのように現実にオーバーラップして流れ去る。

そんな日常の変化からか、自分には絶対ないと思っていた「夕方一人散歩」がこのところのゆるい習慣になった。

「やるべきこと」がひと段落しようがしまいが、夕刻適当な時間に外に出て川沿いを上流へ向かう。

田舎道の散歩なんぞ同じ景色で退屈なだけだろう、長年そう思い込んできた。退屈は退屈なりに十分納得いく時間が過ぎる、そう感じるようになった。いつの間にか田舎道が退屈でなくなってきている……それが「老人力」かどうかは赤瀬川原平氏にお聞きする以外わからない。

僭越ながら、かつて赤瀬川氏と小ぶりの湯船に浸ったとき、一瞬、氏の初期作品「宇宙の缶詰め（蟹缶）」内部に浮いているような気持ちになったことが頭をよぎった。

散歩中、寺脇の坂道でときどきすれ違う柴犬を連れたじいさんにもマスク越しに挨拶はする。

住む場所にかかわらず笑顔のジイやシカメッ面のバアとすれ違うが、そこは万国共通「袖振り合うも多生の縁」、年寄りも前者に軍配は上がる。

柴犬じいさんは軽い脳梗塞でもやったのか、無表情で愛想はないが頭をコクッと返してくれる。

そんな瞬間は、年月を経てこの土地に一瞬溶け込めたようなありがたみを感じる。

話がだいぶそれている、「あの店で」だ。

そもそも「あの店」とは「飲食系」に限られるのか？

墓地脇の狭い路地にさしかかり大事なポイントを聞き忘れたことに気がついた。

普段から「味」に無頓着ゆえに当然気の利いた店などそもそも思い浮かぶわけがない、まあこのままいってみよう。

「食いもの」に関して思い出はたくさんあるものの特に書き連ねる気持ちが定まらない。

「好きな音楽への思い」に似ているように思った。

「味覚」も「音」も、どんな強い思いを込めて語ろうが、人それぞれの趣向にあっけなくいきつく虚しさがある。

「結局好みだから」

ソレを言っちゃぁシマイだが、たしかにそうには違いない。

家への帰路、いつも通り過ぎる寺の門前掲示板が頭に浮かんだ。

今月はどんなお言葉が掲げてあるのか、いつもは見ないがこうなったら今から出会うお言葉にすがってみるのも手だろう。

「人生は一度　今日も一度　今も一度だけ」太くテカる墨文字でそうあった。

全国掲示板大賞からはかなり遠いが、盆前のせせらぎとミンミンゼミのせいだろう「二度と行けないあの店で」に重なるものがかすった。

オッ！と一瞬子供のころの味の記憶が重なった。

遠く遠くかすむ記憶…昭和30年代中ごろか……東京タワー完成後、あかりがある東京オリンピック開催前、裸電球色に染まる師走の東京だ。

あそこの不二家で家族一緒に何度か食べたハヤシライスもエビフライも、寺の掲板に倣えばそれぞれが「たった一度」だったことに初めて気がついた。

どんな「あの店」も一期一会、たとえお気に入りの同じ店に何十年間通おうがその日そのときのその店には二度と行けない。

来店時の季節や天候、客層や店の雰囲気、体調や気分、食事のメンバーや目的、料理まわりのさまざまな物事や偶然の出来事が「味」と絡み合うのかと思った。

そうだ、美味いものだけが記憶に残るとは限らない。

高校卒業後の1年あまり、その大半を北海道の牧場でお世話になりそこから炭鉱町、都会と移動しながら過ごした。

それぞれの場所で「食いもの」に関して得た最終教訓は「心底腹が減ればなんでも死ぬほど美味い」だった。

ソレを言っちゃぁシマイだが、本当だから仕方がない。

以来、食に関しては「腹が満たされる」ことの幸福感が先にくる。

美味い不味いを口にすることにいまだはばかりがある。

それが幸か不幸かわからないが自分なりには良かったのだろう、そう最近思う。

とりあえず「あの店」は「味覚」ではなく「視覚」にピントが合った。

炙り出たのは1980年前後のロンドンだ。

かつて存在した「VINTAGE BOOKSHOP」(現存同名店とは異なる)という店だった。「ヴィンテージ印刷物基本」のヨロズ屋的な小さな専門店で、映画、演劇、音楽、コミックス、地図、絵葉書、古雑誌、キャラクター物販類、エンタメ全般の古ポスター、チラシ、紙製ラベル、ブロマイド、オマケカード、切手、コインなどをディープに取り扱っていた。

ロンドン中心街のレスタースクエアにあったその店の廃業時期は知らないが、1977年から80年初頭にかけて断続的な長期滞在のおりディープに通った。

当時その周辺は、映画「ハリーポッター」のワンシーンのようなヴィクトリア様式建築のタバコ屋や本屋が軒を連ね、業種にかかわらずディスプレー・ウィンドウそれぞれに英国ポップの伝統に裏打ちされた渋い品格が垣間見えた。

夕方からその店近くのフィルム・ラボで清掃アルバイトをしながらスクラップブックを作り始めた時期が重なる。

ラボのゴミ箱にどっさり捨てられたミス現像写真の束を見つけた瞬間、何事にも代えがたい快感が身体を突き抜け、これがオレの天職ではないかと何度も思った。

「VINTAGE BOOKSHOP」ではラボで感じるそんな別格の高揚感をいつも感じるこ

とができた。

細かなデータが手書きされた品々は、太い文字でジャンルの記された段ボール箱にレコード盤のように詰め込まれ、安ホテルの廊下が思い浮かぶ酸いペンキ臭漂う店内に折り重なるように並んでいた。

さまざまなサイズの商品が絶妙に配置されたディスプレー・ウィンドウの洗礼に、毎度嫉妬にかられ同時に強い制作衝動を覚えた。

この先いかなる職業につこうとも、こんな空間に身をおきながら人生を過ごすこと、それが自分自身の「核」であること、ハッピーに生きていく上で死守すべきヴィジョンだけはしっかりとつかんだことを確信した。

ラボで得たバイト資金はほぼ家賃に消え店での購入資金はいつも乏しかったが、マメに通って吟味を重ね結構な数のアイテムを手に入れることができた。

40年あまり経った今も、1950年度「HEALTH & STRENGTH」合本、ヴィンテージ映画ポスター複数枚、映画雑誌、ブロマイド、紙巻きタバコのオマケ「フットボール・カード」、40〜50年代ポップソングのスコア、お菓子のオマケ「ドラキュラのカード」、ビートルズの布製ワッペン、アメリカ60年代の「モンスター・マガジン」、ミイラ男の初期フィギュア、フットボールクラブの鏡、記念コイン、50年代イギリスのコミックスなどが手元に残る。

それらの大半は、いまだもったいなさ、ありがたさが先に立ちスクラップブックに貼れないまま段ボール箱に突っ込んだままだ。

「VINTAGE BOOKSHOP」を出ると、その日の購入物を手に近くの馴染みのフィッシュ&チップス店でよく小腹を満たした。

ガラス越しの通りに面したカウンターのみ10席ほどの店で、いつも白衣姿の太ったギリシャ人オヤジが愛想よく接してくれた。

そこで揚げ物の油染みに注意しながらお宝類を眺めていると、不確実なモノトーンの未来が色とりどりの「ディスプレー・ウィンドウ景」に変化するように思えた。

セックス・ピストルズを筆頭にパンクバンドが次々と蚊が湧くように登場していた当時のイギリスは「世界一飯の不味い国」として名を馳せ、その代表格が「フィッシュ&チップス」と謳われていた。

金欠生活から「フィッシュ/白身魚」は特別安くもまた不味い一品とも思わなかったが、より安価な「キドニーパイ&チップス」を注文するのが常だった。

カウンターには砂糖、塩、胡椒、マスタード、ヴィネガー（酢）の調味料ヤットが点々と配置されていたが、その店は経費節減なのかエコ対策かヴィネガーをアップルサイダーの空き瓶に詰めていた。

アップルサイダーオリジンのアルミキャップにはキリで突いたような不揃いで雑な穴がいくつか開き、そのアウトサイダー系のキャップ造形がかもし出す不穏モードは誰もが察するレベルに達していた。

まっとうな人間であれば、ヴィネガー使用前まず指先でキャップ具合だけは確かめたくなる防衛本能が働いた。

「VINTAGE経由」でカウンターにいたある日、髪をおっ立てた革ジャン姿の極パンク的男子が1名勢いよく来店、無愛想に「チップスのみ」を注文した。

羞恥心を無慈悲に破壊した先の典型的なシド・ヴィシャス系だった。

ザラ半紙に包まれたチップスをむき出しにすると、真上から逆さ持ちのヴィネガー瓶を勢いよくシェイクし始めた。

ヴィネガーのビチャビチャ仕上げが好みであることを一目で理解したその刹那、アナーキーな一振りでアルミキャップは弾け飛び、満タンの茶色いヴィネガーが細身のブラックジーンズとドクターマーチンを直撃した。

シドの酢漬けか……しばし立ち尽くし＋無言の間……。

ヴィネガーしたたる「チップスのみ」を手に苦々しいロンドン訛りで「NO FUTURE!」一言を吐き捨てて店を後にした。

これ初めて書く嘘のような本当の話。

レスタースクエア辺りを歩くと、ペンキとペーパーバックとヴィネガーが入り混じった「酸っぱいパンク臭」が今も蘇る。

# あとがき

『Neverland Diner 二度と行けないあの店で』は週刊メールマガジン「ROADSIDERS' weekly」の連載として2017年12月6日に始まり、100回目の最終回を配信したのが2020年8月26日。2年半におよぶ長期連載だった。その前に続けていた『捨てられないTシャツ』の続編的な気持ちもあり、「だれでも1枚くらいは、もう着ないけど捨てられないTシャツを持ってるだろう」と同じく、

「もう行けないけど思い出に残る料理店や飲み屋がだれでも一軒ぐらいあるだろう」という勝手な思い込みで始めた企画だったが、こちらの予想をはるかに超える、時に重く、時に微笑ましく、こころ揺さぶられる記憶のカケラが集まってきた。

最初は1年ちょっと続ければ50軒ぐらい集まるので単行本にできるかな、ぐらいに思っていたのが、毎週寄せられる「もう行けない店」の思い出があまりに興味深くてやめられなくなった。2年半かけて100人というボリュームになったが、ようやく着地点に辿り着いた2020年8月には新型コロナウィルスのせいで、日本中の飲食店が「二度と行けない店」になりかねないという笑えない展開になってしまい、なんだか複雑な気持ちでもある。

『捨てられないTシャツ』と同じく、これまで何冊も一緒に本をつくってきた編集者で四谷荒木町のスナックのママでもある臼井悠が今回の企画の言い出しっぺで、お互いの交友関係で原稿を依頼したために年齢層も職業もずいぶん幅が出てしまったが、それも一冊にまとまってみれば楽しく読んでいただけるかと思う。

メールマガジンの連載時はふつうの飲食記事と違い、写真を撮ることができないので（「二度と行けない」だけに！）、届いた原稿を読ませてもらって、思い浮かんだ情景を針穴写真のように、どこにも焦点が合わない画像にして添えさせてもらった（自作の針穴カメラで撮影したカットもけっこうある）。「記憶」というのを絵にしたらこんなふうになるのかな、という思いつきだったが、単行本化するにあたってはまた別のデザインを試みてみた。メルマガ購読者のかたには、文章と画像のマッチングを二度楽しんでもらえたらうれしい。

「整理整頓の気持ちが失せる部屋の写真集」から始まって、「ひとつも旅情をそそらない珍スポット旅行記」「効果ゼロのダイエット体験記」「ガイドのはずなのにママやマスターの人生ばかり語られるスナック本」「どうしたらいいリリックが書けるかとか一行も語られないラッパーのインタビュー集」「所有者本人もかっこいいと思ってない着古しTシャツ・コレクション」などなど……これまで出してきたのはどれも実用性にまったく欠ける本ばかりだったが、本書はそのなかでもエクストリームに使えない本であることはまちがいない。ここいいなと思っても、行ける店がないのだし。

スナック遊びの師匠である玉袋筋太郎さんと飲んでいて、ぐるなびとか食べログとか、いわゆるグルメサイトにはスナックはまったく登場しないという話になった。常連のための場所にガイドも余所者の評価も必要ないのだから当然だが、そのとき玉さんが力説していたのは「ぐるなびよりハーナビ」、つまり自分の嗅覚で探し当てることの大切さだった。

読んでいただいた100軒あまりの店で、有名店も少しはあるけれど、大半は「グルメ」とは縁のない、どこの町にもあるような普通の店だ。そういう「星の数とか関係ない、どうってことない店」が、世の中にはそれこそ星の数ほどあって、巨大な飲食宇宙を形成している。ネットがすくいとるのはそのうちの泡の一粒にすぎないことも、これだけたくさんのひとたちの、これだけ豊かな記憶が証明してくれている。

本書はいかなる意味でもグルメガイドではないが、書店に並ぶ飲食関係の本や雑誌のほとんど（というかほぼすべて）は、店側が提供するサービスの評価である。料理や酒の高級さとかオリジナリティとか、値段の安さとかインテリア・デザインの善し悪しとか、いろいろ基準はあっても基本的には同じ構造だ。

でも、ほんとうに幸福な飲食体験って、もしかしたらそういうのとは違う場所にあるんじゃないかと、本書に参加してくれたひとたちは教えてくれている。なにを食べるかではなく、だれと食べるか。料理人やバーテンダーの仕事を吟味するのではなく、どんなおしゃべりで盛り上がり、ラブラブになったり、別れ話で泣いたりしたのか。飲食を提供する側ではなく、サービスを受ける側の一方的かつ総合的な体験の集合こそが「おいしい記憶」となって、頭の片隅にいつまでも残るのかもしれない。

プルーストのマドレーヌというのはかっこよすぎる比喩だけど、たとえば時間がなくてとりあえず入った喫茶店で頼んだナポリタンで、学生時代に通っていた喫茶店を不意に思い出したり、居酒屋で騒ぐ若者グループに売れないバンド時代の打ち上げ飲みが甦ってきたり。そういう体験はだれにもあるだろうし、もしひとつもないとしたら、それはそれこそ捨てられないTシャツが一枚もないのと一緒で、捨てられる記憶しかないひとの、こぎれいで退屈な人生なのだろう。

都築響一

## 都築響一（つづき・きょういち）

1956年東京生まれ。1976年から1986年まで「POPEYE」「BRUTUS」誌で現代美術・デザイン・都市生活などの記事を担当する。1989年から1992年にかけて、1980年代の世界現代美術の動向を包括的に網羅した全102巻の現代美術全集『アートランダム』を刊行。以来、現代美術・建築・写真・デザインなどの分野で執筆活動、書籍編集を続けている。1993年、東京人のリアルな暮らしを捉えた『TOKYO STYLE』を刊行。1997年、『ROADSIDE JAPAN 珍日本紀行』で第23回木村伊兵衛写真賞を受賞。現在も日本および世界のロードサイドを巡る取材を続けている。2012年より有料週刊メールマガジン『ROADSIDERS' weekly』（http://www.roadsiders.com/）を配信中。近著に『捨てられないTシャツ』（筑摩書房、2017年）、『IDOL STYLE』（双葉社、2021年）など。

Neverland *Diner*

二度と行けないあの店で

2021年1月22日　初版第1刷発行

編　　者　都築響一

発 行 者　石山健三

発 行 所　ケンエレブックス

〒101-0064 東京都千代田区神田猿楽町2-1-14 A&Xビル4F
TEL：03-4246-6231　FAX：050-3488-1912
URL：http://books.kenelephant.co.jp/
E-MAIL：info.books@kenelephant.co.jp

発 売 元　クラーケンラボ

〒101-0064 東京都千代田区神田猿楽町2-1-14 A&Xビル4F
TEL：03-5259-5376　FAX：050-3488-1912

印 刷 所　中央精版印刷株式会社


ISBN 978-4-910315-02-7
C0095



写真　都築響一
編集　臼井悠
ブックデザイン　渋井史生（PANKEY）